ΚΥΚΛΟΦΟΡΟΥΝ ΕΠΙΣΗΣ

ΤΗΣ ΙΔΙΑΣ

Μαγεία

ΜΙΣΕΛ ΧΑΡΙΣΟΝ

Οι 13 Θησαυροί

Οι 13 Κατάρες

ΚΙΘ ΝΤΟΝΑΧΙΟΥ

Το Κλεμμένο Παιδί

ΚΟΡΝΕΛΙΑ ΦΟΥΝΚΕ

Ο Άρχοντας των Ληστών

ΝΤ. ΤΖ. ΜΑΚΧΕΪΛ

ΠΕΝΤΡΑΓΚΟΝ

Ο Έμπορος του Θανάτου

Η Χαμένη Πόλη του Φάαρ

ΦΤΕΡΑ

ΕΪΠΡΙΛΙΝ ΠΑΪΚ

ΦΤΕΡΑ

Μετάφραση από τα αγγλικά
ΣΟΦΙΑ ΜΑΡΙΑΤΟΥ

ΕΚΔΟΤΙΚΟΣ ΟΡΓΑΝΙΣΜΟΣ ΛΙΒΑΝΗ
ΑΘΗΝΑ

Σειρά: ΕΦΗΒΙΚΗ ΒΙΒΛΙΟΘΗΚΗ
Τίτλος πρωτοτύπου: WINGS
Συγγραφέας: APRILYNNE PIKE
Γλωσσική επιμέλεια: ΒΑΣΙΛΕΙΑ ΚΕΡΕΣΤΕΤΖΗ

ΕΚΔΟΤΙΚΟΣ ΟΡΓΑΝΙΣΜΟΣ ΛΙΒΑΝΗ ΑΒΕ
Σόλωνος 98 – 106 80 Αθήνα. Τηλ.: 210 3661200, Fax: 210 3617791
http://www.livanis.gr

Παραγωγή: Εκδοτικός Οργανισμός Λιβάνη

ISBN 978-960-14-2395-1

Στον Κένι,
τη μέθοδο πίσω από την τρέλα μου

Κεφάλαιο 1

ΤΑ ΠΑΠΟΥΤΣΙΑ ΤΗΣ ΛΟΡΕΛ έκαναν ένα χαρούμενο ρυθμικό ήχο που αψηφούσε την κακή της διάθεση. Καθώς περπατούσε στους διαδρόμους του Λυκείου Ντελ Νόρτε, όλοι την κοίταζαν με περιέργεια.

Δεν υπάρχει τίποτα χειρότερο από το να βρίσκεσαι ακριβώς εκεί που δε θέλεις. Τα τελευταία δέκα χρόνια η Λόρελ έκανε ιδιαίτερα μαθήματα στο σπίτι της και όλα πήγαιναν ρολόι. Δεν έβλεπε, λοιπόν, για ποιο λόγο έπρεπε να αλλάξει αυτό. Όμως οι γονείς της είχαν αντίθετη άποψη, αποφασισμένοι να κάνουν ό,τι ήταν σωστό για το μοναχοπαίδι τους. Όταν ήταν πέντε χρονών, αυτό σήμαινε ότι έπρεπε να παρακολουθεί ιδιαίτερα μαθήματα κατ' οίκον σε μια μικροσκοπική κωμόπολη. Προφανώς, τώρα που ήταν δεκαπέντε, το σωστό άλλαξε, κι έτσι την έστειλαν σε ένα δημόσιο σχολείο μιας ελάχιστα μεγαλύτερης κωμόπολης.

Αφού έλεγξε μια τελευταία φορά το πρόγραμμά της, η Λόρελ βρήκε το εργαστήριο βιολογίας και έτρεξε να πιάσει θέση κοντά σε παράθυρο. Αν έπρεπε να είναι κλεισμένη εκεί μέσα, τουλάχιστον ας έβλεπε έξω. Τα υπόλοιπα παιδιά μπήκαν σιγά σιγά στην αίθουσα. Ένα αγόρι τής χαμογέλασε καθώς πέρασε από κοντά της για να καθίσει στις μπροστινές θέσεις του εργαστηρίου. Η Λόρελ πάσχισε να του το ανταποδώσει. Ευχήθηκε μόνο να μην του έδωσε την εντύπωση πως έκανε απλώς μια γκριμάτσα.

Ένας ψηλόλιγνος άντρας συστήθηκε ως κύριος Τζέιμς και άρχισε να μοιράζει τα βιβλία. Η Λόρελ βάλθηκε μεμιάς να ξεφυλλίζει το δικό της. Στα αρχικά κεφάλαια το βιβλίο έμοιαζε αρκετά τυποποιημένο –κατηγορίες φυτών και ζώων, τα ήξερε αυτά–, στη συνέχεια όμως προχωρούσε στη βασική ανατομία του ανθρώπου. Παρόλο που το πρώτο μέρος τής φαινόταν γνωστό, η μητέρα της, που της είχε κάνει ιδιαίτερα μαθήματα, ήταν μάλλον βοτανολόγος παρά βιολόγος, κι έτσι η Λόρελ ήταν σίγουρη πως στο συγκεκριμένο μάθημα τουλάχιστον είχε μείνει λίγο πίσω. Εκεί κάπου στη σελίδα ογδόντα, το κείμενο άρχισε να μοιάζει με ξένη γλώσσα. Η Λόρελ μούγκρισε μέσα από τα δόντια της. Θα ήταν ατελείωτο αυτό το εξάμηνο.

Όση ώρα ο κύριος Τζέιμς έπαιρνε παρουσίες, η Λόρελ αναγνώρισε μερικά ονόματα που είχε ακούσει στα δύο πρωινά μαθήματα, αλλά θα της έπαιρνε πολύ καιρό μέχρι να καταφέρει να συνδυάσει έστω και τα μισά ονόματα με τα παιδιά που έβλεπε τριγύρω της. Ένιωθε χαμένη σε μια θάλασσα άγνωστων προσώπων.

Η μητέρα της την είχε διαβεβαιώσει πως όλοι οι συμμαθητές της αισθάνονταν το ίδιο –εξάλλου ήταν και για τους υπόλοιπους η πρώτη τους μέρα στο λύκειο–, όμως κανένας γύρω της δεν έμοιαζε χαμένος ή φοβισμένος.

Ίσως μετά από χρόνια στο δημόσιο σχολείο συνήθιζες πια αυτή την κατάσταση.

Ξαφνικά στην τάξη έπεσε σιωπή και η Λόρελ προσγειώθηκε στην πραγματικότητα όταν ο καθηγητής επανέλαβε το όνομά της. «Παρούσα», βιάστηκε να πει.

Πνιχτά γελάκια ακούστηκαν στην αίθουσα και η Λόρελ βούλιαξε στην καρέκλα της μέχρι να περάσει ο καθηγητής στο επόμενο όνομα.

Μόνο που δεν έγινε έτσι.

«Είσαι η Λόρελ Σιούελ; Η κόρη του Τζέικομπ Σιούελ;» ρώτησε ο κύριος Τζέιμς.

«Όχι, τον πατέρα μου τον λένε Μαρκ. Μόλις μετακομίσαμε εδώ».

Αισθάνθηκε αμήχανα καθώς ο κύριος Τζέιμς την περιεργάστηκε πάνω από το σκελετό των γυαλιών του και μετά προχώρησε, επιτέλους, στο επόμενο όνομα.

Η Λόρελ ανάσανε και πάλι ελεύθερα κι έβγαλε το τετράδιό της προσπαθώντας όσο μπορούσε να μη συγκεντρώνει πάνω της τα βλέμματα.

Μόλις που κατάφερνε να παρακολουθεί τον καθηγητή που εξηγούσε την ύλη του εξαμήνου, γιατί την προσοχή της αποσπούσαν οι άλλοι μαθητές. Τους παρατηρούσε στην προσπάθειά της να συγκρατήσει κάποια έντονα χαρακτηριστικά τους. Λοξοκοιτούσε συνεχώς προς το μέρος του αγοριού που της είχε χαμογελάσει πρωτύτερα και αναγκάστηκε να καταπνίξει ένα πλατύ χαμόγελο όταν αντιλήφθηκε πως κι εκείνος της έριχνε κλεφτές ματιές.

Όταν ο κύριος Τζέιμς τούς άφησε για το μεσημεριανό διάλειμμα, η Λόρελ γεμάτη ευγνωμοσύνη έβαλε το βιβλίο στην τσάντα της.

«Γεια χαρά».

Σήκωσε το βλέμμα και αντίκρισε το αγόρι που την κοίταζε. Αυτό που της τράβηξε αμέσως την προσοχή ήταν τα μάτια του. Το βαθυγάλανο χρώμα τους ερχόταν σε αντίθεση με τη σταρένια επιδερμίδα του. Έμοιαζε αταίριαστο, χωρίς όμως το αποτέλεσμα να είναι αρνητικό. Ήταν κάπως εξωτικό. Τα ελαφρώς κυματιστά, ανοιχτά καστανά μαλλιά του, κάπως μακριά, γλιστρούσαν στο μέτωπό του σχηματίζοντας ένα απαλό τόξο.

«Λόρελ είπαμε, έτσι;» Το πρόσωπό του φώτισε ένα ζεστό αλλά ανεπιτήδευτο χαμόγελο με ολόισια δόντια. *Σιδεράκια μάλλον*, αναλογίστηκε η Λόρελ, ενώ η γλώσσα της ασυναίσθητα άγγιξε τα δικά της δόντια, που ήταν επίσης αρκετά ίσια, για καλή της τύχη, από φυσικού τους.

«Ω, ναι». Η φωνή της βγήκε κάπως πνιχτή από το λαρύγγι της. Ξερόβηξε νιώθοντας πολύ χαζή.

«Εγώ είμαι ο Ντέιβιντ. Ντέιβιντ Λόσον. Ήηη... ήθελα απλώς να πω ένα "γεια". Και καλώς ήρθες στο Κρέσεντ Σίτι, υποθέτω».

Η Λόρελ πίεσε τον εαυτό της να χαμογελάσει. «Ευχαριστώ», απάντησε.

«Θέλεις να καθίσεις παρέα με μένα και τους φίλους μου για φαγητό;»

«Πού;» ρώτησε η Λόρελ.

Ο Ντέιβιντ την κοίταξε κατάματα. «Στο... κυλικείο».

«Α...» είπε εκείνη απογοητευμένη. Έμοιαζε ευγενικός, αλλά η Λόρελ είχε κουραστεί κλεισμένη μέσα τόση ώρα. «Βασικά, λέω να πάω να βρω μια θέση έξω». Έκανε μια παύση. «Σ' ευχαριστώ, πάντως».

«Πολύ καλή η ιδέα σου. Θέλεις παρεούλα;»

«Αλήθεια το λες;»

«Φυσικά. Έχω το μεσημεριανό μου στο σακίδιό μου, άρα είμαι πανέτοιμος. Άσε που δεν είναι σωστό να φας μόνη σου πρώτη μέρα», είπε κρεμώντας την τσάντα του στον έναν ώμο.

«Ευχαριστώ», αποκρίθηκε εκείνη διστάζοντας λιγάκι. «Πολύ θα το ήθελα».

Βγήκαν μαζί έξω στην πίσω πρασιά και βρήκαν ένα χορταριασμένο σημείο που δεν ήταν τόσο νωπό. Η Λόρελ έστρωσε το μπουφάν της κατάχαμα και κάθισε πάνω του. Ο Ντέιβιντ συνέχισε να φοράει το δικό του.

«Δεν κρυώνεις;» τη ρώτησε κοιτάζοντας προβληματισμένος το τζιν σορτσάκι της και την μπλούζα της με τα τιραντάκια.

Έβγαλε τα παπούτσια της και βύθισε τα δάχτυλα των ποδιών της στο παχύ γρασίδι. «Δεν κρυώνω εύκολα, τουλάχιστον όχι εδώ. Αν πάμε κάπου με χιόνια, τότε υποφέρω. Όμως αυτός ο καιρός είναι τέλειος για μένα». Χαμογέλασε αμήχανα. «Η μητέρα μου με κοροϊδεύει ότι είμαι ψυχρόαιμη».

«Τυχερή είσαι. Εγώ μετακόμισα εδώ από το Λος Άντζελες πριν από πέντε χρόνια και ακόμη δεν έχω συνηθίσει τη θερμοκρασία».

«Δεν κάνει πια και *τόσο* κρύο».

«Φυσικά», είπε ο Ντέιβιντ χαμογελώντας πλατιά, «αλλά δεν μπορείς να πεις ότι κάνει και ζέστη. Μετά τον πρώτο μας χρόνο εδώ έψαξα τα μετεωρολογικά αρχεία. Ήξερες πως η διαφορά της μέσης θερμοκρασίας μεταξύ Ιουλίου και Δεκεμβρίου είναι μόλις δεκατέσσερις βαθμοί; *Αυτό* είναι εξωφρενικό». Ο Ντέιβιντ έβγαλε ένα σάντουιτς και μερικά πατατάκια. Η Λόρελ πήρε από το σακίδιό της ένα κουτάκι Sprite και ένα ταπεράκι με ανάμεικτη σαλάτα.

Δεν αντάλλαξαν κουβέντα όση ώρα ο Ντέιβιντ έτρωγε το σάντουιτς και η Λόρελ τσιμπολογούσε τη σαλάτα της με ένα πιρούνι.

«Η μητέρα μού έβαλε κι ένα γλυκάκι», είπε ο Ντέιβιντ σπάζοντας τη σιωπή. «Το θέλεις;» Της πρόσφερε ένα όμορφο κέικ με γαλάζιο γλάσο. «Είναι σπιτικό».

«Όχι, ευχαριστώ».

Ο Ντέιβιντ κοίταξε τη σαλάτα της με δυσπιστία κι έπειτα έριξε ξανά μια ματιά στο γλυκάκι του.

«Όπως θες», είπε.

Η Λόρελ συνειδητοποίησε τι θα σκέφτηκε ο Ντέιβιντ και αναστέναξε. Γιατί όλοι πάντοτε έβγαζαν αυτό το συμπέρασμα; Σίγουρα δεν ήταν ο μοναδικός άνθρωπος στον κόσμο που του άρεσαν πραγματικά τα λαχανικά. Η Λόρελ χτύπησε ένα της νύχι πάνω στο κουτάκι της Sprite. «Δεν κάνω δίαιτα», διευκρίνισε.

«Δεν εννοούσα...»

«Είμαι χορτοφάγος», τον διέκοψε η Λόρελ. «Αρκετά φανατική, μάλιστα».

«Αλήθεια;»

Του έγνεψε καταφατικά και μετά χαμογέλασε βεβιασμένα. «Δε γουστάρεις και πολύ τις πρασινάδες, σωστά;»

«Μάλλον όχι».

Όταν η σιωπή άρχισε να μετατρέπεται σε αμηχανία, ο Ντέιβιντ καθάρισε το λαρύγγι του και ρώτησε: «Λοιπόν, πότε μετακόμισες εδώ;»

«Το Μάιο».

«Οχ, δηλαδή ήσουν εδώ όλο το καλοκαίρι; Πώς και δε σε πέτυχα πουθενά;»

Η Λόρελ ανασήκωσε τους ώμους. «Δούλευα αρκετά στο μαγαζί του πατέρα μου. Έχει το βιβλιοπωλείο στο κέντρο της πόλης».

«Αλήθεια;» ρώτησε ο Ντέιβιντ. «Πήγα την περασμένη εβδομάδα. Φοβερό μαγαζί. Δε θυμάμαι όμως να σε είδα».

«Η μητέρα μου φταίει. Με έσερνε μαζί της κάθε μέρα για να αγοράσουμε σχολικό εξοπλισμό».

Ο Ντέιβιντ έσκασε στα γέλια. «Χρόνια έχω να το κάνω αυτό. Από το δημοτικό».

«Είναι η πρώτη χρονιά που δεν κάνω ιδιαίτερα μαθήματα στο σπίτι και η μητέρα μου είναι πεπεισμένη πως δεν έχω όλα τα απαραίτητα».

«Έκανες ιδιαίτερα;»

«Ναι. Φέτος με ανάγκασαν να πάω στο δημόσιο».

Ο Ντέιβιντ χαμογέλασε. «Πολύ χαίρομαι», είπε μεταξύ σοβαρού και αστείου. Κοίταξε το σάντουιτς για μερικά δευτερόλεπτα και μετά ρώτησε: «Σου λείπει η παλιά σου πόλη;»

«Καμιά φορά... Όμως κι εδώ ωραία είναι», απάντησε η Λόρελ χαμογελώντας γλυκά.

«Είχες πολλούς φίλους;»

«Όχι ιδιαίτερα. Έτσι κι αλλιώς το Όρικ είναι υπερβολικά μικρό. Περίπου πεντακόσιοι κάτοικοι».

«Ποπό!» Πλατάγισε τη γλώσσα του περιπαικτικά. «Το Λος Άντζελες είναι λίγο μεγαλύτερο».

Η Λόρελ γέλασε, με αποτέλεσμα να πνιγεί με το αναψυκτικό της.

Πάνω που ο Ντέιβιντ φαινόταν έτοιμος να ρωτήσει κάτι άλλο, χτύπησε το κουδούνι και απλώς της χαμογέλασε. «Θέλεις να το επαναλάβουμε αύριο;» Δίστασε για ένα δευτερόλεπτο και έπειτα πρόσθεσε: «Και με τους φίλους μου, ίσως;»

Η πρώτη της αντίδραση ήταν να αρνηθεί, αλλά είχε περάσει τόσο όμορφα με τη συντροφιά του Ντέιβιντ. Άλλωστε, το να κοινωνικοποιηθεί περισσότερο ήταν ένας ακόμη λόγος που η μητέρα της επέμενε να τη στείλουν στο δημόσιο σχολείο εκείνη τη χρονιά. «Φυσικά», του είπε προτού το μετανιώσει. «Πλάκα θα έχει».

«Άψογα». Σηκώθηκε και της πρόσφερε το χέρι του. Την τράβηξε για να σταθεί στα πόδια της και της χαμογέλασε λοξά για λίγο. «Λοιπόν, θα... τα ξαναπούμε, φαντάζομαι».

Τον είδε να απομακρύνεται. Το μπουφάν και το χαλαρό του τζιν έμοιαζαν λίγο πολύ σαν όλων των άλλων. Όμως το βάδισμά του είχε μια σιγουριά που τον έκανε να ξεχωρίζει ανάμεσα στο πλήθος. Η Λόρελ ζήλεψε το γεμάτο αυτοπεποίθηση περπάτημά του.

Ίσως μια μέρα.

Η Λόρελ πέταξε το σακίδιό της στον πάγκο της κουζίνας και σκαρφάλωσε σε ένα ψηλό σκαμπό. Η Σάρα έστρεψε το βλέμμα από το ψωμί που ζύμωνε και κοίταξε την κόρη της. «Πώς πήγε το σχολείο;»

«Χάλι μαύρο».

Τα χέρια της σταμάτησαν να δουλεύουν. «Για μίλα καλύτερα, Λόρελ».

«Μα αλήθεια ήταν χάλια. Και δεν υπάρχει καλύτερος τρόπος για να το περιγράψω».

«Πρέπει να κάνεις λίγη υπομονή, καρδούλα μου».

«Όλοι με κοιτάνε λες και είμαι εξωγήινη».

«Σε κοιτάνε γιατί είσαι καινούρια».

«Δεν είμαι σαν τους άλλους».

Η Σάρα χαμογέλασε. «Θα ήθελες να ήσουν;»

Η Λόρελ στριφογύρισε τις κόρες των ματιών της, αλλά όφειλε να παραδεχτεί πως η μητέρα της είχε πέσει μέσα. Μπορεί να έκανε ιδιαίτερα κατ' οίκον και να ήταν κάπως προστατευμένη, αλλά ήξερε πως έμοιαζε πολύ με τους εφήβους στα περιοδικά και στην τηλεόραση.

Και της άρεσε.

Η εφηβεία ήταν επιεικής μαζί της. Η αλαβάστρινη λευκή επιδερμίδα της δεν είχε ταλαιπωρηθεί από ακμή και τα ξανθά μαλλιά της δε λάδωναν ποτέ. Ήταν μια μικρόσωμη, λυγερόκορμη δεκαπεντάχρονη με ένα άψογα οβάλ πρόσωπο και ανοιχτά πράσινα μάτια. Ανέκαθεν ήταν λεπτή, αλλά όχι υπερβολικά, και μάλιστα τα τελευταία χρόνια είχε αποκτήσει καμπύλες. Τα άκρα της ήταν μακριά και αέρινα και περπατούσε με τη χάρη χορεύτριας, παρόλο που ποτέ της δεν είχε κάνει μαθήματα χορού.

«Εννοούσα ότι *ντύνομαι* διαφορετικά».

«Μπορείς να ντύνεσαι όπως όλοι, αν το θέλεις».

«Μόνο που όλοι φορούν χοντροκομμένα παπούτσια, κολλητά τζιν και τρεις μπλούζες, τη μία πάνω από την άλλη».

«Και λοιπόν;»

«Δε μου αρέσουν τα κολλητά ρούχα. Μου προκαλούν φαγούρα και με κάνουν να νιώθω άβολα. Και σοβαρά τώρα, ποιος είναι δυνατό να *θέλει* να φοράει χοντροπάπουτσα; Μπλιαχ».

«Τότε φόρα ό,τι θέλεις. Αν όσοι θα μπορούσαν να γίνουν φίλοι σου δε σε κάνουν παρέα για τα ρούχα σου, τότε τι να τους κάνεις τέτοιους φίλους;»

Κλασική μητρική συμβουλή. Γλυκιά, ειλικρινής και εντελώς άχρηστη. «Έχει πολλή βαβούρα εκεί».

Η Σάρα σταμάτησε να ζυμώνει και απομάκρυνε τις αφέλειες από το πρόσωπό της αφήνοντας ένα ίχνος από αλεύρι στο φρύδι της. «Γλυκιά μου, είναι κουτό να περιμένεις πως ένα ολόκληρο λύκειο θα είναι το ίδιο ήσυχο, όπως όταν ήμασταν μόνες οι δυο μας. Λογικέψου».

«Δε λέω κουταμάρες. Δεν εννοώ τον αναπόφευκτο θόρυβο. Τρέχουν από δω κι από κει σαν άγριες μαϊμούδες. Τσιρίζουν, γελούν και κλαψουρίζουν δυνατά. *Άσε που* φιλιούνται μπροστά στα ντουλαπάκια τους».

Η μητέρα της ακούμπησε το χέρι στο γοφό της. «Τίποτ' άλλο;»

«Ναι. Οι διάδρομοι είναι σκοτεινοί».

«Δεν είναι σκοτεινοί», είπε η Σάρα με έναν ελαφρό τόνο επίπληξης στη φωνή της. «Έκανα ολόκληρο το γύρο του σχολείου μαζί σου την περασμένη εβδομάδα και είδα ότι όλοι οι τοίχοι είναι λευκοί».

«Ναι, αλλά δεν υπάρχουν παράθυρα, μόνο αυτά τα απαίσια φωσφορούχα φώτα. Είναι τόσο ψεύτικα και δε φωτίζουν με κανονικό φως τους διαδρόμους. Είναι απλά... σκοτεινοί. Μου λείπει το Όρικ».

Η μητέρα της βάλθηκε να πλάθει το ζυμάρι σε καρβέλια. «Πες μου κάτι καλό για τη σημερινή σου μέρα. Και το εννοώ αυτό».

Η Λόρελ πήγε προς το ψυγείο.

«Όχι», είπε η Σάρα απλώνοντας το χέρι για να τη σταματήσει. «Πρώτα θα μου πεις κάτι καλό».

«Χμ... γνώρισα έναν ωραίο τύπο», είπε παρακάμπτοντας το χέρι της μητέρας της και αρπάζοντας ένα αναψυκτικό. «Ντέιβιντ τον λένε... Ντέιβιντ κάτι».

Τώρα ήταν η σειρά της Σάρας να στριφογυρίσει τις κόρες των ματιών της. «Μα φυσικά. Μετακομίζουμε σε μια νέα πόλη, σε γράφω σε ένα καινούριο σχολείο και το πρώτο άτομο με το οποίο κολλάς είναι ένα αγόρι».

«Δεν είναι καθόλου έτσι».

«Αστειεύομαι».

Η Λόρελ στάθηκε βουβή ακούγοντας τον ήχο του ζυμαριού πάνω στον πάγκο.

«Μαμά;»

«Ορίστε».

Η Λόρελ πήρε βαθιά ανάσα. «Αλήθεια πρέπει να το συνεχίσω;»

Η μητέρα της έτριψε τους κροτάφους της. «Λόρελ, την έχουμε ξανακάνει επανειλημμένως την κουβέντα αυτή».

«Μα...»

«Όχι, δεν πρόκειται να το ξανασυζητήσουμε». Έσκυψε πάνω από τον πάγκο και πλησίασε το πρόσωπό της στο πρόσωπο της Λόρελ. «Δε νιώθω πια ότι έχω τα προσόντα να σου κάνω ιδιαίτερα. Για να λέμε του στραβού το δίκιο, ίσως έπρεπε να σε είχα γράψει από το γυμνάσιο. Απλώς ήταν τόσο μακρινή η διαδρομή με το αυτοκίνητο από το Όρικ και ο πατέρας σου διένυε ήδη τόση απόσταση για τη δουλειά του και... Τέλος πάντων. Καιρός ήταν».

«Μα θα μπορούσατε να παραγγείλετε ένα από αυτά τα ειδικά προγράμματα για ιδιαίτερα μαθήματα. Τα έψαξα στο Διαδίκτυο», βιάστηκε να πει η Λόρελ βλέποντας πως η μητέρα της ετοιμαζόταν να συνεχίσει. «Δε χρειάζεσαι καν δάσκαλο. Η ύλη καλύπτει τα πάντα».

«Και πόσο κοστίζει;» ρώτησε η Σάρα ήρεμα, αλλά με το ένα φρύδι της να σχηματίζει γωνία.

Η Λόρελ δεν είπε λέξη.

«Άκου», συνέχισε η μητέρα της έπειτα από μια σύντομη παύση. «Είναι ένα ενδεχόμενο που μπορούμε να εξετάσουμε σε μερικούς μήνες, αν συνεχίσεις να απεχθάνεσαι το σχολείο. Όμως, μέχρι να πουληθεί το οικόπεδο στο Όρικ, δεν έχουμε χρήματα για τίποτα παραπάνω. Το ξέρεις».

Η Λόρελ χαμήλωσε το βλέμμα στον πάγκο με τους ώμους σκυφτούς.

Ο βασικός λόγος για τον οποίο είχαν μετακομίσει στο Κρέσεντ Σίτι ήταν ότι ο πατέρας της αγόρασε ένα βιβλιοπωλείο στην οδό Ουάσινγκτον. Νωρίτερα εκείνη τη χρονιά, διασχίζοντας την πόλη με το αυτοκίνητο είδε ένα πωλητήριο σε ένα βιβλιοπωλείο που είχε κλείσει. Η Λόρελ θυμήθηκε ότι οι γονείς της συζητούσαν εβδομάδες ολόκληρες τις επιλογές που είχαν να αγοράσουν το κατάστημα –ένα κοινό τους όνειρο από τότε που ήταν νιόπαντροι–, αλλά δεν έβγαιναν οικονομικά.

Έπειτα, στα τέλη Απριλίου, ένας τύπος ονόματι Τζερεμάια Μπαρνς πλησίασε τον πατέρα της στη δουλειά του στο Γιουρίκα εκδηλώνοντας ενδιαφέρον για το οικόπεδό τους στο Όρικ. Ο πατέρας της γύρισε στο σπίτι χοροπηδώντας από τη χαρά του.

Όλα τα υπόλοιπα ακολούθησαν τόσο αστραπιαία, ώστε η Λόρελ με δυσκολία θυμόταν τι συνέβη πρώτα. Οι γονείς της πέρασαν κάμποσες μέρες στην τράπεζα του Μπρούκινγκς και αρχές Μαΐου το βιβλιοπωλείο ήταν πλέον δικό τους. Αμέσως μετά μετακόμισαν από το ξύλινο σπιτάκι τους στο Όρικ σε ένα ακόμη μικρότερο σπίτι στο Κρέσεντ Σίτι.

Όμως οι μήνες κυλούσαν και τα πράγματα με τον κύριο Μπαρνς δεν είχαν ακόμη οριστικοποιηθεί. Αντιμετώπιζαν οικονομική στενότητα, ο πατέρας της έκανε υπερωρίες στο βιβλιοπωλείο και η Λόρελ ήταν καταδικασμένη να πηγαίνει σε αυτό το λύκειο.

Το χέρι της μητέρας της ακούμπησε το δικό της, ζεστό και καθησυχαστικό. «Λόρελ, πέρα από το κόστος, πρέπει επίσης να μάθεις να κατακτάς καινούρια πράγματα. Θα σου κάνει πολύ καλό. Του χρόνου μπορείς να παρακολουθήσεις κάποιο τμήμα προετοιμασίας για κολέγιο και να γίνεις μέλος μιας ομάδας ή μιας λέσχης. Όλα αυτά κάνουν καλή εντύπωση όταν θα στείλεις αιτήσεις στα πανεπιστήμια».

«Το ξέρω, αλλά...»

«Δεν υπάρχει "αλλά"», είπε η Σάρα με ένα πλατύ χαμόγελο που μαλάκωσε τον αυστηρό τόνο της. «Είμαι η μάνα σου και έχω πάρει την απόφαση».

Η Λόρελ κάγχασε αποδοκιμαστικά και βάλθηκε να περνά το δάχτυλό της κατά μήκος των αρμών ανάμεσα στα πλακάκια του πάγκου.

Το ρολόι σήμανε δυνατά την ώρα όταν η μητέρα της Λόρελ έβαλε βιαστικά τα ταψιά στο φούρνο και ρύθμισε το χρονόμετρο.

«Μαμά, έχουμε καθόλου τα ροδάκινα κονσέρβα που έχεις φτιάξει; Πεινάω».

Η Σάρα την κοίταξε αποσβολωμένη. «Πεινάς;»

Η Λόρελ έφτιαξε σχεδιάκια με το δάχτυλό της πάνω στη βρεγμένη επιφάνεια του αναψυκτικού αποφεύγοντας το βλέμμα της μητέρας της. «Πείνασα σήμερα το απόγευμα. Στο τελευταίο μάθημα».

Η μητέρα της πάλευε να μην το κάνει θέμα, αλλά και οι δύο ήξεραν καλά πως ήταν κάτι αξιοπερίεργο. Η Λόρελ σπάνια πεινούσε. Οι γονείς της την πίεζαν σχετικά με αυτή την ιδιοτροπία της στο φαγητό εδώ και χρόνια.

Έτρωγε σε κάθε γεύμα για να τους ικανοποιήσει, αλλά το φαγητό δεν ένιωθε πως το έχει ανάγκη, και φυσικά δεν το απολάμβανε.

Γι' αυτό η Σάρα είχε τελικά συμφωνήσει να έχουν μονίμως γεμάτο το ψυγείο με Sprite. Γκρίνιαζε για τις έως τώρα ανεπιβεβαίωτες βλαβερές ιδιότητες του ανθρακικού, αλλά δεν μπορούσε να πάει κόντρα στις εκατόν σαράντα θερμίδες το κουτάκι. Ήταν εκατόν σαράντα παραπάνω από το νερό. Τουλάχιστον, έτσι ήξερε πως ο οργανισμός της Λόρελ λάμβανε περισσότερες θερμίδες, κι ας ήταν «ανούσιες».

Έτρεξε στην αποθηκούλα με τα τρόφιμα και πήρε ένα βάζο ροδάκινα, από φόβο μήπως η κόρη της αλλάξει γνώμη. Το ασυνήθιστο τσίμπημα που ένιωθε η Λόρελ στο στομάχι της είχε αρχίσει στο μάθημα των ισπανικών, είκοσι λεπτά πριν από το σχόλασμα. Της είχε περάσει κάπως στο δρόμο για το σπίτι, αλλά όχι εντελώς.

«Ορίστε», είπε η Σάρα βάζοντας ένα μπολ μπροστά από τη Λόρελ. Μετά γύρισε την πλάτη, δίνοντας έτσι στην κόρη της το χώρο και το χρόνο της. Η Λόρελ κοίταξε το πιάτο. Η μητέρα της δεν το είχε παρακάνει· ενάμισι ροδάκινο και περίπου μισή κούπα χυμό.

Έφαγε το ροδάκινο με μικρές μπουκίτσες χαζεύοντας την πλάτη της μητέρας της και περιμένοντας να γυρίσει για να την κοιτάξει από περιέργεια. Η Σάρα, απασχολημένη με τα πιάτα, δε γύρισε να δει την κόρη της ούτε μία φορά. Κι όμως, η Λόρελ ένιωθε σαν να είχε χάσει μια φανταστική μάχη. Έτσι, όταν έφαγε το ροδάκινο, γράπωσε το σακίδιό της από τον πάγκο και ξεγλίστρησε από την κουζίνα πατώντας στις μύτες των ποδιών της, προτού προλάβει να γυρίσει η μητέρα της και τη δει.

Κεφάλαιο 2

Το ΚΟΥΔΟΥΝΙ ΧΤΥΠΗΣΕ και η Λόρελ έκρυψε βιαστικά το σατανικό βιβλίο της βιολογίας όσο πιο βαθιά γινόταν στο σακίδιό της.

«Πώς πήγε η δεύτερη μέρα;»

Η Λόρελ σήκωσε το βλέμμα κι αντίκρισε τον Ντέιβιντ να κάθεται πίσω, στην καρέκλα απέναντι από το τραπέζι του εργαστηρίου. «Καλά ήταν». Τουλάχιστον είχε ακούσει με την πρώτη το όνομά της την ώρα που οι καθηγητές έπαιρναν παρουσίες, σε όλα τα μαθήματα μέχρι στιγμής.

«Έτοιμη;»

Η Λόρελ προσπάθησε να χαμογελάσει, αλλά τα χείλη της δεν υπάκουσαν. Όταν συμφώνησε να πάει για μεσημεριανό με τον Ντέιβιντ και τους φίλους του την προηγούμενη μέρα, της είχε φανεί καλή ιδέα. Όμως, στη σκέψη ότι θα συναντούσε μια ολόκληρη παρέα άγνωστων παιδιών, ο φόβος φώλιασε στο στήθος της κάνοντάς τη να ανατριχιάζει. «Ναι», απάντησε, αλλά δεν ακούστηκε πολύ πειστική.

«Είσαι σίγουρη; Δεν είναι υποχρεωτικό».

«Όχι, σίγουρη είμαι», βιάστηκε να πει. «Δώσε μου μόνο λίγο χρόνο να μαζέψω τα πράγματά μου». Άρχισε να βάζει αργά στο σακίδιο το τετράδιο και τα στιλό της. Όταν έριξε ένα στιλό στο πάτωμα, ο Ντέιβιντ το μάζεψε και άπλωσε το χέρι για να της δώσει. Η Λόρελ τράβηξε το στιλό της, αλλά εκείνος δεν το άφηνε μέχρι που το κορίτσι τον κοίταξε κατάματα. «Δε δαγκώνουν», της είπε σοβαρά. «Σ' το υπόσχομαι».

Ο Ντέιβιντ μονοπωλούσε την κουβέντα φλυαρώντας περί ανέμων και υδάτων μέχρι που μπήκαν στο κυλικείο. Αμέσως τότε κούνησε το χέρι σε μια μικρή παρέα που καθόταν στην άκρη ενός από τα μακρόστενα τραπέζια. «Έλα», είπε βάζοντας το χέρι του χαμηλά στην πλάτη της.

Το άγγιγμα αυτό την έκανε να νιώσει κάπως παράξενα, αλλά συνάμα ήταν περίεργα καθησυχαστικό. Ο Ντέιβιντ την οδήγησε μέσα από το συνωστισμένο διάδρομο και φτάνοντας στο σωστό τραπέζι τράβηξε το χέρι του.

«Παιδιά, αυτή είναι η Λόρελ».

Ο Ντέιβιντ έδειξε ένα ένα τα άτομα λέγοντας τα ονόματά τους, αλλά πέντε δευτερόλεπτα αργότερα η Λόρελ δεν ήταν σε θέση να επαναλάβει ούτε ένα. Κάθισε σε μια άδεια καρέκλα δίπλα στον Ντέιβιντ και πάσχισε να πιάσει μέσες άκρες τη συζήτηση γύρω της. Αφηρημένη, έβγαλε ένα κουτάκι αναψυκτικό, μια σαλάτα με φράουλες και σπανάκι και το μισό ροδάκινο μέσα στο χυμό του που της είχε βάλει το πρωί η μητέρα της.

«Σαλάτα; Σήμερα έχει λαζάνια το μενού, κι εσύ θα φας σαλάτα;»

Η Λόρελ κοίταξε μια κοπέλα με σγουρά καστανά μαλλιά, που είχε μπροστά της ένα δίσκο φορτωμένο με το μεσημεριανό γεύμα του σχολείου.

Ο Ντέιβιντ πήρε το λόγο βιαστικά, χωρίς να αφήσει στη Λόρελ το περιθώριο να αντιδράσει. «Η Λόρελ είναι χορτοφάγος, και μάλιστα φανατική».

Η κοπέλα έριξε μια ματιά στο μισό ροδακινάκι ανασηκώνοντας το φρύδι. «Εμένα αυτό μου φαίνεται πως είναι κάτι παραπάνω από απλή χορτοφαγία. Οι χορτοφάγοι, για παράδειγμα, δεν τρώνε ψωμί;»

Το χαμόγελο της Λόρελ ήταν σφιγμένο. «Λίγο».

Ο Ντέιβιντ στριφογύρισε τις κόρες των ματιών του. «Με την ευκαιρία, το άτομο που σε περνάει από ανάκριση είναι η Τσέλσι. Γεια σου, Τσέλσι».

«Μοιάζεις λες και κάνεις αυστηρή δίαιτα», είπε η κοπέλα αγνοώντας το χαιρετισμό του Ντέιβιντ.

«Όχι ακριβώς, απλώς αυτό το φαγητό μού αρέσει».

Η Λόρελ είδε την Τσέλσι να κοιτάζει πάλι τη σαλάτα της και διαισθάνθηκε ότι θα ξεχύνονταν σαν χείμαρρος κι άλλες ερωτήσεις. Ήταν ίσως καλύτερα να το έπαιρνε το ποτάμι. «Το πεπτικό μου σύστημα δεν τα πάει πολύ καλά με τις κανονικές τροφές», εξήγησε. «Οτιδήποτε άλλο εκτός από φρούτα και λαχανικά μού προκαλεί εμετό».

«Τι παράξενο. Ποιος μπορεί να ζήσει μόνο με πρασινάδες; Πήγες να σε εξετάσει κανένας γιατρός; Γιατί...»

«Τσέλσι...» Ο τόνος της φωνής του Ντέιβιντ ήταν απροκάλυπτος, αλλά απαλός. Η Λόρελ αμφέβαλε αν τον είχε ακούσει οποιοσδήποτε άλλος στο τραπέζι.

Τα μάτια της Τσέλσι γούρλωσαν λιγάκι. «Ω, συγγνώμη». Χαμογέλασε, και φωτίστηκε ολόκληρη η όψη της. Η Λόρελ έπιασε τον εαυτό της να της ανταποδίδει το χαμόγελο. «Πολύ χαίρομαι που σε γνωρίζω», είπε η Τσέλσι. Μετά επέστρεψε στο δίσκο της και δε γύρισε να ρίξει ούτε ματιά στο φαγητό της Λόρελ.

Το μεσημεριανό διάλειμμα διαρκούσε μόνο είκοσι λεπτά

–πολύ σύντομο από κάθε άποψη–, αλλά σήμερα έμοιαζε να μην έχει τελειωμό. Το κυλικείο ήταν αρκετά μικρό και οι φωνές αντηχούσαν στους τοίχους σαν μπαλάκια του πινγκ πονγκ, εξαπολύοντας άγρια επίθεση στα αφτιά της. Ήταν λες και της έβαζαν τις φωνές όλοι μαζί. Πολλοί φίλοι του Ντέιβιντ επιχείρησαν να τη βάλουν στις συζητήσεις τους, αλλά η Λόρελ δεν μπορούσε να συγκεντρωθεί, ενώ η θερμοκρασία του δωματίου έμοιαζε να ανεβαίνει κάθε λεπτό που περνούσε. Αναρωτήθηκε γιατί κανένας άλλος δεν το είχε αντιληφθεί.

Είχε επιλέξει ένα μακό με μανίκια εκείνο το πρωί, αντί για τιραντάκι, γιατί είχε νιώσει εκτός τόπου και χρόνου με το αμάνικο μπλουζάκι της την προηγούμενη μέρα. Τώρα όμως ένιωθε τη λαιμόκοψη να ανεβαίνει όλο και πιο ψηλά, σαν να φορούσε ζιβάγκο. Ένα *σφιχτό* ζιβάγκο. Όταν το κουδούνι χτύπησε, επιτέλους, η Λόρελ χαμογέλασε, τους χαιρέτησε και όρμησε έξω, προτού προλάβει να την προφτάσει ο Ντέιβιντ.

Κατευθύνθηκε με ταχύ βήμα προς την τουαλέτα, άφησε το σακίδιό της να πέσει στο πάτωμα κάτω από το πρεβάζι και έβγαλε το κεφάλι έξω από το παράθυρο στον καθαρό αέρα. Ανάσανε τη δροσερή αλμύρα και έκανε αέρα με την μπλούζα της θέλοντας να αφήσει την αύρα να αγγίξει το κορμί της όσο περισσότερο γινόταν. Η ελαφριά αναγούλα που είχε νιώσει την ώρα του μεσημεριανού άρχισε να υποχωρεί. Μέχρι να βγει από την τουαλέτα –έχοντας ίσα ίσα λίγο χρόνο να τρέξει για το επόμενο μάθημα–, η Λόρελ ένιωθε λίγο καλύτερα.

Μετά το σχολείο περπάτησε με την ησυχία της μέχρι το σπίτι. Ο ήλιος και η αύρα την αναζωογόνησαν και έκαναν τη ναυτία της να περάσει εντελώς. Ωστόσο, όταν το επόμενο πρωί διάλεγε τα ρούχα της, επέλεξε και πάλι το τιραντάκι.

Με το που άρχισε το μάθημα της βιολογίας, ο Ντέιβιντ κάθισε στην καρέκλα δίπλα της. «Σε πειράζει;» ρώτησε. Είχε ήδη καθίσει, άρα και να ήθελε η Λόρελ, δε θα μπορούσε να φέρει αντίρρηση. Όχι βέβαια πως είχε.

Κούνησε αρνητικά το κεφάλι της. «Η κοπέλα που συνήθως κάθεται εδώ περνά όλη την ώρα του μαθήματος ζωγραφίζοντας καρδούλες για κάποιον Στιβ. Δε με αφήνει να συγκεντρωθώ και πολύ».

Ο Ντέιβιντ γέλασε. «Μάλλον για τον Στιβ Τάνερ. Είναι σούπερ δημοφιλής».

«Υποθέτω πως γι' αυτόν πρόκειται». Έβγαλε το βιβλίο της και βρήκε τη σελίδα που είχε γράψει στον πίνακα ο κύριος Τζέιμς.

«Θέλεις να ξαναφάμε μαζί μεσημεριανό σήμερα; Και με τους φίλους μου», βιάστηκε να προσθέσει ο Ντέιβιντ.

Η Λόρελ δίστασε. Το φαντάστηκε ότι θα τη ρωτούσε, αλλά ακόμη δεν είχε σκεφτεί τι θα του απαντούσε για να μην τον πληγώσει. Τον συμπαθούσε πολύ. Και τους φίλους του, τουλάχιστον όσους είχε καταφέρει να ακούσει με τέτοια βαβούρα. «Δύσκολο το βλέπω», άρχισε, «εγώ...»

«Φταίει η Τσέλσι; Δεν είχε πρόθεση να σε κάνει να νιώσεις άσχημα για το φαγητό σου, απλώς είναι πάντα υπερβολικά ειλικρινής. Η αλήθεια είναι ότι, όταν το συνηθίσεις, είναι αρκετά τονωτικό».

«Όχι, δε φταίει εκείνη. Όλοι σου οι φίλοι είναι πολύ συμπαθητικοί. Όμως δεν μπορώ... Δεν αντέχω αυτό το κυλικείο. Αφού έτσι κι αλλιώς περνάω όλη μου τη μέρα κλεισμένη μέσα, νιώθω την ανάγκη να βγω έξω για το μεσημεριανό μου. Υποθέτω ότι δυσκολεύομαι να παραχωρήσω έτσι γρήγορα όλη αυτή την ελευθερία που μου πρόσφεραν τα ιδιαίτερα μαθήματα επί δέκα ολόκληρα χρόνια».

«Δηλαδή όλοι ήταν εντάξει;» της ψιθύρισε ενώ ο κύριος Τζέιμς επέβαλλε την τάξη στους μαθητές του.

Η Λόρελ έγνεψε καταφατικά.

«Σε πειράζει τότε να έρθουν μαζί μας έξω να φάμε;»

Η Λόρελ σώπασε για να παρακολουθήσει την αρχή της παράδοσης με θέμα τα φύλα. «Πολύ ευχαρίστως», του ψιθύρισε τελικά.

Όταν χτύπησε το κουδούνι, ο Ντέιβιντ είπε: «Θα σε βρω έξω. Πάω να πω στους άλλους να έρθουν αν θέλουν».

Η Λόρελ περπάτησε φτάνοντας στο σημείο όπου είχε φάει με τον Ντέιβιντ τη Δευτέρα. Παρόλο που είχαν περάσει μόλις δύο μέρες, ο χώρος του σχολείου είχε ήδη αρχίσει να της φαίνεται πιο οικείος. Δεν ένιωθε τόσο χαμένη, ούτε η οχλοβοή που την είχε ξεκουφάνει την πρώτη μέρα ήταν τόσο ανυπόφορη σήμερα.

Βρήκε ένα αρκετά στεγνό κομμάτι γκαζόν και κάθισε περιμένοντας τον Ντέιβιντ. Λίγα λεπτά αργότερα τον είδε να καταφτάνει επικεφαλής μιας ομάδας δέκα περίπου παιδιών. Δεν ήρθαν όλοι για να φάνε μαζί τους, αλλά έγιναν μια αρκετά μεγάλη παρέα. Κάθισαν σχηματίζοντας ένα στραβό κύκλο και άρχισαν να φλυαρούν αβίαστα, όπως και την προηγούμενη μέρα.

Η Λόρελ δεν ήξερε τι να περιμένει από την Τσέλσι μετά τα χθεσινά, αλλά εκείνη ήταν μες στα χαμόγελα καθώς σωριάστηκε βαριά δίπλα της.

Όπως είχε πει και ο Ντέιβιντ, η ειλικρίνεια της Τσέλσι ήταν τονωτική και διασκεδαστική συνάμα. Ό,τι της κατέβαινε στο κεφάλι το ξεστόμιζε. Στην αρχή υπήρξαν μερικές στιγμές αμηχανίας, όταν η Τσέλσι ξεψάχνισε τη Λόρελ για τα ιδιαίτερα μαθήματα ή όταν παρατήρησε ότι το τιραντάκι και το τζιν σορτσάκι δεν απείχαν και πολύ από το να εμφανιστείς στο σχολείο φορώντας το μαγιό σου. Είπε επίσης στον Ντέιβιντ ότι έπρεπε να βάλει λίγο ζελέ στα μαλλιά του και ενημέρωσε ένα αγόρι ονόματι Μαξ πως θα κοβόταν στα αγγλικά, αν δεν του δάνειζε και φέτος τις σημειώσεις της, κι έτσι η Λόρελ δεν το πήρε προσωπικά.

Μέχρι να τελειώσει το μεσημεριανό διάλειμμα, θυμόταν τουλάχιστον τα μισά από τα ονόματα των παιδιών και είχε καταφέρει να συμμετάσχει σε αρκετές συζητήσεις. Η Τσέλσι και ο Ντέιβιντ τη συνόδευσαν στο επόμενο μάθημα, κι εκείνη ένιωθε άνετα που περπατούσε μαζί τους. Όταν ο Ντέιβιντ έκανε ένα αστείο για τον κύριο Τζέιμς, τα τρανταχτά γέλια της Λόρελ αντήχησαν στους διαδρόμους. Για πρώτη φορά από τότε που έφυγε από το Όρικ, ένιωθε ότι ανήκε εδώ.

Κεφάλαιο 3

Οι ΕΠΟΜΕΝΕΣ ΕΒΔΟΜΑΔΕΣ στο σχολείο κύλησαν πολύ γρηγορότερα από όσο φανταζόταν η Λόρελ έπειτα από εκείνες τις πρώτες μέρες της αμηχανίας. Ένιωθε πολύ τυχερή που είχε γνωρίσει τον Ντέιβιντ. Συχνά έκαναν παρέα στο σχολείο, και με την Τσέλσι είχαν ένα κοινό μάθημα. Ποτέ δεν έτρωγε μεσημεριανό μόνη της και αισθανόταν ότι είχε φτάσει πλέον στο σημείο να μπορεί τουλάχιστον να αποκαλεί την Τσέλσι και τον Ντέιβιντ φίλους της. Και τα μαθήματα καλά ήταν. Την ξένιζε κάπως η απαίτηση των καθηγητών να μαθαίνει με το ρυθμό όλων των άλλων, αλλά η Λόρελ το συνήθιζε σιγά σιγά.

Συνήθιζε επίσης το Κρέσεντ Σίτι. Ήταν μεγαλύτερο από το Όρικ, φυσικά, αλλά αρκετά απλωμένο, ενώ κανένα κτίριο δεν ξεπερνούσε τους δύο ορόφους. Ψηλά πεύκα και δέντρα με πλατιά φύλλα φύτρωναν παντού, ακόμη και μπροστά από το μπακάλικο. Το γρασίδι στις πρασιές ήταν παχύ και καταπράσινο, λουλούδια άνθιζαν στα αναρριχώμενα φυτά που κάλυπταν σχεδόν τα περισσότερα κτίρια.

Μια Παρασκευή του Σεπτεμβρίου, η Λόρελ έπεσε τυχαία πάνω στον Ντέιβιντ καθώς εκείνος έμπαινε στην τάξη μετά τα ισπανικά, το τελευταίο μάθημα της μέρας.

«Συγγνώμη», απολογήθηκε ο Ντέιβιντ και τη συγκράτησε ακουμπώντας το χέρι του στον ώμο της.

«Δεν πειράζει. Ήμουν αφηρημένη».

Την επόμενη στιγμή τα βλέμματά τους διασταυρώθηκαν. Εκείνη χαμογέλασε ντροπαλά, μέχρι που συνειδητοποίησε ότι του έκλεινε το δρόμο.

«Οχ, με συγχωρείς», είπε η Λόρελ παραμερίζοντας από την πόρτα.

«Εεε, βασικά, εσένα... εσένα έψαχνα».

Έμοιαζε αγχωμένος. «Εντάξει. Μόνο που πρέπει να...» Σήκωσε ψηλά το βιβλίο της. «Πρέπει να το βάλω στο ντουλαπάκι μου».

«Θα έρθω μαζί σου».

«Τέλεια».

Περπάτησαν μέχρι το σημείο όπου βρισκόταν το ντουλαπάκι της Λόρελ. Εκείνη έβαλε μέσα το βιβλίο των ισπανικών, πήρε το βιβλίο της ιστορίας και έπειτα κλείδωσε. Χαμογέλασε και κοίταξε τον Ντέιβιντ γεμάτη προσμονή.

«Να, έλεγα μήπως, αν ήθελες, να κανονίζαμε κάτι για το απόγευμα...»

Το χαμόγελο δεν έσβησε από τα χείλη της, αλλά ένιωσε το στομάχι της να δένεται κόμπος. Μέχρι τώρα η φιλία τους περιοριζόταν αποκλειστικά στο σχολείο. Ξαφνικά η Λόρελ συνειδητοποίησε πως δεν ήξερε και πολλά για τον Ντέιβιντ. Πώς περνούσε την ώρα του όταν δεν έτρωγε μεσημεριανό ή δεν κρατούσε σημειώσεις; Το ενδεχόμενο να το ανακαλύψει της φάνηκε ανέλπιστα ελκυστικό. «Τι σκέφτεσαι να κάνουμε;»

«Πίσω από το σπίτι μου υπάρχει ένα δάσος. Αφού σου αρέσει να είσαι έξω, σκέφτηκα μήπως πηγαίναμε καμιά βόλτα. Ξέρω ένα φοβερό δέντρο εκεί, και σκέφτηκα ότι θα ήθελες να το δεις κι εσύ. Βασικά, είναι δύο δέντρα, αλλά θα καταλάβεις όταν το δεις. Αν θέλεις, εννοείται».

«Σύμφωνοι».

«Αλήθεια;»

Η Λόρελ χαμογέλασε. «Φυσικά».

«Τέλεια». Ο Ντέιβιντ έριξε μια ματιά στο διάδρομο προς την πλευρά της πίσω πόρτας. «Είναι πιο εύκολο αν βγούμε από πίσω».

Η Λόρελ τον ακολούθησε στο συνωστισμένο διάδρομο και βγήκε μαζί του στο σεπτεμβριάτικο αεράκι. Ο ήλιος έδινε μάχη για να ξεπροβάλει μέσα από την ομίχλη και ο αέρας ήταν ψυχρός και βαρύς από την υγρασία. Έβαλε το μπουφάν της και ήταν πολύ χαρούμενη που είχε φορέσει ένα κάπρι παντελόνι αντί για σορτς εκείνη τη μέρα. «Άλλαξε ο καιρός. Λες και σήμερα είναι η πρώτη επίσημη μέρα του φθινοπώρου».

Ο Ντέιβιντ ανέβασε το φερμουάρ του μπουφάν του. «Έτσι νομίζω κι εγώ».

Διέσχισαν το γήπεδο του ράγκμπι πίσω από το σχολείο, βγήκαν στην οδό Γκραντ και έστριψαν στη λεωφόρο Σμολ. «Είναι μακριά το σπίτι σου;» ρώτησε η Λόρελ.

«Λίγα τετράγωνα παρακάτω».

Ο καιρός ήταν δροσερός και ο άνεμος που φυσούσε από τα δυτικά κουβαλούσε μαζί του την αλμύρα του ωκεανού. Η Λόρελ έπαιρνε βαθιές ανάσες απολαμβάνοντας το φθινοπωρινό αέρα όταν μπήκαν σε μια ήσυχη περιοχή περίπου πεντακόσια μέτρα νότια από το σπίτι της. «Μένεις με τη μητέρα σου;» τον ρώτησε.

«Ναι. Ο πατέρας μου μας εγκατέλειψε όταν ήμουν εννιά

χρονών. Έτσι, η μητέρα μου τελείωσε με τη σχολή και ήρθε εδώ».

«Τι δουλειά κάνει;»

«Είναι φαρμακοποιός σε ένα φαρμακείο του κέντρου».

«Οχ», γέλασε η Λόρεν. «Τι ειρωνεία».

«Γιατί;»

«Η μητέρα μου ειδικεύεται στη φυτοθεραπεία».

«Τι είναι αυτό;»

«Βασικά παρασκευάζει φάρμακα από βότανα. Μάλιστα, καλλιεργεί και αρκετά δικά της. Δεν έχω πάρει ποτέ μου φάρμακα, ούτε καν ασπιρίνη».

Ο Ντέιβιντ γούρλωσε τα μάτια. «Πλάκα μού κάνεις!»

«Όχι. Η μητέρα μου φτιάχνει τα δικά της και χρησιμοποιούμε αυτά».

«Η δική μου θα φρίκαρε. Πιστεύει πως υπάρχουν χάπια για όλα».

«Η δική μου πιστεύει πως οι γιατροί έχουν βαλθεί να μας ξεκάνουν».

«Νομίζω πως οι μητέρες μας έχουν να μάθουν πολλά η μία από την άλλη».

Η Λόρελ γέλασε. «Μάλλον».

«Δηλαδή η μητέρα σου δεν πάει ποτέ στο γιατρό;»

«Ποτέ».

«Δηλαδή γεννήθηκες στο σπίτι;»

«Είμαι υιοθετημένη».

«Αλήθεια;» Έμεινε σιωπηλός για λίγο. «Ξέρεις ποιοι είναι οι πραγματικοί σου γονείς;»

Η Λόρελ κάγχασε. «Όχι βέβαια».

«Πού είναι το αστείο;»

Η Λόρελ δαγκώθηκε. «Μου υπόσχεσαι ότι δε θα γελάσεις;»

Ο Ντέιβιντ σήκωσε το χέρι σε μια προσποιητή ένδειξη σοβαρότητας. «Ορκίζομαι».

«Κάποιος με άφησε μέσα σε ένα καλάθι στο κατώφλι των γονιών μου».

«Αποκλείεται! Με δουλεύεις κανονικότατα».

Η Λόρελ τον κοίταξε επικριτικά.

Ο Ντέιβιντ άνοιξε το στόμα σαν χάνος. «Σοβαρολογείς;»

Η Λόρελ έγνεψε καταφατικά. «Ήμουν ανεπιθύμητο παιδί. Όχι και τόσο μωρό βέβαια. Ήμουν γύρω στα τρία και οι γονείς μου λένε ότι κλοτσούσα και πάλευα να βγω έξω τη στιγμή που άνοιξαν την πόρτα».

«Άρα ήσουν ολόκληρο παιδάκι. Μιλούσες κιόλας;»

«Ναι, αμέ. Είχα και μια αστεία προφορά που μου έμεινε για κάνα χρόνο».

«Χα. Δεν ήξερες από πού καταγόσουν;»

«Ήξερα μόνο το όνομά μου. Ούτε από πού ήμουν ούτε τι είχε συμβεί ούτε τίποτα».

«Είναι το πιο αλλόκοτο πράγμα που έχω ακούσει».

«Εξελίχτηκε σε τεράστιο νομικό μπέρδεμα. Αφότου οι γονείς μου αποφάσισαν ότι ήθελαν να με υιοθετήσουν, προσέλαβαν έναν ιδιωτικό ντέτεκτιβ για να αναζητήσει τη φυσική μου μητέρα. Μετά ήταν όλα αυτά τα θέματα για την προσωρινή κηδεμονία και, τέλος πάντων, τους πήρε δύο χρόνια μέχρι να οριστικοποιηθεί η κατάσταση».

«Ζούσες σε ανάδοχη οικογένεια ή κάτι τέτοιο;»

«Όχι. Ο δικαστής που είχε αναλάβει την υπόθεση των γονιών μου ήταν αρκετά συνεργάσιμος, οπότε μπορούσα να μένω μαζί τους σε όλη τη διάρκεια της διαδικασίας. Μια κοινωνική λειτουργός ερχόταν να μας δει κάθε εβδομάδα, και οι γονείς μου δεν είχαν το δικαίωμα να με βγάλουν από τα σύνορα της πολιτείας μέχρι τα εφτά μου».

«Κουφό. Αναρωτιέσαι ποτέ από πού ξεφύτρωσες;»

«Παλιά. Όμως δεν υπάρχουν απαντήσεις, οπότε ήταν μάταιο να σκοτίζω το μυαλό μου μετά από κάποιο διάστημα».

«Αν μπορούσες να ανακαλύψεις ποια είναι η πραγματική σου μητέρα, θα το έκανες;»

«Δεν ξέρω», είπε η Λόρελ χώνοντας τα χέρια στις τσέπες. «Μάλλον. Όμως μου αρέσει η ζωή μου. Δε λυπάμαι καθόλου που κατέληξα με τη μητέρα και τον πατέρα μου».

«Αυτό είναι σούπερ». Ο Ντέιβιντ έδειξε προς την πλευρά ενός ιδιωτικού παράδρομου. «Από δω». Έπειτα κοίταξε τον ουρανό. «Μάλλον θα βρέξει σύντομα. Ας αφήσουμε τα σακίδιά μας και ας ελπίσουμε να προλάβουμε να δούμε το δέντρο».

«Αυτό είναι το σπίτι σου; Ωραίο είναι». Πέρασαν μπροστά από ένα λευκό σπιτάκι, με την πόρτα του βαμμένη σε έντονο κόκκινο χρώμα. Πολύχρωμες ζίνιες κάλυπταν ένα μακρύ παρτέρι που εκτεινόταν κατά μήκος της πρόσοψης.

«Αυτό μας έλειπε να μην ήταν», είπε ο Ντέιβιντ γυρίζοντας προς την πλευρά της. «Πέρασα δύο εβδομάδες φέτος το καλοκαίρι βάφοντάς το». Έβγαλε ένα κλειδί από την τσέπη του και ξεκλείδωσε την πόρτα. «Παλιά είχε ένα απαίσιο πρασινοκαφέ χρώμα».

Άφησαν τα σακίδιά τους δίπλα στην κύρια είσοδο και μπήκαν σε μια νοικοκυρεμένη αλλά απλά διακοσμημένη κουζίνα. «Να σου προσφέρω κάτι;» ρώτησε ο Ντέιβιντ ανοίγοντας το ψυγείο. Πήρε ένα αναψυκτικό και από το ντουλάπι άρπαξε ένα κουτί με σοκολατένια γλυκίσματα.

Η Λόρελ μόλις και μετά βίας κρατήθηκε να μην ξινίσει τα μούτρα της βλέποντας τις σοκολάτες και προτίμησε να ρίξει μια ματιά τριγύρω στην κουζίνα. Εντόπισε μια γαβάθα με φρούτα. «Μπορώ να φάω ένα φρούτο;» ρώτησε κι έδειξε ένα ολόφρεσκο, καταπράσινο αχλάδι.

«Εννοείται. Τσίμπα το και πάρ' το μαζί». Της πρόσφερε ένα μπουκαλάκι νερό. «Νεράκι;»

Του χάρισε ένα πλατύ χαμόγελο. «Φυσικά».

Έχωσαν στις τσέπες τους τα σνακ τους και ο Ντέιβιντ έδειξε προς την πίσω πόρτα. «Από δω». Περπάτησαν στο πίσω μέρος του σπιτιού, και εκείνος άνοιξε την μπαλκονόπορτα.

Η Λόρελ βγήκε σε μια φροντισμένη αλλά περιφραγμένη πίσω αυλή. «Σαν αδιέξοδο μοιάζει».

Ο Ντέιβιντ γέλασε. «Στο απαίδευτο μάτι, ίσως».

Πλησίασε το φράχτη από τσιμεντόλιθους και δίνοντας φόρα με ένα γοργό σάλτο τράβηξε το σώμα του στην κορυφή και σκαρφάλωσε πάνω.

«Έλα», είπε στη Λόρελ τεντώνοντας το χέρι. «Θα σε βοηθήσω».

Εκείνη τον κοίταξε με αμφιβολία, αλλά άπλωσε το χέρι. Με εντυπωσιακά ελάχιστη προσπάθεια πήδηξαν το φράχτη.

Η γραμμή των δέντρων έφτανε μέχρι εκεί, κι έτσι με ένα πηδηματάκι μπήκαν στο δάσος. Τα νωπά, πεσμένα φύλλα σχημάτιζαν ένα παχύ χαλί κάτω από τα πόδια τους. Η πυκνή φυλλωσιά πάνω από τα κεφάλια τους σκέπαζε το θόρυβο των αυτοκινήτων που ερχόταν από μακριά. Η Λόρελ έριξε μια ματιά γύρω της. «Είναι πανέμορφα», είπε με θαυμασμό.

Ο Ντέιβιντ κοίταξε ψηλά και ακούμπησε τα χέρια στους γοφούς του. «Κι εγώ έτσι λέω. Δεν ήμουν ποτέ ο τύπος που του αρέσει να είναι στην ύπαιθρο, αλλά βρίσκω πολλά διαφορετικά φυτά που μπορώ να μελετήσω στο μικροσκόπιό μου».

Η Λόρελ τον κοίταξε με δυσπιστία. «Έχεις μικροσκόπιο;» Χασκογέλασε. «Είσαι εντελώς φυτό».

Ο Ντέιβιντ γέλασε. «Ναι, αλλά όλοι πίστευαν ότι ο Κλαρκ Κεντ ήταν σπασίκλας και είδες τι αποδείχτηκε».

«Θέλεις να μου πεις ότι είσαι ο Σούπερμαν;» ρώτησε η Λόρελ.

«Ποτέ δεν ξέρεις», απάντησε κοροϊδευτικά ο Ντέιβιντ.

Η Λόρελ έσκασε στα γέλια και ξαφνικά χαμήλωσε ντροπαλά το κεφάλι. Όταν σήκωσε ξανά το βλέμμα, ο Ντέιβιντ την κοίταζε έντονα. Το ξέφωτο φάνταζε ακόμη πιο ήσυχο τη στιγμή που έσμιξαν οι ματιές τους. Της άρεσε ο τρόπος που την κοίταζε με τα βελούδινα, διερευνητικά του μάτια. Λες και θα μπορούσε να μάθει περισσότερα για εκείνη μόνο και μόνο εξετάζοντας το πρόσωπό της.

Κάμποση ώρα μετά της χαμογέλασε κάπως αμήχανα και έγνεψε προς την κατεύθυνση ενός αχνού μονοπατιού. «Το δέντρο είναι από δω».

Την οδήγησε σε ένα μονοπάτι που φιδοσερνόταν φαινομενικά χωρίς λόγο. Λίγα λεπτά αργότερα της έδειξε ένα μεγάλο δέντρο λίγο πιο πέρα από το μονοπάτι.

«Ποπό!» αναφώνησε η Λόρελ. «Είναι τέλειο». Ήταν στην ουσία δύο δέντρα, ένα έλατο και μία σημύδα, που είχαν φυτρώσει δίπλα δίπλα. Οι κορμοί τους ενώθηκαν και αναπτύχθηκαν μαζί καταλήγοντας σε ένα δέντρο που από τη μια πλευρά είχε βελόνες και από την άλλη πλατιά φύλλα.

«Το ανακάλυψα όταν μετακόμισα εδώ με τη μητέρα μου πριν από μερικά χρόνια».

«Πού είναι ο πατέρας σου, λοιπόν;» ρώτησε η Λόρελ γλιστρώντας με την πλάτη πάνω στον κορμό ενός δέντρου για να βολευτεί πάνω σε ένα σωρό φύλλα. Έπειτα έβγαλε το αχλάδι από την τσέπη της.

Το γέλιο του Ντέιβιντ ακούστηκε πνιχτό. «Στο Σαν Φρανσίσκο. Είναι δικηγόρος σε μια μεγάλη εταιρεία».

«Τον βλέπεις συχνά;»

Ο Ντέιβιντ κάθισε κατάχαμα πλάι της. Το γόνατό του ακουμπούσε απαλά στο μηρό της. Η Λόρελ δεν τραβήχτηκε από κοντά του. «Μήνα παρά μήνα. Έχει ιδιωτικό τζετ, πετάει μέχρι το γήπεδο ΜακΝαμάρα και στην επιστροφή με παίρνει μαζί του για το Σαββατοκύριακο».

«Φανταστικό».

«Μπορείς να το πεις κι έτσι».

«Τον συμπαθείς;»

Ο Ντέιβιντ ανασήκωσε τους ώμους αδιάφορα. «Αρκετά. Όμως, εκείνος μας εγκατέλειψε και ποτέ δεν προσπάθησε να βρει περισσότερο χρόνο για μένα. Άρα, δε νιώθω ότι είμαι στις προτεραιότητές του. Καταλαβαίνεις;»

Η Λόρελ κούνησε το κεφάλι. «Λυπάμαι πολύ».

«Δε βαριέσαι. Πάντα περνάμε καλά. Απλώς κάποιες φορές είμαστε λίγο αμήχανοι».

Κάθισαν απολαμβάνοντας τον ήχο της σιωπής για μερικά λεπτά, ενώ το γαλήνιο ξέφωτο τους νανούριζε και τους χαλάρωνε. Ένας κεραυνός που βρόντηξε υπόκωφα στον ουρανό τούς έκανε να κοιτάξουν και οι δύο ψηλά.

«Καλύτερα να σε πάω πίσω. Θα ρίξει καρέκλες σε λίγο».

Η Λόρελ σηκώθηκε και τίναξε το τζιν της. «Σ' ευχαριστώ που με έφερες εδώ», είπε δείχνοντας το δέντρο. «Είναι απλά υπέροχο».

«Πολύ χαίρομαι που σου άρεσε», αποκρίθηκε ο Ντέιβιντ. Απέφυγε το βλέμμα της. «Μόνο που... δεν ήταν αυτό το θέμα μας».

«Ω!» Η Λόρελ ένιωσε ξαφνικά ντροπή.

«Από δω», έδειξε ο Ντέιβιντ κοκκινίζοντας λίγο καθώς έκανε μεταβολή.

Σκαρφάλωσαν ξανά πάνω από το φράχτη, ακριβώς τη στιγμή που άρχισαν να πέφτουν οι πρώτες σταγόνες της βροχής. «Μήπως θέλεις να τηλεφωνήσεις στη μητέρα σου να έρθει να σε πάρει με το αυτοκίνητο;» ρώτησε ο Ντέιβιντ όταν μπήκαν στην κουζίνα.

«Μπα, δεν υπάρχει πρόβλημα».

«Μα βρέχει. Τότε, θα σε συνοδεύσω εγώ».

«Όχι, δεν είναι ανάγκη. Αλήθεια, μου αρέσει να περπατάω στη βροχή».

Ο Ντέιβιντ έκανε μια παύση για λίγο και μετά συνέχισε: «Τότε, μπορώ να σε πάρω τηλέφωνο; Ίσως αύριο;»

Η Λόρελ χαμογέλασε. «Εννοείται. Μάλλον όμως πρέπει να πηγαίνω. Δε θέλω να ανησυχήσω τη μητέρα μου».

«Φυσικά», συμφώνησε εκείνος, αλλά δεν παραμέριζε από την πόρτα της κουζίνας.

«Από δω δεν είναι η πόρτα;» ρώτησε η Λόρελ όσο πιο ευγενικά μπορούσε.

«Ναι. Το πρόβλημα είναι ότι δεν μπορώ να σου τηλεφωνήσω, αφού δεν ξέρω το τηλέφωνό σου».

«Οχ, συγγνώμη». Έβγαλε ένα στιλό και έγραψε τον αριθμό της σε ένα σημειωματάριο δίπλα στο τηλέφωνο.

«Να σου δώσω κι εγώ το δικό μου;»

«Φυσικά».

Η Λόρελ έκανε να ανοίξει το σακίδιό της, αλλά ο Ντέιβιντ τη σταμάτησε. «Μην ανησυχείς», είπε. «Ορίστε».

Ο Ντέιβιντ κράτησε το χέρι της μέσα στο δικό του και έγραψε το τηλέφωνό του στην παλάμη της.

«Έτσι δεν πρόκειται να το χάσεις με τίποτα», της είπε σκανταλιάρικα.

«Τέλεια. Τα λέμε αργότερα». Του χάρισε ένα ζεστό χαμόγελο προτού βγει στο ψιλόβροχο.

Προχωρώντας στο δρόμο και έχοντας καλύψει αρκετή απόσταση ώστε να μη φαίνεται πια από το σπίτι, η Λόρελ έσπρωξε πίσω την κουκούλα του μπουφάν της και έστρεψε το πρόσωπό της προς τον ουρανό. Πήρε βαθιά ανάσα, ενώ οι σταγόνες πιτσιλούσαν τα μάγουλά της και κυλούσαν στο λαιμό της. Έκανε να τεντώσει τα χέρια και μετά θυμήθηκε το τηλέφωνο. Έχωσε το χέρι στην τσέπη και συνέχισε το δρόμο της χαμογελώντας καθώς η βροχή εξακολουθούσε να πέφτει απαλά πάνω της.

Χτυπούσε το τηλέφωνο, τη στιγμή που η Λόρελ μπήκε στο σπίτι της. Η μητέρα της μάλλον έλειπε, κι έτσι η Λόρελ ανέβηκε βιαστικά τα τελευταία σκαλιά για να προλάβει το τηλέφωνο προτού απαντήσει ο τηλεφωνητής. «Εμπρός;» είπε λαχανιασμένη.

«Ω, γεια, έφτασες; Πάνω που έλεγα να αφήσω μήνυμα».

«Ντέιβιντ, εσύ;»

«Ναι, γεια σου. Συγγνώμη που σε πήρα τόσο σύντομα», είπε ο Ντέιβιντ, «αλλά σκέφτηκα ότι, μια και γράφουμε διαγώνισμα στη βιολογία την επόμενη εβδομάδα, μήπως θέλεις να έρθεις στο σπίτι μου αύριο να διαβάσουμε μαζί».

«Σοβαρά;» ρώτησε η Λόρελ. «Θα ήταν καταπληκτικό! Έχω

αγχωθεί τόσο πολύ με αυτό το διαγώνισμα. Νομίζω ότι ξέρω τα μισά».

«Τέλεια». Ο Ντέιβιντ έκανε μια παύση. «Όχι επειδή έχεις αγχωθεί, αλλά που... Τέλος πάντων».

Η Λόρελ χαμογέλασε διακρίνοντας την αμηχανία του. «Τι ώρα;»

«Όποτε θέλεις. Δεν κάνω τίποτα αύριο πέρα από διάφορες αγγαρείες για τη μάνα μου».

«Εντάξει. Θα σε πάρω».

«Τέλεια. Τα λέμε αύριο».

Η Λόρελ τον χαιρέτησε και έκλεισε. Χαμογελούσε χοροπηδώντας στη σκάλα και ανεβαίνοντας δύο δύο τα σκαλιά.

Κεφάλαιο 4

Το ΣΑΒΒΑΤΟ ΤΟ ΠΡΩΙ, τα μάτια της Λόρελ άνοιξαν πεταρίζοντας με την ανατολή του ήλιου. Δεν την ένοιαζε· ανέκαθεν ήταν πρωινός τύπος. Συνήθως ξυπνούσε μία ώρα πριν από τους γονείς της, και έτσι είχε την ευκαιρία να πάει μια βόλτα μόνη της και να απολαύσει τον ήλιο να της ζεσταίνει την πλάτη και τον άνεμο να της χαϊδεύει τα μάγουλα, προτού αναγκαστεί να κλειστεί στο σχολείο για ώρες ολόκληρες.

Φόρεσε ένα ανάλαφρο φορεματάκι και πήρε την παλιά κιθάρα της μητέρας της από τη θήκη της δίπλα στην πίσω πόρτα, προτού ξεγλιστρήσει αθόρυβα έξω για να απολαύσει τη δροσιά και την ησυχία της αυγής. Ήταν τέλη Σεπτεμβρίου και τα καθάρια, λαμπερά πρωινά είχαν δώσει τη θέση τους στην ομίχλη που σηκωνόταν από τον ωκεανό και κάλυπτε την πόλη μέχρι νωρίς το απόγευμα.

Περπάτησε κατά μήκος ενός μικρού μονοπατιού που διέσχιζε την πίσω αυλή. Αν και το σπίτι τους ήταν μικρό, το οικόπεδο ήταν αρκετά μεγάλο και οι γονείς της Λόρελ συζητούσαν το ενδεχόμενο να επεκτείνουν κάποια στιγμή το κτίσμα. Η αυλή είχε πολλά δέντρα που πρόσφεραν σκιά στο σπίτι, και η Λόρελ είχε περάσει σχεδόν ένα μήνα βοηθώντας τη μητέρα της να φυτέψει λουλούδια και αναρριχώμενα φυτά κατά μήκος των εξωτερικών τοίχων.

Το σπίτι τους ήταν στην ίδια σειρά με άλλα, έτσι είχαν γείτονες και από τις δύο πλευρές. Όπως σε πολλά σπίτια στο Κρέσεντ Σίτι, στο πίσω μέρος του ξεκινούσε άκτιστη δασική έκταση. Έτσι, παρόλο που το οικόπεδό τους τυπικά έφτανε μόνο μέχρι τη γραμμή των δέντρων, η Λόρελ πήγαινε συνήθως τις βόλτες της ακόμη παραπέρα, στα στριφογυριστά μονοπάτια της μικρής ρεματιάς και στο ποταμάκι που τη διέτρεχε στη μέση, παράλληλα με τη σειρά των σπιτιών.

Σήμερα περιπλανήθηκε στο ποταμάκι και κάθισε στην όχθη του. Βούτηξε τα πόδια της στο παγωμένο νερό, που τα πρωινά ήταν κρυστάλλινο και δροσερό, προτού τολμήσουν να εξορμήσουν ψαλίδες και σκνίπες και να γεμίσουν την επιφάνεια μικρές μαύρες κουκκίδες αναζητώντας λίγη τροφή.

Η Λόρελ στήριξε την κιθάρα στο γόνατό της και άρχισε να γρατσουνά τις χορδές στην τύχη, φτιάχνοντας μετά από λίγο μια υποτυπώδη μελωδία. Ήταν ωραία που γέμιζε το μέρος γύρω της με μουσική. Είχε ξεκινήσει να παίζει πριν από τρία χρόνια, όταν βρήκε την παλιά κιθάρα της μητέρας της στη σοφίτα. Χρειαζόταν επειγόντως καινούριες χορδές και κούρδισμα, αλλά η Λόρελ έπεισε τη Σάρα να τη φτιάξει. Εκείνη είπε πως της χάριζε την κιθάρα, αλλά η Λόρελ θεωρούσε ακόμη και τώρα πως ήταν της μητέρας της. Φάνταζε πιο ρομαντικό. Σαν παλιό οικογενειακό κειμήλιο.

Ένα έντομο προσγειώθηκε ξαφνικά στον ώμο της και βάλθηκε να περπατά στην πλάτη της. Η Λόρελ το έδιωξε και τα δάχτυλά της άγγιξαν κάτι. Τέντωσε το μπράτσο της λίγο πιο πίσω και το έπιασε ξανά. Ήταν ακόμη εκεί: ένα στρογγυλό εξόγκωμα που μετά βίας ένιωθε κάτω από το δέρμα της. Έστριψε το λαιμό της προς τα πίσω, αλλά δεν μπορούσε να δει τίποτα πέρα από τον ώμο της. Άγγιξε ξανά το σημείο προσπαθώντας να καταλάβει τι ήταν αυτό που έπιανε. Τελικά σηκώθηκε και επέστρεψε εκνευρισμένη στο σπίτι ψάχνοντας για έναν καθρέφτη.

Αφού κλείδωσε την πόρτα του μπάνιου, η Λόρελ κάθισε στο έπιπλο της τουαλέτας στρίβοντας το σώμα της, έτσι ώστε να μπορεί να βλέπει την πλάτη της στον καθρέφτη. Κατέβασε το πάνω μέρος του φορέματός της και έψαξε για το εξόγκωμα. Τελικά το εντόπισε ακριβώς ανάμεσα στις ωμοπλάτες της: ένα μικροσκοπικό, στρογγυλό πραγματάκι που δεν ξεχώριζε από το δέρμα γύρω του. Ούτε που φαινόταν, αλλά ήταν σίγουρα εκεί. Το πίεσε διερευνητικά. Δεν την πόνεσε, αλλά έτσι όπως το ζούληξε, άρχισε να την τσούζει λίγο. Έμοιαζε με σπυράκι. *Πολύ παρήγορο*, σκέφτηκε η Λόρελ διασκεδάζοντάς το. *Κατά έναν όχι και τόσο παρήγορο τρόπο.*

Η Λόρελ άκουσε τα ανάλαφρα βήματα της μητέρας της να τρίζουν στο διάδρομο. Το κεφάλι της ξεπρόβαλε από την πόρτα του μπάνιου. «Μαμά;»

«Στην κουζίνα», απάντησε εκείνη με ένα χασμουρητό.

Η Λόρελ ακολούθησε τη φωνή της. «Έχω ένα καρουμπαλάκι στην πλάτη μου. Μπορείς να του ρίξεις μια ματιά;» ρώτησε γυρίζοντας την πλάτη.

Η Σάρα το πίεσε ελαφρά μερικές φορές. «Ένα απλό σπυράκι είναι», κατέληξε.

«Κι εγώ αυτό σκέφτηκα», είπε η Λόρελ ανεβάζοντας και πάλι το πάνω μέρος του φορέματός της.

«Εσύ ποτέ δεν έβγαζες σπυράκια». Δίστασε να κάνει την ερώτηση. «Μήπως άρχισες να... Κατάλαβες;»

Η Λόρελ κούνησε αρνητικά το κεφάλι με στόμφο. «Μάλλον έτυχε». Η φωνή της ήταν ουδέτερη και το χαμόγελό της δηκτικό. «Φταίει η εφηβεία, όπως λες κι εσύ». Έκανε μεταβολή και το έβαλε στα πόδια, προτού προλάβει η μητέρα της να της κάνει κι άλλες ερωτήσεις.

Πίσω στο δωμάτιό της κάθισε στο κρεβάτι ψηλαφώντας το καρουμπαλάκι. Την έκανε να νιώθει κατά περίεργο τρόπο φυσιολογική που έβγαζε το πρώτο της σπυράκι, κάτι σαν το τελετουργικό μιας μετάβασης. Δεν είχε περάσει την εφηβεία όπως την περιέγραφαν τα βιβλία. Ποτέ δεν έβγαλε σπυράκια και, μολονότι το στήθος και οι γοφοί της είχαν στρογγυλέψει όπως έπρεπε, αρκετά νωρίς μάλιστα, στα δεκαπέντε και πλέον χρόνια της δεν της είχε έρθει ακόμη περίοδος.

Η μητέρα της περνούσε το γεγονός στα ψιλά γράμματα λέγοντας ότι, επειδή δε γνώριζαν τίποτα για το ιατρικό ιστορικό της βιολογικής μητέρας της, δεν μπορούσαν να ξέρουν μήπως ήταν ένα απόλυτα φυσιολογικό οικογενειακό χαρακτηριστικό. Όμως, η Λόρελ ήταν σίγουρη πως η Σάρα είχε αρχίσει να ανησυχεί.

Φόρεσε το συνηθισμένο της τιραντάκι με το τζιν της και άρχισε να πιάνει τα μαλλιά της αλογοουρά. Μετά σκέφτηκε τους ερεθισμούς και τις κοκκινίλες που έβλεπε συχνά στις πλάτες άλλων κοριτσιών στα αποδυτήρια και άφησε κάτω τα μαλλιά της. Σε περίπτωση που το εξόγκωμα εξελισσόταν σε κάτι άσχημο αργότερα.

Πόσω μάλλον στο σπίτι του Ντέιβιντ. Χάλι μαύρο.

Η Λόρελ πήρε ένα μήλο βγαίνοντας και χαιρέτησε τη μητέρα της. Είχε σχεδόν φτάσει στο σπίτι του Ντέιβιντ όταν είδε την Τσέλσι να κάνει τζόγκινγκ από την αντίθετη πλευρά. Η Λόρελ τής κούνησε το χέρι και τη φώναξε.

«Γειααα!» είπε η Τσέλσι χαμογελώντας, ενώ οι μπούκλες της ανέμιζαν ανάλαφρα γύρω από το πρόσωπό της.

«Γεια σου», ανταπέδωσε η Λόρελ χαμογελώντας. «Δεν ήξερα ότι είσαι δρομέας».

«Ανωμάλου δρόμου. Συνήθως προπονούμαι με την ομάδα, αλλά κάθε Σάββατο ο καθένας κάνει μόνος του προπόνηση. Για πού το έβαλες;»

«Πάω στου Ντέιβιντ», απάντησε η Λόρελ και ξαφνικά ντράπηκε. «Θα διαβάσουμε μαζί».

Η Τσέλσι γέλασε. «Ε, τότε, καλώς ήρθες στο φαν κλαμπ του Ντέιβιντ Λόσον. Είμαι πρόεδρος, αλλά μπορείς να γίνεις ταμίας».

«Δεν είναι αυτό που νομίζεις», είπε η Λόρελ, αν και δεν ήταν τόσο σίγουρη ότι έλεγε την αλήθεια. «Απλώς θα διαβάσουμε. Γράφω διαγώνισμα στη βιολογία τη Δευτέρα και θα πατώσω χωρίς λίγη βοήθεια».

«Μένει λίγο πιο κάτω στη γωνία. Θα σε πάω μέχρι εκεί».

Έστριψαν στη γωνία και άκουσαν την κουρευτική μηχανή του γκαζόν. Ο Ντέιβιντ δεν τις είδε που πλησίασαν και στάθηκαν για να τον χαζέψουν.

Έσπρωχνε την κουρευτική μηχανή πάνω στο παχύ γρασίδι φορώντας μόνο ένα τζιν και κάτι παλιά αθλητικά παπούτσια. Το στέρνο και τα μπράτσα του ήταν μακριά και αδύνατα, αλλά γραμμωμένα με λεπτούς μυς. Η επιδερμίδα του, μαυρισμένη από τον ήλιο, γυάλιζε από το λεπτό στρώμα του ιδρώτα καθώς το αγόρι κινούνταν σχεδόν με χάρη στο ήπιο φως του πρωινού ήλιου.

Η Λόρελ είχε απομείνει και τον χάζευε.

Είχε δει αγόρια να κυκλοφορούν ημίγυμνα άπειρες φορές,

αλλά αυτή τη φορά για κάποιο λόγο ήταν διαφορετικό. Παρατήρησε τα χέρια του να λυγίζουν όταν έφτασε σε ένα ιδιαίτερα παχύ κομμάτι γκαζόν και αναγκάστηκε να σπρώξει με δύναμη την κουρευτική μηχανή για να συνεχίσει. Ένιωσε κάτι στο στήθος της να σφίγγεται.

«Νομίζω ότι πέθανα και βρίσκομαι στον παράδεισο», είπε η Τσέλσι χωρίς καν να μπει στον κόπο να κρύψει το θαυμασμό στα μάτια της.

Λες και τις διαισθάνθηκε, ο Ντέιβιντ σήκωσε ξαφνικά το κεφάλι και το βλέμμα του διασταυρώθηκε με αυτό της Λόρελ. Εκείνη χαμήλωσε τα μάτια και περιεργάστηκε αμήχανη τα πόδια της.

Η Τσέλσι ούτε καν ανοιγόκλεισε τα βλέφαρά της.

Όταν η Λόρελ σήκωσε ξανά το βλέμμα, ο Ντέιβιντ είχε φορέσει την μπλούζα του. «Γεια χαρά. Νωρίς νωρίς ξυπνήσατε».

«Νωρίς το λες αυτό;» ρώτησε η Λόρελ. Εξάλλου, η ώρα ήταν σχεδόν εννιά. «Οχ», είπε ντροπιασμένη, «ξέχασα να τηλεφωνήσω».

Ο Ντέιβιντ ανασήκωσε αδιάφορα τους ώμους και χαμογέλασε πλατιά. «Δεν υπάρχει θέμα». Έδειξε προς τη μηχανή του γκαζόν. «Έχω ξυπνήσει για τα καλά».

«Λοιπόν, εγώ πρέπει να τρέξω», είπε η Τσέλσι καθώς συνήλθε κάπως απότομα από το σάστισμά της. «Κυριολεκτικά». Γύρισε έτσι ώστε μόνο η Λόρελ να μπορεί να δει το πρόσωπό της και είπε βουβά κουνώντας μόνο τα χείλη: «Ουάου!» Αμέσως μετά τους χαιρέτησε και τους δύο και άρχισε το σπριντάρισμα στο δρόμο.

Ο Ντέιβιντ χαχάνισε και κούνησε το κεφάλι βλέποντάς τη

να απομακρύνεται. Έπειτα γύρισε προς την πλευρά της Λόρελ και έγνεψε προς το σπίτι. «Πες αλεύρι· η βιολογία σε γυρεύει!»

Αφού παρέδωσαν τις κόλλες τους μετά το διαγώνισμα της Δευτέρας, ο Ντέιβιντ ρώτησε τη Λόρελ: «Λοιπόν, ήταν πράγματι τόσο δύσκολα;»

Η Λόρελ χαμογέλασε. «Μια χαρά, δεν ήταν τόσο δύσκολα. Όμως, χάρη στη δική σου βοήθεια και μόνο». Διάβαζαν περίπου τρεις ώρες το Σάββατο και τα ξαναείπαν στο τηλέφωνο ακόμη μία ώρα το βράδυ της Κυριακής. Είναι αυτονόητο πως η τηλεφωνική τους συνομιλία δεν είχε να κάνει με βιολογία, αλλά η Λόρελ μάλλον κάτι έμαθε μέσω της ώσμωσης. Ώσμωση μέσω τηλεφώνου. Μάλιστα.

Δίστασε για ένα δευτερόλεπτο προτού της προτείνει: «Θα μπορούσαμε να το καθιερώσουμε. Εννοώ, να μελετάμε μαζί».

«Ναι, αμέ», δέχτηκε η Λόρελ αρχίζοντας να της αρέσει όλο και περισσότερο η ιδέα της κατ' ιδίαν «μελέτης» μαζί του. «Και την επόμενη φορά να έρθεις στο δικό μου σπίτι», συμπλήρωσε.

«Τέλεια».

Είχε πιάσει βροχή μέχρι να τελειώσει η βιολογία εκείνη τη μέρα, κι έτσι η παρέα μαζεύτηκε κάτω από ένα μικρό υπόστεγο. Δεν έτρωγε σχεδόν κανείς εκεί, γιατί δεν υπήρχαν τραπέζια ούτε καν τσιμεντένιο δάπεδο, αλλά της Λόρελ της άρεσε το εξογκωμένο κομμάτι του γκαζόν που έμοιαζε να μη στεγνώνει ποτέ εντελώς, αν και είχε τη στέγη από πάνω του.

Όταν έβρεχε, τα περισσότερα παιδιά της παρέας έμεναν

μέσα, αλλά σήμερα ο Ντέιβιντ και η Τσέλσι πήγαν να της κάνουν παρέα, όπως κι ένα αγόρι ονόματι Ράιαν. Ο Ντέιβιντ και ο Ράιαν πετούσαν μπαλάκια από ψωμί ο ένας στον άλλο και η Τσέλσι έκανε τα σχόλιά της κριτικάροντας το στόχο, τις βολές και την ανικανότητά τους να μη χτυπήσουν τους θεατές.

«Λοιπόν, αυτό ήταν εσκεμμένο», είπε η Τσέλσι πιάνοντας ένα κομμάτι κόρα που την είχε χτυπήσει κατευθείαν στο στήθος και πετώντας το πίσω στα αγόρια.

«Μπα, ατύχημα ήταν», είπε ο Ράιαν. «Εσύ είπες ότι δεν μπορούσα να βρω τον *επιθυμητό* στόχο μου».

«Τότε καλύτερα να στοχεύεις εμένα για να έχω το κεφάλι μου ήσυχο πως δε θα με βρει καμιά ξώφαλτση», του ανταπάντησε εκείνη. Αναστέναξε και γύρισε ξανά προς την πλευρά της Λόρελ. «Δεν είμαι φτιαγμένη για να ζω στη βόρεια Καλιφόρνια», είπε τραβώντας τα μαλλιά από το πρόσωπό της. «Το καλοκαίρι τα μαλλιά μου στρώνουν υπέροχα, αλλά με το που πέφτει λίγη βροχούλα, έχω αυτό το αποτέλεσμα». Η Τσέλσι είχε μακριά, καστανά μαλλιά με μια κοκκινωπή ανταύγεια, που έπεφταν σε καλοσχηματισμένες μπούκλες πίσω στην πλάτη της. Απαλές, μεταξένιες μπούκλες τις ηλιόλουστες μέρες και ατίθασες, τραχιές μπούκλες που χοροπηδούσαν εκτός ελέγχου μπροστά στο πρόσωπό της όταν η ατμόσφαιρα ήταν κρύα και γεμάτη υγρασία, δηλαδή το μισό χρόνο. Είχε βελούδινα, γκρίζα μάτια που θύμιζαν στη Λόρελ τον ωκεανό μόλις ανέτελλε ο ήλιος και τα κύματα είχαν μια αέναη κίνηση στο μουντό λυκαυγές.

«Εγώ τα βρίσκω πανέμορφα», διαφώνησε η Λόρελ.

«Γιατί δεν τα έχεις. Αναγκάζομαι να χρησιμοποιώ ειδικά σαμπουάν και μαλακτικές κρέμες για να μπορώ απλώς και μόνο να τα βουρτσίζω καθημερινά». Γύρισε να κοιτάξει τη Λόρελ και άγγιξε τα ολόισια, μεταξένια της μαλλιά για μια στιγμή. «Ωραία υφή έχουν τα δικά σου. Τι προϊόντα χρησιμοποιείς;»

«Εμ, ό,τι να 'ναι».

«Χμ». Η Τσέλσι άγγιξε και πάλι τα μαλλιά της. «Βάζεις μάσκα; Στα δικά μου μαλλιά είναι πολύ αποτελεσματική».

Η Λόρελ πήρε μια ανάσα και ξεφύσηξε δυνατά. «Βασικά... δεν τους βάζω τίποτα. Οποιαδήποτε μαλακτική τα κάνει σαν πράσα και τα λαδώνει. Και αν βάλω σαμπουάν, τα μαλλιά μου γίνονται πολύ, μα πολύ ξηρά, ακόμη κι αν χρησιμοποιήσω προϊόντα που είναι ενυδατικά».

«Θέλεις να πεις ότι δεν τα λούζεις καθόλου;» Η ιδέα και μόνο φάνηκε εξωφρενική στην Τσέλσι.

«Τα ξεπλένω πολύ καλά με νεράκι. Θέλω να πω, είναι πεντακάθαρα πάντως».

«Μα χωρίς καθόλου σαμπουάν;»

Η Λόρελ κούνησε αρνητικά το κεφάλι και περίμενε ένα σχόλιο δυσπιστίας, αλλά η Τσέλσι μουρμούρισε απλώς μέσα από τα δόντια της. «Τυχερούλα», είπε και επέστρεψε στο κολατσιό της.

Εκείνη τη νύχτα η Λόρελ παρατήρησε τα μαλλιά της. Ήθελαν λούσιμο; Μα είχαν την ίδια όψη και αίσθηση όπως πάντα. Με την πλάτη γυρισμένη στον καθρέφτη, ζούληξε και πίεσε το εξόγκωμα. Το Σάββατο το πρωί ήταν ένα τόσο δα πραγματάκι, αλλά είχε μεγαλώσει αρκετά στη διάρκεια του Σαββατοκύριακου. «Μου τη φύλαγε για τα καλά το πρώτο μου σπυράκι», μούγκρισε η Λόρελ στο είδωλό της.

Το επόμενο πρωί ξύπνησε νιώθοντας ένα ενοχλητικό τράβηγμα ανάμεσα στις ωμοπλάτες της. Καταβάλλοντας προσπάθεια να μην πανικοβληθεί, έτρεξε βιαστικά στο μπάνιο και έστριψε το λαιμό της, έτσι ώστε να βλέπει την πλάτη της στον καθρέφτη.

Το καρούμπαλο ήταν μεγαλύτερο κι από κέρμα!

Αυτό δεν ήταν σπυράκι. Το άγγιξε προσεκτικά και ένιωσε ένα παράξενο τσούξιμο παντού όπου ακουμπούσαν τα δάχτυλά της. Σε κατάσταση πανικού έσφιξε το νυχτικό πάνω στο στήθος της και βγήκε τρέχοντας στο διάδρομο για να πάει στο δωμάτιο των γονιών της. Πάνω που ετοιμαζόταν να χτυπήσει την πόρτα του υπνοδωματίου τους, συγκρατήθηκε και πήρε βαθιές ανάσες.

Η Λόρελ κοίταξε τον εαυτό της και ξαφνικά ένιωσε πολύ χαζή. Μα τι νόμιζε; Στεκόταν εκεί στο διάδρομο φορώντας σχεδόν μόνο τα εσώρουχά της. Ντροπιασμένη, απομακρύνθηκε και γύρισε στο μπάνιο κλείνοντας την πόρτα όσο πιο γρήγορα και αθόρυβα μπορούσε. Γύρισε και πάλι την πλάτη στον καθρέφτη και μελέτησε το εξόγκωμα. Άλλαζε θέσεις για να το δει από διαφορετικές οπτικές γωνίες, μέχρι που πείστηκε πως δεν ήταν και τόσο μεγάλο όσο πίστευε.

Η Λόρελ είχε μεγαλώσει σε ένα περιβάλλον όπου κυριαρχούσε η αντίληψη πως το ανθρώπινο σώμα ξέρει πολύ καλά πώς να φροντίσει τον εαυτό του. Τα περισσότερα πράγματα, αν τα αφήσουμε ήσυχα, θα γίνουν καλά από μόνα τους. Και οι δυο γονείς της είχαν αυτή τη φιλοσοφία ζωής. Δεν πήγαιναν ποτέ στο γιατρό, ούτε καν για αντιβίωση.

«Είναι απλώς ένα τεράστιο σπυράκι. Θα φύγει μόνο του», είπε η Λόρελ στο είδωλό της με τον ίδιο τόνο που θα τη διαβεβαίωνε και η μητέρα της.

Ψαχούλεψε στο συρτάρι και βρήκε ένα σωληνάριο με το βάλσαμο που έφτιαχνε κάθε χρόνο η Σάρα. Περιείχε δεντρολίβανο, λεβάντα, έλαιο τεϊόδεντρου και ποιος ξέρει τι άλλο. Η μητέρα της το χρησιμοποιούσε για οτιδήποτε.

Κακό δε θα της έκανε.

Η Λόρελ έβαλε στο δάχτυλό της αρκετή ποσότητα από το αρωματικό βάλσαμο και βάλθηκε να το τρίβει στην πλάτη της. Ίσως τα δάχτυλά της ερέθισαν το καρούμπαλο από το τρίψιμο, ίσως την έκαψε το έλαιο του τεϊόδεντρου, πάντως η πλάτη της ήταν λες και πήρε φωτιά όταν φόρεσε το νυχτικό της και τοίχο τοίχο έφτασε στο δωμάτιό της.

Διάλεξε ένα φαρδύ, αθλητικό μακό μπλουζάκι με κοντά μανίκια και κλειστή πλάτη για σήμερα. Τα περισσότερα τιραντάκια της θα έκρυβαν μάλλον το εξόγκωμα, αλλά η Λόρελ δεν ήθελε να το διακινδυνεύσει. Δε γινόταν να μη μεγαλώσει άλλο χωρίς να γίνει σιχαμερό, και στην περίπτωση αυτή θα προτιμούσε να το έχει καλά κρυμμένο κάτω από μια μπλούζα. Την έτσουζε κάθε φορά που κάτι το ακουμπούσε, τα μακριά της μαλλιά, το μακό μπλουζάκι όπως το πέρασε πάνω από το κεφάλι της, και φυσικά όταν το άγγιζε η ίδια προσπαθώντας να υπενθυμίσει στον εαυτό της πως ήταν πέρα για πέρα αληθινό. Μέχρι να κατέβει, ήταν πεπεισμένη πως κάθε νεύρο του σώματός της ήταν συνδεδεμένο με το καρούμπαλο.

Όταν ήρθε και πάλι η Πέμπτη, η Λόρελ δεν μπορούσε πλέον να αρνηθεί πως ό,τι κι αν ήταν αυτό το πράγμα στην πλάτη της, δεν ήταν σπυράκι. Όχι μόνο συνέχιζε να μεγαλώνει τις τελευταίες δύο μέρες, αλλά έμοιαζε να μεγαλώνει *πιο γρήγορα*. Εκείνο το πρωί ήταν μεγάλο σαν μπαλάκι του γκολφ.

Η Λόρελ κατέβηκε να φάει πρωινό αποφασισμένη να μιλήσει στους γονείς της για το αλλόκοτο εξόγκωμα. Πάνω που είχε πάρει βαθιά ανάσα, είχε ανοίξει το στόμα κι ετοιμαζόταν να το ξεστομίσει, δείλιασε την τελευταία στιγμή και ζήτησε απλώς από τον πατέρα της να της δώσει λίγο πεπόνι.

Χάρη στις μακό μπλούζες που φορούσε τις τελευταίες μέρες και επειδή άφηνε λυτά τα μακριά μαλλιά της, κανείς δεν το είχε προσέξει ακόμη, αλλά ήταν ζήτημα χρόνου, ιδίως αν συνέχιζε να μεγαλώνει. *Εάν*, επαναλάμβανε συνεχώς στον εαυτό της η Λόρελ, *εάν μεγαλώσει κι άλλο. Ίσως φταίει το βάλσαμο της μαμάς.*

Έβαζε από το βάλσαμο τρεις συνεχόμενες μέρες, αλλά η αλοιφή δεν έμοιαζε να κάνει και πολλά. Από την άλλη όμως, κάτι που μεγάλωνε τόσο πολύ και τόσο γρήγορα δεν μπορεί να ήταν κάτι που θα γιατρευόταν απλώς με λίγο έλαιο τεϊόδεντρου, σωστά; Μπορεί να ήταν ογκίδιο. Η Λόρελ ήταν σίγουρη πως είχε ακούσει στις ειδήσεις για ανθρώπους που είχαν βγάλει όγκους στη σπονδυλική στήλη. Πήρε μια κοφτή ανάσα. Πιο λογικό ήταν να έχει όγκο.

«Συγγνώμη, με ακούς ή τζάμπα μιλάω;» Η φωνή της Τσέλσι την έβγαλε από τις σκέψεις της. Η Λόρελ στράφηκε προς την πλευρά της φίλης της.

«Τι;»

«Καλά το κατάλαβα», είπε η Τσέλσι και έσκασε στα γέλια. «Είσαι καλά; Έμοιαζες εντελώς χαμένη στον κόσμο σου», πρόσθεσε μετά πιο ήρεμη.

Η Λόρελ σήκωσε το βλέμμα και για μια στιγμή δεν μπορούσε να θυμηθεί τι μάθημα είχε μετά. «Μια χαρά είμαι», ψέλλισε εκνευρισμένη. «Κάτι σκεφτόμουν».

Η Τσέλσι περιεργάστηκε το πρόσωπό της για μερικά δευτερόλεπτα, προτού σηκώσει το ένα της φρύδι σε ένδειξη δυσπιστίας. «Καλά».

Ο Ντέιβιντ τις πρόφτασε και όταν η Τσέλσι λοξοδρόμησε για να πάει στο μάθημά της, η Λόρελ προσπάθησε να περπατήσει πιο γρήγορα για να τον προσπεράσει. Εκείνος άπλωσε το χέρι και την τράβηξε πίσω. «Γιατί τόση βιασύνη, Λόρι; Έχουμε τρία λεπτά μέχρι να χτυπήσει το κουδούνι».

«Μη με ξαναπείς έτσι», του φώναξε αγριεμένη προτού προλάβει να συγκρατηθεί.

Ο Ντέιβιντ έμεινε με το στόμα ανοιχτό και δεν έβγαλε άχνα όση ώρα περνοδιάβαινε κόσμος γύρω τους.

Η Λόρελ πάσχιζε να βρει τα κατάλληλα λόγια για να του ζητήσει συγγνώμη, αλλά τι να του έλεγε; *Συγγνώμη, Ντέιβιντ, είμαι λίγο στην τσίτα γιατί μπορεί να έχω όγκο*. Κι έτσι προτίμησε να πει: «Δε γουστάρω τα χαϊδευτικά».

Ο Ντέιβιντ είχε ήδη φορέσει το καλό του χαμόγελο. «Δεν το ήξερα. Συγγνώμη». Χτένισε τα μαλλιά του με τα δάχτυλα. «Μήπως...» Η φωνή του έσβησε. Ξαφνικά φάνηκε να αλλάζει γνώμη. «Έλα, θα σε πάω μέχρι την τάξη σου». Εκείνη ένιωθε άβολα να περπατά δίπλα του. Γύρισε προς το μέρος του όταν έφτασαν στην τάξη της και του κούνησε το χέρι. «Τα λέμε».

«Λόρελ;»

Ξαναγύρισε προς την πλευρά του.

«Τι κάνεις το Σάββατο;»

Η Λόρελ δίστασε. Έλπιζε να έκαναν και πάλι κάτι μαζί. Και μέχρι σήμερα το πρωί πάσχιζε να σκαρφιστεί μια δήθεν τυχαία αφορμή για να τον ρωτήσει. Μάλλον όμως δεν ήταν και τόσο καλή ιδέα.

«Σκεφτόμουν μήπως μαζευτούμε και πάμε για πικνίκ. Θα

μπορούσαμε μάλιστα να ανάψουμε και μια μεγάλη φωτιά. Ξέρω ένα φανταστικό σημείο στην παραλία. Η Τσέλσι είπε ότι θα έρθει, όπως και ο Ράιαν, η Μόλι και ο Τζο. Ίσως και κάνα δυο άλλοι».

Φαγητό και άμμος, μαζεμένοι γύρω από μια μεγάλη φωτιά. Δεν ακουγόταν καθόλου διασκεδαστικό.

«Κάνει λίγο κρύο, μπάνιο δεν μπορούμε να κάνουμε, αλλά... ξέρεις. Όλο και κάποιος καταλήγει στη θάλασσα. Έχει πλάκα».

Το ψεύτικο χαμόγελο της Λόρελ έσβησε. Μισούσε την αίσθηση του αλατισμένου νερού στο δέρμα της. Το ένιωθε ακόμη και μετά το ντους, λες και το αλάτι εισχωρούσε στους πόρους της. Την τελευταία φορά που είχε κολυμπήσει στη θάλασσα ένιωθε άτονη και εξαντλημένη για αρκετές μέρες μετά. Και ούτε θα υπήρχε τρόπος να κρύψει το καρούμπαλό της –ή ό,τι κι αν ήταν αυτό– με το μαγιό.

Ανατρίχιασε καθώς αναλογίστηκε πόσο θα μεγάλωνε σε δύο μέρες! Δε γινόταν να πάει, ακόμη κι αν το ήθελε. «Ντέιβιντ, εγώ...» Δεν ήθελε με τίποτα να του αρνηθεί, αλλά τελικά είπε: «Δεν μπορώ».

«Γιατί όχι;» ρώτησε ο Ντέιβιντ.

Μπορούσε να δικαιολογηθεί λέγοντας ότι έπρεπε να πάει στο βιβλιοπωλείο –μέχρι πριν από δύο εβδομάδες δούλευε σχεδόν κάθε Σάββατο για να βοηθήσει τον πατέρα της–, αλλά δεν της πήγαινε η καρδιά να του πει ψέματα. Όχι στον Ντέιβιντ. «Απλά δεν μπορώ», μουρμούρισε και μπήκε βιαστικά στην τάξη χωρίς καν να τον χαιρετήσει.

Το πρωί της Παρασκευής το καρούμπαλο είχε γίνει σαν μπαλάκι του τένις. Ήταν αναμφισβήτητα όγκος. Η Λόρελ δεν μπήκε καν στον κόπο να πάει στο μπάνιο για να το δει. Το ένιωθε.

Καμία μακό μπλούζα δεν μπορούσε να το κρύψει.

Η Λόρελ αναγκάστηκε να ψάξει βαθιά στην ντουλάπα της για να βρει μια μπλούζα με φραμπαλάδες, που τουλάχιστον θα μπορούσε να καμουφλάρει το εξόγκωμα. Περίμενε στο δωμάτιό της μέχρι να έρθει η ώρα για το σχολείο, μετά κατέβηκε βολίδα τη σκάλα και βγήκε τρέχοντας από την πόρτα φωνάζοντας μόνο «Καλημέρα» και «Γεια σας» στους γονείς της.

Η υπόλοιπη μέρα έμοιαζε ατελείωτη. Το εξόγκωμα την έτσουζε συνεχώς, κι όχι μόνο κάθε φορά που το άγγιζε. Δεν μπορούσε να σκεφτεί τίποτ' άλλο. Η σκέψη ότι είχε κάτι στην πλάτη της τριβέλιζε συνεχώς το μυαλό της. Δεν είπε κουβέντα σε κανέναν στο διάλειμμα του μεσημεριανού και ένιωθε πολύ άσχημα, αλλά αδυνατούσε να συγκεντρωθεί σε οτιδήποτε έτσι όπως την έτσουζε η πλάτη της.

Μέχρι να τελειώσει επιτέλους και το τελευταίο της μάθημα, είχε απαντήσει λάθος για τέταρτη φορά στην εξέταση. Οι ερωτήσεις γίνονταν όλο και πιο εύκολες, λες και η σενιόρα Μαρτίνεζ προσπαθούσε να της δώσει μια ευκαιρία για να εξιλεωθεί, αλλά η καθηγήτριά της ήταν σαν να μιλούσε σουαχίλι. Με το που χτύπησε το κουδούνι, η Λόρελ τινάχτηκε σαν ελατήριο από τη θέση της και κινήθηκε προς την πόρτα πριν από οποιονδήποτε άλλο. Και σίγουρα πολύ πριν προλάβει να τη στριμώξει η σενιόρα Μαρτίνεζ ζητώντας εξηγήσεις για την απαράδεκτη επίδοσή της.

Είδε τον Ντέιβιντ και την Τσέλσι να φλυαρούν μπροστά στο ντουλαπάκι της Τσέλσι, οπότε άλλαξε πορεία και έτρεξε βιαστικά στην πίσω πόρτα ελπίζοντας να μη γυρίσουν και την αναγνωρίσουν καθώς απομακρυνόταν. Με το που απέδρασε από το σχολείο, κατευθύνθηκε προς το γήπεδο του ράγκμπι, χωρίς να ξέρει με βεβαιότητα πού να πάει σε αυτή την ακόμη άγνωστη πόλη. Όση ώρα περπατούσε, αδυνατούσε να διώξει από μέσα της το φόβο που συνεχώς θέριευε. *Κι αν είναι καρκίνος; Ο καρκίνος δε φεύγει έτσι απλά. Μάλλον πρέπει να το πω στη μαμά μου.*

«Τη Δευτέρα», ψιθύρισε η Λόρελ στον εαυτό της καθώς ο παγωμένος αέρας ανακάτευε τα μαλλιά της με λύσσα. «Αν δε μου έχει περάσει μέχρι τη Δευτέρα, θα το πω στους γονείς μου».

Σκαρφάλωσε στις κερκίδες, με τα βήματά της να αντηχούν σε κάθε σιδερένιο σκαλοπάτι, μέχρι που έφτασε στην κορυφή. Στάθηκε δίπλα στα κάγκελα ατενίζοντας πέρα από τις κορυφές των δέντρων το δυτικό ορίζοντα της πόλης. Το να βρίσκεται τόσο ψηλά πάνω από την υπόλοιπη πόλη την έκανε να νιώθει ξεχωριστή και διαφορετική. Ένιωθε ο εαυτός της.

Τίναξε απότομα το κεφάλι όταν άκουσε βήματα πίσω της. Γύρισε και είδε τον Ντέιβιντ να την κοιτάζει μάλλον αμήχανα. «Γεια», είπε εκείνος.

Η Λόρελ δεν απάντησε καθώς η ανακούφιση και ο εκνευρισμός έδιναν μάχη μέσα της. Επικράτησε η ανακούφιση.

Το αγόρι έδειξε με το χέρι τον πάγκο όπου στεκόταν η Λόρελ. «Μπορώ να καθίσω;»

Η Λόρελ απέμεινε ασάλευτη για μια στιγμή, μετά βολεύτηκε στον πάγκο και με ένα ανεπαίσθητο χαμόγελο του έκανε νόημα να καθίσει δίπλα της.

Ο Ντέιβιντ συνέχισε να είναι συγκρατημένος, σαν να μην πολυπίστευε την πρόσκλησή της. «Δεν είχα σκοπό να σε ακολουθήσω», δικαιολογήθηκε γέρνοντας μπροστά και ακουμπώντας τους αγκώνες στα γόνατά του. «Θα σε περίμενα κάτω, αλλά», ανασήκωσε τους ώμους, «τι να πω; Είμαι ανυπόμονος».

Η Λόρελ δεν έβγαλε μιλιά.

Κάθισαν έτσι σιωπηλοί αρκετή ώρα. «Είσαι καλά;» ρώτησε ο Ντέιβιντ, και η φωνή του ακούστηκε αφύσικα δυνατή καθώς αντήχησε στις άδειες σιδερένιες κερκίδες.

Η Λόρελ ένιωσε να βουρκώνουν τα μάτια της, αλλά πίεσε τον εαυτό της να συγκρατήσει τα δάκρυά της ανοιγοκλείνοντας τα βλέφαρα γοργά. «Θα μου περάσει».

«Ήσουν τόσο σιωπηλή όλη την εβδομάδα».

«Συγγνώμη».

«Μήπως... μήπως έκανα κάτι εγώ;»

Η Λόρελ ανασήκωσε ελαφρά το κεφάλι. «Εσύ; Όχι, Ντέιβιντ. Εσύ... εσύ είσαι καταπληκτικός». Ένιωσε τις τύψεις να την πλημμυρίζουν. Του χάρισε ένα βεβιασμένο χαμόγελο. «Απλώς είχα μια κουραστική μέρα, αυτό είναι όλο. Δώσε μου το Σαββατοκύριακο, και θα μου περάσει. Θα είμαι καλύτερα τη Δευτέρα. Σ' το υπόσχομαι».

Ο Ντέιβιντ κούνησε το κεφάλι συγκαταβατικά. Η σιωπή έπεσε ξανά, βαριά και γεμάτη αμηχανία. Ο Ντέιβιντ καθάρισε το λαρύγγι του: «Να σε συνοδεύσω μέχρι το σπίτι;»

Η Λόρελ κούνησε το κεφάλι αρνητικά. «Θα μείνω λίγο ακόμη εδώ. Θα είμαι μια χαρά», πρόσθεσε.

«Μα...» Δε συνέχισε τη φράση του. Απλώς έγνεψε καταφατικά, σηκώθηκε και απομακρύνθηκε. Έπειτα έκανε μεταβολή. «Αν χρειαστείς κάτι, ξέρεις το τηλέφωνό μου, εντάξει;»

Η Λόρελ κούνησε το κεφάλι. Το είχε γράψει στον πίνακα

ανακοινώσεων της οικογένειάς της αμέσως με το που είχε φτάσει στο σπίτι, και τώρα πια το είχε μάθει απέξω.

«Εντάξει». Μετακίνησε το βάρος του από το ένα πόδι στο άλλο νευρικά και έκανε μεταβολή. «Φεύγω τώρα».

Λίγο πριν χαθεί από τα μάτια της, η Λόρελ τού φώναξε. «Ντέιβιντ...»

Όμως, όταν εκείνος γύρισε προς την πλευρά της, με ύφος τόσο ειλικρινές σαν ανοιχτό βιβλίο, έχασε το θάρρος της. «Να περάσεις καλά αύριο», είπε απότομα.

Η όψη του σκοτείνιασε λιγάκι, αλλά κούνησε το κεφάλι, γύρισε και συνέχισε να περπατά.

Εκείνη τη νύχτα, η Λόρελ κάθισε μπροστά από τον καθρέφτη του μπάνιου χαζεύοντας την πλάτη της. Δάκρυα κυλούσαν στα μάγουλά της όση ώρα την πασάλειβε με βάλσαμο. Μέχρι τώρα δεν είχε κανένα απολύτως αποτέλεσμα και η λογική υπαγόρευε πώς ούτε αυτή τη φορά θα είχε, αλλά κάτι έπρεπε να δοκιμάσει κι εκείνη.

Κεφάλαιο 5

Το ΠΡΩΙΝΟ ΤΟΥ ΣΑΒΒΑΤΟΥ ξημέρωσε ψυχρό, με μια αραιή πάχνη που ο ήλιος θα διέλυε μέχρι το μεσημέρι. Η Λόρελ στοιχημάτιζε ότι όλοι στο μπιτς πάρτι θα βουτούσαν ή θα έσπρωχναν ο ένας τον άλλο στα παγωμένα νερά του Ειρηνικού, και ένιωσε διπλά χαρούμενη που το είχε αποφύγει. Έμεινε ξαπλωμένη στο κρεβάτι για αρκετά λεπτά βλέποντας την ανατολή με τις συγκεχυμένες αποχρώσεις της σε τριανταφυλλί, πορτοκαλί και ομιχλώδες γαλάζιο. Οι περισσότεροι άνθρωποι απολάμβαναν συχνά την ομορφιά ενός ηλιοβασιλέματος, αλλά για τη Λόρελ η μεγαλοπρέπεια της ανατολής ήταν αυτή που της έκοβε την ανάσα. Τεντώθηκε και ανακάθισε με το βλέμμα στραμμένο ακόμη στο παράθυρο. Αναλογίστηκε το ποσοστό των κατοίκων της μικρής κωμόπολης που κοιμόντουσαν κι έχαναν αυτό το απίστευτο θέαμα. Όπως, για παράδειγμα, ο πατέρας της. Ήταν μεγάλος υπναράς και σπάνια σηκωνόταν πριν από το μεσημέρι το Σάββατο ή, αλλιώς, την Ημέρα του Ύπνου, όπως το αποκαλούσε.

Χαμογέλασε στη σκέψη αυτή, αλλά προσγειώθηκε πολύ γρήγορα στην πραγματικότητα. Τα δάχτυλά της περπάτησαν πάνω από τον ώμο της και τα μάτια της άνοιξαν διάπλατα.

Έπνιξε με δυσκολία μια κραυγή καθώς το άλλο της χέρι πήγε να συναντήσει το πρώτο, πασχίζοντας να επιβεβαιώσει αυτό που άγγιζε.

Το καρούμπαλο είχε χαθεί.

Στη θέση του όμως υπήρχε κάτι άλλο. Κάτι μακρύ και ψυχρό.

Και *πολύ* μεγαλύτερο.

Αφού καταράστηκε τον εαυτό της που δεν ήταν από τις κοπέλες που έχουν απαραιτήτως καθρέφτη στο δωμάτιό τους, η Λόρελ έστριψε το λαιμό της προς τα πίσω προσπαθώντας να δει πάνω από τον ώμο της, αλλά το μόνο που έβλεπε ήταν οι στρογγυλεμένες άκρες από κάτι λευκό. Πέταξε από πάνω της το λεπτό σεντόνι και έτρεξε προς την πόρτα του υπνοδωματίου της.

Το πόμολο γύρισε αθόρυβα και η Λόρελ άνοιξε ελάχιστα την πόρτα. Άκουσε τον πατέρα της να ροχαλίζει, αλλά καμιά φορά η μητέρα της σηκωνόταν από νωρίς κι έκανε ησυχία. Η Λόρελ άφησε την πόρτα να ανοίξει –ευχαριστώντας συνειδητά για πρώτη φορά στη ζωή της τους καλολαδωμένους μεντεσέδες– και γλίστρησε στο διάδρομο που οδηγούσε στο μπάνιο έχοντας την πλάτη κολλημένη στον τοίχο. Λες και θα τη βοηθούσε.

Τα χέρια της έτρεμαν καθώς έσπρωξε την πόρτα του μπάνιου για να κλείσει και ψαχούλεψε την κλειδαριά. Μόνο όταν άκουσε το σύρτη να μπαίνει στη θέση του με ένα κλικ, ανάσανε και πάλι. Ακούμπησε το κεφάλι πάνω στο τραχύ, χωρίς φινίρισμα ξύλο και προσπάθησε να χαλαρώσει. Τα δάχτυλά της βρήκαν το διακόπτη για το φως και τον πάτησαν. Παίρνοντας βαθιά ανάσα, ανοιγόκλεισε τα θαμπωμένα μάτια της και πλησίασε στον καθρέφτη.

Δε χρειάστηκε καν να στρέψει το σώμα της για να δει την εξέλιξη. Οι μακριές, γαλανόλευκες άκρες από κάτι πίσω από την πλάτη της ορθώνονταν πάνω από τους ώμους της. Για μια στιγμή η Λόρελ μαγεύτηκε χαζεύοντας με γουρλωμένα μάτια τη χλομή ομορφιά τους. Ήταν τρομακτικά όμορφες, τόσο όμορφες που δεν περιγράφονταν με λόγια.

Γύρισε αργά για να δει καλύτερα. Λωρίδες σαν πέταλα λουλουδιού είχαν φυτρώσει εκεί όπου πριν βρισκόταν το εξόγκωμα, σχηματίζοντας ένα φίνο, σκαλισμένο αστέρι με τέσσερα άκρα.

Τα πιο μακριά πέταλα –που σχημάτιζαν μια καμπύλη πάνω από κάθε ώμο και έφταναν μέχρι τη μέση της– είχαν μήκος πάνω από μισό μέτρο και πλάτος όσο η παλάμη της. Μικρότερα πέταλα –γύρω στα είκοσι εκατοστά– περιέβαλλαν το κέντρο σαν σπείρα γεμίζοντας τον κενό χώρο. Υπήρχαν και μερικά πράσινα φυλλαράκια εκεί όπου το τεράστιο λουλούδι ενωνόταν με το δέρμα της.

Όλα τα πέταλα είχαν σκούρα μπλε απόχρωση στο κέντρο, που σταδιακά στη μέση γινόταν ανοιχτό γαλάζιο και στο τέλος λευκό. Οι άκρες ήταν κυματιστές και έμοιαζαν φοβερά με τις αφρικανικές βιολέτες που με χίλια βάσανα καλλιεργούσε η μητέρα της στην κουζίνα τους. Πρέπει να είχε είκοσι τέτοιες απαλές λωρίδες σαν πέταλα. Μπορεί και παραπάνω.

Η Λόρελ ξαναγύρισε να αντικρίσει τον καθρέφτη με τα μάτια καρφωμένα στα πέταλα που κυμάτιζαν πίσω από το κεφάλι της. Έμοιαζαν σχεδόν σαν φτερά.

Ένα δυνατό χτύπημα στην πόρτα απέσπασε απότομα την υπνωτισμένη ματιά της. «Ακόμη να τελειώσεις;» ρώτησε μισοκοιμισμένη η μητέρα της. Η Λόρελ έμπηξε τα νύχια στην παλάμη της καθώς κοίταζε με φρίκη τα πελώρια λευκά φτερά. Αναμφισβήτητα ήταν πανέμορφα, αλλά ποιος σε ολόκληρο τον κόσμο είχε ένα τεράστιο λουλούδι να φυτρώνει στην πλάτη του; Ήταν δέκα, όχι, *εκατό* φορές χειρότερο από το καρούμπαλο. Πώς θα το έκρυβε;

Μπορεί τα πέταλα να έβγαιναν αν τα ξερίζωνε. Άρπαξε μία από τις μακριές, στενές λωρίδες και την τράβηξε. Ένιωσε τον πόνο να εξαπλώνεται στη σπονδυλική της στήλη και αναγκάστηκε να δαγκώσει το μάγουλό της δυνατά για να μην ξεφωνίσει. Δεν μπόρεσε όμως να καταπνίξει το βογκητό που ξέφυγε από τα χείλη της.

Η μητέρα της ξαναχτύπησε. «Λόρελ, είσαι καλά;»

Η κοπέλα πήρε πολλές βαθιές ανάσες μέχρι να υποχωρήσει ο πόνος και ξαναβρήκε τη λαλιά της. «Είμαι μια χαρά», απάντησε με κάπως τρεμάμενη φωνή. «Μισό λεπτό». Σάρωσε το χώρο με τα μάτια της αναζητώντας κάτι χρήσιμο. Το λεπτό, τιραντέ νυχτικάκι που φορούσε δε θα τη βοηθούσε καθόλου. Άρπαξε την τεράστια πετσέτα της, την έριξε στους ώμους της και κουκουλώθηκε. Μετά από μια γρήγορη ματιά στον καθρέφτη για να βεβαιωθεί πως δε φαίνονταν τα τεράστια πέταλα, η Λόρελ άνοιξε την πόρτα και χαμογέλασε βεβιασμένα στη μητέρα της. «Συγγνώμη που έκανα τόση ώρα».

Η Σάρα ανοιγόκλεισε τα μάτια. «Έκανες ντους; Δεν άκουσα νερό να τρέχει».

«Ήταν σύντομο». Δίστασε να συνεχίσει. «Και δεν έκανα τα μαλλιά μου», πρόσθεσε αμέσως μετά.

Όμως, η μητέρα της δεν έδωσε και τόση σημασία. «Έλα κάτω όταν ντυθείς και θα σου φτιάξω πρωινό», είπε και χασμουρήθηκε άλλη μια φορά. «Φαίνεται ότι θα έχει καλό καιρό σήμερα».

Η Λόρελ προσπέρασε γοργά τη μητέρα της και βρέθηκε στην ασφάλεια της κάμαράς της. Δεν κλείδωνε η πόρτα της, οπότε σφήνωσε μια καρέκλα κάτω από το πόμολο, όπως είχε δει να κάνουν στις ταινίες. Κοίταξε με δυσπιστία την πατέντα της. Δεν έμοιαζε ότι θα άντεχε για πολύ, αλλά ήταν ό,τι καλύτερο μπορούσε να κάνει.

Άφησε την πετσέτα να πέσει από τους ώμους της και περιεργάστηκε τα τσαλακωμένα πέταλα. Ήταν λίγο πατικωμένα, αλλά δεν πονούσαν. Τράβηξε ένα μεγάλο κομμάτι πάνω από τον ώμο της και το εξέτασε εξονυχιστικά. Το τεράστιο καρούμπαλο ήταν άλλο πράγμα. Με αυτά εδώ τι στο καλό θα έκανε;

Μύρισε το λευκό πέταλο, σταμάτησε και το ξαναμύρισε. Ευώδιαζε σαν το μπουμπούκι ενός δέντρου κι ακόμη πιο έντονα. *Πολύ* πιο έντονα. Το μεθυστικό άρωμα άρχισε να πλανιέται στο δωμάτιο. Τουλάχιστον το πελώριο πράγμα δε βρομούσε. Θα έλεγε απλώς στη μητέρα της ότι φόρεσε καινούρια κολόνια ή κάτι τέτοιο. Η Λόρελ ανάσανε ξανά και ευχήθηκε να *μπορούσε* πράγματι να βρει κάτι που να μύριζε τόσο ωραία στο αρωματοπωλείο.

Όταν άρχισε να συνειδητοποιεί τη σοβαρότητα της κατάστασης, ένιωσε το πάτωμα να γυρίζει κάτω από τα πόδια της. Το στήθος της σφίχτηκε καθώς πάσχιζε να σκεφτεί τι να κάνει.

Το πιο σημαντικό κατ' αρχάς ήταν να το κρύψει.

Η Λόρελ άνοιξε την ντουλάπα της και στάθηκε μπροστά της ψάχνοντας για κάποιο ρούχο που θα τη βοηθούσε να κρύψει το πελώριο λουλούδι που είχε φυτρώσει στην πλάτη της, αλλά δεν είχε κατά νου κάτι τέτοιο όταν είχε πάει για ψώνια τον Αύγουστο. Η Λόρελ τσατίστηκε γιατί η ντουλάπα της ήταν γεμάτη ανάλαφρες, λεπτές μπλουζίτσες και φορεματάκια. Δεν ήταν προορισμένα να κρύψουν *το παραμικρό*.

Έριξε μια ματιά στα ρούχα της και πήρε μερικά μπλουζάκια. Αφού βεβαιώθηκε ότι το πεδίο ήταν ελεύθερο, έτρεξε στο μπάνιο και ορκίστηκε ότι σήμερα κιόλας θα πήγαινε σε ένα κατάστημα και θα αγόραζε έναν καθρέφτη για το δωμάτιό της. Η πόρτα έκλεισε με λίγο περισσότερη φόρα από όσο υπολόγιζε, αλλά, παρόλο που η Λόρελ στάθηκε με το αφτί κολλημένο στο ψυχρό ξύλο για κάμποσα δευτερόλεπτα, δεν άκουσε καμία αντίδραση από τη μητέρα της.

Η πρώτη μπλούζα ούτε καν χωρούσε να μπει πάνω από το πελώριο λουλουδένιο πράγμα. Το κοίταξε στον καθρέφτη. Κάποια λύση θα υπήρχε, δεν μπορεί.

Άρπαξε όσο περισσότερα μακριά, λευκά πέταλα μπορούσε και προσπάθησε να τα τυλίξει γύρω από τους ώμους της. Δεν έπιασε το κόλπο. Εξάλλου, δεν ήθελε να φοράει μανίκια σε όλη της τη ζωή – όσο κι αν διαρκούσε.

Τα τράβηξε γύρω από τα μπράτσα της και τα τύλιξε γύρω από τη μέση της αυτή τη φορά. Κάπως καλύτερα. *Πολύ* καλύτερα. Πήρε μια μακριά, μεταξωτή εσάρπα από την κρεμάστρα και την τύλιξε γύρω από τη μέση της, κρύβοντας τα πέταλα κοντά στο δέρμα της. Μετά κούμπωσε το τζιν σορτσάκι της πάνω από ένα τμήμα της εσάρπας. Δεν πονούσε, αλλά ένιωθε περιορισμένη και καταπιεσμένη.

Πάντως, ήταν καλύτερο από το τίποτα. Διάλεξε μια ανάλαφρη πουκαμίσα και την έριξε πάνω από το όλο σύστημα. Μετά, με ανυπομονησία, γύρισε για να κοιταχτεί στον καθρέφτη.

Αρκετά εντυπωσιακό, θα τολμούσε να πει. Το ύφασμα της πουκαμίσας φούσκωνε ούτως ή άλλως, κι έτσι κανείς δεν μπορούσε να καταλάβει τι υπήρχε από κάτω. Ακόμη κι από το πλάι το εξόγκωμα στην πλάτη της ίσα που φαινόταν και αν χτένιζε τα μαλλιά της πάνω του, κανείς δε θα καταλάβαινε το παραμικρό. Είχε λύσει το ένα προβληματάκι.

Όμως απέμεναν άλυτα εκατό μεγαλύτερα προβλήματα.

Αυτό ήταν κάτι παραπάνω από ένα παράξενο σύμπτωμα της εφηβείας. Ψυχολογικές διακυμάνσεις, παραμορφωτική ακμή, ακόμη και έμμηνος ρήση που διαρκούσε μήνες ήταν κάπως φυσιολογικά. Το να φυτρώσουν όμως υπερμεγέθη πέταλα λουλουδιών στην πλάτη σου από ένα σπυράκι στο μέγεθος μπάλας του τένις; Αυτό ήταν κάτι διαφορετικό.

Και λοιπόν; Ήταν σαν αυτές τις φτηνές ταινίες τρόμου. Ακόμη κι αν έπαιρνε την απόφαση να το πει σε κάποιον, ποιος θα την πίστευε; Ποτέ, ούτε στους χειρότερους εφιάλτες της δεν είχε φανταστεί ότι θα της συνέβαινε κάτι τέτοιο.

Οι συνέπειες θα ήταν ολέθριες. Για τη ζωή της, το μέλλον της. Ήταν λες και όλα έγιναν θρύψαλα σε μια στιγμή.

Ξαφνικά στο μπάνιο άρχισε να κάνει υπερβολική ζέστη. Το ένιωθε πολύ στενόχωρο, πολύ σκοτεινό, πολύ... πολύ *όλα μαζί*. Θέλοντας απεγνωσμένα να βγει από το σπίτι, η Λόρελ πέρασε σαν σίφουνας από την κουζίνα, άρπαξε ένα αναψυκτικό κι άνοιξε την πίσω πόρτα.

«Πας βόλτα;»

«Ναι, μαμά», είπε χωρίς να γυρίσει να την αντικρίσει.

«Καλά να περάσεις».

Η Λόρελ μουρμούρισε κάτι ακατάληπτο μέσα από τα δόντια της.

Περπατούσε βαριά στο μονοπάτι που έβγαζε στο δάσος πίσω από το σπίτι της, χωρίς να δίνει σημασία στην καταπράσινη φύση γύρω της που ήταν φορτωμένη δροσοσταλίδες. Υπήρχε ακόμη λίγη ομίχλη στο δυτικό ορίζοντα που σηκωνόταν από τον ωκεανό, αλλά το κέντρο του ουρανού ήταν γαλανό και καθαρό, ενώ ο ήλιος ακολουθούσε σταθερά την πορεία του για το μεσουράνημα. Θα ήταν όντως μια πολύ ωραία μέρα. *Τι ειρωνεία.* Ήταν λες και η Μητέρα Φύση έπαιζε μαζί της. Η ζωή της καταστρεφόταν, κι όμως τα πάντα γύρω της ήταν πανέμορφα, σαν να ήθελαν να της σπάσουν τα νεύρα.

Έσκυψε πίσω από μια μεγάλη συστάδα δέντρων, που δε φαινόταν ούτε από το δρόμο ούτε από το σπίτι της, αλλά δεν της ήταν αρκετό για να κρυφτεί. Συνέχισε να προχωρά.

Λίγα λεπτά αργότερα σταμάτησε και αφουγκράστηκε αν υπήρχε κάποιος ή κάτι γύρω της. Όταν ένιωσε ασφαλής, ανέβασε το πίσω μέρος της πουκαμίσας της και έλυσε την εσάρπα που την έπνιγε. Ένας αναστεναγμός ξεχύθηκε από τα χείλη της καθώς τα πέταλα επανήλθαν ορμητικά στην αρχική τους θέση στην πλάτη της. Ήταν λες και απελευθερώθηκαν από ένα τόσο δα στραπατσαρισμένο κουτάκι.

Μια δέσμη από το φως του ήλιου έλαμπε μέσα από μια σχισμή που σχημάτιζαν τα δέντρα από πάνω της κάνοντας τη σκιά της να απλώνεται στο χορτάρι μπροστά της. Το περίγραμμά της έμοιαζε με αυτό μιας τεράστιας πεταλούδας με αιθέρια φτερά. Και με τον ίδιο παράξενο τρόπο που τα μπαλόνια αφήνουν τη σκιά τους, η μαυρίλα είχε μια μπλε πινελιά μέσα της. Προσπάθησε να κάνει τα φτερωτά πράγματα να κουνηθούν, αλλά μολονότι τα ένιωθε –τώρα πια αισθανόταν κάθε σπιθαμή τους να λούζεται στις αχτίδες του ήλιου–, δεν μπορούσε να τα ορίσει. Κάτι τόσο συγκλονιστικό για τη ζωή σου δε θα έπρεπε να είναι τόσο όμορφο.

Χάζεψε τη σκιά της στο έδαφος για κάμποση ώρα και αναρωτήθηκε τι να κάνει. Να το έλεγε στους γονείς της; Είχε υποσχεθεί στον εαυτό της να τους το πει τη Δευτέρα, αν δεν έφευγε το καρούμπαλο.

Βασικά, *είχε* φύγει.

Τραβώντας μία από τις μακριές λωρίδες πάνω από τον ώμο της, η Λόρελ την ψηλάφησε μέχρι κάτω. Ήταν τόσο απαλή. Και δεν πονούσε. *Μπορεί να φύγει*, σκέφτηκε αισιόδοξα. Έτσι έλεγε πάντα η μητέρα της. Στο τέλος τα περισσότερα πράγματα περνούν από μόνα τους. Ίσως... ίσως όλα να πήγαιναν καλά.

Καλά; Οι λέξεις έμοιαζαν να γεμίζουν το κεφάλι της και να αντηχούν στο κρανίο της. *Έχω ένα τεράστιο λουλούδι που φυτρώνει στην πλάτη μου. Πώς είναι δυνατό να πάνε όλα καλά!*

Καθώς τα αισθήματά της μεταβάλλονταν σαν τυφώνας, οι σκέψεις της επικεντρώθηκαν ξαφνικά στον Ντέιβιντ. Ίσως εκείνος μπορούσε να τη βοηθήσει να βγάλει μια άκρη. Λογικά θα υπήρχε κάποια επιστημονική εξήγηση. Είχε μικροσκόπιο, και μάλιστα αρκετά καλό απ' ό,τι έλεγε. Ίσως μπορούσε να ρίξει μια ματιά σε ένα κομμάτι αυτού του αλλόκοτου λουλουδιού. Ίσως ήξερε κιόλας να της πει τι ήταν. Όμως, ακόμη κι αν της έλεγε ότι δεν είχε ιδέα, χειρότερα δε θα γίνονταν τα πράγματα.

Τύλιξε την εσάρπα ξανά γύρω από το λουλούδι και γύρισε βιαστικά στο σπίτι πέφτοντας σχεδόν πάνω στον πατέρα της, που είχε αράξει στην κουζίνα.

«Πατέρα!» είπε έκπληκτη με τα νεύρα της τεντωμένα μέχρι εκεί που δεν πήγαινε άλλο.

Ο Μαρκ έσκυψε και τη φίλησε στο μέτωπο. «Καλημέρα, όμορφη». Ακούμπησε το χέρι του στους ώμους της και η Λόρελ κράτησε αγχωμένη την αναπνοή της ελπίζοντας ότι δε θα άγγιζε τα πέταλα μέσα από την πουκαμίσα της.

Έτσι κι αλλιώς όμως, ο πατέρας της σπάνια πρόσεχε το παραμικρό πριν πιει και δεύτερο φλιτζάνι καφέ.

«Γιατί σηκώθηκες;» τον ρώτησε με ένα ελαφρύ τρέμουλο στη φωνή.

Εκείνος μούγκρισε. «Πρέπει να πάω να ανοίξω το μαγαζί. Η Μάντι ήθελε μια μέρα άδεια».

«Φυσικά», είπε αφηρημένη η Λόρελ πασχίζοντας να μη θεωρήσει κακό οιωνό αυτή την αλλαγή στη φυσιολογική ρουτίνα της.

Καθώς τραβούσε το χέρι του, σταμάτησε και οσμίστηκε τον αέρα κοντά στον ώμο της. Η Λόρελ πάγωσε. «Τι ωραία που μυρίζεις. Να φοράς αυτό το άρωμα πιο συχνά».

Η Λόρελ έγνεψε καταφατικά, ευχήθηκε κρυφά να μην έχουν πεταχτεί τα μάτια της έξω από τον τρόμο και αποτραβήχτηκε από την αγκαλιά του πατέρα της. Πήρε βιαστικά το ασύρματο τηλέφωνο και ανέβηκε τη σκάλα.

Στην κάμαρά της απέμεινε να κοιτάζει το τηλέφωνο αρκετή ώρα, προτού τα δάχτυλά της καταφέρουν να σχηματίσουν τον αριθμό του Ντέιβιντ. Εκείνος το σήκωσε στο πρώτο χτύπημα. «Εμπρός;»

«Γεια», είπε γρήγορα πιέζοντας τον εαυτό της να μην του το κλείσει.

«Λόρελ! Γεια! Τι νέα;»

Τα δευτερόλεπτα κυλούσαν μέσα στη σιωπή.

«Λόρελ;»

«Ναι;»

«Εσύ με πήρες».

Κι άλλη σιωπή.

«Μπορώ να έρθω στο σπίτι σου;» τον ρώτησε ξαφνικά.

«Εμ, φυσικά. Τι ώρα;»

«Τώρα;»

Κεφάλαιο 6

Λίγα λεπτά αργότερα η Λόρελ είχε σφηνώσει και πάλι την καρέκλα κάτω από το πόμολο της πόρτας της. Σήκωσε το μπροστινό μέρος της πουκαμίσας και τράβηξε την άκρη από τη μια μακριά και γαλανόλευκη λωρίδα έξω από τη ροζ εσάρπα. Έμοιαζε τόσο άκακη έτσι όπως ακουμπούσε στο χέρι της. Παραλίγο να ξεχάσει ότι ήταν κολλημένη στην πλάτη της. Πήρε το ψαλιδάκι των νυχιών της μητέρας της και περιεργάστηκε την άκρη του γαλανόλευκου πέταλου. Ίσως δε χρειαζόταν ένα τόσο μεγάλο κομμάτι. Το μελέτησε και πάλι προσεκτικά και κατέληξε σε μια μικρή καμπύλη στην κυματιστή άκρη του.

Προετοιμάστηκε ψυχολογικά καθώς πλησίαζε το γυαλιστερό ψαλίδι. Ήθελε να κλείσει τα μάτια, αλλά φοβόταν μήπως έτσι προξενήσει μεγαλύτερη ζημιά. Μέτρησε από μέσα της. *Ένα, δύο, τρία!... Θα μετρήσω έως το πέντε.* Αποκαλώντας νοερά τον εαυτό της λιπόψυχο, πλησίασε και πάλι το ψαλίδι. *Ένα, δύο, τρία, τέσσερα, πέντε!* Το πίεσε, και αυτό άρχισε να κόβει αφήνοντας ένα μικρό κομμάτι λευκού στα σκεπάσματά της. Η Λόρελ έκανε να πάρει ανάσα, χοροπήδησε πάνω κάτω για λίγο μέχρι να υποχωρήσει το τσίμπημα και έπειτα κοίταξε την κομμένη ακρούλα. Δεν έτρεχε αίμα, αλλά ένα διαφανές υγρό. Η Λόρελ σφούγγισε το υγρό με μια πετσέτα, προτού ξαναβάλει απαλά την άκρη μέσα από την εσάρπα. Μετά τύλιξε το μικρό, λευκό κομμάτι σε ένα χαρτομάντιλο και το έχωσε προσεκτικά στην τσέπη της.

Κατέβηκε τρέχοντας τα σκαλιά και παριστάνοντας όσο καλύτερα μπορούσε την αδιάφορη. Καθώς πέρασε δίπλα από τους γονείς της, που κάθονταν στο τραπέζι και έτρωγαν το πρωινό τους, είπε: «Πάω στου Ντέιβιντ».

«Για μια στιγμή», τη σταμάτησε ο πατέρας της.

Η Λόρελ κοντοστάθηκε, αλλά δε στράφηκε προς την πλευρά τους.

«Μήπως θα έπρεπε να ρωτήσεις: "Μπορώ να πάω στου Ντέιβιντ;"»

Η Λόρελ τον κοίταξε με ένα ψεύτικο χαμόγελο στα χείλη της. «*Μπορώ* να πάω στου Ντέιβιντ;» επανέλαβε.

Ο Μαρκ δεν τράβηξε καν το βλέμμα από την εφημερίδα καθώς πλησίαζε τον καφέ στα χείλη του. «Φυσικά. Καλά να περάσεις».

Η Λόρελ προσπάθησε να περπατήσει κανονικά μέχρι την πόρτα, αλλά με το που την έκλεισε ξοπίσω της, όρμησε στο ποδήλατό της και ξεκίνησε χωρίς να χάσει χρόνο. Το σπίτι του Ντέιβιντ απείχε μερικά μόλις τετράγωνα και σύντομα η Λόρελ στήριζε το ποδήλατό της στον τοίχο του γκαράζ. Στάθηκε στο χαλάκι της εισόδου, αυτοσυγκεντρώθηκε κοιτάζοντας την κατακόκκινη πόρτα και χτύπησε το κουδούνι, προτού το μετανιώσει και το βάλει στα πόδια τρέχοντας πίσω στο σπίτι της. Κράτησε την ανάσα της όταν άκουσε βήματα και είδε το πόμολο να γυρίζει.

Ήταν η μητέρα του Ντέιβιντ. Η Λόρελ προσπάθησε να κρύψει την έκπληξή της. Εξάλλου, ήταν Σάββατο και η Λόρελ θα έπρεπε να το περιμένει ότι θα την έβρισκε στο σπίτι. Ήταν η δεύτερη φορά που τη συναντούσε. Φορούσε ένα χαριτωμένο κόκκινο μπλουζάκι και ένα τζιν, ενώ τα μακριά, σχεδόν κατάμαυρα μαλλιά της ήταν λυτά κι έπεφταν κυματιστά στην πλάτη της. Ήταν η πιο απρόσμενη μητέρα που είχε γνωρίσει η Λόρελ. Με την καλή έννοια.

«Λόρελ, πολύ χαίρομαι που σε βλέπω».

«Γεια σας», είπε αγχωμένη η κοπέλα και στάθηκε στο κατώφλι ασάλευτη.

Ευτυχώς ο Ντέιβιντ εμφανίστηκε στη γωνία. «Γεια», είπε με ένα πλατύ χαμόγελο. «Έλα από πίσω». Της έκανε νόημα από το διάδρομο. «Η Λόρελ χρειάζεται λίγη βοήθεια με τις ασκήσεις της βιολογίας», εξήγησε στη μητέρα του. «Θα είμαστε στο δωμάτιό μου».

Η μητέρα του Ντέιβιντ χαμογέλασε και στους δυο τους. «Θέλετε κάτι; Ένα σνακ ή οτιδήποτε άλλο;»

Εκείνος κούνησε αρνητικά το κεφάλι. «Απλώς την ησυχία μας. Είναι αρκετά απαιτητική εργασία».

«Τότε σας αφήνω μόνους».

Η καταπράσινη πόρτα του δωματίου του Ντέιβιντ ήταν ορθάνοιχτη. Με μια κίνηση του χεριού του, ο Ντέιβιντ οδήγησε μέσα τη Λόρελ. Έσκυψε για να βγάλει το ντοσιέ της βιολογίας και αφού έριξε μια ματιά στο διάδρομο για να σιγουρευτεί ότι η μητέρα του δεν ήταν εκεί γύρω, έκλεισε την πόρτα.

Το βλέμμα της Λόρελ καρφώθηκε στη σφαλιστή πόρτα. Είχε ξαναμπεί στο δωμάτιό του, αλλά ποτέ η πόρτα δεν ήταν κλειστή. Παρατήρησε για πρώτη φορά πως το πόμολο δεν είχε κλειδαριά. «Δεν πιστεύω η μητέρα σου να κρυφακούει πίσω από την πόρτα, ε;» ρώτησε η κοπέλα κι αισθάνθηκε πολύ χαζή με το που ξεστόμισε την ερώτηση.

Ο Ντέιβιντ απάντησε περιφρονητικά: «Ποτέ. Κέρδισα την ησυχία μου, από τη στιγμή που αποφάσισα να μη ρωτάω γιατί πολλοί από τους άντρες με τους οποίους είχε ραντεβού η μάνα μου έφευγαν το επόμενο πρωί. Δεν ανακατεύομαι στις υποθέσεις της κι εκείνη δεν ανακατεύεται στις δικές μου».

Η Λόρελ γέλασε και το άγχος της κάπως μετριάστηκε τώρα που βρισκόταν στο δωμάτιό του.

Ο Ντέιβιντ την προσκάλεσε να καθίσει στο κρεβάτι του, κι εκείνος τράβηξε μια καρέκλα. «Λοιπόν;» είπε μερικά δευτερόλεπτα αργότερα.

Ή τώρα ή ποτέ. «Βασικά έλπιζα πως θα εξετάσεις κάτι με το μικροσκόπιό σου για μένα».

Η όψη του Ντέιβιντ φάνηκε μπερδεμένη. «Το μικροσκόπιό μου;»

«Είπες πως έχεις ένα αρκετά καλό».

Το αγόρι συνήλθε γρήγορα από την έκπληξή του. «Α, ναι. Φυσικά».

Η Λόρελ έχωσε το χέρι στην τσέπη και έβγαλε το χαρτομάντιλο. «Μπορείς να μου πεις τι είναι αυτό;»

Εκείνος πήρε το χαρτομάντιλο, το ξετύλιξε με προσοχή και κοίταξε το μικρό γαλανόλευκο κομμάτι. «Μοιάζει με τμήμα από πέταλο λουλουδιού».

Η Λόρελ πιέστηκε να μη χάσει την υπομονή της. «Μπορείς να το εξετάσεις στο μικροσκόπιό σου;»

«Φυσικά». Γύρισε προς το μέρος ενός μεγάλου τραπεζιού όπου ήταν ακουμπισμένος ο εξοπλισμός του. Η Λόρελ αναγνώρισε κάποια από τα αντικείμενα που υπήρχαν και στο εργαστήριο της βιολογίας. Πολύ λίγα όμως. Ο Ντέιβιντ έβγαλε το γκρίζο κάλυμμα από ένα γυαλιστερό μαύρο μικροσκόπιο και πήρε μια διαφάνεια από ένα κουτί με μικρά τζαμάκια που χωρίζονταν μεταξύ τους με λεπτά φύλλα χαρτιού. «Μπορώ να το κόψω;» τη ρώτησε κοιτάζοντάς την.

Η Λόρελ ανατρίχιασε καθώς θυμήθηκε ότι πριν από μισή ώρα ψαλίδιζε αυτό το κομμάτι από πάνω της και έγνεψε καταφατικά. «Κάνε το ό,τι θέλεις».

Ο Ντέιβιντ έκοψε ένα μικροσκοπικό κομματάκι και το τοποθέτησε πάνω σε μια διαφάνεια, πρόσθεσε ένα κίτρινο διάλυμα και έβαλε ένα περαστό κάλυμμα από πάνω του. Στερέωσε τη διαφάνεια κάτω από το φακό και έπαιξε με τα κουμπάκια κοιτάζοντας μέσα από το μικροσκόπιο. Τα λεπτά περνούσαν αργά, καθώς εκείνος έκανε τις απαραίτητες ρυθμίσεις μετακινώντας τη διαφάνεια για να την παρατηρήσει από διαφορετικές οπτικές γωνίες. Τελικά αποτραβήχτηκε από το μικροσκόπιο. «Το μόνο που μπορώ να σου πω με βεβαιότητα είναι πως πρόκειται για ένα κομμάτι φυτού και ότι τα κύτταρα είναι πολύ ενεργά, πράγμα που σημαίνει ότι αναπτύσσονται. Ανθίζουν, αν υποθέσω από το χρώμα».

«Ένα κομμάτι φυτού; Είσαι σίγουρος;»

«Αρκετά», απάντησε κοιτάζοντας και πάλι μέσα από το μικροσκόπιο.

«Δεν είναι δηλαδή ένα τμήμα... ζώου;»

«Μπα. Με τίποτα».

«Πώς το ξέρεις;»

Ο Ντέιβιντ έψαξε μέσα σε ένα άλλο κουτί με κάποιες ήδη έτοιμες διαφάνειες, που είχαν κολλημένες ετικέτες πάνω τους. Διάλεξε μία με ένα ροζέ λεκέ και ξανάρχισε τη διαδικασία της εστίασης του φακού. «Έλα εδώ», είπε αφού σηκώθηκε και της έκανε νόημα να καθίσει στην καρέκλα.

Η Λόρελ κάθισε και έσκυψε πάνω από το μικροσκόπιο κάπως επιφυλακτική.

«Δε θα σε δαγκώσει», είπε ο Ντέιβιντ γελώντας. «Σκύψε πιο κοντά».

Υπάκουσε και άνοιξε τα μάτια της σε ένα ροζ κόσμο με καστανές γραμμές και στίγματα. «Τι υποτίθεται ότι βλέπω;»

«Θέλω να παρατηρήσεις τα κύτταρα. Μοιάζουν λίγο πολύ με τις εικόνες στο βιβλίο της βιολογίας. Βλέπεις που είναι στρογγυλά ή έχουν ακανόνιστο σχήμα; Μοιάζουν με γρομπαλάκια που συνδέονται όλα μαζί».

«Μάλιστα».

Έσυρε το μικροσκόπιο ξανά μπροστά του και άλλαξε τις διαφάνειες βάζοντας την κίτρινη που είχε ετοιμάσει λίγο πριν. Αφού πάτησε κι άλλα κουμπάκια, έστριψε το μικροσκόπιο προς την πλευρά της. «Και τώρα δες αυτό».

Η Λόρελ έσκυψε ξανά στο μικροσκόπιο, ακόμη πιο φοβισμένη με αυτή τη διαφάνεια απ' ό,τι με την προηγούμενη. Έλπιζε μόνο πως ο Ντέιβιντ δεν είχε προσέξει τα τρεμάμενα χέρια της.

«Και τώρα παρατήρησε τα κύτταρα. Είναι όλα αρκετά τετράγωνα και πολύ ομοιόμορφα. Τα κύτταρα των φυτών είναι τακτοποιημένα, σε αντίθεση με αυτά των ζώων. Κι έχουν παχιά κυτταρικά τοιχώματα που είναι τετράγωνα όπως τα βλέπεις εδώ. Αυτό δε σημαίνει ότι δε συναντάς τετραγωνισμένα κύτταρα ζώων, αλλά δεν είναι ποτέ τόσο ομοιόμορφα, ενώ τα κυτταρικά τοιχώματά τους είναι πιο λεπτά».

Η Λόρελ ακούμπησε πίσω στην καρέκλα πολύ πολύ αργά. Δεν έβγαζε κανένα νόημα.

Είχε ένα κανονικό φυτό που μεγάλωνε στην πλάτη της! Ένα μεταλλαγμένο, παρασιτικό λουλούδι! Ήταν το φρικιαστικότερο φρικιό όλων των φρικιών και, αν το ανακάλυπτε κανείς, θα την κορόιδευαν και θα τη χλεύαζαν για ολόκληρη την υπόλοιπη ζωή της. Το κεφάλι της άρχισε να γυρίζει. Ένιωθε λες και κάποιος είχε ρουφήξει όλο το οξυγόνο από το δωμάτιο. Το στήθος της σφίχτηκε. Δεν μπορούσε να πάρει ανάσα. «Πρέπει να φύγω», ψέλλισε.

«Περίμενε», τη σταμάτησε ο Ντέιβιντ γραπώνοντας το χέρι της. «Μη φεύγεις. Όχι τώρα που είσαι τόσο φρικαρισμένη». Προσπάθησε να συναντήσει το βλέμμα της, αλλά εκείνη αρνιόταν να τον κοιτάξει κατάματα. «Πραγματικά ανησυχώ για σένα. Γιατί δε μου λες τι συμβαίνει;»

Κοίταξε τα γαλάζια του μάτια. Ήταν βελούδινα και σοβαρά. Όχι ότι δεν πίστευε πως ο Ντέιβιντ μπορούσε να κρατήσει ένα μυστικό. Όσο γι' αυτό δεν είχε καμιά αμφιβολία. Τον εμπιστευόταν, έτσι ένιωθε. Έπρεπε να το εκμυστηρευτεί σε κάποιον. Όσο κι αν πάσχισε να βρει άκρη μόνη της, τίποτα δεν κατάφερε. *Κυριολεκτικά* είχε κάνει μια τρύπα στο νερό.

Ίσως εκείνος καταλάβαινε. Τι είχε να χάσει;

Για μια στιγμή δίστασε. «Δε θα το πεις σε *κανέναν*. Ποτέ;»

«Ποτέ».

«*Ορκίζεσαι;*»

Κούνησε το κεφάλι του σοβαρά.

«Θέλω να σε ακούσω να το λες δυνατά, Ντέιβιντ».

«Σου το ορκίζομαι».

«Ο όρκος σου δεν έχει ημερομηνία λήξης. *Αν* σου το πω», συνέχισε δίνοντας τέτοια έμφαση στο «αν» που δεν άφηνε κανένα περιθώριο, «δε θα το πεις πουθενά. *Ποτέ*. Ούτε σε δέκα χρόνια ούτε σε είκοσι ούτε σε πενήντα...»

«Λόρελ, κόφ' το! Έχεις πανικοβληθεί. Υπόσχομαι να μην το πω ποτέ σε κανέναν. Εκτός κι αν εσύ μου πεις να το κάνω».

Κάρφωσε το βλέμμα της στο δικό του. «Δεν είναι από λουλούδι, Ντέιβιντ. Είναι από *μένα*».

Ο Ντέιβιντ την κοίταξε για πολλή ώρα. «Τι εννοείς πως είναι από σένα;» ρώτησε τελικά.

Τώρα δεν υπήρχε γυρισμός. «Έβγαλα ένα εξόγκωμα στην πλάτη μου. Γι' αυτό φερόμουν έτσι αλλόκοτα. Νόμιζα πως είχα καρκίνο ή κάποιον όγκο. Όμως σήμερα το πρωί αυτό... αυτό το λουλούδι άνθισε στην πλάτη μου. Ένα *λουλούδι* φυτρώνει από τη σπονδυλική μου στήλη». Κάθισε πίσω με τα χέρια σταυρωμένα στο στήθος της προκαλώντας τον να την πιστέψει τώρα.

Ο Ντέιβιντ την κοίταζε αποσβολωμένος με το στόμα μισάνοιχτο. Σηκώθηκε, έβαλε τα χέρια στη μέση και έσφιξε τα χείλη. Κάνοντας μεταβολή, πήγε στο κρεβάτι του και κάθισε ακουμπώντας τους αγκώνες στα γόνατά του. «Θα σε ρωτήσω μία και τελευταία φορά γιατί δεν μπορώ να κάνω αλλιώς, αλλά δε θα σε ξαναρωτήσω γιατί θα πιστέψω την απάντησή σου, εντάξει;»

Εκείνη έγνεψε καταφατικά.

«Μου κάνεις πλάκα ή πραγματικά πιστεύεις αυτό που μόλις είπες;»

Τινάχτηκε όρθια σαν ελατήριο και όρμησε προς την πόρτα. Ήταν λάθος της που απευθύνθηκε σε αυτόν. *Τεράστιο* λάθος. Προτού προλάβει να γυρίσει το πόμολο, ο Ντέιβιντ πετάχτηκε μπροστά της και της έκλεισε το δρόμο.

«Στάσου. Είπα πως θα σε ρωτήσω μία και τελευταία φορά. Και το εννοώ. Ορκίσου μου πως δεν είναι αστείο και θα σε πιστέψω».

Τα βλέμματά τους συναντήθηκαν και εκείνη τον περιεργάστηκε με προσοχή. Αυτό που αντίκρισε την ξάφνιασε. Δεν ήταν δυσπιστία αλλά αβεβαιότητα. Ο Ντέιβιντ δεν είχε απλώς καμία διάθεση να πέσει θύμα μιας ηλίθιας φάρσας. Η Λόρελ ήθελε να του αποδείξει πως δε θα του έκανε ποτέ κάτι τέτοιο – ειδικά σε εκείνον.

«Θα σου δείξω», είπε, αλλά τα λόγια της ακούστηκαν μάλλον σαν ερώτηση.

«Εντάξει». Ο τόνος της φωνής του ήταν εξίσου επιφυλακτικός.

Του γύρισε την πλάτη και έλυσε τον κόμπο της εσάρπας. Καθώς απελευθέρωσε τα τεράστια πέταλα, ανέβασε την πουκαμίσα της πίσω στην πλάτη, ώστε να επανέλθουν ψηλά στην κανονική τους θέση.

Ο Ντέιβιντ κράτησε την ανάσα του. Τα μάτια του άνοιξαν διάπλατα και το στόμα του απέμεινε να χάσκει ορθάνοιχτο. «Μα πώς... Αποκλείεται... Είναι... Τι στον άνεμο είναι;»

Η Λόρελ έκανε μια γκριμάτσα με σφιγμένα χείλη. «Ακριβώς».

«Μπορώ... Μπορώ να κοιτάξω καλύτερα;» Η Λόρελ κούνησε το κεφάλι και ο Ντέιβιντ έκανε ένα διστακτικό βήμα προς την πλευρά της.

«Δε δαγκώνω», είπε εκείνη, αλλά όχι για να αστειευτεί.

«Το ξέρω, είναι όμως τόσο...» Κοκκίνισε ολόκληρος. «Άσε, ξέχνα το». Την πλησίασε και χάιδεψε τη μακριά, απαλή επιφάνειά τους. «Σε πονάω;» ρώτησε.

Η Λόρελ κούνησε το κεφάλι αρνητικά.

Ο Ντέιβιντ πίεζε απαλά γύρω από τη βάση, εκεί όπου το δέρμα ενωνόταν με τα μικρά, πράσινα φύλλα. «Δεν υπάρχει καν ένωση. Βγαίνουν ακριβώς μέσα από την επιδερμίδα σου. Είναι το πιο απίστευτο πράγμα που έχω δει».

Η Λόρελ κοίταξε το πάτωμα μην ξέροντας τι να πει.

«Τώρα καταλαβαίνω γιατί φερόσουν παράξενα αυτή την εβδομάδα».

«Δεν έχεις ιδέα», είπε η Λόρελ και κάθισε στο κρεβάτι του γυρνώντας την πλάτη στο παράθυρο για να δει και λίγο ο ήλιος τα πέταλα.

Ο Ντέιβιντ είχε καρφώσει το βλέμμα πάνω της όλο απορία. Όμως δεν είπε λέξη. Καθόταν απέναντί της στο δωμάτιο, ενώ η ματιά του πέταγε μία στις άκρες των πετάλων που προεξείχαν από τους ώμους της και μία σε εκείνη. «Μήπως...» Σταμάτησε απότομα.

Ένα λεπτό αργότερα σηκώθηκε και βάλθηκε να περπατά πάνω κάτω. «Θα μπορούσε...» Έκοψε και πάλι στα μισά τη φράση του και συνέχισε να βηματίζει.

Η Λόρελ έτριψε τους κροτάφους της. «Σε παρακαλώ, μην περπατάς πάνω κάτω, με τρελαίνει».

Ο Ντέιβιντ σωριάστηκε αμέσως στην καρέκλα του. «Συγγνώμη». Την περιεργάστηκε ξανά. «Το ξέρεις ότι είναι απίθανο, ε;»

«Πίστεψέ με, το ξέρω».

«Εγώ... ξέρω ότι το είδα με τα μάτια μου, αλλά νιώθω πως, αν τα ανοιγοκλείσω μερικές φορές, θα ξυπνήσω... ή το όραμά μου θα εξαφανιστεί».

«Δεν πειράζει», είπε η Λόρελ και κοίταξε αμήχανα τα χέρια της που ήταν ακουμπισμένα στα γόνατά της. «Κι εγώ ακόμη περιμένω να ξυπνήσω». Τέντωσε το χέρι πάνω από τον ώμο της, έπιασε ένα μακρύ πέταλο και το μελέτησε για μερικά δευτερόλεπτα προτού το αφήσει ελεύθερο. Εκείνο επέστρεψε στη θέση του κυματίζοντας δίπλα στον ώμο της.

«Δε θα τα δέσεις ξανά;» ρώτησε ο Ντέιβιντ.

«Τα αισθάνομαι καλύτερα όταν είναι ελεύθερα».

«Τα *αισθάνεσαι* καλύτερα; Δηλαδή τα νιώθεις;»

Η Λόρελ έγνεψε καταφατικά.

Ο Ντέιβιντ ξανακοίταξε το κομμένο κομματάκι. «Πόνεσες;»

«Ένιωσα ένα δυνατό τσίμπημα».

«Μπορείς να... τα κουνήσεις;»

«Δε νομίζω. Γιατί;»

«Αν τα νιώθεις, μπορεί να είναι ένα μέλος του κορμιού σου παρά κάτι που... βγήκε. Μπορεί να μην είναι πέταλα λουλουδιού, αλλά κάτι σαν... σαν φτερά». Γέλασε. «Ακούγεται πολύ παράξενο, ε;»

Η Λόρελ χασκογέλασε. «Πιο παράξενο κι από το ό,τι φυτρώνουν από την πλάτη μου;»

«Δίκιο έχεις». Έβγαλε έναν αναστεναγμό και η ματιά του έπεσε στα πέταλα που λαμπύριζαν στον ήλιο. «Δηλαδή... πρέπει να το... να τα ποτίζεις;»

«Δεν ξέρω». Η Λόρελ βρυχήθηκε. «Καλό δε θα ήταν αυτό; Θα είχα έναν εύκολο τρόπο να τα αφήσω να μαραθούν».

Ο Ντέιβιντ είπε κάτι μέσα από τα δόντια του.

«Τι;»

Ο Ντέιβιντ ανασήκωσε τους ώμους. «Λέω απλώς ότι είναι πανέμορφα».

Η Λόρελ κοίταξε πίσω από τους ώμους της τις κυματιστές άκρες που προεξείχαν από κάθε της πλευρά. «Αλήθεια;»

«Φυσικά. Αν πήγαινες στο σχολείο με αυτά, πάω στοίχημα πως τα μισά κορίτσια θα πρασίνιζαν από τη ζήλια τους».

«Και τα άλλα μισά θα με κοίταζαν λες και είμαι εξωγήινη. Όχι, ευχαριστώ, δε θα πάρω».

«Και τι θα κάνεις;»

Κούνησε το κεφάλι. «Δεν ξέρω τι μπορώ να κάνω. Τίποτα, φαντάζομαι». Γέλασε χωρίς να βρίσκει κάτι αστείο. «Μήπως να περιμένω να εξαπλωθεί σε ολόκληρο το κορμί μου και να με σκοτώσει;»

«Μπορεί να φύγει από μόνο του».

«Σωστά, έτσι έλεγα κι εγώ για το εξόγκωμα».

Ο Ντέιβιντ δίστασε. «Το είπες... στους γονείς σου;» ρώτησε τελικά.

Η Λόρελ κούνησε αρνητικά το κεφάλι.

«Θα το πεις;»

Το κορίτσι επανέλαβε το αρνητικό νεύμα.

«Νομίζω πως θα έπρεπε».

Η Λόρελ κατάπιε με δυσκολία. «Αυτό σκέφτομαι από τη στιγμή που ξύπνησα». Γύρισε και τον κοίταξε. «Αν ήσουν γονιός και σου έλεγε το παιδί σου ότι στην πλάτη του έχει φυτρώσει ένα τεράστιο λουλούδι, τι θα έκανες;»

Ο Ντέιβιντ άρχισε κάτι να λέει, μετά κοίταξε το πάτωμα.

«Θα έκανες ό,τι ορίζει η ευσυνειδησία. Θα το πήγαινες στο νοσοκομείο, θα το κορόιδευαν όλοι και θα γινόταν κάτι σαν ιατρικό παράδοξο. Αυτό θα συμβεί και σε μένα. Και δε θέλω να καταντήσω έτσι, Ντέιβιντ».

«Μπορεί η μητέρα σου να κάνει κάτι για να βοηθήσει», πρότεινε με βαριά καρδιά ο Ντέιβιντ.

«Ξέρουμε κι οι δυο πως είναι κάτι πολύ σοβαρότερο από όσα μπορεί να θεραπεύσει η μάνα μου». Έπλεξε τα δάχτυλα μπροστά στο στήθος της. «Ειλικρινά, αν είναι να με σκοτώσει αυτό το πράγμα, θα προτιμούσα να το κάνει όταν θα είμαι μόνη. Κι αν είναι να περάσει από μόνο του...» συνέχισε ανασηκώνοντας τους ώμους και τεντώνοντας τα χέρια μπροστά, «τότε είναι καλύτερα να μην το έχει μάθει κανείς».

«Εντάξει», συμφώνησε τελικά ο Ντέιβιντ. «Νομίζω όμως πως, αν συμβεί κάτι άλλο, πρέπει να το ξανασκεφτείς».

«Τι *άλλο* μπορεί να συμβεί;» ρώτησε η Λόρεν.

«Μπορεί να μεγαλώσει. Ή να εξαπλωθεί».

«Να εξαπλωθεί;» Αυτό δεν το είχε σκεφτεί.

«Ναι, ας πούμε αν αρχίσουν να φυτρώνουν φύλλα από την πλάτη σου – ή λουλούδια... κάπου άλλου».

Απέμεινε σιωπηλή για αρκετή ώρα. «Θα το σκεφτώ».

Εκείνος χασκογέλασε ξερά. «Νομίζω πως τώρα μπορώ να καταλάβω γιατί δε γίνεται να έρθεις στο μπιτς πάρτι απόψε».

«Φτου. Συγγνώμη, το ξέχασα εντελώς».

«Δεν πειράζει, σε κάνα δυο ώρες θα αρχίσει». Έμεινε σιωπηλός για λίγο. «Θα σε προσκαλούσα ξανά αλλά...» Έδειξε τα πέταλα και η Λόρελ κούνησε το κεφάλι μετανιωμένη.

«Δεν έχει νόημα».

«Μπορώ να περάσω να σε δω μετά; Για να βεβαιωθώ πως είσαι καλά».

Δάκρυα πλημμύρισαν τα μάτια της Λόρελ. «Πιστεύεις πως θα γίνω καλά;»

Ο Ντέιβιντ κάθισε πλάι της στο κρεβάτι και την αγκάλιασε από τους ώμους. «Το ελπίζω».

«Δεν το ξέρεις όμως, έτσι δεν είναι;»

«Όχι», απάντησε με ειλικρίνεια ο Ντέιβιντ. «Αλλά το εύχομαι».

Έτριψε το πρόσωπό της με το μπράτσο της. «Σ' ευχαριστώ».

«Άρα, μπορώ να περάσω;»

Του χαμογέλασε και έγνεψε καταφατικά.

Κεφάλαιο 7

Η ΛΟΡΕΛ ΕΙΧΕ ΑΡΑΞΕΙ στον καναπέ όταν χτύπησε το κουδούνι. «Ανοίγω εγώ», φώναξε. Έτρεξε στην πόρτα και χαμογέλασε πλατιά βλέποντας στο κατώφλι τον Ντέιβιντ, που φορούσε μαύρο μακό και βερμούδα σε έντονο κίτρινο χρώμα. «Γεια», είπε βγαίνοντας στη σκεπαστή βεράντα και τραβώντας ξοπίσω της την πόρτα για να κλείσει. «Πώς πήγε το πάρτι;»

Ο Ντέιβιντ ανασήκωσε αδιάφορα τους ώμους. «Θα ήταν καλύτερα αν ερχόσουν κι εσύ». Δίστασε, αλλά τελικά τη ρώτησε: «Πώς είσαι;»

Η Λόρελ χαμήλωσε το βλέμμα. «Καλά είμαι. Τα ίδια με το πρωί».

«Πονάς ή τίποτα τέτοιο;»

Κούνησε αρνητικά το κεφάλι της.

Ένιωσε το χέρι του να της χαϊδεύει το μπράτσο. «Όλα θα πάνε καλά», είπε γλυκά.

«Πώς είναι δυνατό να πάνε όλα καλά, Ντέιβιντ; Ένα λουλούδι έχει φυτρώσει στην πλάτη μου. Τα πράγματα δεν πάνε *καθόλου* καλά».

«Θέλω να πω ότι θα σκεφτούμε κάτι».

Χαμογέλασε θλιμμένα. «Συγγνώμη. Έρχεσαι από την καλή

σου την καρδιά κι εγώ...» Δεν πρόλαβε να αποσώσει τη φράση της όταν το έντονο φως από τους προβολείς ενός αυτοκινήτου τύφλωσε τα μάτια της. Σήκωσε το ένα χέρι για να το αποφύγει και διέκρινε ένα αυτοκίνητο να σταματά στο ιδιωτικό δρομάκι του γκαράζ τους. Ένας ψηλός άντρας με φαρδιές πλάτες βγήκε και άρχισε να περπατά προς το μέρος τους.

«Εδώ είναι η οικία Σιούελ;» ακούστηκε η φωνή του σιγανή και βραχνή.

«Μάλιστα», απάντησε η Λόρελ όταν ο άγνωστος πλησίασε στο φως της βεράντας. Η Λόρελ ξίνισε τα μούτρα της χωρίς να το θέλει. Δεν της άρεσε η φάτσα του. Τα ζυγωματικά του ήταν απότομα και σκληρά, το αριστερό του μάτι πιο κάτω από το δεξί. Η μακριά του μύτη έμοιαζε σαν να είχε σπάσει αρκετές φορές χωρίς να έχει τοποθετηθεί σωστά και, παρόλο που το ύφος του δεν ήταν σαρκαστικό, το πρόσωπό του είχε μια μόνιμη έκφραση απογοήτευσης. Οι πλάτες του ήταν απίστευτα φαρδιές και το κοστούμι που φορούσε δεν κολάκευε την εύσωμη σιλουέτα του.

«Οι γονείς σου είναι στο σπίτι;» ρώτησε ο άντρας.

«Ναι, μισό λεπτό». Γύρισε αργά. «Εμ, περάστε μέσα».

Κράτησε ανοιχτή την πόρτα και τόσο ο άντρας όσο και ο Ντέιβιντ μπήκαν στο σπίτι. Καθώς οι τρεις του στέκονταν στην είσοδο, ο άντρας οσμίστηκε τον αέρα και μετά καθάρισε το λαρύγγι του. «Είχατε μπιτς πάρτι με φωτιά σήμερα;» ρώτησε κοιτάζοντας επικριτικά τον Ντέιβιντ.

«Μάλιστα», αποκρίθηκε το αγόρι. «Κάτω στην παραλία. Εγώ ανέλαβα να ανάψω τη φωτιά και μέχρι να τα καταφέρω, είχαμε πολλή κάπνα». Το αγόρι έκανε για μια στιγμή να γελάσει, αλλά διαπιστώνοντας ότι ο άντρας παρέμεινε ανέκφραστος, το γέλιο του έμεινε μισό.

«Πάω να τους φωνάξω», είπε βιαστικά η Λόρελ.

«Έρχομαι κι εγώ μαζί σου», είπε ο Ντέιβιντ και την ακολούθησε.

Πήγαν στην κουζίνα, όπου οι γονείς της Λόρελ έπιναν το τσάι τους.

«Έχει έρθει ένας κύριος και σας ζητά», είπε η Λόρελ.

«Ω!» Ο πατέρας της άφησε το φλιτζάνι του και σημάδεψε τη σελίδα στο βιβλίο του. «Με συγχωρείτε».

Η Λόρελ κοντοστάθηκε στην πόρτα παρακολουθώντας τον πατέρα της. Ένιωθε το χέρι του Ντέιβιντ στη μέση της και ευχόταν να μην το μετακινήσει. Δε φοβόταν ακριβώς, αλλά δεν μπορούσε να διώξει μια επίμονη αίσθηση ανησυχίας.

«Σάρα», φώναξε ο Μαρκ. «Ο Τζερεμάια Μπαρνς είναι εδώ».

Η μητέρα της Λόρελ άφησε το φλιτζάνι της με θόρυβο και προσπέρασε βιαστικά τα παιδιά για να πάει στην κύρια είσοδο.

«Ποιος είναι ο Τζερεμάια Μπαρνς;» ρώτησε ψιθυριστά ο Ντέιβιντ.

«Ο μεσίτης», απάντησε η Λόρελ κοιτώντας γύρω της. «Έλα από εδώ», είπε πιάνοντας τον Ντέιβιντ από το χέρι. Τον τράβηξε προς τη σκάλα, πίσω από τον καναπέ όπου καθόταν ο κύριος Μπαρνς. Ανέβηκε μερικά σκαλιά στις μύτες των ποδιών της χωρίς να τη δει κανείς. Άφησε το χέρι του Ντέιβιντ ελεύθερο, αλλά όταν κάθισαν και οι δύο στο σκαλί, εκείνος πέρασε το μπράτσο γύρω από τους ώμους της. Η Λόρελ κούρνιασε απολαμβάνοντας την αίσθηση του να βρίσκεται δίπλα της. Της έδιωχνε κάπως την ανησυχία που διαρκώς φούντωνε μέσα της από τη στιγμή που εμφανίστηκε ο κύριος Μπαρνς.

«Ελπίζω να μη σας ενοχλεί που πέρασα έτσι απρόσκλητος».

«Καθόλου», είπε η μητέρα της Λόρελ. «Να σας προσφέρω λίγο καφέ; Τσάι; Νεράκι;»

«Τίποτα, ευχαριστώ», απάντησε ο Μπαρνς.

Η βαθιά φωνή του έκανε τη Λόρελ να σφίγγεται από ανησυχία.

«Έχω μερικές ερωτήσεις να σας κάνω σχετικά με το οικόπεδο, προτού υποβάλουμε την επίσημη προσφορά μας», είπε ο Μπαρνς. «Κατανοώ ότι πρόκειται για οικογενειακή περιουσία. Πόσα χρόνια είναι στα χέρια της οικογένειάς σας;»

«Από την εποχή του πυρετού της χρυσοθηρίας», είπε η Σάρα. «Ένας προπροπάππος μου διεκδίκησε τη γη κι έχτισε εκεί την πρώτη του καλύβα. Χρυσό πάντως δε βρήκε ποτέ. Από τότε όλοι στην οικογένειά μου έχουμε ζήσει εκεί κάποια στιγμή».

«Και κανείς δεν επιχείρησε να την πουλήσει;»

Η γυναίκα κούνησε το κεφάλι αρνητικά. «Όχι, μόνο εγώ. Φαντάζομαι ότι θα τρίζουν τα κόκαλα της μάνας μου στον τάφο, αλλά...» Ανασήκωσε τους ώμους. «Όσο κι αν λυπόμαστε που θα χάσουμε τη γη, υπάρχουν πιο σημαντικά πράγματα».

«Πράγματι. Υπάρχει κάτι το... ασυνήθιστο στο οικόπεδο;»

Οι γονείς της Λόρελ κοιτάχτηκαν κι έπειτα έγνεψαν αρνητικά. «Δε νομίζω», απάντησε ο Μαρκ.

Ο Μπαρνς κούνησε το κεφάλι. «Είχατε προβλήματα με καταπατητές; Επιχείρησαν ποτέ άγνωστοι να εγκατασταθούν εκεί; Κάτι παρόμοιο;»

«Όχι ακριβώς», είπε ο Μαρκ. «Καμιά φορά, άνθρωποι που έχουν βγει για περίπατο περνούν από τη γη μας και τους βλέπουμε εκεί γύρω. Όμως, σε τελική ανάλυση, είμαστε ακριβώς πάνω στον Εθνικό Δρυμό του Ρέντγουντ, το οικόπεδο δεν είναι περιφραγμένο και δεν έχουμε βάλει καμιά ταμπέλα που να προειδοποιεί για τα όριά του. Είμαι σίγουρος πως, αν το κάνετε, δε θα έχετε πρόβλημα».

«Δεν μπόρεσα να βρω ποια είναι η τιμή που ζητάτε». Ο Μπαρνς, χωρίς να διατυπώσει την ερώτησή του, την άφησε να πλανάται στον αέρα.

Ο πατέρας της Λόρελ ξερόβηξε. «Ήταν δύσκολο να πάρουμε μια καλή εκτίμηση για τη γη μας. Βάλαμε δύο εκτιμητές, και οι δύο κατάφεραν να χάσουν το φάκελό μας. Ήταν πολύ εκνευριστικό. Προτιμάμε, λοιπόν, να μας προτείνετε εσείς μια τιμή και το συζητάμε».

«Κατανοητό». Ο Μπαρνς σηκώθηκε. «Ελπίζω να σας στείλω τη γραπτή προσφορά μου μες στην εβδομάδα».

Έδωσε το χέρι και στους δύο κι έφυγε.

Η Λόρελ κράτησε την ανάσα της μέχρι που άκουσε το αϋτοκίνητο να παίρνει μπρος και να βγαίνει από το δρομάκι τους. Το χέρι του Ντέιβιντ χαλάρωσε στους ώμους της και η Λόρελ κατέβηκε τη σκάλα.

«Επιτέλους, Σάρα», είπε ενθουσιασμένος ο Μαρκ. «Πάνε σχεδόν έξι μήνες από την πρώτη φορά που με πλησίασε. Είχα αρχίσει να πιστεύω πως ό,τι έκανα πήγε στράφι».

«Η ζωή μας θα γινόταν πιο εύκολη», συμφώνησε η Σάρα. «Όμως, ακόμη δεν είναι σίγουρη η αγοραπωλησία».

«Το ξέρω, αλλά είμαστε σε καλό δρόμο».

«Κι άλλες φορές ήμασταν τόσο κοντά. Όπως εκείνο το ζευγάρι που είχε ενθουσιαστεί με το σπίτι στις αρχές του καλοκαιριού».

«Τρομερά ενθουσιασμένοι, τι να σου πω», διαφώνησε ο Μαρκ. «Όταν τηλεφωνήσαμε για να δούμε τι γίνεται, η γυναίκα είπε επί λέξει: "Ποιο σπίτι;" Το είχε ξεχάσει εντελώς».

«Σωστά», συμφώνησε η Σάρα. «Υποθέτω πως τελικά δεν είχαν εντυπωσιαστεί και *τόσο*».

«Δε σκέφτεστε σοβαρά να πουλήσετε τη γη μας σ' αυτόν», είπε σε έντονο ύφος η Λόρελ διακόπτοντας τη συζήτησή τους.

Οι γονείς της γύρισαν προς το μέρος της απορημένοι. «Λόρελ, τι συμβαίνει;» ρώτησε η μητέρα της.

«Ω, έλα τώρα. Ήταν τόσο ανατριχιαστικός».

Η Σάρα αναστέναξε. «Δεν αρνείσαι σε κάποιον μια αγοραπωλησία που θα αλλάξει τη ζωή σου, μόνο και μόνο επειδή δεν είναι και τόσο εμφανίσιμος».

«Δε μου άρεσε. Με φόβιζε».

«Σε φόβιζε;» ρώτησε ο πατέρας της. «Τι ήταν τρομακτικό πάνω του;»

«Δεν ξέρω», απάντησε η Λόρελ νιώθοντας λιγότερο φοβισμένη τώρα που είχε φύγει ο κύριος Μπαρνς. «Ήταν... ήταν κάπως παράξενος».

Ο Μαρκ έσκασε στα γέλια. «Ναι. Προφανώς ένας πρώην παίκτης του ράγκμπι που έχει φάει πολύ ξύλο. Όμως, δεν μπορείς να διαμορφώνεις την άποψή σου κρίνοντας από το παρουσιαστικό των ανθρώπων. Θυμάσαι ότι τα ράσα δεν κάνουν τον παπά;»

«Ναι, σύμφωνοι», υποχώρησε η Λόρελ, αλλά δεν πείστηκε εντελώς. Ο άντρας αυτός είχε κάτι παράξενο, κάτι περίεργο στο βλέμμα του, που δεν της άρεσε καθόλου.

Στο τέλος ο Ντέιβιντ ξερόβηξε. «Πρέπει να πάω στο σπίτι», είπε. «Πέρασα απλώς για λίγο».

«Θα σε συνοδεύσω μέχρι έξω», βιάστηκε να πει η Λόρελ οδηγώντας τον προς την πόρτα. Προτού βγει στη βεράντα, έλεγξε για μια στιγμή αν το δρομάκι τους ήταν άδειο.

«Εσένα σου φάνηκε αλλόκοτος;» ρώτησε όταν ο Ντέιβιντ έκλεισε την μπροστινή πόρτα.

«Αυτός ο Μπαρνς;» Ο Ντέιβιντ σκέφτηκε για λίγο και μετά ανασήκωσε τους ώμους. «Όχι ιδιαίτερα», παραδέχτηκε. «Η όψη του ήταν παράξενη, αλλά νομίζω ότι έφταιγε η μύτη του. Είναι σαν τη μύτη του Όουεν Γουίλσον. Μάλλον του την έσπασαν στο ράγκμπι, όπως είπε κι ο πατέρας σου».

Η Λόρελ αναστέναξε. «Μάλλον εγώ φταίω. Προφανώς είμαι υπερευαίσθητη γιατί...» Έδειξε την πλάτη της. «Ξέρεις γιατί».

«Ναι, ήθελα να σου μιλήσω γι' αυτό». Ο Ντέιβιντ έβαλε τα χέρια στις τσέπες, μετά τα έβγαλε και τα σταύρωσε στο στήθος του. Μερικά δευτερόλεπτα αργότερα άλλαξε γνώμη και τα ξανάχωσε στις τσέπες του. «Οφείλω να ομολογήσω, Λόρελ, ότι είναι το πιο παράξενο πράγμα που έχω δει ποτέ στη ζωή μου. Θα ήταν ψέμα να πω το αντίθετο».

Η κοπέλα κούνησε το κεφάλι. «Το ξέρω. Είμαι ένα έκτρωμα της φύσης».

«Όχι, δεν είσαι. Ξέρεις, όχι ακριβώς. Αλλά δεν είσαι εσύ», πρόσθεσε βιαστικά το αγόρι. «Απλώς, έχεις αυτό το παράξενο πράγμα. Κι εγώ... θα κάνω ό,τι μπορώ για να σε βοηθήσω. Εντάξει;»

«Αλήθεια το λες;» ψιθύρισε η Λόρελ.

Ο Ντέιβιντ κούνησε το κεφάλι. «Σ' το υπόσχομαι».

Δάκρυα ευγνωμοσύνης απείλησαν να ξεχυθούν από τα μάτια της, αλλά τα έπνιξε. «Ευχαριστώ».

«Έχω να πάω στην εκκλησία αύριο με τη μητέρα μου και μετά στο Γιουρίκα για φαγητό με τους παππούδες μου, αλλά το βραδάκι που θα γυρίσω θα σου τηλεφωνήσω».

«Τέλεια. Καλά να περάσεις».

«Θα προσπαθήσω». Δίστασε για λίγο και έμοιαζε έτοιμος να κάνει μεταβολή και να φύγει. Την τελευταία στιγμή, όμως, έκανε ένα βήμα μπροστά και την αγκάλιασε.

Έκπληκτη, τον αγκάλιασε και η Λόρελ.

Παρακολούθησε το ποδήλατό του να εξαφανίζεται στη μουντάδα του δειλινού και απέμεινε εκεί να τον κοιτάζει μέχρι που χάθηκε από τα μάτια της. Ήταν τόσο τρομοκρατημένη όταν πήγε στο σπίτι του το πρωί. Τώρα όμως ήξερε πως είχε εκμυστηρευτεί το μυστικό της στο σωστό άτομο. Χαμογέλασε, έκανε μεταβολή και ξαναμπήκε στο σπίτι της.

Η Δευτέρα ήταν η πρώτη μέρα που θα πήγαινε στο σχολείο με το πελώριο άνθος στην πλάτη της. Σκέφτηκε να κάνει την άρρωστη, αλλά δεν ήξερε πόσο καιρό θα είχε το λουλούδι. *Μπορεί και για πάντα*, σκέφτηκε ανατριχιάζοντας στην ιδέα και μόνο. Δε γινόταν να παριστάνει κάθε μέρα την άρρωστη. Συνάντησε τον Ντέιβιντ στο αίθριο μπροστά από το σχολείο, και εκείνος τη διαβεβαίωσε για πολλοστή φορά πως δε φαινόταν καθόλου ότι υπήρχε κάτι μέσα από το πουκάμισό της. Η κοπέλα πήρε βαθιά ανάσα και μπήκε στην τάξη για να παρακολουθήσει την πρώτη ώρα.

Στο μεσημεριανό διάλειμμα καθόταν και παρατηρούσε τον

Ντέιβιντ. Για μια στιγμή, καθώς τα σύννεφα άφησαν να ξεφύγει μια φωτεινή δέσμη ακτίνων, η Λόρελ πρόσεξε πώς έλαμπε πάνω του το φως αναδεικνύοντας τις διακριτικές ανταύγειες στα καστανόξανθα μαλλιά του και κάνοντας τις άκρες των βλεφαρίδων του να λαμπυρίζουν. Δεν την είχε απασχολήσει προηγουμένως το πόσο όμορφος ήταν, αλλά τις τελευταίες μέρες έπιανε τον εαυτό της να τον κοιτάζει όλο και περισσότερο. Ήδη δύο φορές κατά τη διάρκεια του μεσημεριανού, ο Ντέιβιντ είχε γυρίσει και την είχε τσακώσει να τον κρυφοκοιτάζει. Της προκαλούσε αυτό το φτερούγισμα στην καρδιά για το οποίο διάβαζε συνεχώς στα βιβλία.

Κάποια στιγμή που δεν κοίταζε κανείς, η Λόρελ σήκωσε το χέρι της απέναντι στον ήλιο. Δεν έμοιαζε το ίδιο. Το κορμί του Ντέιβιντ είχε κρύψει εντελώς τον ήλιο και το φως ξεγλιστρούσε μόνο από τη μία και την άλλη πλευρά του. Το χέρι της έμοιαζε να κρύβει μόνο ένα μέρος του ήλιου και το φως λαμπύριζε λες και είχε βρει το δρόμο μέσα από το δέρμα της. Έχωσε το χέρι στην τσέπη της. Είχε αρχίσει να παρανοεί.

Ένιωθε τα πέταλα γύρω από τη μέση της κάπως άβολα και λαχταρούσε να τα αφήσει ελεύθερα, ιδίως μια τέτοια λαμπερή και ηλιόλουστη μέρα, από αυτές που ήξερε πως θα απολάμβανε όλο και πιο σπάνια τους επόμενους μήνες. Ήταν όμως μια ταλαιπωρία που έπρεπε –και μπορούσε– να υποστεί. Έλπιζε να κάνει και πάλι την εμφάνισή του ο ήλιος αργότερα το απόγευμα όταν η Λόρελ θα μπορούσε να πάει κρυφά για έναν περίπατο.

Η Τσέλσι ήταν άρρωστη στο σπίτι, κι έτσι ο Ντέιβιντ πήγε μόνος του τη Λόρελ μέχρι την τάξη όπου θα παρακολουθούσε το μάθημα των αγγλικών.

«Ντέιβιντ, να σου πω;» τον ρώτησε εκείνη.

«Ναι».

«Θέλεις να κάνουμε μια εκδρομούλα το απόγευμα; Με μένα και τους γονείς μου;»

Η όψη του Ντέιβιντ σκοτείνιασε. «Δεν μπορώ».

«Γιατί όχι;»

«Θα βγάλω το δίπλωμα οδήγησης σε μερικές εβδομάδες και η μάνα μου αποφάσισε πως πρέπει να δουλέψω για να καλύπτω τα έξοδα της βενζίνης και της ασφάλειας. Μου βρήκε μια δουλειά στο φαρμακείο και πρέπει να ξεκινήσω από σήμερα».

«Ω, δε μου το είπες».

«Χθες το έμαθα κι εγώ. Εξάλλου», έσκυψε κοντά της, «τα δικά σου προβλήματα είναι λίγο σοβαρότερα από τα δικά μου αυτή τη στιγμή».

«Τότε, καλή αρχή», είπε η Λόρελ.

Ο Ντέιβιντ αναστέναξε. «Ναι, ο νεποτισμός είναι ό,τι χρειάζεται κανείς για να τον συμπαθήσουν οι συνάδελφοί του». Γέλασε κοφτά. «Πού θα πάτε εκδρομή;»

«Στο παλιό μου σπίτι. Η μητέρα μου δε μιλάει για τίποτ' άλλο πέρα από την πώλησή του εδώ και δύο μέρες. Είναι ενθουσιασμένη από τη μια, αλλά από την άλλη έχει αρχίσει να το ξανασκέφτεται».

«Γιατί; Νόμιζα πως ήθελαν πολύ να το πουλήσουν».

«Κι εγώ έτσι νόμιζα. Όμως την έχει πάρει από κάτω. Κι εκείνη εκεί μεγάλωσε. Και η μητέρα της πριν από αυτήν. Και πάει λέγοντας. Καταλαβαίνεις;»

«Είναι καταπληκτικό. Μακάρι να μην ήσασταν αναγκασμένοι να το πουλήσετε».

«Ναι, μακάρι», συμφώνησε η Λόρελ. «Όχι ότι εδώ είναι άσχημα», βιάστηκε να προσθέσει. «Πολύ χαίρομαι που μετακομίσαμε, αλλά θα μου άρεσε πολύ και η ιδέα να μπορώ να πηγαίνω απλώς για επίσκεψη».

«Έχετε ξαναπάει από τότε που μετακομίσατε εδώ;»

«Όχι. Είχαμε τόσες δουλειές με το μαγαζί και τη μετακόμιση και δεν ξεκλέψαμε λίγο χρόνο. Γι' αυτό η μητέρα θέλει να πάμε για να σιγουρευτεί ότι έχει αποφασίσει να το πουλήσει και για να μαζέψει με την τσουγκράνα τα πεσμένα φύλλα, μια και θα είμαστε εκεί. Και να καθαρίσει τα παράθυρα. Και ίσως ο πατέρας μου θελήσει να κουρέψει τους φράχτες». Χαμογέλασε με ψεύτικο ενθουσιασμό. «Τι καλά που θα περάσουμε», είπε κοροϊδευτικά.

Ο Ντέιβιντ κούνησε το κεφάλι και μετά την κοίταξε σοβαρά. «Μακάρι να μπορούσα να έρθω», είπε. «Αλήθεια».

Η Λόρελ χαμήλωσε το βλέμμα. Τα μάτια της πέταγαν σπίθες. «Μια άλλη φορά», αποκρίθηκε σοβαρά πασχίζοντας να μην ακουστεί πολύ απογοητευμένη.

«Το ελπίζω».

Κεφάλαιο 8

Τα μαλλια της Λορελ ήταν άγρια και μπερδεμένα όταν έφτασαν. Θα της έπαιρνε αιώνες για να τα χτενίσει αργότερα, αλλά ο κόπος αυτός άξιζε μπροστά στα σαράντα πέντε λεπτά οδήγησης στο παλιό κάμπριο αμάξι, με τον άνεμο να της μαστιγώνει το πρόσωπο. Μπήκαν στο μακρύ ιδιωτικό δρόμο του οικοπέδου, και η Λόρελ κράτησε την ανάσα της όταν στρίβοντας σε μια συστάδα δέντρων, φάνηκε επιτέλους το ξύλινο σπιτάκι.

Με το που το αντίκρισε, ένα απρόσμενο κύμα νοσταλγίας άρχισε να την πλημμυρίζει. Η καλύβα, φτιαγμένη από κορμούς δέντρων, ήταν μικρή αλλά χαριτωμένη. Χτισμένη στο κέντρο ενός μεγάλου κύκλου από παχύ, καταπράσινο γρασίδι, την περιέβαλλε ένας ετοιμόρροπος φράχτης. Πολλές φορές τής έλειπε το σπίτι της από τότε που μετακόμισαν, αλλά ποτέ τόσο έντονα όπως εκείνη τη στιγμή που το αντίκρισε για πρώτη φορά μετά από τέσσερις μήνες. Δώδεκα ολόκληρα χρόνια έζησε σε αυτό το σπίτι και σε αυτή τη γη. Γνώριζε όλα τα φιδογυριστά μονοπάτια που έβγαζαν στο αχανές δάσος και είχε περιπλανηθεί ώρες ολόκληρες σε αυτό. Δε θα ήθελε να ξαναμείνει εκεί, ούτε όμως και να το χάσει οριστικά από τη ζωή της.

Το αμάξι σταμάτησε και οι γονείς της βάλθηκαν να ξεφορτώνουν τσουγκράνες, κουβάδες και καθαριστικά. Η Λόρελ έβγαλε την κιθάρα της από το πίσω κάθισμα και η Σάρα γέλασε. «Πολύ μου αρέσει που παίζεις αυτή την παλιατζούρα».

«Γιατί;»

«Μου θυμίζει την εποχή που έπαιζα κι εγώ κιθάρα στο Μπέρκλεϊ». Χαμογέλασε με νόημα στον άντρα της. «Όταν πρωτογνωριστήκαμε. Ήμασταν χίπηδες τότε».

Η Λόρελ κοίταξε τη μακριά κοτσίδα της μητέρας της και τα Birkenstock σανδάλια του πατέρα της και ξεφύσηξε κοροϊδευτικά. «Και *τώρα* χίπηδες είστε».

«Μπα, αυτό δεν είναι τίποτα. Ήμασταν *κανονικοί* χίπηδες τότε». Η Σάρα γλίστρησε το χέρι της μέσα στην παλάμη του άντρα της, κι εκείνος έμπλεξε τα δάχτυλά του με τα δικά της. «Έπαιρνα την κιθάρα στις καταλήψεις. Έπαιζα το "We Shall Not Be Moved" εντελώς φάλτσα, αλλά όλοι με συνόδευαν με τις αγριοφωνάρες τους. Το θυμάσαι;»

Ο Μαρκ χαμογέλασε και κούνησε το κεφάλι. «Παλιός καλός καιρός», είπε σαρκαστικά.

«Α, είχε πλάκα».

«Αφού το λες εσύ», υποχώρησε κι έσκυψε για να της δώσει ένα φιλάκι.

«Σας πειράζει να κάνω μια βόλτα εδώ γύρω;» ρώτησε η Λόρελ περνώντας το λουρί της κιθάρας στον ώμο της. «Θα ξανάρθω σε λίγο για να βοηθήσω».

«Φυσικά και να πας βόλτα», είπε η Σάρα ψαχουλεύοντας στο πορτμπαγκάζ.

«Τα λέμε σε λίγο», αποκρίθηκε η Λόρελ και κατευθύνθηκε προς το πίσω μέρος του σπιτιού.

Τα δέντρα του δάσους με τα πλατιά και βελονοειδή φύλλα

τους σκίαζαν το μαλακό πράσινο φύλλωμα που σκέπαζε το χώμα σαν χαλί. Οι περισσότεροι κορμοί ήταν καλυμμένοι με σκούρα πράσινα βρύα που έκρυβαν τον τραχύ φλοιό τους. Όπου κι αν έπεφτε η ματιά της Λόρελ, έβλεπε πράσινο. Είχε ρίξει ένα ψιλόβροχο το πρωί, αλλά τώρα είχε βγει ο ήλιος μεταμορφώνοντας τις εκατομμύρια στάλες της βροχής σε μικρές αστραφτερές σφαίρες που έκαναν κάθε επιφάνεια να λαμπυρίζει, λες και ήταν σμαραγδένια. Μονοπάτια διασταυρώνονταν μέσα στο σκοτάδι ανάμεσα στα δέντρα και η κοπέλα ακολούθησε ένα προχωρώντας με την ησυχία της.

Είχε την αίσθηση πως πατούσε τόπους ιερούς, τα ερείπια μιας μεγάλης εκκλησίας από το μακρινό παρελθόν. Χαμογέλασε όταν είδε ένα κλαδί καλυμμένο με βρύα να φωτίζεται από μια λεπτή δέσμη ακτίνων. Έτριψε το χέρι της πάνω του και οι γυαλιστερές δροσοσταλίδες κύλησαν από τα δάχτυλά της αιχμαλωτίζοντας το φως καθώς έπεφταν στο χώμα.

Έχοντας πλέον χαθεί από το οπτικό πεδίο των γονιών της εδώ και κάμποση ώρα, η Λόρελ έφερε την κιθάρα της μπροστά και έλυσε την εσάρπα. Βγάζοντας έναν αναστεναγμό ανακούφισης, σήκωσε το πουκάμισό της για να αφήσει τα πέταλα του λουλουδιού να ξεχυθούν ελεύθερα. Έτσι όπως έμεναν δεμένα το μεγαλύτερο μέρος της μέρας, λαχταρούσαν να ελευθερωθούν. Τα πέταλα τεντώθηκαν αργά, σαν πονεμένοι, σφιγμένοι μύες, ενώ η Λόρελ συνέχισε να περπατά σε ένα στενό, στρωμένο με φύλλα μονοπάτι. Αφουγκράστηκε το μακρινό κελάρυσμα του μεγάλου ρυακιού και κατευθύνθηκε προς το μέρος του μέσα από την πυκνή βλάστηση. Το βρήκε σε μερικά λεπτά και κάθισε σε ένα βραχάκι στην όχθη του. Πέταξε με μια κλοτσιά τις σαγιονάρες της και βύθισε τις πατούσες της στο δροσερό νερό.

Πάντοτε λάτρευε αυτό το ρυάκι. Το νερό στο ήρεμο ρεύμα ήταν τόσο διαυγές, ώστε η Λόρελ μπορούσε να διακρίνει το βυθό και τα ψαράκια που κολυμπούσαν μπρος και πίσω. Στα σημεία όπου ξεχυνόταν πάνω από τις πέτρες σε μικρούς καταρράκτες, κυλούσε ορμητικό σχηματίζοντας έναν άψογο λευκό αφρό που θύμιζε παχιές σαπουνόφουσκες. Το σκηνικό λες και ήταν βγαλμένο από καρτ ποστάλ.

Η Λόρελ άρχισε να γρατσουνά τις χορδές παίζοντας το αγαπημένο της τραγούδι από τη Σάρα ΜακΛάχλαν. Σιγοτραγουδούσε γλυκά, ενώ την αγκάλιαζε η ευωδιά του λουλουδιού.

Μετά τον πρώτο στίχο ένα θρόισμα στα αριστερά την έκανε να πεταχτεί τρομαγμένη. Αφουγκράστηκε και νόμισε πως άκουσε ψιθύρους. «Μαμά;» φώναξε φοβισμένη. «Μπαμπά;»

Στερέωσε την κιθάρα σε ένα δέντρο και προσπάθησε να λύσει τον κόμπο στην εσάρπα που είχε τυλίξει γύρω από τον καρπό της. Το καλύτερο θα ήταν να εξαφανίσει τα πέταλα προτού τα δουν οι γονείς της.

Η μακριά, μεταξωτή εσάρπα αρνιόταν να λυθεί από τον καρπό της. Άκουσε κι άλλο θρόισμα, πιο δυνατό αυτή τη φορά. Τα μάτια της καρφώθηκαν στο σημείο από όπου προήλθε ο ήχος, λίγο πιο πάνω από τον αριστερό της ώμο. «Ναι;»

Με προσοχή, η Λόρελ δίπλωσε τα απαλά πέταλα και τα τύλιξε γύρω από τη μέση της. Πάνω που ήταν έτοιμη να τα καλύψει με την εσάρπα, κάποιος άγνωστος πετάχτηκε πίσω από ένα δέντρο, λες και τον είχαν σπρώξει. Έριξε ένα δολοφονικό βλέμμα στο δέντρο για μια στιγμή και μετά στράφηκε προς τη Λόρελ. Η ταραχή του μαλάκωσε και μια ανέλπιστη ζεστασιά γέμισε τα μάτια του. «Γεια σου», της είπε χαμογελώντας.

Η Λόρελ κράτησε την ανάσα της και πισωβάδισε, αλλά το

πόδι της σκόνταψε σε μια ρίζα. Η κοπέλα έπεσε αφήνοντας ελεύθερα τα πέταλά της για να πιαστεί από κάπου.

Ήταν πολύ αργά για να τα κρύψει. Εκείνα άνοιξαν σε πλήρη θέα μπροστά στα μάτια του άγνωστου νεαρού.

«Όχι, μη!... Ω, συγγνώμη. Μπορώ να σε βοηθήσω;»

Η Λόρελ σήκωσε το βλέμμα κι αντίκρισε δύο καταπράσινα μάτια τόσο ζωηρά, που έμοιαζαν ψεύτικα. Ένας νεαρός την κοίταζε έτσι που ήταν πεσμένη φαρδιά πλατιά στο χώμα.

Της άπλωσε το χέρι. «Πραγματικά σου ζητώ συγγνώμη. Εμείς... εγώ έκανα θόρυβο. Νόμισα ότι με άκουσες». Χαμογέλασε αδέξια. «Μάλλον έκανα λάθος». Η φιγούρα του λες και είχε ξεπηδήσει από κλασικό πίνακα: σμιλευμένα ζυγωματικά, απαλή, ηλιοκαμένη επιδερμίδα που θα ταίριαζε καλύτερα σε κάποια παραλία του Λος Άντζελες και όχι σε ένα παγωμένο δάσος γεμάτο βρύα. Τα μαλλιά του ήταν πυκνά και μαύρα, όπως τα φρύδια και οι βλεφαρίδες που πλαισίωναν τα γεμάτα ανησυχία μάτια του. Ήταν κάπως μακριά και νωπά –σαν να μην είχε προλάβει να προστατευτεί από τη βροχή– και με κάποιο τρόπο είχε καταφέρει να βάψει μόνο τις ρίζες στην ίδια λαμπερή πράσινη απόχρωση των ματιών του. Το γλυκό, ευγενικό του χαμόγελο έκοβε την ανάσα της Λόρελ. Χρειάστηκε μερικά δευτερόλεπτα μέχρι να ξαναβρεί τη λαλιά της.

«Ποιος είσαι;»

Ο άγνωστος έκανε μια παύση και την περιεργάστηκε με ένα παράξενο, ατάραχο βλέμμα.

«Λοιπόν;» τον ενθάρρυνε η Λόρελ.

«Δε με ξέρεις, ε;» τη ρώτησε.

Δεν του απάντησε αμέσως. Όντως ένιωθε λες και τον ήξερε. Κάπου μέσα της υπήρχε μια ανάμνηση, αλλά όσο έστυβε το μυαλό της τόσο πιο πολύ χανόταν αυτή η ανάμνηση. «Θα έπρεπε;» ρώτησε με συγκρατημένη φωνή.

Το διερευνητικό βλέμμα εξαφανίστηκε το ίδιο απότομα όπως είχε εμφανιστεί. Ο άγνωστος γέλασε σιγανά –σχεδόν θλιμμένα– και η φωνή του αντιλάλησε στα δέντρα ηχώντας πιο πολύ σαν κραυγή πουλιού. «Είμαι ο Ταμάνι», είπε με το χέρι ακόμη απλωμένο για να τη βοηθήσει να σηκωθεί. «Μπορείς να με φωνάζεις Ταμ, αν προτιμάς».

Συνειδητοποιώντας ξαφνικά πως ήταν ακόμη πεσμένη στο νωπό χώμα, η Λόρελ ένιωσε να κοκκινίζει από ντροπή. Αγνόησε το χέρι του, έδωσε ώθηση και σηκώθηκε μόνη της, ξεχνώντας όμως να συγκρατήσει τα πέταλά της. Με μια πνιχτή κραυγή κατέβασε γοργά το πουκάμισό της μορφάζοντας καθώς το άνθος γδάρθηκε πάνω στο δέρμα της.

«Μην ανησυχείς», της είπε ο νεαρός. «Θα κρατήσω τις αποστάσεις μου από το άνθος σου». Χαμογέλασε πλατιά και σήκωσε τα μαύρα του φρύδια περιπαικτικά, ενώ εκείνη ένιωσε σαν να μην είχε καταλάβει το αστείο. «Ξέρω πολύ καλά σε ποιανής τα πέταλα μπορώ να χώνομαι και σε ποιανής όχι». Εισέπνευσε βαθιά. «Μμμ. Όσο υπέροχα κι αν μυρίζουν, τα πέταλά σου είναι απαγορευμένα για μένα». Σήκωσε το ένα φρύδι. «Τουλάχιστον προς το παρόν».

Άπλωσε το χέρι του για να αγγίξει το πρόσωπό της και η Λόρελ έμεινε ασάλευτη. «Φαίνεσαι άθικτη. Ούτε σπασμένα πέταλα ούτε σπασμένοι βλαστοί».

«Μα τι λες;» τον ρώτησε προσπαθώντας να κρύψει τα πέταλα που πετάγονταν κάτω από το πουκάμισό της.

«Είναι λίγο αργά για τέτοια, δε συμφωνείς;»

Τον κοίταξε σαστισμένη. «Τι γυρεύεις εδώ;»

«Εδώ μένω».

«Αποκλείεται να μένεις εδώ», του είπε μπερδεμένη. «Εδώ η γη είναι *δική μου*».

«Αλήθεια;»

Μπερδεύτηκε και πάλι. «Βασικά, είναι η γη των γονιών μου». Βαστούσε γερά το πίσω μέρος του πουκαμίσου της. «Κι εσύ... εσύ δεν είσαι καθόλου ευπρόσδεκτος». Πώς στο καλό τα μάτια του είχαν τόσο έντονο χρώμα, ήταν τόσο απίστευτα πράσινα; *Φακοί επαφής*, σκέφτηκε με σιγουριά προσπαθώντας να μη θαμπωθεί από τη λάμψη τους.

«Δεν είμαι;»

Άνοιξε διάπλατα τα μάτια και την πλησίασε. Η όψη του εξέπεμπε τόση αυτοπεποίθηση, το χαμόγελό του ήταν τόσο μεταδοτικό... Η Λόρελ δεν μπόρεσε να κάνει πίσω. Ήταν σίγουρη πως ποτέ στη ζωή της δεν τον είχε ξανασυναντήσει, αλλά την πλημμύριζε μια αίσθηση οικειότητας.

«Ποιος είσαι;» επανέλαβε η Λόρελ.

«Σου είπα, είμαι ο Ταμάνι».

Η κοπέλα κούνησε το κεφάλι της. «Ποιος είσαι στ' αλήθεια;»

Ο Ταμάνι έφερε το δάχτυλο στα χείλη σε ένδειξη σιωπής. «Σσς, κάθε πράγμα στον καιρό του. Έλα μαζί μου». Την πήρε από το χέρι, κι εκείνη δεν αποτραβήχτηκε καθώς την παρέσυρε στην καρδιά του δάσους. Ξεχάστηκε λίγο λίγο και άφησε ελεύθερο το άλλο χέρι που κρατούσε το πουκάμισο. Τα πέταλα ανασηκώθηκαν αργά, μέχρι που άνοιξαν πίσω της πανέμορφα και μεγαλόπρεπα. Ο Ταμάνι κοίταξε προς την πλευρά της. «Δεν είναι καλύτερα έτσι;»

Η Λόρελ δεν μπόρεσε παρά να συμφωνήσει. Ένιωθε μπερδεμένη και, μολονότι στο πίσω μέρος του μυαλού της υποπτευόταν ότι όλο αυτό το περιστατικό θα έπρεπε να την ενοχλεί, για κάποιο μυστήριο λόγο δεν την πείραζε καθόλου. Το μόνο που την ένοιαζε ήταν να ακολουθήσει αυτό τον τύπο με το σαγηνευτικό χαμόγελο.

Την οδήγησε σε ένα μικρό ξέφωτο όπου τα κλαδιά των δέντρων σχημάτιζαν ένα κενό αφήνοντας τον ήλιο να διεισδύσει και να φωτίσει ένα κομμάτι γρασίδι διάστικτο από σπογγώδη, πράσινα βρύα. Ο Ταμάνι άραξε νωχελικά και της έκανε νόημα να καθίσει απέναντί του.

Μαγεμένη, η Λόρελ απέμεινε να τον χαζεύει. Τα πράσινα και μαύρα μαλλιά του έπεφταν σε μακριές αφέλειες στεφανώνοντας το μέτωπό του, λίγο πιο πάνω από τα μάτια. Φορούσε φαρδύ λευκό πουκάμισο που έμοιαζε ραμμένο στο χέρι και ασορτί καφέ, φαρδύ παντελόνι που έδενε κάτω από τα γόνατα. Τα ρούχα του ήταν χωρίς αμφιβολία παλιομοδίτικα, αλλά φάνταζαν τόσο μοδάτα, όπως και τα πάντα πάνω του. Ήταν ξυπόλυτος, αλλά δεν έμοιαζαν να τον ενοχλούν οι μυτερές πευκοβελόνες και τα τσακισμένα κλαδάκια κατά μήκος του μονοπατιού. Ήταν περίπου δεκαπέντε πόντους ψηλότερός της και κινούνταν με ζηλευτή χάρη που δεν είχε ξαναδεί σε αγόρι.

Η Λόρελ κάθισε οκλαδόν και τον κοίταξε με προσμονή. Η παράξενη επιθυμία να τον ακολουθήσει άρχισε να καταλαγιάζει δίνοντας τη θέση της στη σύγχυση.

«Πήραμε μια τρομάρα που το έσκασες έτσι». Είχε μια ελαφριά προφορά, ακριβώς ούτε βρετανική ούτε ιρλανδική.

«Έτσι πώς;» ρώτησε η Λόρελ προσπαθώντας να βάλει μια τάξη στις σκέψεις της.

«Τη μια μέρα ήσουν εδώ και την επόμενη είχες φύγει. Πού στο καλό ήσουν; Είχα αρχίσει να πανικοβάλλομαι».

«Να πανικοβάλλεσαι;» Ήταν πολύ σαστισμένη για να διαφωνήσει ή για να ζητήσει περισσότερες διευκρινίσεις.

«Το έχεις πει σε κανέναν;» ρώτησε δείχνοντας πίσω από τον ώμο της.

Η Λόρελ κούνησε το κεφάλι αρνητικά. «Όχι... Α, ναι. Το είπα στο φίλο μου τον Ντέιβιντ».

Η όψη του Ταμάνι, από τη μια στιγμή στην άλλη, πήρε μια απροσδιόριστη έκφραση. «Μόνο φίλος είναι;»

Η Λόρελ ξανάρχισε να βρίσκει τα λογικά της. «Ναι... Όχι... Δε νομίζω ότι σου πέφτει λόγος», τόλμησε να πει, αλλά τόσο ξέπνοα.

Ρυτιδούλες εμφανίστηκαν στις άκρες των ματιών του Ταμάνι και για μια στιγμή η Λόρελ νόμισε πως διέκρινε ένα ίχνος φόβου. Αμέσως μετά εκείνος έγειρε πίσω και το γλυκό του χαμόγελο επανήλθε στα χείλη του. Μάλλον ήταν η ιδέα της. «Μπορεί και όχι». Ο Ταμάνι έπαιξε με ένα χορτάρι. «Οι γονείς σου όμως δεν ξέρουν τίποτα, ε;»

Η Λόρελ άρχισε να κουνά το κεφάλι αρνητικά, αλλά το παράλογο της κατάστασης τελικά υπερνίκησε. «Όχι... Ναι... Μπορεί... Κακώς είμαι εδώ», είπε κοφτά και σηκώθηκε. «Μη με ακολουθήσεις».

«Στάσου», είπε ο Ταμάνι πανικόβλητος.

Η κοπέλα προσπέρασε ένα κλαδί που κρεμόταν χαμηλά. «Φύγε!» του είπε.

«Έχω τις απαντήσεις που ψάχνεις!» φώναξε εκείνος.

Η Λόρελ κοντοστάθηκε και κοίταξε πίσω. Ο Ταμάνι είχε στηριχτεί στο ένα του γόνατο, ενώ η έκφραση του προσώπου του την ικέτευε να μείνει.

«Έχω τις απαντήσεις σε όλες τις απορίες σου. Για το άνθος και... όλα τα άλλα».

Γύρισε αργά, αβέβαιη αν θα έπρεπε να τον εμπιστευτεί.

«Θα σου πω όλα όσα θέλεις να μάθεις», συνέχισε πιο ήρεμα τώρα ο Ταμάνι.

Η Λόρελ έκανε δύο βήματα μπροστά και εκείνος αμέσως χαλάρωσε. «Θα μείνεις εκεί όμως», απαίτησε η Λόρελ δείχνοντας προς την άλλη άκρη του ξέφωτου. «Κι εγώ θα καθίσω εδώ. Δε θέλω να με ξαναγγίξεις».

«Κατανοητό», είπε ο Ταμάνι αναστενάζοντας.

Βολεύτηκε και πάλι στο γρασίδι, αλλά συνέχισε να βρίσκεται σε επιφυλακή, έτοιμη να το βάλει στα πόδια αν χρειαζόταν. «Εντάξει. Τι είναι αυτό;»

«Είναι ένα άνθος».

«Θα φύγει;»

«Σειρά μου τώρα: Πού πήγες;»

«Στο Κρέσεντ Σίτι. Θα φύγει;» επανέλαβε εκείνη με διαπεραστική φωνή.

«Δυστυχώς, ναι». Αναστέναξε συντετριμμένος. «Και πού να ακούσεις τα χειρότερα».

«Είσαι σίγουρος ότι θα φύγει;» Ο δισταγμός της Λόρελ εξαφανίστηκε με το που άκουσε τη χαρμόσυνη είδηση.

«Φυσικά. Θα ανθίσεις ξανά του χρόνου, αλλά, όπως όλα τα άνθη, και το δικό σου δε διαρκεί αιώνια».

«Πού το ξέρεις;»

«Σειρά μου πάλι. Πόσο μακριά είναι το Κρέσεντ Σίτι;»

Ανασήκωσε τους ώμους ανήξερη. «Σαράντα, πενήντα χιλιόμετρα. Κάτι τέτοιο».

«Προς ποια κατεύθυνση;»

«Όχι, είναι η σειρά μου να ρωτήσω. Πώς ξέρεις τόσα γι' αυτό το πράγμα;»

«Είμαι σαν κι εσένα. Ανήκουμε στο ίδιο είδος».

«Και τότε πού είναι το δικό σου άνθος;»

Ο Ταμάνι έσκασε στα γέλια. «*Εγώ* δεν ανθίζω».

«Είπες πως ανήκουμε στο ίδιο είδος. Αν ισχύει, τότε θα έπρεπε να έχεις κι εσύ άνθος».

Ο Ταμάνι στηρίχτηκε στον έναν αγκώνα. «Μόνο που εγώ είμαι αρσενικός, σε περίπτωση που δεν το αντιλήφθηκες».

Η Λόρελ ένιωσε την ανάσα της να γίνεται κοφτή. Το είχε καταλάβει πολύ καλά ότι ήταν αρσενικός.

«Προς ποια κατεύθυνση;» επανέλαβε ο Ταμάνι.

«Βόρεια. Δεν έχεις χάρτη;»

Της χαμογέλασε. «Αυτή είναι η ερώτησή σου;»

«Όχι!» είπε η Λόρελ και απέμεινε να κοιτά τον Ταμάνι που γελούσε. Ένιωσε να την κατατρώει μέσα της η ερώτηση που ήθελε στην πραγματικότητα να κάνει, αλλά φοβόταν την απάντηση. Τελικά, ξεροκατάπιε και ρώτησε ήρεμα: «Γίνομαι λουλούδι;»

Ένα περιπαικτικό χαμόγελο έκανε να εμφανιστεί στην άκρη των χειλιών του Ταμάνι, αλλά τελικά δε γέλασε. «Όχι», απάντησε γλυκά.

Η Λόρελ ένιωσε όλο της το σώμα να χαλαρώνει από ανακούφιση.

«*Ανέκαθεν* λουλούδι ήσουν».

«Παρακαλώ;» ρώτησε η κοπέλα. «Τι ακριβώς εννοείς;»

«Είσαι φυτό. Δεν είσαι άνθρωπος, ποτέ δεν ήσουν. Η ανθοφορία το αποδεικνύει περίτρανα», εξήγησε ο Ταμάνι πιο ήρεμος από όσο θα έπρεπε να είναι, κατά την άποψη της Λόρελ.

«Φυτό;» ρώτησε η Λόρελ μην μπαίνοντας καν στον κόπο να κρύψει τη δυσπιστία της.

«Ναι. Αλλά όχι οποιοδήποτε φυτό. Το πιο εξελιγμένο της

φύσης σε ολόκληρο τον κόσμο». Έσκυψε μπροστά, ενώ τα πράσινα μάτια του λαμπύριζαν. «Λόρελ, είσαι νεράιδα».

Της έπεσε το σαγόνι όταν συνειδητοποίησε πόσο κορόιδο είχε πιαστεί. Μαγεύτηκε από έναν όμορφο νεαρό που την ξεγέλασε για να την ξεμοναχιάσει στην καρδιά του δάσους, και πίστεψε λίγο πολύ τις εξωφρενικές κουβέντες του. Σηκώθηκε ενώ τα μάτια της πετούσαν σπίθες από το θυμό της.

«Περίμενε», είπε ο Ταμάνι βουτώντας μπροστά για να την πιάσει από τον καρπό. «Μη φεύγεις από τώρα. Θέλω να ξέρω τι σκοπεύουν να κάνουν οι γονείς σου με το οικόπεδο».

Η Λόρελ λευτέρωσε απότομα τον καρπό της. «Θέλω να φύγω», είπε, κι η φωνή της ακούστηκε σαν σφύριγμα. «Αν σε ξαναδώ εδώ, θα καλέσω την αστυνομία». Έκανε μεταβολή και το έβαλε στα πόδια τραβώντας το πουκάμισο πάνω από τα πέταλά της.

«Λόρελ, πρέπει να ξέρω! Λόρελ!» φώναξε εκείνος ξοπίσω της.

Πίεσε τον εαυτό της να κάνει πιο γρήγορα. Τίποτα δεν έμοιαζε πιο σημαντικό από το να μεγαλώσει όσο γινόταν περισσότερο την απόσταση που τη χώριζε από τον Ταμάνι, αυτό το παράξενο πλάσμα που ξυπνούσε μέσα της πολλά και μπερδεμένα συναισθήματα.

Κοντοστάθηκε λίγο για να τυλίξει τα πέταλα γύρω από τη μέση της και να τα ασφαλίσει με την εσάρπα. Πήρε την κιθάρα της και πέρασε το λουρί στην πλάτη της. Την ίδια στιγμή το φως του ήλιου διαπέρασε το χέρι της. Σταμάτησε και το τέντωσε ξανά. Στον καρπό της άστραφταν μικροσκοπικά ψήγματα λαμπερής χρυσόσκονης. *Τέλεια, μου άφησε και το στίγμα του. Τι ηλίθιο κόλπο.*

Όταν αντίκρισε από μακριά το ξύλινο σπιτάκι, κοντοστάθηκε λαχανιασμένη. Ξανακοίταξε τον καρπό της και ο θυμός φούντωσε μέσα της καθώς έτριβε τη χρυσόσκονη μέχρι να εξαφανίσει και το παραμικρό ίχνος.

Κεφάλαιο 9

ΤΗΝ ΕΠΟΜΕΝΗ ΜΕΡΑ η Λόρελ ένιωθε σαν ζόμπι. Δεν ήθελε να πιστέψει ούτε λέξη από τα λόγια του Ταμάνι. Δε γινόταν όμως να μην τα σκέφτεται και να μην αναρωτιέται. Ήταν δυνατό; Μετά τα έβαζε με τον εαυτό της και το γελοίο φέρσιμό της και ξανάρχιζε το ίδιο παραμύθι.

Ο Ντέιβιντ προσπάθησε να την προφτάσει αρκετές φορές στο διάδρομο, αλλά εκείνη κατάφερε να του ξεφύγει και να χωθεί στην τάξη.

Στο μάθημα της βιολογίας δεν μπορούσε να αποφύγει τον Ντέιβιντ.

Βιάστηκε να πιάσει τη συνηθισμένη θέση του δίπλα της. «Τι τρέχει;» τη ρώτησε. «Εξαπλώθηκε;» ψιθύρισε προτού η Λόρελ προλάβει να αποστρέψει το βλέμμα της.

Η κοπέλα κούνησε το κεφάλι αρνητικά και έριξε τα μαλλιά μπροστά στο πρόσωπό της σαν έναν τοίχο ανάμεσά τους.

Ο Ντέιβιντ μετακίνησε την καρέκλα του λίγο πιο κοντά, ενώ οι υπόλοιποι μαθητές κάθονταν στις θέσεις τους με σαματά. «Λόρελ, πρέπει να μου μιλήσεις. Θα τρελαθείς αν τα κρατάς μέσα σου».

«Δεν μπορώ...» Τα λόγια της πνίγηκαν, ενώ την ίδια στιγμή

τα μάτια της πλημμύρισαν δάκρυα. «Δεν μπορώ να μιλήσω τώρα».

Ο Ντέιβιντ έγνεψε συγκαταβατικά. «Μπορούμε να τα πούμε μετά το σχολείο;» ψιθύρισε καθώς ο κύριος Τζέιμς ξεκινούσε το μάθημα.

Η κοπέλα συγκατένευσε και προσπάθησε να σκουπίσει τα δάκρυά της χωρίς να τραβήξει την προσοχή.

Ο Ντέιβιντ χάιδεψε το πόδι της κάτω από το θρανίο και μετά άρχισε να γράφει κάτι στο τετράδιό του. Η Λόρελ έλπιζε πως θα κρατούσε καλές σημειώσεις για να τις πάρει μετά εκείνη και να τις αντιγράψει.

Η μέρα κύλησε αργά και βασανιστικά. Η Λόρελ ένιωθε πότε μετανιωμένη που υποσχέθηκε στον Ντέιβιντ να του μιλήσει, πότε ανακουφισμένη που είχε κάποιον για να τα πει. Δεν ήξερε καν πώς έπρεπε να ξεκινήσει την κουβέντα. Πώς είναι δυνατό να πει κάποιος:

«Α, ξέχασα να σου πω, μπορεί να είμαι ένα πλάσμα βγαλμένο από τα παραμύθια».

«Δεν είμαι», ψιθύρισε στον εαυτό της. «Είναι κουτό».

Όμως, δεν μπορούσε να πείσει εντελώς τον εαυτό της.

Μετά το σχολείο περπάτησαν προς το σπίτι του Ντέιβιντ. Εκείνος μάλλον διαισθανόταν πως δεν ήταν ακόμη έτοιμη να μιλήσει, κι έτσι προχωρούσαν σιωπηλοί.

Ήταν ιδιαίτερα ευγενικός και τη βοήθησε να σκαρφαλώσει στο φράχτη, προσέχοντας να μην αγγίξει την πλάτη της. Την κράτησε από τα μπράτσα για να πηδήξει το φράχτη, ενώ με το που προσγειώθηκε και στάθηκε στα πόδια της, δεν τράβηξε τα χέρια του.

Η Λόρελ ένιωθε την ανάγκη να κουρνιάσει στην αγκαλιά του

και να ξεχάσει έτσι απλά όλες αυτές τις ανοησίες, αλλά ήξερε πως ήταν αδύνατο. Ο Ντέιβιντ την κοίταζε κατάματα, μέχρι που εκείνη έβαλε τα χέρια στις τσέπες και πίεσε τον εαυτό της να απομακρυνθεί.

«Από δω», είπε το αγόρι και προπορεύτηκε δείχνοντας το δρόμο για το παράξενο δέντρο.

Η Λόρελ κοίταξε ψηλά πάνω από το κεφάλι της την πυκνή οροφή που σχημάτιζαν οι φυλλωσιές. Είχε μπει ο Οκτώβριος και τα φύλλα ήταν αρχίσει να μεταμορφώνονται. Οι άκρες τους ήταν πορτοκαλί και κόκκινες –με κάποια κλαδιά να επιδεικνύουν αποχρώσεις σε κίτρινο και ανοιχτό καφέ–, ενώ στο κέντρο πάλευαν να παραμείνουν πράσινα.

Όλο αυτό το ανακάτεμα των χρωμάτων έκανε το δάσος ακόμη πιο όμορφο, αλλά η Λόρελ λυπόταν λιγάκι που έβλεπε το πράσινο να χάνει τη μάχη από τις πιο πύρινες αποχρώσεις.

Της ήρθε στο μυαλό το άνθος της. Θα μαραινόταν κι αυτό σαν τα φύλλα; *Θα πονέσω;* αναρωτήθηκε ξαφνικά έντρομη. Ακόμη κι αν πονούσε, θα άξιζε τον κόπο μόνο και μόνο γιατί θα το ξεφορτωνόταν. Όμως, ο Ταμάνι είχε πει ότι του χρόνου θα φύτρωνε καινούριο. Κάποια από τα λόγια του έλπιζε να είναι αλήθεια. Όσο για τα υπόλοιπα, δεν ήθελε καν να τα σκέφτεται.

Ωστόσο, ο λογισμός της ταξίδευε συνεχώς στις ίδιες στιγμές. Και παρόλο που δεν ήθελε να το παραδεχτεί, δεν ήταν μόνο επειδή οι πληροφορίες ήταν τόσο εξωφρενικές. Ήταν και λόγω του ίδιου του Ταμάνι.

Την είχε συγκλονίσει συναισθηματικά, της είχε ξυπνήσει συναισθήματα που δεν είχε βιώσει ποτέ. Τη λαχτάρα να θέλεις κάποιον χωρίς καν να τον ξέρεις. Ποτέ της δεν είχε ξανανιώσει έτσι. Με κανέναν άλλο. Ήταν συνταρακτικό, συγκλονιστικό αλλά και λίγο τρομακτικό. Ένα κομμάτι του εαυτού της έμοιαζε να είναι εντελώς ανεξέλεγκτο και δεν ήταν σίγουρη ότι της άρεσε αυτό.

Εκείνος ήταν τόσο... Άραγε «όμορφος» ήταν η κατάλληλη λέξη; Ναι, αυτή φαινόταν να είναι η πλέον κατάλληλη. Ό,τι κι αν ήταν, μόλις και μετά βίας κατάφερνε να ξεκολλήσει τη ματιά της από πάνω του. Γι' αυτό και αναρωτιόταν μήπως είχε δει κάτι σαν οφθαλμαπάτη. Ένα όνειρο τόσο κοντά στην πραγματικότητα.

Κοίταξε τον καρπό της όπου είχε τρίψει τη χρυσόσκονη για να φύγει. Αυτή ήταν αληθινή. Είχε βρει έναν κόκκο στο τζιν της όταν γύρισε στο σπίτι. Ήταν σίγουρα πραγματικός.

Και έπειτα, ήταν κι αυτή η ακατανίκητη υποψία ότι κάπου είχε ξαναδεί τον Ταμάνι. Δεν μπορούσε να τη διώξει από μέσα της.

Κι εκείνος όμως συμπεριφερόταν σαν να την ήξερε. Από πού κι ως πού την ήξερε; *Πώς* ήταν δυνατό να την ξέρει; Η όλη κατάσταση της έφερνε πονοκέφαλο.

«Λοιπόν, τι συνέβη χθες;» ρώτησε τελικά ο Ντέιβιντ όταν αντίκρισαν το δέντρο.

Η Λόρελ μούγκρισε αναλογιζόμενη πόσο κουτά είχαν αρχίσει να φαντάζουν όλα αυτά, *αφότου* είχε δεχτεί να του μιλήσει. «Είναι τόσο γελοίο, Ντέιβιντ, δεν ξέρω καν γιατί με έχει αναστατώσει τόσο. Ίσως επειδή με κάνει να νιώθω ηλίθια».

«Έχει να κάνει με το... λουλούδι;»

«Στο περίπου. Τι να πω; Δεν ξέρω», απάντησε η Λόρελ. Τα λόγια ξεχύνονταν σαν χείμαρρος ενώ έκοβε βόλτες πάνω κάτω. «Μόνο αν είναι αλήθεια, αλλά δεν μπορώ να το πιστέψω. Αρχίζω να έχω την εντύπωση ότι επινόησα όλο αυτό το σκηνικό, σαν ένα όνειρο που είδα χωρίς να θυμάμαι πως έπεσα για ύπνο».

«Δε βγάζουν κανένα νόημα αυτά που λες», σχολίασε κοφτά ο Ντέιβιντ.

«Νόημα;» επανέλαβε η Λόρελ σαρκαστικά. «Όταν μάθεις τι μου είπε, θα μπερδευτείς ακόμη περισσότερο».

«Ποιος;»

Η Λόρελ σταμάτησε να κόβει βόλτες και ακούμπησε σε ένα δέντρο. «Γνώρισα κάποιον. Στο οικόπεδό μας. Έναν τύπο ή κάτι τέτοιο». *Έναν άντρα μάλλον*, αλλά δεν ακούστηκε δυνατά. «Είπε ότι έμενε εκεί».

«Στη γη *σας*;»

«Αυτό ρώτησα κι *εγώ*».

«Πώς αντέδρασαν οι γονείς σου;»

Η Λόρελ κούνησε το κεφάλι. «Δεν τον είδαν».

«Τον συνάντησες μόνη σου;»

Η Λόρελ έγνεψε καταφατικά.

«Έναν άγνωστο τύπο ολομόναχη; Τυχερή είσαι που δε σου έκανε κακό!» Ο Ντέιβιντ σταμάτησε για μια στιγμή και μετά ρώτησε ήρεμα: «Σε πείραξε;»

Όμως η Λόρελ κουνούσε ήδη αρνητικά το κεφάλι. «Καμία σχέση». Για μια στιγμή θυμήθηκε την αίσθηση που είχε όταν καθόταν στο μικρό ξέφωτο. «Ένιωθα ασφαλής, *ήμουν* ασφαλής. Εκείνος... με ήξερε. Δεν ξέρω πώς. Είδε το λουλούδι και δεν του έκανε καμία εντύπωση. Μου είπε ότι είναι άνθος».

«Άνθος;»

«Είπε επίσης ότι θα φύγει σε μερικές εβδομάδες. Τα μόνα

λόγια από την όλη συζήτηση που ελπίζω και προσεύχομαι να βγουν αληθινά».

«Ποιος ήταν; Σου είπε;»

«Είπε πως τον λένε Ταμάνι». Με το που ανέφερε το όνομά του, ευχήθηκε να μην το είχε κάνει. Ακουγόταν κάπως μαγικό και, όπως το πρόφερε δυνατά, επανέφερε μέσα της εκείνο το ανεξέλεγκτο συναίσθημα που την έκανε να νιώθει παράξενα παρορμητική. Η όψη του κυρίευσε το μυαλό της εμποδίζοντάς τη να δει οτιδήποτε άλλο. Τα έντονα μάτια του, το λοξό του χαμόγελο, η σαρωτική αίσθηση άνεσης και οικειότητας που ένιωσε όταν άγγιξε το χέρι της.

«Ταμάνι;» επανέλαβε ο Ντέιβιντ επαναφέροντάς τη στην πραγματικότητα. «Τι αλλόκοτο όνομα».

Η Λόρελ απλώς κατένευσε πασχίζοντας να συμμαζέψει τις σκέψεις της στο παρόν.

«Τι άλλο είπε;»

«Ότι ανήκουμε στο ίδιο είδος, γι' αυτό και ξέρει για το άνθος».

«Στο ίδιο *είδος*; Τι σημαίνει αυτό;»

Η Λόρελ γέλασε προσπαθώντας να ελαφρύνει την τεταμένη ατμόσφαιρα. Δεν τα κατάφερε. «Είναι τόσο κουφό. Είπε... είπε ότι είμαι λουλούδι, φυτό».

«Φυτό;»

«Ακριβώς, είναι γελοίο».

Ο Ντέιβιντ έκανε μια παύση για να σκεφτεί καλύτερα. «Τίποτ' άλλο;» ρώτησε.

«Τι άλλο; Λες και δεν είναι αρκετά άσχημα όλα αυτά! Είπε ότι είμαι ένα καταραμένο φυτό. Δεν είμαι φυτό. Δεν είμαι», πρόσθεσε η Λόρελ δίνοντας μεγαλύτερη έμφαση.

Ο Ντέιβιντ γλίστρησε στο χώμα με την πλάτη στηριγμένη στον κορμό ενός δέντρου, ενώ με τα δάχτυλά του έπαιξε ταμπούρλο στα γόνατά του. «*Πάντως*, θα ήταν μια βολική εξήγηση για πολλά πράγματα», σχολίασε διστακτικά.

«Ω, σε παρακαλώ, Ντέιβιντ. Μην αρχίζεις κι εσύ».

«Είπε τίποτ' άλλο;» επέμεινε το αγόρι αγνοώντας το σχόλιό της.

Η Λόρελ γύρισε από την άλλη και βάλθηκε να ξύνει μικρά κομμάτια φλοιού από το δέντρο όπου ακουμπούσε. «Ναι, κι άλλα τρελά πράγματα, βασικά».

Ο Ντέιβιντ σηκώθηκε και πλησίασε στο δέντρο που βασάνιζε η Λόρελ περιμένοντας μέχρι να τον κοιτάξει. «Αν ήταν παλαβομάρες τα λόγια του, τότε γιατί είσαι τόσο ταραγμένη;»

«Γιατί, γιατί ήταν τόσο χαζό».

«Λόρελ».

Τα μάτια της καρφώθηκαν στα δικά του.

«Τι είπε;»

«Είναι κουφό. Είπε ότι είμαι... Θα γελάσεις».

«Δε θα γελάσω. Τι είπε ότι είσαι;»

Ξεφύσηξε, ενώ οι ώμοι της έγειραν μπροστά. «Είπε ότι είμαι νεράιδα», ψιθύρισε.

Ο Ντέιβιντ απέμεινε σιωπηλός για μια στιγμή, προτού σηκώσει το χέρι του, με τον αντίχειρα και το δείκτη να απέχουν δέκα εκατοστά. «Νεραϊδούλα;» ρώτησε με δυσπιστία.

«Προφανώς είμαι λίγο μεγαλύτερη από τόσο που δείχνεις», χλεύασε η Λόρελ.

Ο Ντέιβιντ χαμογέλασε.

«Τι;» Η φωνή της ακούστηκε πιο διαπεραστική απ' ό,τι υπολόγιζε, αλλά δε ζήτησε συγγνώμη.

«Βασικά, έτσι βγαίνει κάποιο νόημα».

Το χέρι της Λόρελ ακούμπησε στο γοφό της. «Ένας τρελάρας ισχυρίζεται ότι είμαι ένα πλάσμα βγαλμένο από τα παραμύθια και εσένα σου ακούγεται *λογικό*;»

Ο Ντέιβιντ κοκκίνισε και ανασήκωσε τους ώμους. «Αν έπρεπε να διαλέξω ένα άτομο που κατά τη γνώμη μου θυμίζει νεράιδα, θα διάλεγα εσένα».

Η Λόρελ περίμενε ότι ο Ντέιβιντ θα γελούσε και θα της έλεγε πόσο χαζή είναι. Βασιζόταν σ' αυτό. Όμως, εκείνος μάλλον το πίστευε. Αν και ήξερε πως ήταν παράλογο, την εξόργιζε. «Μπορούμε να φύγουμε τώρα;» Γύρισε και άρχισε να περπατά στο μονοπάτι.

«Περίμενε». Ο Ντέιβιντ έτρεξε να την προλάβει. «Δε σου προκαλεί περιέργεια;»

Δεν μπόρεσε να συγκρατήσει τα νεύρα της. «Όχι, Ντέιβιντ», τσίριξε έξαλλη. «Δε μου προκαλεί καμία περιέργεια. Θέλω απλώς να πάω στο σπίτι μου, να πέσω για ύπνο και ξυπνώντας να ανακαλύψω πως ήταν όλα ένα όνειρο. Πως το λουλούδι, το καρούμπαλο, ακόμη και το δημόσιο σχολείο δεν υπήρξαν ποτέ. Αυτό θέλω!»

Έκανε μεταβολή χωρίς να του αφήσει περιθώριο να απαντήσει και ακολούθησε τυχαία ένα δρομάκι, που όμως δεν έβγαζε στο σπίτι του Ντέιβιντ αλλά στην αντίθετη κατεύθυνση. Στην πραγματικότητα, δεν την ένοιαζε πού πήγαινε. Ήθελε απλώς να ξεφύγει.

«Τι σε φοβίζει περισσότερο, Λόρελ», φώναξε ξοπίσω της ο Ντέιβιντ, «ότι λέει αλήθεια ή ότι λέει ψέματα;»

Η Λόρελ γύρισε στο σπίτι τρέχοντας σε όλη τη διαδρομή και στάθηκε λαχανιασμένη στο ιδιωτικό δρομάκι τους για αρκετά λεπτά, μέχρι να πάρει το φιδογυριστό μονοπάτι που έβγαζε στην κύρια είσοδο. Οι μέρες είχαν μικρύνει και ο ήλιος είχε ήδη αρχίσει να δύει. Σωριάστηκε στην μπροστινή βεράντα αγκαλιάζοντας τα γόνατά της. Ήταν εκείνη η μαγική στιγμή που τα σύννεφα βάφονται μαβιά με μια φωσφοριζέ πορτοκαλί απόχρωση.

Η Λόρελ λάτρευε εκείνη την ώρα της μέρας. Το καινούριο τους σπίτι είχε ένα μεγάλο δυτικό παράθυρο και μαζί με τη μητέρα της στέκονταν συχνά εκεί και χάζευαν τα σύννεφα να βάφονται έντονα μοβ, μετά να ξεθωριάζουν σταδιακά σε λιλά, μέχρι ο ήλιος που βασίλευε να υπερτερήσει με το πορτοκαλί του χρώμα.

Απόψε δε διέκρινε καμία ομορφιά στον ορίζοντα.

Κοίταξε στην αυλή τις λευκές πικροδάφνες που ήταν φυτεμένες κατά μήκος του μπροστινού μονοπατιού. Αναρωτήθηκε πόσα κοινά μοιραζόταν τελικά μαζί τους. Αν πίστευε τον Ταμάνι, είχε σίγουρα περισσότερα κοινά απ' ό,τι με τους υγιείς κι ολοζώντανους γονείς της, που την περίμεναν από την πίσω πλευρά της πόρτας.

Κοίταξε τα πόδια της. Ασυναίσθητα, είχε βγάλει τα παπούτσια της βυθίζοντας τα δάχτυλα των ποδιών της στο ξερό χώμα των μπροστινών παρτεριών. Πήρε γοργές, κοφτές ανάσες για να διώξει τον πανικό καθώς καθάριζε από τα πόδια της το χώμα και ξαναφόρεσε τα παπούτσια.

Κι αν πήγαινε στην πίσω αυλή, έθαβε τις πατούσες της στο αφράτο χώμα και ύψωνε τα χέρια στα ουράνια; Θα σκλήραινε το δέρμα της σαν το φλοιό των δέντρων; Θα πέταγε κι άλλα πέταλα, ίσως από το στομάχι ή την κορυφή του κεφαλιού;

Ήταν μια πολύ τρομακτική σκέψη.

Πάντως ο Ταμάνι τής είχε φανεί φυσιολογικός. Αν ήταν όντως σαν κι αυτή, σήμαινε ότι δε θα άλλαζε καθόλου; Ακόμη δεν ήταν σίγουρη αν μπορούσε να εμπιστευτεί τα λόγια του.

Η είσοδος έτριξε. Η Λόρελ τινάχτηκε όρθια και στράφηκε καθώς ο πατέρας της ξεπρόβαλε το κεφάλι του. «Καλά νόμισα πως κάτι άκουσα», είπε και της χαμογέλασε. «Τι κανείς εκεί έξω;»

Το μυαλό της Λόρελ κόλλησε πασχίζοντας να θυμηθεί για ποιο λόγο καθόταν εκεί. «Χάζευα το ηλιοβασίλεμα», απάντησε τελικά με ένα αδέξιο χαμόγελο.

Εκείνος αναστέναξε και ακούμπησε στην κάσα της πόρτας. «Είναι πανέμορφο, ε;»

Η Λόρελ κατένευσε και προσπάθησε να καταπιεί τον κόμπο στο λαιμό της.

«Είσαι πολύ σιωπηλή τις τελευταίες εβδομάδες, Λόρελ. Είναι όλα εντάξει;» τη ρώτησε γλυκά ο Μαρκ.

«Είμαι λίγο αγχωμένη με το σχολείο», δικαιολογήθηκε η Λόρελ. «Είναι πιο δύσκολα απ' όσο νόμιζα».

Ήρθε να καθίσει μαζί της στο σκαλοπάτι της σκεπαστής βεράντας. «Πώς τα πας; Αντέχεις;»

«Ναι, ναι, απλώς κάνω μεγάλη προσπάθεια».

Της χαμογέλασε και την αγκάλιασε από τους ώμους. Η Λόρελ πάγωσε, αλλά ο πατέρας της δε φάνηκε να προσέχει τα λεπτά πέταλα, από τα οποία τον χώριζε μόλις ένα χιλιοστό υφάσματος. «Έχουμε πολλά ροδάκινα που θα σου δώσουν την ενέργεια που χρειάζεσαι», της είπε χαμογελώντας πλατιά.

«Ευχαριστώ, μπαμπάκα».

«Έλα μέσα όταν μπορέσεις», είπε ο Μαρκ. «Πλησιάζει η ώρα του βραδινού».

«Μπαμπά;»

«Ορίστε».

«Ήμουν... διαφορετική από τα άλλα παιδάκια όταν ήμουν μικρή;»

Ο Μαρκ κοντοστάθηκε, κοίταξε κατάματα την κόρη του κι έπειτα ξανακατέβηκε το πλατύσκαλο και κάθισε κοντά της. «Τι εννοείς;»

Σκέφτηκε να του εκμυστηρευτεί τα πάντα, αλλά πάνω που ετοιμαζόταν να το κάνει, άλλαξε γνώμη. Ήθελε πρώτα να μάθει τι ήξερε εκείνος. «Για παράδειγμα, το φαγητό που τρώω. Τα άλλα παιδάκια που ήξερα ποτέ δεν έτρωγαν σαν εμένα. Όλοι το θεωρούν πολύ παράξενο».

«Είναι κάπως ιδιαίτερο, όμως δεν ξέρω κανέναν που να τρώει περισσότερα φρούτα και λαχανικά από σένα. Είναι πολύ υγιεινή η διατροφή σου, νομίζω. Και μέχρι τώρα δεν είχες κανένα πρόβλημα, σωστά;»

Η Λόρελ κατένευσε. «Έχω πάει *ποτέ* σε γιατρό;»

«Φυσικά. Όταν ολοκληρώναμε την πράξη υιοθεσίας, ένας παιδίατρος ήρθε στο σπίτι μας για να σε εξετάσει και να βεβαιώσει ότι ήσουν υγιής». Ο πατέρας της έκανε μια παύση. «Βασικά, έχει πλάκα αυτή η ιστορία. Σε εξέτασε και όλα έδειχναν μια χαρά. Μόνο που το γόνατό σου δεν αντέδρασε με τη συνηθισμένη αντανακλαστική κλοτσιά όταν το χτύπησε με το σφυράκι του. Προβληματίστηκε, αλλά δεν πίστευα ότι είχε σημασία. Μετά έβγαλε το στηθοσκόπιό του. Και τότε τα πράγματα έγιναν ακόμη πιο περίεργα. Μετακινούσε το στηθοσκόπιό του σε ολόκληρη την πλάτη και το στήθος σου. Τον ρώτησα τι πρόβλημα υπήρχε και μου είπε να καλέσω τη μητέρα σου. Ήθελε να μιλήσει και στους δυο μας. Πήγα να τη φωνάξω και, μέχρι να μπούμε στο δωμάτιο, εκείνος μάζευε το βαλιτσάκι του για να φύγει. Χαμογέλασε και είπε πως ήσουν σε άριστη φυσική κατάσταση».

«Τότε πού ήταν το πρόβλημα;»

«Αυτό τον ρώτησα κι εγώ. Δεν ήξερε για τι πράγμα του μιλούσα. Ας πούμε ότι το συγκεκριμένο περιστατικό δε βοήθησε καθόλου στο να αλλάξει γνώμη η μητέρα σου για τους γιατρούς. Για εβδομάδες διαμαρτυρόταν επίμονα ότι ήταν παλαβός».

«Και βρήκες τελικά τι έφταιγε;»

Ο πατέρας της ανασήκωσε τους ώμους. «Εγώ δεν πίστευα ότι είχες κάποιο πρόβλημα. Μάλλον ήταν χαλασμένο το στηθοσκόπιό του ή δεν ήξερε να το χρησιμοποιεί. Μετά συνειδητοποίησε το σφάλμα του, δεν ήθελε να φανεί ανίκανος και προσπάθησε να τα μπαλώσει. Στους γιατρούς ποτέ δεν αρέσει να παραδέχονται ότι έκαναν λάθος». Ο Μαρκ κοίταξε τη Λόρελ. «Μα τι σε έπιασε; Θέλεις να σε πάμε σε γιατρό; Σε απαλλάξαμε από την ιατρική εξέταση του σχολείου, αλλά, αν σε κάνει να νιώσεις καλύτερα, μπορούμε να σε πάμε τώρα».

Η Λόρελ κούνησε αρνητικά το κεφάλι. Ήταν το τελευταίο πράγμα που επιθυμούσε. «Όχι. Αλήθεια δε θέλω».

«Είσαι καλά;»

Η κοπέλα χαμογέλασε. «Ναι, έτσι νομίζω».

«Σίγουρα;» επέμεινε ο πατέρας της κοιτάζοντάς τη με γλυκό αλλά ανήσυχο βλέμμα.

Η Λόρελ κατένευσε. «Είμαι μια χαρά».

«Ωραία». Σηκώθηκε και γύρισε το πόμολο. «Α, επί τη ευκαιρία, ο Μπαρνς μάς έστειλε την προσφορά του σήμερα το πρωί».

«Φανταστικά», σχολίασε η Λόρελ χαζεύοντας τον ορίζοντα που σκοτείνιαζε. «Ελπίζω να το αγοράσει γρήγορα». *Ούτε που θέλω να ξαναπατήσω το πόδι μου εκεί*, πρόσθεσε μέσα της.

Κεφάλαιο 10

Η ΛΟΡΕΛ ΚΑΘΟΤΑΝ στη σκεπαστή βεράντα του Ντέιβιντ τη στιγμή που εκείνος έβγαινε από το σπίτι για να πάει στο σχολείο το επόμενο πρωί. Την κοίταξε με απορία για μερικά δευτερόλεπτα, μετά πήρε βαθιά ανάσα και κλείδωσε την πόρτα.

«Ήθελα να σου ζητήσω συγγνώμη», είπε η Λόρελ προτού προλάβει ο Ντέιβιντ να στραφεί προς την πλευρά της. «Δεν ήταν σωστό που σου έβαλα τις φωνές. Ήσουν υπέροχος, προσπάθησες να με βοηθήσεις, κι εγώ σου την είπα κατάμουτρα».

«Δεν πειράζει», μουρμούρισε ο Ντέιβιντ βάζοντας το κλειδί στην τσέπη του.

«Όχι, πειράζει», επέμεινε η Λόρελ και τον πρόφτασε. «Ήμουν απαίσια, σου έβαλα τις φωνές. Ποτέ δε βάζω τις φωνές. Απλώς είμαι τόσο αγχωμένη τον τελευταίο καιρό».

Ο Ντέιβιντ ανασήκωσε τους ώμους. «Καλά να πάθω. Σε πίεσα. Έπρεπε να το σταματήσω εκεί».

«Μα το χρειάζομαι κάποιες φορές. Δε μου αρέσει να αντιμετωπίζω δυσκολίες. Εσύ τα καταφέρνεις πολύ καλύτερα από μένα».

«Επειδή δε συμβαίνει σε μένα. Δεν έχω εγώ το άνθος στην πλάτη».

Η Λόρελ σταμάτησε και κράτησε τον Ντέιβιντ από το μπράτσο για να τον κάνει να γυρίσει. Εκείνος στράφηκε προς την πλευρά της, αλλά η κοπέλα δεν τράβηξε το χέρι της. Ήταν ωραία η αίσθηση να τον αγγίζει. «Δε θα τα καταφέρω χωρίς ένα φίλο στο πλευρό μου. Σου ζητώ ειλικρινά συγγνώμη».

Ο Ντέιβιντ τίναξε πίσω το κεφάλι, μετά σήκωσε το χέρι αργά, το έφερε στο πρόσωπό της και έβαλε μια ατίθαση τούφα πίσω από το αφτί της, ενώ ο αντίχειράς του χάιδευε ελαφρά το μάγουλό της. Εκείνη απέμεινε ασάλευτη απολαμβάνοντας με την καρδιά της την αίσθηση του χεριού του στο πρόσωπό της. «Είναι αδύνατο να σου θυμώσει κανείς», της είπε τελικά.

«Ωραία». Έτσι όπως στέκονταν σε απόσταση αναπνοής, με τη ζεστασιά του στέρνου του να την αγγίζει σχεδόν, ένιωθε μια ξαφνική επιθυμία να τον φιλήσει. Χωρίς να το πολυσκεφτεί, μετέφερε το βάρος της στις μύτες των ποδιών της κι έσκυψε μπροστά. Ένα αυτοκίνητο πέρασε με ιλιγγιώδη ταχύτητα εκείνη ακριβώς τη στιγμή, και η Λόρελ δείλιασε. Γύρισε απότομα και άρχισε να περπατά. «Ας μην αργήσουμε», είπε γελώντας από αμηχανία.

Ο Ντέιβιντ την πρόφτασε γρήγορα. «Λοιπόν, θέλεις να το συζητήσουμε;» τη ρώτησε.

«Δεν ξέρω τι άλλο απομένει να πούμε», απάντησε η Λόρελ.

«Κι αν λέει αλήθεια;» Ο Ντέιβιντ δε χρειάστηκε να προσδιορίσει σε ποιον αναφερόταν.

Η κοπέλα κούνησε το κεφάλι. «Δε βγάζει νόημα. Ομολογώ ότι είμαι λίγο διαφορετική και πράγματι αυτό το λουλούδι στην πλάτη μου είναι ανησυχητικά παράξενο, αλλά λες να είμαι φυτό; Πώς γίνεται να είμαι ζωντανή τότε;»

«Κοίτα, το *φυτό* μπορεί να σημαίνει πολλά πράγματα. Υπάρχουν φυτά με πολύ περισσότερες ικανότητες απ' όσες χωράει ο νους σου, και αυτά είναι μόνο όσα έχουν ανακαλύψει οι επιστήμονες. Υποθέτουν ότι στα δάση του Αμαζονίου υπάρχουν εκατομμύρια είδη που κανείς δεν μπόρεσε έως τώρα να μελετήσει».

«Ναι, αλλά είδες ποτέ εσύ ένα φυτό να βγαίνει από το χώμα και να περπατά στο δρόμο;»

«Και βέβαια όχι. Ωστόσο, πολλά πράγματα δεν έχω ξαναδεί. Δε σημαίνει πως δεν υπάρχουν». Την κοίταξε χάνοντας την υπομονή του. «Γηράσκω αεί διδασκόμενος».

«Δεν είναι λογικό», επέμεινε εκείνη.

«Το σκέφτηκα πολύ χθες το βράδυ. Ξέρεις, στην απίθανη περίπτωση που θα δεχόσουν να μου ξαναμιλήσεις. Βασικά, υπάρχει ένας αρκετά εύκολος τρόπος για να το αποδείξουμε ή να το καταρρίψουμε».

«Πώς;»

«Ιστολογικά δείγματα».

«Τι;»

«Θα μου δώσεις διάφορα δείγματα από τα κύτταρα του οργανισμού σου και θα τα μελετήσουμε στο μικροσκόπιό μου για να εξακριβώσουμε αν ανήκουν σε φυτό ή ζώο. Έτσι, θα βγάλουμε ένα συμπέρασμα».

Η Λόρελ ξίνισε τα μούτρα της. «Πώς θα σου δώσω ιστολογικά δείγματα;»

«Μπορούμε να πάρουμε επιθήλια κύτταρα από τα μάγουλά σου εσωτερικά, όπως κάνουν στη σειρά *CSI*».

Η Λόρελ γέλασε. «Στη σειρά *CSI*; Θα μου κάνεις *εγκληματολογική έρευνα* τώρα;»

«Μόνο αν το θέλεις. Πιστεύω όμως πως θα έπρεπε τουλάχιστον να εξακριβώσεις αν αυτά που λέει ο τύπος... Πώς τον λένε;»

«Ταμάνι». Προφέροντας το όνομά του, ένα ρίγος διαπέρασε τη σπονδυλική της στήλη.

«Ναι. Θα πρέπει να επαληθεύσεις όσα είπε ο Ταμάνι, να βρεις αν υπάρχει μια δόση αλήθειας σε όλα αυτά».

«Κι αν *είναι* η αλήθεια;» Η Λόρελ κοντοστάθηκε.

Ο Ντέιβιντ στράφηκε και αντίκρισε το πρόσωπό της, που είχε γίνει σταχτί από το φόβο. «Τότε θα ξέρεις».

«Τότε όμως όλη μου η ζωή θα βασίζεται σε ένα φρικτό ψέμα. Πού θα πάω; Τι θα απογίνω;»

«Δε θα χρειαστεί να φύγεις. Δε θα αλλάξει το παραμικρό. Θα είναι τα πάντα όπως τώρα».

«Όχι, δεν είναι δυνατό. Ο κόσμος θα το ανακαλύψει και θα θέλουν να... Δεν ξέρω, θα θέλουν να μου κάνουν διάφορα».

«Κανείς δεν είναι ανάγκη να το μάθει. Δε θα το πεις πουθενά. Ούτε κι εγώ. Θα έχεις αυτό το υπέροχο μυστικό που θα σε κάνει να ξεχωρίζεις από τον υπόλοιπο κόσμο. Θα ξέρεις ότι είσαι αυτό το... απίστευτο πλάσμα, αλλά κανείς άλλος δε θα το μάθει ποτέ».

Η Λόρελ κλότσησε την άσφαλτο. «Το κάνεις να φαντάζει συναρπαστικό και μεγαλόπρεπο».

«Ίσως και να είναι».

Η Λόρελ δίστασε, και ο Ντέιβιντ την πλησίασε κι άλλο. «Η απόφαση είναι δική σου», της είπε απαλά, «αλλά ό,τι κι αν αποφασίσεις, εγώ θα σε βοηθήσω». Ακούμπησε το απαλό, ζεστό του χέρι στον αυχένα της κάνοντας τη Λόρελ να χάνει την ανάσα της. «Θα είμαι δίπλα σου ό,τι κι αν χρειαστείς. Αν ζητήσεις τη βοήθεια του σπασίκλα για να σου δώσει απαντήσεις από ένα επιστημονικό εγχειρίδιο, είμαι ο άνθρωπός σου. Αν απλώς χρειαστείς ένα φίλο για να κάθεσαι μαζί του στο ίδιο θρανίο στο μάθημα της βιολογίας και για να σου φτιάχνει το κέφι όταν είσαι στενοχωρημένη, πάλι είμαι ο άνθρωπός σου». Με τον αντίχειρά του χάιδεψε αργά το λοβό του αφτιού της μέχρι το μάγουλό της. «Κι αν χρειαστείς κάποιον να σε πάρει αγκαλιά και να σε προστατεύσει από όποιον θελήσει να σου κάνει κακό, τότε είμαι σίγουρα ο άνθρωπός σου». Τα γαλάζια του μάτια διαπέρασαν τα δικά της κόβοντας και πάλι την ανάσα της. «Από σένα εξαρτάται», της ψιθύρισε.

Ήταν τόσο δελεαστικό. Η παρουσία του και μόνο ήταν τόσο καθησυχαστική. Όμως η Λόρελ ήξερε πως δεν ήταν σωστό. Της άρεσε, αλλά δεν ήταν σίγουρη αν τα αισθήματά της ήταν ερωτικά ή απλώς τον είχε ανάγκη. Και μέχρι να σιγουρευτεί, δεν μπορούσε να δεσμευτεί. «Ντέιβιντ, νομίζω ότι έχεις δίκιο. Πρέπει να πάρω κάποιες απαντήσεις. Όμως, αυτή τη στιγμή το μόνο που χρειάζομαι και το μόνο που μπορώ να διαχειριστώ είναι μια φιλία».

Το χαμόγελο του Ντέιβιντ ήταν κάπως αδέξιο. Πίεσε τον ώμο της απαλά και είπε: «Τότε αυτό θα έχεις». Γύρισε κι άρχισε να περπατά και πάλι μένοντας πολύ κοντά της, τόσο που να αγγίζονται οι ώμοι τους.

Πόσο της άρεσε αυτό.

«Είναι χωρίς αμφιβολία φυτικά κύτταρα, Λόρελ», είπε ο Ντέιβιντ μισοκλείνοντας τα μάτια στο μικροσκόπιό του.

«Είσαι σίγουρος;» ρώτησε παρατηρώντας με τη σειρά της τα κύτταρα που είχε αποσπάσει ο Ντέιβιντ από το εσωτερικό του μάγουλού της. Ωστόσο, ακόμη κι εκείνη αναγνώρισε τα τετραγωνισμένα κύτταρα με τα παχιά τοιχώματα που κυριαρχούσαν πάνω στο φωτισμένο τετραγωνάκι.

«Είμαι ενενήντα εννιά τοις εκατό σίγουρος», αποκρίθηκε ο Ντέιβιντ τεντώνοντας τα χέρια πάνω από το κεφάλι. «Νομίζω πως ο αυτός ο Ταμάνι κάτι θέλει να πει».

Η Λόρελ αναστέναξε και στριφογύρισε τις κόρες των ματιών της. «Δεν ήσουν εκεί, ήταν φοβερά παράξενος». *Ναι, συνέχισε να το λες στον εαυτό σου μπας και πειστείς*. Κατέπνιξε τη φωνούλα μέσα της.

«Άλλος ένας λόγος να σχετίζεται μαζί σου».

Η κοπέλα συνοφρυώθηκε και κλότσησε την καρέκλα του Ντέιβιντ, που είχε σκάσει στα γέλια. «Τώρα με θίγεις», είπε δραματικά ανοίγοντας διάπλατα τα μάτια της.

«Πάντως», επέμεινε ο Ντέιβιντ, «μοιάζει να έχει δίκιο. Τουλάχιστον ως προς αυτό».

Η Λόρελ κούνησε αρνητικά το κεφάλι. «Κάτι άλλο θα υπάρχει, δεν μπορεί».

Εκείνος έκανε μια παύση. «Υπάρχει κάτι, αλλά... μπα, είναι κουφό».

«Τι;»

Ο Ντέιβιντ την περιεργάστηκε για ένα λεπτό. «Θα... Θα μπορούσα να δω ένα δείγμα από το αίμα σου».

«Οχ». Η καρδιά της Λόρελ σφίχτηκε.

«Τι συμβαίνει;»

«Και πώς θα μου πάρεις αίμα;»

Ο Ντέιβιντ ανασήκωσε τους ώμους. «Με μια σύριγγα θα ήταν πανεύκολο».

Η Λόρελ κούνησε αρνητικά το κεφάλι. «Δεν μπορώ τις βελόνες. Μου προκαλούν πανικό».

«Σοβαρά;»

Εκείνη έγνεψε καταφατικά και η όψη της χλόμιασε. «Ποτέ δε με έχουν τρυπήσει με βελόνα».

«Ποτέ;»

«Δεν πάω σε γιατρούς. Το ξέχασες;»

«Και εμβόλια;»

«Δεν έχω κάνει. Η μητέρα μου συμπλήρωσε μια ειδική αίτηση για να με γράψει στο σχολείο».

«Ράμματα;»

«Ποπό!» είπε κρύβοντας το στόμα της. «Ούτε να το σκέφτομαι δε θέλω».

«Καλά, ξέχνα το τότε».

Κάθισαν βουβοί για αρκετή ώρα.

«Θα πρέπει να κοιτάζω;» ρώτησε η Λόρελ.

«Σου υπόσχομαι πως όχι. Και δεν πονάει καθόλου».

Η Λόρελ κράτησε την ανάσα της, αλλά αυτό ήταν σημαντικό. «Καλά, θα δοκιμάσω».

«Η μητέρα μου είναι διαβητική, γι' αυτό έχει ένα ξυραφάκι στο δωμάτιό της για να ελέγχει το αίμα της. Ίσως αυτός είναι ο πιο εύκολος τρόπος. Έρχομαι αμέσως».

Η Λόρελ δεν μπορούσε καν να αναπνεύσει όση ώρα έμεινε μόνη στο δωμάτιο. Ο Ντέιβιντ γύρισε με άδεια χέρια.

«Πού είναι;» τον ρώτησε.

«Δε σου λέω. Δε θα σε αφήσω καν να το δεις. Κάνε πέρα, έχω μια ιδέα». Κάθισε στο κρεβάτι ακριβώς μπροστά της. «Εντάξει, κάθισε πίσω μου και αγκάλιασέ με από τη μέση. Μπορείς να γείρεις το κεφάλι σου στην πλάτη μου και να με σφίγγεις αν φοβηθείς».

Η Λόρελ κάθισε πίσω του. Κόλλησε το πρόσωπό της στην

πλάτη του και έσφιξε τη μέση του όσο πιο δυνατά μπορούσε.

«Χρειάζομαι το ένα μου χέρι», είπε ο Ντέιβιντ κάπως έντονα.

Η Λόρελ προσπάθησε να χαλαρώσει τη λαβή της και άφησε το ένα του χέρι. Ο Ντέιβιντ έτριψε την παλάμη της απαλά, κι εκείνη άρχισε να τον σφίγγει και πάλι. «Έτοιμη;» τη ρώτησε.

«Αιφνιδίασέ με», του είπε ξεψυχισμένα.

Έτριψε κι άλλο το χέρι της, αλλά την αμέσως επόμενη στιγμή εκείνη τσίριξε νιώθοντας σαν να την τίναξε ηλεκτρικό ρεύμα στο δάχτυλό της. «Εντάξει, τελείωσε», είπε ήρεμος ο Ντέιβιντ.

«Το έκρυψες;» ρώτησε η Λόρελ χωρίς να σηκώσει το κεφάλι.

«Ναι», ακούστηκε κάπως παράξενα άτονη η φωνή του. «Πρέπει να το δεις αυτό».

Η περιέργεια τη βοήθησε να ξεπεράσει το φόβο της. Έτσι, έριξε μια κλεφτή ματιά πάνω από τον ώμο του. «Τι;»

Ο Ντέιβιντ πίεζε απαλά την άκρη στο μεσαίο της δάχτυλο. Ένας κόμπος από ένα διαυγές υγρό κύλησε.

«Τι είναι αυτό;»

«Πιο πολύ με ανησυχεί τι δεν είναι. Δεν είναι κόκκινο».

Η Λόρελ χάζεψε.

«Χμ, μπορώ να...» Ο Ντέιβιντ έδειξε προς το κουτί με τις διαφάνειες.

«Φυσικά», απάντησε μουδιασμένα το κορίτσι.

Ο Ντέιβιντ πήρε μια λεπτή, γυάλινη διαφάνεια και πίεσε το δάχτυλό της πάνω της. «Μπορώ να πάρω μερικές;»

Η Λόρελ έγνεψε καταφατικά.

Μετά από τρεις διαφάνειες, το αγόρι τύλιξε το δάχτυλό της με ένα χαρτομάντιλο, και εκείνη έκλεισε τα χέρια της ανάμεσα στα γόνατά της.

Ο Ντέιβιντ κάθισε δίπλα της, με τους μηρούς τους να αγγίζονται. «Λόρελ, αυτό τρέχει κάθε φορά που κόβεσαι;»

«Έχω χρόνια να κοπώ».

«Δε γρατσούνισες ποτέ το γόνατό σου;»

«Φαντάζομαι, αλλά...» Η φωνή της έσβησε καθώς συνειδητοποίησε πως δεν ήταν σε θέση να προσδιορίσει ούτε μισή φορά. «Δεν ξέρω», ψιθύρισε. «Δε θυμάμαι».

Ο Ντέιβιντ τράβηξε πίσω τα μαλλιά του με τα δάχτυλά του. «Λόρελ, έχεις αιμορραγήσει... *ποτέ* στη ζωή σου;»

Σιχαινόταν αυτό που υπονοούσε, αλλά δεν μπορούσε να αρνηθεί την αλήθεια. «Δεν ξέρω. Ειλικρινά δεν μπορώ να θυμηθώ να έχω αιμορραγήσει *ποτέ*».

Ο Ντέιβιντ έσυρε την καρέκλα πίσω στο μικροσκόπιο, έβαλε τη νέα διαφάνεια κάτω από το φωτισμένο όργανο και την εξέτασε πολλή ώρα. Άλλαξε τις διαφάνειες και τις μελέτησε ξανά. Μετά έβγαλε μερικές διαφάνειες με κόκκινες κηλίδες από ένα άλλο κουτί και τις εξέτασε τη μία μετά την άλλη.

Η Λόρελ παρέμεινε ασάλευτη όλη την ώρα.

Γύρισε προς το μέρος της. «Λόρελ», είπε, «κι αν δεν έχεις αίμα; Αν αυτό το διαφανές υγρό είναι το αίμα που κυλά στις φλέβες σου;»

«Δεν είναι δυνατό, όλοι έχουν αίμα, Ντέιβιντ».

«*Όλων* τα επιθήλια είναι ζωικά κύτταρα επίσης, Λόρελ, αλλά όχι τα δικά σου», της απάντησε. «Είπες πως οι γονείς σου δεν παραδέχονται τους γιατρούς. Πήγες να σε εξετάσει ποτέ κανείς;»

«Όταν ήμουν πολύ μικρή. Μου έλεγε ο πατέρας μου γι' αυτό χθες το βράδυ». Γούρλωσε τα μάτια. «Θεούλη μου». Διηγήθηκε στον Ντέιβιντ την ιστορία. «Το κατάλαβε, σίγουρα το κατάλαβε».

«Και γιατί δεν το είπε στους γονείς σου;»

«Δεν ξέρω».

Ο Ντέιβιντ απέμεινε βουβός και συνοφρυωμένος. Όταν αποφάσισε να μιλήσει, δεν έκρυψε το δισταγμό του. «Σε πειράζει να δοκιμάσω κάτι;»

«Αρκεί να μη χρειαστεί να με ανοίξεις για να δεις τα σωθικά μου».

Ο Ντέιβιντ γέλασε. Η Λόρελ πάλι δε γέλασε καθόλου.

«Μπορώ να πάρω το σφυγμό σου;»

Αιφνιδιάστηκε από το κύμα ανακούφισης και κεφιού που την πλημμύρισε. Έσκασε στα γέλια και δεν μπορούσε να σταματήσει. Εκείνος την κοίταζε βουβός όση ώρα γελούσε υστερικά, περιμένοντας μέχρι να ξαναβρεί την αυτοκυριαρχία της. «Συγγνώμη», είπε βαριανασαίνοντας στην προσπάθειά της να καταπνίξει άλλο ένα κύμα ξεκαρδίσματος. «Είναι απλώς... Είναι πολύ καλύτερο από το να με ανοίξεις στα δύο».

Ο Ντέιβιντ χαμογέλασε ανεπαίσθητα και στριφογύρισε ανυπόμονα τις κόρες των ματιών του. «Δώσε μου το χέρι σου».

Άπλωσε το χέρι της, και εκείνος ακούμπησε δύο δάχτυλα στον καρπό της. «Το δέρμα σου είναι πολύ παγωμένο», είπε. «Εντύπωση μου κάνει που δεν το παρατήρησα ποτέ ως τώρα». Μετά σώπασε για να αυτοσυγκεντρωθεί. Ύστερα από λίγο άλλαξε θέση από την καρέκλα στο κρεβάτι δίπλα της. «Θα δοκιμάσω καλύτερα εδώ στο λαιμό σου».

Κράτησε τον αυχένα της με το ένα χέρι και τοποθέτησε τα δάχτυλά του σταθερά στη δεξιά πλευρά του λαιμού της. Η Λόρελ ένιωθε την ανάσα του στο μάγουλό της και, παρόλο που εκείνος κοιτούσε επιμελώς από την άλλη πλευρά, εκείνη δεν μπορούσε να κοιτάξει πουθενά αλλού. Παρατήρησε πράγματα που μέχρι τώρα δεν είχε προσέξει. Λίγες φακίδες στη ρίζα των μαλλιών του, μια ουλή που έκρυβε σχεδόν το φρύδι του και τη χαριτωμένη καμπύλη των βλεφαρίδων του. Ένιωσε συγκεχυμένα τα δάχτυλά του να τη σφίγγουν λίγο περισσότερο. Όταν πήγε να της κοπεί η ανάσα, εκείνος έκανε πίσω. «Σε πόνεσα;»

Ύστερα κούνησε το κεφάλι και προσπάθησε να μη δει πόσο κοντά της ήταν. Λίγα δευτερόλεπτα αργότερα τράβηξε τα χέρια του.

Δεν της άρεσε το βλέμμα του, η έγνοια που αυλάκωνε το μέτωπό του. «Τι συμβαίνει;» τον ρώτησε.

Εκείνος κούνησε απλώς το κεφάλι. «Πρέπει να βεβαιωθώ. Δε θέλω να σε τρομάξω. Μπορώ να... Μπορώ να σε ακροαστώ;»

«Εννοείς με το στηθοσκόπιο;»

«Δεν έχω στηθοσκόπιο. Αλλά αν...» Δίστασε να συνεχίσει. «Αν βάλω το δεξί αφτί μου πάνω στο στήθος σου, λογικά θα μπορέσω να ακούσω καθαρά την καρδιά σου».

Η κοπέλα ανακάθισε ισιώνοντας λίγο την πλάτη της. «Εντάξει», είπε ήρεμα.

Έβαλε τα χέρια του στα πλευρά της και χαμήλωσε αργά το κεφάλι. Η Λόρελ προσπάθησε να αναπνεύσει κανονικά, αλλά ήταν σίγουρη πως η καρδιά της πρέπει να σφυροκοπούσε. Ένιωθε ζεστό το μάγουλό του πάνω στο δέρμα της, έτσι όπως ακουμπούσε στη λαιμόκοψη της μπλούζας της.

Αρκετή ώρα μετά τράβηξε το πρόσωπό του από πάνω της.

«Λοιπόν;»

«Σσς», είπε γυρίζοντας το κεφάλι του και ακουμπώντας το άλλο του μάγουλο στην άλλη πλευρά του στήθους της. Δεν πέρασε πολλή ώρα και ξανασήκωσε το κεφάλι του. «Δεν υπάρχει τίποτα», είπε με πολύ απαλή φωνή. «Ούτε στον καρπό ούτε στο λαιμό σου. Και δεν ακούω τίποτα στο στήθος σου. Ακούγεται... κενό».

«Τι σημαίνει αυτό, Ντέιβιντ;»

«Δεν έχεις σφυγμό, Λόρελ. Άρα πιθανότατα δεν έχεις ούτε καρδιά».

Κεφάλαιο 11

Ετρεμε συγκορμη. Ένιωθε τα μπράτσα του Ντέιβιντ, ζεστά και στιβαρά, να την αγκαλιάζουν και ήταν λες και δεν μπορούσε να νιώσει τίποτ' άλλο. Τον έβλεπε σαν σανίδα σωτηρίας και δεν ήταν καθόλου σίγουρη αν θα κατάφερνε να επιζήσει έστω για λίγα δευτερόλεπτα, έτσι και την άφηνε. «Τι να κάνω, Ντέιβιντ;»

«Δε χρειάζεται να κάνεις τίποτα».

«Δίκιο έχεις», είπε πειθήνια, «πρέπει απλώς να περιμένω και το υπόλοιπο σώμα μου να συνειδητοποιήσει ότι είναι νεκρό».

Ο Ντέιβιντ την τράβηξε κοντά του και της χάιδεψε τα μαλλιά. Εκείνη σφίχτηκε πάνω στο πουκάμισό του καθώς την πλημμύρισαν τα δάκρυα και πάσχισε να πάρει ανάσα.

«Όχι», της ψιθύρισε ο Ντέιβιντ στο αφτί. «Δε θα πεθάνεις». Το μάγουλό του ακουμπούσε στο δικό της, τραχύ από το χνούδι που το κάλυπτε. Η άκρη της μύτης του ταξίδεψε κατά μήκος του προσώπου της. Τα δάκρυά της στέρεψαν στην προσπάθειά της να συγκεντρωθεί στην αίσθηση που άφηνε το πρόσωπό του πάνω στο δικό της. Το δέρμα του ήταν τόσο ζεστό, σε αντίθεση με το δικό της, που ήταν πάντα παγωμένο.

Τα χείλη του άγγιξαν το μέτωπό της και ένα ανεπαίσθητο ρίγος τη διαπέρασε. Το φρύδι του ακούμπησε στο δικό της και τα βλέφαρά της άνοιξαν από μόνα τους. Οι σκέψεις της χάθηκαν στο γαλάζιο ωκεανό των ματιών του. Τα χείλη του άγγιξαν τόσο απαλά τα δικά της κι ένα κύμα ζεστασιάς, όπως δεν είχε ξανανιώσει ποτέ, εξαπλώθηκε σε ολόκληρο το πρόσωπό της.

Καθώς εκείνη έμεινε ασάλευτη, τη φίλησε ξανά, με λίγο περισσότερη αυτοπεποίθηση αυτή τη φορά. Σε μια στιγμή παρασύρθηκε από τη θύελλα που λυσσομανούσε μέσα της και τα χέρια της τυλίχτηκαν γύρω από το λαιμό του τραβώντας τον πιο κοντά, σφίγγοντάς τον πιο δυνατά, προσπαθώντας να μεταδώσουν μέσα της εκείνη την απίστευτη ζεστασιά. Θα μπορούσαν να είναι δευτερόλεπτα, λεπτά, ώρες... Ο χρόνος είχε χάσει το νόημά του καθώς το ζεστό του κορμί έσφιγγε το δικό της και την περιέβαλλε αυτή η ζεστασιά που ερχόταν κατά κύματα.

Όταν ο Ντέιβιντ τραβήχτηκε πίσω σχεδόν βίαια και έκανε να πάρει ανάσα, η Λόρελ προσγειώθηκε ανώμαλα στην πραγματικότητα. *Μα τι κάνω;*

«Συγγνώμη», ψιθύρισε εκείνος. «Δεν ήθελα να...»

«Σσς, σώπα», η Λόρελ έφερε το δάχτυλό της στα χείλη του. «Δεν πειράζει». Δεν τον άφησε από την αγκαλιά της και καθώς δεν έδειξε να διαμαρτύρεται, ο Ντέιβιντ έσκυψε και πάλι μπροστά διστακτικά.

Τελευταία στιγμή η Λόρελ τον σταμάτησε ακουμπώντας το χέρι στο στήθος του και κουνώντας αρνητικά το κεφάλι. Πήρε βαθιά ανάσα και είπε: «Δεν ξέρω αν αυτό που νιώθω είναι αληθινό ή απλώς έχω πανικοβληθεί ή...» Έκανε μια παύση. «Δεν μπορώ, Ντέιβιντ. Όχι, με όλα αυτά που μου συμβαίνουν».

Εκείνος τραβήχτηκε αργά και απέμεινε βουβός για κάμποση ώρα. «Τότε θα περιμένω», είπε κι η φωνή του μόλις ακούστηκε.

Η Λόρελ σήκωσε αργά το σακίδιό της από κάτω. «Καλύτερα να πηγαίνω», είπε χωρίς λόγο.

Την ακολούθησε με το βλέμμα καθώς διέσχιζε το δωμάτιο. Κοντοστάθηκε για να ρίξει μια τελευταία ματιά πίσω της προτού διαβεί το κατώφλι και κλείσει την πόρτα.

Στην ώρα της βιολογίας η Λόρελ διάλεξε τη συνηθισμένη της θέση, αλλά δεν έβγαλε τα βιβλία της. Κάθισε ευθυτενής σαν να είχε καταπιεί μπαστούνι και τέντωσε τα αφτιά της για να ακούσει τα γνώριμα βήματα του Ντέιβιντ. Παρ' όλα αυτά, τρόμαξε όταν εκείνος απίθωσε το σακίδιό του στο θρανίο δίπλα της. Ανάγκασε τον εαυτό της να τον κοιτάξει, αλλά αντί για την επιφυλακτική όψη που περίμενε, αντίκρισε ένα πλατύ χαμόγελο και μάγουλα αναψοκοκκινισμένα από τον ενθουσιασμό. «Το έριξα στη μελέτη χθες το βράδυ», είπε χωρίς καν να τη χαιρετήσει, «και έχω κάποιες θεωρίες».

Θεωρίες; Δεν ήξερε αν ήθελε να τις ακούσει. Στην πραγματικότητα, κάτι στην έκφραση του προσώπου του τη διαβεβαίωνε πως *σίγουρα* δεν ήθελε να τις ακούσει.

Ο Ντέιβιντ άνοιξε ένα βιβλίο και το έβαλε μπροστά της.

«Διωναία η μυγοφάγος; Ξέρεις πώς να ρίχνεις μια γυναίκα με τα λόγια». Έκανε να σπρώξει το βιβλίο προς το μέρος του, αλλά εκείνος έβαλε και τα δύο χέρια πάνω του και το κράτησε στην ίδια θέση.

«Άκου με μια στιγμή. Δε λέω ότι είσαι φυτό που τρώει έντομα. Όμως, διάβασε λίγο για τις διατροφικές συνήθειες του συγκεκριμένου φυτού».

«Η διωναία η μυγοφάγος, που ονομάζεται και μυγοπαγίδα της Αφροδίτης, είναι σαρκοβόρο φυτό, Ντέιβιντ».

«Θεωρητικά ναι, αλλά διάβασε για ποιο λόγο». Τα δάχτυλά του πηδούσαν τις παραγράφους που είχε μαρκάρει με φωσφοριζέ πράσινο μαρκαδόρο. «Η διωναία η μυγοφάγος αναπτύσσεται καλύτερα σε φτωχό έδαφος, συνήθως σε έδαφος με ελάχιστο άζωτο. Τρώει μύγες γιατί είναι πλούσιες σε άζωτο, αλλά δεν περιέχουν καθόλου λίπος ή χοληστερόλη. Δεν είναι η σάρκα η αιτία, αλλά το είδος των θρεπτικών ουσιών που χρειάζεται αυτό το φυτό». Γύρισε σελίδα. «Κοίτα εδώ, μιλάει για την τροφή που πρέπει να δίνεις σε μια οικιακή διωναία. Λέει ότι πολύς κόσμος την ταΐζει με κομματάκια χάμπουργκερ ή μπριζόλας, επειδή, όπως είπες κι εσύ, έχει την εντύπωση ότι είναι σαρκοβόρο. Στην ουσία, μπορεί να τη σκοτώσεις ταΐζοντάς τη χάμπουργκερ, γιατί περιέχει πολύ λίπος και πολλή χοληστερόλη και το φυτό δεν μπορεί να τα χωνέψει».

Η Λόρελ κοίταζε έντρομη την εικόνα του τερατόμορφου φυτού και αναρωτήθηκε πώς στον άνεμο ο Ντέιβιντ πίστευε πως εκείνη είχε κοινά μαζί του. «Δε σε καταλαβαίνω», του είπε ανέκφραστα.

«Τα θρεπτικά συστατικά, Λόρελ. Δεν πίνεις γάλα, σωστά;»

«Όχι».

«Γιατί όχι;»

«Με ανακατεύει».

«Πάω στοίχημα ότι σε ανακατεύει γιατί περιέχει λίπος και χοληστερόλη. Τι πίνεις;»

«Νερό, αναψυκτικά». Έκανε μια παύση για να σκεφτεί. «Το

σιρόπι από την κομπόστα ροδάκινο της μητέρας μου. Πάνω κάτω αυτά».

«Νερό και ζάχαρη. Βάζεις ποτέ ζάχαρη σε ένα βάζο με λουλούδια για να τα διατηρήσεις περισσότερο; Τα λουλούδια τη λατρεύουν και την απορροφούν με τη μία».

Η εξήγηση του Ντέιβιντ ήταν απόλυτα λογική. Τη Λόρελ την έπιασε πονοκέφαλος. «Τότε γιατί δεν τρώω κι εγώ μύγες;» ρώτησε σαρκαστικά τρίβοντας τα μηνίγγια της.

«Είναι υπερβολικά μικρές για να είναι ευεργετικές, φαντάζομαι. Σκέψου όμως τις τροφές που τρως. Φρούτα και λαχανικά. Φυτά που έχουν μεγαλώσει στο χώμα και με τις ρίζες τους έχουν απορροφήσει όλα αυτά τα θρεπτικά συστατικά. Τα τρως και λαμβάνεις τα ίδια θρεπτικά συστατικά σαν να είχες ρίζες και να τα απορροφούσες μόνη σου».

Η Λόρελ σώπασε για κάμποσα δευτερόλεπτα καθώς ο κύριος Τζέιμς φώναξε για να ηρεμήσει την τάξη. «Άρα, εξακολουθείς να πιστεύεις ότι είμαι φυτό;» ρώτησε η Λόρελ ψιθυριστά.

«Ένα απίστευτα εξελιγμένο, τρομερά ανεπτυγμένο φυτό», απάντησε ο Ντέιβιντ. «Αλλά ναι, ένα φυτό».

«Μαύρα χάλια».

«Δεν ξέρω», είπε χαμογελώντας το αγόρι. «Εγώ το βρίσκω και πολύ πρώτο».

«Λογικό είναι, αφού κι εσύ "φυτό" είσαι στη βιολογία. Εγώ είμαι απλώς το κορίτσι που θέλει να τελειώνει η ώρα της γυμναστικής χωρίς να τραβά την προσοχή της τάξης».

«Σύμφωνοι», επέμεινε ο Ντέιβιντ. «Τότε πιστεύω πως και για τους δυο μας είναι και πολύ πρώτο».

Η Λόρελ κάγχασε και τράβηξε την προσοχή του κυρίου Τζέιμς.

«Λόρελ, Ντέιβιντ; Θα θέλατε να μοιραστείτε και με την υπόλοιπη τάξη το αστείο σας;» ρώτησε βάζοντας το ένα χέρι στον κοκαλιάρικο γοφό του.

«Όχι, κύριε», είπε ο Ντέιβιντ, «αλλά σας ευχαριστούμε για το ενδιαφέρον». Οι συμμαθητές τους έσκασαν στα γέλια, όμως ο κύριος Τζέιμς δε φάνηκε να χάρηκε. Λίγο αργότερα και αφού τα γέλια σταμάτησαν, αναστέναξε και επέστρεψε στον πίνακα. Η Λόρελ κάθισε πίσω και χαμογέλασε πονηρά. *Ντέιβιντ – Εξυπνάκιας καθηγητής που θα ήθελε να είναι σαν τον Ντέιβιντ: 1-0.*

Το Σάββατο, η Λόρελ κι ο Ντέιβιντ συναντήθηκαν στο σπίτι του για να «διαβάσουν». Εκείνος της έδειξε ένα άρθρο που είχε βρει στο Διαδίκτυο για το πώς τα φυτά απορροφούν διοξείδιο του άνθρακα μέσα από τα φύλλα τους. «Κι εσύ τι κάνεις;» τη ρώτησε. Καθόταν στο κρεβάτι του με τα πέταλά της ελεύθερα και στραμμένα προς το δυτικό παράθυρο, όπου μπορούσαν να απορροφούν το φως του ήλιου. Ήταν ένα από τα πολλά πλεονεκτήματα του να «διαβάζει» στο άδειο σπίτι του Ντέιβιντ μετά το σχολείο σχεδόν καθημερινά. Μάλιστα, εκείνος κατέβαλλε φιλότιμες προσπάθειες να μην τα χαζεύει, αν και η Λόρελ δεν ήταν σίγουρη αν έριχνε κλεφτές ματιές στα πέταλα ή στη γυμνή της μέση.

Δεν την ένοιαζε, όπως και να είχε.

«Φύλλα δεν έχω, εκτός από αυτά τα μικροσκοπικά κάτω από τα πέταλα. *Ακόμη*», πρόσθεσε αινιγματικά.

«Κυριολεκτικά όχι. Νομίζω πάντως ότι και το δέρμα σου μετράει».

«Γιατί; Σου φαίνεται να πρασινίζει αυτές τις μέρες;» ρώτησε η Λόρελ και μετά σώπασε. Η σκέψη να γίνει πράσινη της έφερε στο νου τον Ταμάνι και τα πράσινα μαλλιά του. Ήθελε να τον βγάλει από τη σκέψη της. Της προκαλούσε σύγχυση. Και της φαινόταν άδικο να τον σκέφτεται, ενώ βρισκόταν με τον Ντέιβιντ. Κάτι σαν απιστία με έναν παράδοξο τρόπο. Φύλαγε τις σκέψεις αυτές για τις νυχτερινές ώρες, όταν πήγαινε να την πάρει ο ύπνος.

«Δεν είναι όλα τα φύλλα πράσινα», συνέχισε ο Ντέιβιντ ανυποψίαστος. «Στα περισσότερα φυτά τα φύλλα αποτελούν τη μεγαλύτερη εξωτερική επιφάνεια και σε σένα θα μπορούσε να είναι αντίστοιχα το δέρμα. Άρα, ίσως απορροφάς διοξείδιο του άνθρακα μέσα από το δέρμα σου». Κι έπειτα πρόσθεσε κοκκινίζοντας: «Σου αρέσει να φοράς τιραντάκια ακόμη κι όταν έχει κρύο».

Η Λόρελ ανακάτεψε τη Sprite με το καλαμάκι. «Τότε γιατί αναπνέω; Γιατί κι εγώ αναπνέω», είπε με στόμφο.

«Ναι, αλλά χρειάζεται;»

«Τι εννοείς αν χρειάζεται; Φυσικά και χρειάζεται να αναπνέω».

«Δε νομίζω. Όχι όπως το χρειάζομαι εγώ. Ή τουλάχιστον όχι τόσο συχνά. Πόση ώρα μπορείς να κρατήσεις την αναπνοή σου;»

Ανασήκωσε αδιάφορα τους ώμους. «Αρκετή».

«Έλα, κολυμπάς. Πάνω κάτω θα ξέρεις. Κάνε έναν πρόχειρο υπολογισμό», επέμεινε.

«Απλώς ανεβαίνω στην επιφάνεια όταν βαρεθώ να είμαι κάτω από το νερό. Έτσι κι αλλιώς δεν πάω και πολύ βαθιά. Μόνο για να βρέξω τα μαλλιά μου, οπότε δεν ξέρω».

Ο Ντέιβιντ χαμογέλασε κι έδειξε το ρολόι του. «Θέλεις να το ανακαλύψουμε;»

Η Λόρελ τον κοίταξε για μερικά δευτερόλεπτα, μετά παραμέρισε το αναψυκτικό της και έσκυψε μπροστά χαρίζοντάς του ένα πλατύ χαμόγελο. «Βαρέθηκα να κάνω το πειραματόζωο. Ας δούμε πόση ώρα μπορείς *εσύ* να κρατήσεις την αναπνοή σου».

«Εντάξει, αλλά μετά είναι η σειρά σου».

«Σύμφωνοι».

Ο Ντέιβιντ πήρε κάμποσες βαθιές ανάσες και, όταν η Λόρελ έδωσε το πρόσταγμα, εισέπνευσε όσο περισσότερο αέρα χωρούσαν τα πνευμόνια του και κάθισε πίσω στην καρέκλα του. Κράτησε πενήντα δύο αναψοκοκκινισμένα δευτερόλεπτα προτού ξεφυσήξει όλο τον αέρα από μέσα του. Έπειτα ήρθε η σειρά της Λόρελ.

«Χωρίς γέλια», προειδοποίησε. «Μάλλον θα με κάνεις να σκάσω».

«Αμφιβάλλω». Ο Ντέιβιντ χαμογέλασε πονηρά με την ίδια αυτοπεποίθηση που είχε πάντα όταν ήταν σίγουρος πως είχε δίκιο.

Η Λόρελ πήρε βαθιά ανάσα και κάθισε πίσω στα μαξιλάρια του. Εκείνος πάτησε το χρονόμετρο, που ξεκίνησε με ένα σιγανό μπιπ.

Της την έδινε στα νεύρα να βλέπει το γεμάτο σιγουριά χαμόγελό του καθώς κυλούσαν τα δευτερόλεπτα, γι' αυτό στράφηκε προς το παράθυρο. Χάζεψε ένα πουλί να πετά στο γαλανό ουρανό μέχρι που χάθηκε από τα μάτια της πίσω από ένα λόφο.

Αφού δεν είχε τίποτ' άλλο ενδιαφέρον να κοιτάξει, άρχισε

να παρατηρεί το στήθος της. Είχε αρχίσει να νιώθει άβολα. Περίμενε λίγο ακόμη, αποφάσισε πως δεν της άρεσε η αίσθηση και απελευθέρωσε τον αέρα από μέσα της. «Ορίστε. Για πες την ετυμηγορία».

Ο Ντέιβιντ κοίταξε το ρολόι του. «Κράτησες την αναπνοή σου όση ώρα μπορούσες;»

«Όση ώρα ήθελα».

«Δεν είναι το ίδιο. Θα μπορούσες να την κρατήσεις κι άλλο;»

«Πιθανότατα, αλλά είχα αρχίσει να νιώθω άβολα».

«Για πόση ώρα ακόμη;»

«Δεν ξέρω», είπε μπερδεμένη αυτή τη φορά. «Πόση ώρα κράτησα;»

«Τρία λεπτά και είκοσι οκτώ δεύτερα».

Η κοπέλα χρειάστηκε λίγο χρόνο μέχρι να συνειδητοποιήσει τι σήμαιναν οι αριθμοί. Ανακάθισε. «Με άφησες να κερδίσω;»

«Όχι. Απλώς απέδειξες τη θεωρία μου».

Η Λόρελ κοίταξε το χέρι της. «Φύλλο είσαι; Σοβαρά;»

Ο Ντέιβιντ πήρε το χέρι της και έβαλε δίπλα το δικό του. «Δες και μόνη σου. Αν παρατηρήσεις καλύτερα, τα χέρια μας δεν έχουν την ίδια όψη. Βλέπεις;» είπε δείχνοντας τις φλέβες που φαίνονταν στα χέρια του σαν ιστός αράχνης. «Σίγουρα, οι φλέβες πετάγονται περισσότερο στους άντρες ούτως ή άλλως, αλλά λόγω της ανοιχτόχρωμης επιδερμίδας σου θα μπορούσε κανείς να διακρίνει και σε σένα τουλάχιστον κάποιες γαλάζιες γραμμές. Εσύ δεν έχεις τίποτα».

Η Λόρελ παρατήρησε το χέρι της και μετά ρώτησε: «Πότε το διαπίστωσες αυτό;»

Ανασήκωσε τους ώμους με ένοχο ύφος. «Όταν έψαχνα το σφυγμό σου. Όμως ήσουν τόσο φρικαρισμένη, που αποφάσισα να περιμένω λιγάκι μέχρι να σου το πω. Εξάλλου, ήθελα να κάνω πρώτα την έρευνά μου».

«Ευχαριστώ... μάλλον». Έμεινε αμίλητη για πολλή ώρα καθώς οι σκέψεις έτρεχαν με αστραπιαία ταχύτητα στο μυαλό της. Ωστόσο, κατέληγαν στο ίδιο συμπέρασμα ξανά και ξανά. «Είμαι φυτό τελικά, ε;»

Ο Ντέιβιντ την κοίταξε και κούνησε σοβαρά το κεφάλι. «Έτσι νομίζω».

Η Λόρελ δεν ήξερε για ποιο λόγο την πήραν τα κλάματα. Δεν ήταν δα και έκπληξη. Όμως αρνιόταν να το δεχτεί. Τώρα, ένιωσε ένα σαρωτικό συνδυασμό φόβου, ανακούφισης, εντυπωσιασμού αλλά και θλίψης.

Ο Ντέιβιντ ανέβηκε στο κρεβάτι δίπλα της. Χωρίς να πει λέξη, ακούμπησε πίσω στο κεφαλάρι και την τράβηξε στο στήθος του. Εκείνη δεν πρόβαλε αντίσταση απολαμβάνοντας την ασφάλεια που ένιωθε στην αγκαλιά του. Τα χέρια του χάιδευαν συχνά πυκνά τα μπράτσα και την πλάτη της αποφεύγοντας επιμελώς τα πέταλα.

Μπορούσε να ακούσει την καρδιά του να χτυπά με έναν κανονικό ρυθμό, που της υπενθύμιζε ότι κάποια πράγματα ήταν ακόμη φυσιολογικά. Αξιόπιστα.

Η θέρμη που εξέπεμπε το κορμί του εξαπλώθηκε σε όλο της το είναι ζεσταίνοντάς τη με έναν τρόπο που θύμιζε εντυπωσιακά πώς τη ζέσταινε ο ήλιος. Χαμογέλασε και κούρνιασε πιο βαθιά στην αγκαλιά του.

«Τι κάνεις το Σάββατο;» ρώτησε ο Ντέιβιντ και η φωνή του έκανε ηχώ μέσα στο στήθος του όπου είχε ακουμπήσει το αφτί της.

«Δεν ξέρω. Εσύ;»

«Εξαρτάται από σένα. Σκεφτόμουν αυτό που σου είπε ο Ταμάνι».

Ανασήκωσε το κεφάλι από το στήθος του. «Δε θέλω να μιλάω γι' αυτό».

«Γιατί όχι; Είχε δίκιο που είπε ότι είσαι φυτό. Ίσως είχε δίκιο και για το ότι... ότι είσαι νεράιδα».

«Πώς τολμάς να λες κάτι τέτοιο μπροστά στο μικροσκόπιό σου, Ντέιβιντ;» ρώτησε η Λόρελ γελώντας για να διακωμωδήσει το θέμα. «Μπορεί να πάψει να λειτουργεί αν καταλάβει ότι ο κάτοχός του δεν είναι επιστήμονας».

«Και το να έχω μια φίλη που είναι φυτό δεν ακούγεται καθόλου επιστημονικό», σχολίασε ο Ντέιβιντ αρνούμενος να υιοθετήσει τη χιουμοριστική της διάθεση.

Η Λόρελ αναστέναξε, αλλά άφησε το κεφάλι της να ξαναγλιστρήσει στο στήθος του. «Όλα τα κοριτσάκια εύχονται να ήταν πριγκίπισσες, νεράιδες, γοργόνες. Ιδίως εκείνα που δεν ξέρουν ποια είναι η αληθινή τους μητέρα. Όμως, εγκαταλείπεις αυτό το όνειρο γύρω στα έξι σου. Ούτε μία δεν το πιστεύει στα δεκαπέντε της». Σήκωσε το πιγούνι της με γινάτι. «Δεν υπάρχουν νεράιδες».

«Μπορεί και όχι, αλλά δε χρειάζεται να είσαι στ' αλήθεια».

«Τι εννοείς;»

Ο Ντέιβιντ χάζευε το άνθος της. «Το Σάββατο θα γίνει πάρτι μασκέ στο σχολείο. Σκέφτηκα ότι θα μπορούσες να εμφανιστείς ως νεράιδα και να δοκιμάσεις το νέο σου ρόλο. Ξέρεις, να αρχίσεις να συνηθίζεις στην ιδέα με μια αποκριάτικη στολή, προτού επιχειρήσεις να δεχτείς ότι είναι αλήθεια. Να εξοικειωθείς».

«Τι; Να κρεμάσω φτερά και να φορέσω ένα παράξενο φόρεμα;»

«Νομίζω ότι φτερά έχεις ήδη», της υπενθύμισε ο Ντέιβιντ σοβαρολογώντας.

Η Λόρελ άρχισε να μπαίνει στο νόημα και τον κοίταξε μην πιστεύοντας στα αφτιά της. «Θέλεις να εμφανιστώ έτσι; Με το άνθος μου σε κοινή θέα; Πρέπει να είσαι τρελός! Ποτέ!»

«Άκου με», επέμεινε ο Ντέιβιντ και ανακάθισε κι αυτός. «Το σκέφτηκα καλά. Ξέρεις αυτή τη γυαλιστερή γιρλάντα; Αν την τυλίξουμε γύρω από τη βάση του λουλουδιού και μετά την περάσουμε πάνω από τους ώμους σου, κανείς δε θα καταλάβει ότι δεν είναι ψεύτικα. Θα νομίσουν απλώς ότι είναι μια καταπληκτική στολή».

«Με τίποτα δε θα περνούσε αυτό για στολή, Ντέιβιντ. Είναι πολύ καλό».

«Ο κόσμος συνήθως πιστεύει ό,τι του λες», επέμεινε χαμογελώντας πονηρά εκείνος. «Και αλήθεια πιστεύεις πως θα σε δει κάποιος και θα πει: "Χμ, νομίζω ότι αυτό το κορίτσι είναι φυτό";»

Ακουγόταν πράγματι εντελώς παράλογο. Το μυαλό της Λόρελ πήγε αυτόματα στο γυαλιστερό γαλάζιο επίσημο φόρεμα που είχε φορέσει στο γάμο μιας ξαδέρφης της μητέρας της το περασμένο καλοκαίρι. «Θα το σκεφτώ», μουρμούρισε.

Την Τετάρτη, μετά το σχολείο, ο Ντέιβιντ έπρεπε να δουλέψει, κι έτσι η Λόρελ αποφάσισε να επισκεφτεί τη βιβλιοθήκη. Πήγε στη γραμματεία, όπου η βιβλιοθηκάριος πάσχιζε να εξηγήσει το δεκαδικό σύστημα ταξινόμησης Ντιούι σε ένα παιδί που προφανέστατα ούτε καταλάβαινε ούτε ήθελε να καταλάβει. Μερικά λεπτά αργότερα το παιδί έφυγε.

Βγάζοντας έναν αναστεναγμό απόγνωσης, η βιβλιοθηκάριος γύρισε προς το μέρος της Λόρελ. «Παρακαλώ;»

«Μπορώ να χρησιμοποιήσω το Ίντερνετ;» ρώτησε η Λόρελ.

Η βιβλιοθηκάριος χαμογέλασε, μάλλον χαρούμενη που άκουσε μια λογική ερώτηση. «Σ' εκείνο το κομπιούτερ εκεί», είπε δείχνοντάς το. «Μπες χρησιμοποιώντας τον αριθμό της κάρτας σου για τη βιβλιοθήκη και θα έχεις μία ώρα στη διάθεσή σου».

«Μόνο μία;»

Η βιβλιοθηκάριος έγειρε μπροστά συνωμοτικά. «Είναι ένας κανόνας που αναγκαστήκαμε να καθιερώσουμε πριν από μερικούς μήνες. Είχαμε μια συνταξιούχο που ερχόταν και έπαιζε πασιέντζες στο Ίντερνετ *όλη μέρα*». Ίσιωσε και πάλι την πλάτη της. «Ξέρεις πώς είναι: Κάνα δυο τρελάρες είναι αυτοί που τα χαλάνε και για όλους εμάς τους υπόλοιπους. Έχει πολύ υψηλή ταχύτητα πάντως», πρόσθεσε καθώς επέστρεψε σε μια στοίβα βιβλία που μελετούσε.

Η Λόρελ κατευθύνθηκε προς το σημείο όπου βρισκόταν ο μοναδικός ηλεκτρονικός υπολογιστής με πρόσβαση στο Ίντερνετ. Σε σύγκριση με τη θεόρατη βιβλιοθήκη που επισκέπτονταν συχνά εκείνη κι ο πατέρας της στο Γιουρίκα, η βιβλιοθήκη του Κρέσεντ Σίτι ήταν μετά βίας μεγαλύτερη από ένα κανονικό σπίτι. Είχε ένα ράφι με εικονογραφημένα βιβλία και ένα με βιβλία φαντασίας για ενήλικες, ενώ κατά τα άλλα διέθετε εξ ολοκλήρου παλιά λεξικά και εγκυκλοπαίδειες. Κι ούτε μεγάλη ποικιλία απ' αυτά.

Κάθισε στον υπολογιστή και συνδέθηκε. Αφού έριξε μια γρήγορη ματιά στο ρολόι της, άρχισε να ψάχνει στην Google.

Σαράντα πέντε λεπτά αργότερα είχε βρει φωτογραφίες από νεράιδες που ζούσαν σε λουλούδια, φορούσαν ρούχα φτιαγμένα από λουλούδια και έπιναν τσάι από μικροσκοπικά λουλουδένια φλιτζανάκια. Καμία αναφορά δεν υπήρχε σε νεράιδες που ήταν ταυτόχρονα και λουλούδια. Ή φυτά. Ή οτιδήποτε. *Άχρηστη*, σκέφτηκε κακόκεφα.

Άρχισε να διαβάζει ένα μακροσκελές άρθρο από τη Wikipedia, αλλά ανά δύο ή τρεις προτάσεις έπρεπε να ψάχνει έναν όρο που δεν καταλάβαινε. Μέχρι στιγμής, είχε καταφέρει να διαβάσει μόλις μία σελίδα από το άρθρο.

Παίρνοντας βαθιά ανάσα, μισόκλεισε τα μάτια και συνέχισε το διάβασμα.

«*Λατρεύω* τις νεράιδες!»

Παραλίγο να σωριαστεί από την καρέκλα της όταν άκουσε τη φωνή της Τσέλσι.

Η συμμαθήτριά της κάθισε βαριά σε μια καρέκλα δίπλα της. «Πέρασα από τη φάση αυτή πριν από ένα χρόνο. Ό,τι κι αν έκανα είχε σχέση με νεράιδες. Έχω ίσαμε δέκα βιβλία γι' αυτές και εικόνες στο ταβάνι μου. Βρήκα μέχρι και μια φυλλάδα για τη θεωρία συνωμοσίας ενός τύπου που ισχυριζόταν ότι η Ιρλανδία κυβερνάται από την Αυλή των Καλών Πνευμάτων. Και μολονότι οι ιδέες του ήταν κάπως παρατραβηγμένες, σε κάποια σημεία δεν είχε άδικο».

Η Λόρελ έκλεισε τον browser όσο πιο γρήγορα μπορούσε, παρόλο που της ήρθε στο νου η φράση *αργά, είναι πια αργά*.

«Πίσω στα χρόνια του Μεσαίωνα οι άνθρωποι πίστευαν πως ό,τι κακό συνέβαινε το προκαλούσαν οι νεράιδες», συνέχισε η Τσέλσι χωρίς να προσέξει, απ' ό,τι φαινόταν, ότι η Λόρελ δεν είχε προλάβει να βγάλει κιχ. «Φυσικά, και τα καλά τα απέδιδαν στις νεράιδες, άρα αντιστάθμιζαν κάπως τα κακά. Κι όμως». Χαμογέλασε. «Λοιπόν, γιατί ψάχνεις πληροφορίες για τις νεράιδες;»

Το στόμα της Λόρελ ξεράθηκε. Προσπάθησε να σκαρφιστεί μια δικαιολογία, αλλά με το μυαλό της συγκεντρωμένο σε δεκάδες αντικρουόμενους θρύλους, δεν της ερχόταν καμιά ιδέα. «Εεε, ήθελα πληροφορίες για να...» Τελευταία στιγμή κατάφερε να θυμηθεί ότι η Τσέλσι ήταν μαζί της στο μάθημα των αγγλικών, προτού το χρησιμοποιήσει σαν δικαιολογία.

Μετά θυμήθηκε την πρόταση του Ντέιβιντ.

«Θα πάω στο πάρτι ντυμένη νεράιδα το Σάββατο», ξεστόμισε. «Σκέφτηκα να μάθω κάτι παραπάνω γι' αυτές».

Η όψη της Τσέλσι φωτίστηκε. «Αυτό είναι σούπερ. Θέλω τόσο πολύ να ντυθώ νεράιδα. Θα μπορούσαμε να συνδυάσουμε κάπως τις στολές μας».

Οχ, τέλεια. «Βασικά, ο Ντέιβιντ μου φτιάχνει κάτι σαν φτερά. Λέει ότι μου τα φυλάει για έκπληξη».

«Αχά». Η Τσέλσι δίστασε για μια στιγμή. «Δεν πειράζει. Τότε καλύτερα να συνεργαστώ κι εγώ με τον Ράιαν». Τα μάγουλά της κοκκίνισαν λίγο. «Μου το έχει πει από την Παρασκευή».

«Αυτό είναι τέλειο».

«Ναι. Είναι γλυκούλης. Δεν είναι;»

«Φυσικά».

«Ωραία». Φάνηκε χαμένη στις σκέψεις της για ένα λεπτό. «Άρα θα πας με τον Ντέιβιντ;»

Η Λόρελ έγνεψε καταφατικά.

Η Τσέλσι χαμογέλασε, αν και φάνηκε κάπως πληγωμένη. «Θα είσαι μια πανέμορφη νεράιδα. Ούτως ή άλλως, νεραϊδοφέρνεις, οπότε θα είσαι τέλεια».

«Αλήθεια;»

«Έτσι νομίζω. Ειδικά λόγω των μαλλιών και της επιδερμίδας σου, που είναι τόσο ανοιχτόχρωμα. Ο κόσμος πίστευε ότι οι άγγελοι είναι νεράιδες, άρα πρέπει να είναι πολύ ανοιχτόχρωμες και αιθέριες».

Αιθέριες; αναρωτήθηκε η Λόρελ κάπως έκπληκτη.

«Θα είσαι άψογη», επέμεινε η Τσέλσι. «Θα σε περιμένω στην πόρτα. Θέλω να δω πρώτη τη μεταμφίεσή σου».

«Έχεις το λόγο μου», είπε η Λόρελ χαμογελώντας αδέξια. Δεν της άρεσε που είχε εγκλωβιστεί έτσι ξαφνικά στην ιδέα του Ντέιβιντ, αλλά ήταν προτιμότερο από το να πει την αλήθεια στην Τσέλσι.

«Γιατί σερφάρεις εδώ; Δεν έχεις Ίντερνετ στο σπίτι;»

«Η σύνδεσή μου σέρνεται», δικαιολογήθηκε η Λόρελ στριφογυρίζοντας τις κόρες των ματιών της.

«Σοβαρά; Ακόμη υπάρχουν τόσο αργές συνδέσεις; Ο πατέρας μου είναι τεχνικός Η/Υ και εγκατέστησε ολόκληρο ασύρματο δίκτυο στο σπίτι μας. Έχουμε Ίντερνετ υψηλών ταχυτήτων σε έξι υπολογιστές. Θα πάει να αυτοκτονήσει έτσι και του πω ότι έχεις ακόμη σύνδεση μέσω τηλεφώνου. Να έρθεις στο σπίτι μου την επόμενη φορά. Υψηλή ευρυζωνικότητα... Θα σου δανείσω και κάποια βιβλία, εντάξει;»

Η Λόρελ συμφώνησε ενστικτωδώς, αλλά δεν υπήρχε περίπτωση να πάει για έρευνα στο σπίτι της Τσέλσι. Ήταν πανέξυπνη· θα συνδύαζε τα κομμάτια του παζλ μέχρι να πεις κύμινο.

Υποθέτοντας βέβαια πως υπήρχαν κομμάτια να βρει. Η Λόρελ δεν είχε ανακαλύψει ούτε μισή πηγή που να έλεγε ότι υπήρχαν νεράιδες που της έμοιαζαν. Η πλησιέστερη εκδοχή που είχε βρει ήταν οι δρυάδες, αερικά των δασών, οι οποίες ήταν απλώς τα πνεύματα των δέντρων.

Ήταν αρκετά σίγουρη πως δεν ήταν πνεύμα.

«Λοιπόν, έφυγα», είπε η Τσέλσι. «Πρέπει να κάνω *κανονική* έρευνα». Σήκωσε το βιβλίο της ιστορίας. «Υποτίθεται πως πρέπει να βρω τουλάχιστον τρεις πηγές εκτός Διαδικτύου. Η κυρία Μίτσελ έχει μείνει *πολύ* πίσω. Τέλος πάντων, τα λέμε αύριο;»

«Ναι, αμέ», απάντησε η Λόρελ κουνώντας το χέρι. «Αύριο». Ξαναγύρισε στο κομπιούτερ για να επιχειρήσει μία ακόμη έρευνα. Όταν όμως άνοιξε τον browser, ο χρόνος της είχε λήξει.

Αναστέναξε και μάζεψε τις λιγοστές σημειώσεις της. Αν ήθελε κι άλλες, θα έπρεπε να ξανάρθει κι άλλη μέρα. Έριξε μια ματιά στα ράφια, όπου διέκρινε τις φουντωτές μπούκλες της Τσέλσι.

Το σπίτι της συμμαθήτριάς της *θα ήταν* πολύ πιο βολικό.

Τι κρίμα που η βολή δεν ήταν ανάμεσα στις βασικές της προτεραιότητες εκείνες τις μέρες.

Κεφάλαιο 12

«Ακομη τιποτα;» ρώτησε ο Ντέιβιντ όταν η Λόρελ τού τηλεφώνησε το Σάββατο το απόγευμα, λίγες ώρες πριν από το πάρτι.

«Τίποτα. Τρεις μέρες στη σειρά πέρασα στη βιβλιοθήκη και δε βρήκα *τίποτα*».

«Ούτε καν κάποιες υπόνοιες;»

«Κοίτα, αν το θέλεις πραγματικά, μπορείς να ερμηνεύσεις τα πράγματα όπως σε βολεύουν, αλλά δεν υπάρχουν περιγραφές...» χαμήλωσε τη φωνή της «...νεράιδων που να θυμίζουν εμένα».

«Και ο Σαίξπηρ; Το *Όνειρο Θερινής Νυκτός*;»

«Βασικά αυτή είναι η πλησιέστερη εκδοχή. Όμως τα πλάσματα αυτά έχουν φτερά και μοιάζουν πολύ μαγικά. Για να μην πω σκανταλιάρικα. Εγώ δεν είμαι έτσι... Είμαι;»

Ο Ντέιβιντ γέλασε. «Όχι, δεν είσαι». Σώπασε για λίγο. «Μπορεί τα παραμύθια να κάνουν λάθος».

«Όλα;»

«Πόσο αληθινοί είναι οι περισσότεροι θρύλοι;»

«Δεν ξέρω. Μου φαίνεται πως, αν ήταν αλήθεια, θα υπήρχαν *κάποια* ντοκουμέντα».

«Άρα, συνεχίζουμε το ψάξιμο. Τέλος πάντων, είσαι έτοιμη για απόψε;»

«Φυσικά».

«Τα λέμε στις οχτώ;»

«Θα είμαι έτοιμη».

Ο Ντέιβιντ εμφανίστηκε λίγες ώρες αργότερα κρατώντας ένα μεγάλο κουτί, που υποτίθεται ότι περιείχε τα «φτερά». Η Λόρελ άνοιξε την πόρτα φορώντας το γαλάζιο της φόρεμα με μια εσάρπα σφιχτά δεμένη γύρω από τους ώμους της.

«Ουάου!» αναφώνησε ο Ντέιβιντ. «Είσαι κούκλα».

Εκείνη χαμήλωσε το βλέμμα και σκέφτηκε πως θα ήταν καλύτερο να είχε διαλέξει κάτι που θα τραβούσε λιγότερο την προσοχή. Όλα τα βλέμματα θα ήταν στραμμένα πάνω της. Το φόρεμα ήταν ένα γυαλιστερό γαλάζιο σατέν με ασημένιες παγέτες, κομμένο στο λοξό του που έπεφτε με άψογο ντραπάρισμα τονίζοντας τις καμπύλες της. Μπροστά είχε ένα απαλό ντεκολτέ σε σχήμα καρδιάς και πίσω ήταν εξώπλατο. Ήταν γυμνή σχεδόν μέχρι τη μέση όπου η πλάτη είχε στρογγυλό τελείωμα και περισσότερες αστραφτερές ασημένιες παγέτες. Μια μίνι ουρά πρόσθετε την τελευταία πινελιά.

Ο Ντέιβιντ φορούσε μαύρο παντελόνι και λευκό φράκο με ουρά. Μια φαρδιά ζώνη από κόκκινο μετάξι ήταν δεμένη γύρω από τη μέση του. Είχε βρει μια γραβάτα για να δέσει στο λαιμό, ενώ λευκά γάντια ξεπρόβαλλαν από την τσέπη του στήθους. Επιπλέον, είχε βάλει ζελέ στα μαλλιά – η Τσέλσι θα ήταν πολύ περήφανη που έπιασε τόπο η γκρίνια της.

«Τι υποτίθεται πως έχεις ντυθεί;» ρώτησε η Λόρελ προσπαθώντας να μαντέψει.

Ο Ντέιβιντ κοκκίνισε. «Είσαι ο Πρίγκιπας του Παραμυθιού;»

Όταν η Λόρελ έσκασε στα γέλια, εκείνος ανασήκωσε τους ώμους θιγμένος. «Σκέφτηκα ότι θα μπορούσαμε να είμαστε κι οι δύο πλάσματα βγαλμένα από τα παραμύθια».

«Η μητέρα μου ξέρει ότι θα έρθεις», ψιθύρισε η Λόρελ οδηγώντας τον γρήγορα πάνω, «αλλά νομίζω πως είναι καλύτερα να προσπαθήσουμε να τελειώσουμε τις ετοιμασίες, προτού πάρει χαμπάρι ότι είσαι εδώ. Μπορεί να επιμένει, ας πούμε, να αφήσω την πόρτα ανοιχτή».

«Κανένα πρόβλημα».

Τον έμπασε κρυφά στο δωμάτιό της και, αφού έριξε μια προσεκτική ματιά στο διάδρομο, έκλεισε την πόρτα. Έλυσε τον κόμπο της λευκής εσάρπας της και άφησε το άνθος της να ξεδιπλωθεί ελεύθερο. Έσιαξε τα πέταλα για να έρθουν σε όρθια θέση. Φάνταζαν κάπως λειψά τις τελευταίες μέρες και δε στέκονταν τόσο ψηλά. Γύρισε όταν άκουσε τον Ντέιβιντ να βαριανασαίνει.

«Τι συμβαίνει;»

«Είναι τόσο όμορφα, ιδίως με αυτό το φόρεμα. Κάθε φορά που τα βλέπω, μαγεύομαι».

«Ναι, καλά», είπε σαρκαστικά η Λόρελ. «Είναι υπέροχα όταν δεν είναι δικά σου».

Ο Ντέιβιντ χρειάστηκε το πολύ δύο λεπτά για να δέσει τη γιρλάντα γύρω από τη βάση του λουλουδιού και πάνω από τους ώμους της. Εκείνη γύρισε για να κοιταχτεί στον καινούριο καθρέφτη που κρεμόταν πίσω από την πόρτα της και γέλασε. «Ντέιβιντ, είσαι ιδιοφυΐα. Είναι σαν να φοράω στολή».

Στάθηκε δίπλα της χαμογελώντας στα είδωλά τους. «Δεν τελείωσα ακόμη». Πλησίασε πάλι το κουτί. «Κάθισε», είπε δείχνοντας την καρέκλα. «Και κλείσε τα μάτια».

Εκείνη υπάκουσε αρχίζοντας να το απολαμβάνει. Τα χέρια του άγγιξαν το πρόσωπό της και μετά ένιωσε κάτι κρύο να απλώνεται στα βλέφαρα και στα μάγουλά της. «Τι κάνεις;»

«Κομμένες οι ερωτήσεις. Και κράτα τα μάτια κλειστά».

Άκουσε κάτι να κουνιέται κι έπειτα μια παγωμένη αχλή κάλυψε τα μαλλιά της μέχρι τις άκρες. «Μισό λεπτό», της είπε. Αμέσως μετά ένιωσε την ανάσα του που έκανε τα υγρά στίγματα στα βλέφαρά της ακόμη πιο παγωμένα, αλλά ζέσταινε το υπόλοιπο πρόσωπό της. «Εντάξει, είσαι έτοιμη», είπε ο Ντέιβιντ ένα λεπτό αργότερα.

Άνοιξε τα μάτια και σηκώθηκε για να κοιταχτεί στον καθρέφτη. Έμεινε έκπληκτη και γέλασε καθώς γυρνούσε το πρόσωπό της πότε από τη μία πλευρά και πότε από την άλλη, αφήνοντας το αμυδρό φως του ήλιου να αιχμαλωτίσει τη χρυσόσκονη στα ζυγωματικά και γύρω από τα μάτια της. Και τα μαλλιά της ήταν γεμάτα χρυσόσκονη που λαμπύριζε, ενώ έπεφταν σαν στολίδια στο φόρεμά της καθώς τα κουνούσε. Παραλίγο να μην αναγνωρίσει τον ίδιο της τον εαυτό με όλη αυτή τη χρυσόσκονη, τον ιριδισμό της μπογιάς στο πρόσωπό της και τη λάμψη στους ώμους της.

«Τώρα μοιάζεις με νεράιδα», σχολίασε ο Ντέιβιντ επιδοκιμαστικά.

Η Λόρελ αναστέναξε. «*Νιώθω* σαν νεράιδα. Ποτέ δε θα πίστευα πως θα έλεγα κάτι τέτοιο». Γύρισε προς το μέρος του. «Είσαι φοβερός».

«Μπα», είπε εκείνος, ενώ το χαμόγελό του έφτανε μέχρι τα αφτιά. «Το αποδείξαμε επιστημονικά – *εσύ είσαι* φοβερή». Τράβηξε πίσω τα γυαλιστερά μαλλιά του χαμογελώντας πονηρά. «Εγώ είμαι ένας κοινός θνητός».

Η Λόρελ χαμογέλασε και του έσφιξε το χέρι. «Μπορεί, αλλά είσαι σίγουρα ο καλύτερος».

«Μια που μιλάμε για κοινούς θνητούς», είπε ο Ντέιβιντ γνέφοντας προς την πόρτα, «μάλλον πρέπει να πάμε να σε δει η μητέρα σου. Η δική μου θα έρθει να μας πάρει με το αυτοκίνητο σε δέκα λεπτά περίπου».

Όλη η ένταση της βραδιάς επέστρεψε σαν ανεμοστρόβιλος. «Πιστεύεις πως θα το καταλάβει;» ρώτησε η Λόρελ.

«Δε θα πάρει χαμπάρι», απάντησε ο Ντέιβιντ. «Είμαι σίγουρος». Κράτησε τα χέρια της μέσα στα δικά του. «Έτοιμη;»

Δεν ήταν, αλλά κατένευσε σφιγμένη ούτως ή άλλως.

Ο Ντέιβιντ άνοιξε την πόρτα και μετά της πρόσφερε το μπράτσο του με μια μεγαλόπρεπη κίνηση. «Πάμε;»

Η Σάρα τούς πέτυχε τη στιγμή που κατέβαιναν τη σκάλα. «Ώστε εδώ είστε», είπε κραδαίνοντας τη φωτογραφική μηχανή της. «Φοβήθηκα πως θα μου το σκάγατε». Περιεργάστηκε τη Λόρελ με ένα χαμόγελο. «Είσαι πανέμορφη», σχολίασε. «Κι εσύ κούκλος», πρόσθεσε στον Ντέιβιντ.

«Πού είναι ο μπαμπάς;» ρώτησε η Λόρελ ρίχνοντας μια ματιά το σαλόνι.

«Έχει δουλειά μέχρι αργά απόψε, αλλά του υποσχέθηκα ένα σωρό φωτογραφίες. Οπότε χαμογελάστε!»

Έβγαλε γύρω στις πενήντα φωτογραφίες, προτού η μητέρα του Ντέιβιντ κορνάρει επιτέλους.

Η Λόρελ τράβηξε τον Ντέιβιντ ξοπίσω της, ενώ η Σάρα τούς ευχόταν καλή διασκέδαση. Η μητέρα του Ντέιβιντ τους καμάρωσε κι αυτή, αλλά είχε ήδη τραβήξει φωτογραφίες το γιο της, κι έτσι ξεμπέρδεψαν με μόνο πέντε ή έξι φωτογραφίες, όπου ήταν κι οι δύο μαζί.

Μέχρι να τελειώσουν, η Λόρελ είχε σχεδόν μετανιώσει. «Είναι πολύ χτυπητή η μεταμφίεσή μου», ψιθύρισε στον Ντέιβιντ στο πίσω κάθισμα του αυτοκινήτου της μητέρας του. «Θα μας καταλάβουν».

Εκείνος γέλασε. «Κανείς δεν πρόκειται να καταλάβει το παραμικρό», τη διαβεβαίωσε. «Σ' το υπόσχομαι».

«Εύχομαι να έχεις δίκιο, το καλό που σου θέλω», μουρμούρισε η Λόρελ καθώς έστριβαν στο πάρκινγκ του λυκείου.

«Ποπό!» αναφώνησε η Τσέλσι όταν μπήκαν στο στολισμένο κλειστό γυμναστήριο. «Ο Ντέιβιντ είπε ότι τα φτερά θα γίνονταν υπέροχα, αλλά πού να φανταστώ πως θα ήταν τόσο πετυχημένα». Έκανε έναν κύκλο γύρω από τη Λόρελ. «Ξέρεις, μοιάζει περισσότερο σαν να φοράς ένα λουλούδι παρά φτερά, δε συμφωνείς;»

«Είναι κάτι σαν λουλουδοφτερά, φαντάζομαι», απάντησε αγχωμένη η Λόρελ.

Όμως η Τσέλσι ανασήκωσε αδιάφορα τους ώμους. «Είναι υπέροχα. Ντέιβιντ, είσαι ιδιοφυΐα», είπε αγγίζοντας τον ώμο του.

Η Λόρελ έπνιξε ένα χαμόγελο. Ο Ντέιβιντ θα έπαιρνε τα εύσημα για το λουλούδι της απόψε, αλλά δεν την ενοχλούσε. Ειδικά όταν η άλλη της επιλογή ήταν να μάθουν όλοι ότι είχε φυτρώσει στην πλάτη της!

Η Τσέλσι μύρισε τον ώμο της και η Λόρελ πάγωσε. «Οχ», αναφώνησε η κοπέλα και οσμίστηκε την ατμόσφαιρα απροκάλυπτα. «Με τι τα ψέκασες, καλέ; Πληρώνω όσο όσο για το άρωμα που έβαλες».

Η Λόρελ τα έχασε για μια στιγμή. «Βασικά, είναι αυτό το παμπάλαιο άρωμα που έχω χρόνια και ζαμάνια. Ούτε καν θυμάμαι πώς λέγεται».

«Αν ποτέ το βαρεθείς, το θέλω. Μμμμμ!»

Η Λόρελ χαμογέλασε και κοίταξε με νόημα τον Ντέιβιντ γέρνοντας το κεφάλι προς την άλλη πλευρά του χώρου. Μακριά από τη μύτη της Τσέλσι.

«Πάμε να βάλουμε κάτι να πιούμε», πρότεινε εκείνος παίρνοντας τη Λόρελ από το χέρι. Ευτυχώς, ήρθε ο Ράιαν προς το μέρος τους, και η Τσέλσι απασχολήθηκε αρκετά ώστε να μην τους ακολουθήσει.

Η Λόρελ δεν τράβηξε το χέρι της. Ο Ντέιβιντ δεν της είχε πει ξεκάθαρα ότι ήταν ραντεβού, αλλά ούτε και ότι δεν ήταν. Εκείνη προτιμούσε να το θεωρεί ραντεβού. Παρά τη διστακτικότητά της να τον αποκαλεί φίλο της, δεν ήταν απόλυτα σίγουρη πως δεν ήταν κιόλας αυτό που ήθελε. Τι άλλο να ζητούσε από ένα αγόρι; Ήταν γλυκός και υπομονετικός, έξυπνος, ευχάριστος, ενώ δεν έκρυβε τη λατρεία που της είχε. Χαμογελούσε ακολουθώντας τον. Πιασμένοι έτσι χέρι χέρι θα έκαναν τις φήμες να οργιάζουν, αλλά δεν την ένοιαζε.

Καθώς προχωρούσε, όλοι έκαναν τόπο στα «φτερά» της. Παιδιά που δεν της είχαν ξαναμιλήσει ποτέ πριν την έψαχναν για να της πουν πόσο φανταστική ήταν η στολή της. Όπου κι αν έριχνε το βλέμμα, ο κόσμος την κοιτούσε. Όμως, απόψε δεν ένιωθε καθόλου άγχος. Ήξερε τι αντίκριζαν. Είχε θαυμάσει τον εαυτό της στον καθρέφτη προηγουμένως. Έδειχνε μαγική. Δεν υπήρχε άλλη λέξη για να την περιγράψει.

Μια αργή μπαλάντα άρχισε κατά τις έντεκα και μισή και ο Ντέιβιντ της ζήτησε τον πρώτο του χορό για τη βραδιά. Είχε αποτραβηχτεί διακριτικά φλυαρώντας με τους φίλους του και κοιτάζοντάς την το μεγαλύτερο μέρος της βραδιάς, καθώς πολλά άλλα αγόρια τής είχαν ζητήσει να χορέψουν.

«Λοιπόν, πες μου», είπε τραβώντας την κοντά του, «ήταν τόσο χάλια;»

Εκείνη του χαμογέλασε μπλέκοντας τα χέρια της γύρω από το λαιμό του. «Καθόλου. Όπως πάντα, είχες δίκιο».

«Φυσικά», συμφώνησε ο Ντέιβιντ χαμογελώντας. «Όμως, για τι πράγμα ακριβώς είχα δίκιο αυτή τη φορά;»

Το χαμόγελο δεν έσβησε, αλλά τα λόγια της ήταν πέρα για πέρα σοβαρά. «Όλοι με βλέπουν γι' αυτό που είμαι πραγματικά και κανείς δε φοβάται ούτε έχει φρικάρει. Κανείς δεν καλεί τρελαμένους επιστήμονες. Απλώς το βρίσκουν υπέροχο». Δίστασε και μετά πρόσθεσε: «*Εγώ* το βρίσκω φανταστικό».

«Είναι φανταστικό. Υπέροχο». Της χαμογέλασε. «*Εσύ είσαι* υπέροχη».

Το βλέμμα της Λόρελ χαμήλωσε στον ώμο του, αλλά μια γαργαλιστική ζεστασιά την πλημμύρισε.

«Λοιπόν, πώς νιώθεις να είσαι νεράιδα;»

«Όχι και τόσο χάλια. Βέβαια, δε θα ήθελα να είμαι έτσι κάθε μέρα».

«Όχι, αλλά αν μπορείς να συμβιβαστείς με την ιδέα, τότε ίσως αρχίσεις να σκέφτεσαι για το αν είναι αλήθεια».

Η Λόρελ τον κοίταξε έτοιμη να σκάσει στα γέλια. «Μάλλον εσύ *θέλεις* να είναι αλήθεια!»

«Τι πειράζει;»

«Γιατί;»

«Επειδή το να κάνω παρέα με ένα παραμυθένιο πλάσμα είναι το ανώτερο που μπορώ να φτάσω».

«Τι εννοείς; Αφού είσαι ο Πρίγκιπας του Παραμυθιού».

«Ναι, αλλά ξέρεις, όχι στ' αλήθεια. Όμως εσύ... Λόρελ, νομίζω πως είσαι στ' αλήθεια νεράιδα. Και είναι καταπληκτικό. Ποιος άλλος έχει μια νεράιδα για καλύτερή του φίλη; Κανείς!»

Η Λόρελ χαμογέλασε. «Αλήθεια είμαι η καλύτερή σου φίλη;»

Την κοίταξε με σοβαρό ύφος. «Προς το παρόν».

Τον πλησίασε κι άλλο κι ακούμπησε το κεφάλι στον ώμο του για το τελευταίο μισό του τραγουδιού. Όταν τελείωσε, τον τράβηξε ακόμη πιο κοντά της για να τον αγκαλιάσει. «Σ' ευχαριστώ», του ψιθύρισε στο αφτί.

Της χαμογέλασε και της πρόσφερε το μπράτσο του θεατρικά. «Πάμε;»

Την οδήγησε πίσω στο τραπέζι όπου κάθονταν οι περισσότεροι φίλοι τους, και η Λόρελ σωριάστηκε σε μια καρέκλα. «Οφείλω να ομολογήσω πως τα έχω φτύσει».

Ο Ντέιβιντ έσκυψε στο αφτί της. «Τι περιμένεις; Ο ήλιος έχει δύσει εδώ και ώρες. Όλες οι καλές νεράιδες είναι στο σπιτάκι τους κουκουλωμένες στα λουλουδοκρέβατά τους».

Η Λόρελ γέλασε και μετά τρόμαξε όταν κάποιος χτύπησε τον ώμο της. Ένα παιδί από μεγαλύτερη τάξη στεκόταν ακριβώς πίσω της. «Αυτό σου έφυγε όταν σταμάτησες το χορό. Σκέφτηκα πως θα το ήθελες». Της έδωσε ένα μακρύ, γαλανόλευκο πέταλο.

Η Λόρελ κοίταξε τον Ντέιβιντ με γουρλωμένα μάτια. Μερικά δευτερόλεπτα αργότερα εκείνος πήρε το πέταλο από τα χέρια του. «Ευχαριστούμε, φίλε».

«Τίποτα. Από τι το έφτιαξες; Όταν το αγγίζεις, είναι σαν πέταλο από αληθινό λουλούδι».

«Αυτά είναι τα μυστικά του επαγγέλματος», απάντησε ο Ντέιβιντ χαμογελώντας.

«Πάντως, είναι το κάτι άλλο».

«Ευχαριστώ».

Το παιδί επέστρεψε στη θέση του και ο Ντέιβιντ άφησε το πέταλο πάνω στο τραπέζι. Για ένα μυστήριο λόγο, η Λόρελ ένιωθε πολύ άβολα που μπορούσαν όλοι να το βλέπουν. Το ένιωθε σαν κάτι πολύ προσωπικό, λες και ο Ντέιβιντ είχε αφήσει ένα εσώρουχό της. «Έφυγε από μόνο του;» τη ρώτησε πλησιάζοντας και πάλι στο αφτί της. «Το ένιωσες;»

Εκείνη κούνησε αρνητικά το κεφάλι.

«Αποκλείεται να ξεριζώθηκε χωρίς να πάρεις είδηση, σωστά;»

Η Λόρελ θυμήθηκε τον αβάσταχτο πόνο που ένιωσε όταν επιχείρησε να ξεριζώσει ένα από τα πέταλά της πριν από μερικές εβδομάδες. «Σε καμία περίπτωση».

«Λόρελ», ψιθύρισε ο Ντέιβιντ τόσο σιγανά που μετά βίας τον άκουγε, «έτσι δεν είπε ο Ταμάνι ότι θα συμβεί;»

Εκείνη κατένευσε. «Δεν το πίστευα, μου ήταν αδύνατο. Ήταν πολύ καλό για να είναι αληθινό». Οι λέξεις ξεπήδησαν αυτόματα από τα χείλη της, αλλά το μυαλό της ήταν κολλημένο στην προφανή ερώτηση. *Αν είχε δίκιο γι' αυτό, τότε είχε δίκιο και για το ότι είμαι νεράιδα;*

Ο Ντέιβιντ κοίταξε πίσω της στο πάτωμα για μια στιγμή, μετά γονάτισε και ξανακάθισε κρατώντας ακόμη δύο πέταλα. Χαμογέλασε στην παρέα του: «Μάλλον το δημιούργημά μου καταρρέει».

«Δεν πειράζει», αποκρίθηκε η Τσέλσι. «Έτσι κι αλλιώς θα τελειώσει το πάρτι σε λίγα λεπτά». Χαμογέλασε στη Λόρελ. «Ήταν πανέμορφο για όσο κράτησε».

«Ντέιβιντ, δεν πάμε έξω να περιμένουμε τη μητέρα σου;» ρώτησε απελπισμένη η Λόρελ.

«Εννοείται. Πάμε».

Η Λόρελ μάζευε σαν μανιακή τα πέταλα σε όλη τη διαδρομή μέχρι την πόρτα, ενώ ο Ντέιβιντ την οδηγούσε μέσα από το πλήθος. Κάθε φορά που κάποιος τη σκουντούσε, της έφευγαν κι άλλα πέταλα. Μέχρι να φτάσουν στην μπροστινή είσοδο, ελάχιστα είχαν απομείνει στην πλάτη της, ενώ στα χέρια της κρατούσε ένα σωρό. «Τα μάζεψα όλα;» ρώτησε κοιτώντας γύρω της.

«Έτσι νομίζω».

Η κοπέλα αναστέναξε και έτριψε το πρόσωπό της. Μια βροχή από χρυσόσκονη ξεχύθηκε στο πάτωμα. «Φτου, ξεχάστηκα».

Ο Ντέιβιντ γέλασε και έριξε μια ματιά στο ρολόι του. «Είναι δώδεκα η ώρα. Λες να χάσεις και το γοβάκι σου;»

Η Λόρελ στριφογύρισε τις κόρες των ματιών της. «Δεν είναι *καθόλου* αστείο».

Εκείνος έχωσε τα χέρια στις τσέπες και χαμογέλασε.

«Πώς είναι;» ρώτησε η Λόρελ δείχνοντάς του την πλάτη της.

«Δε φαίνεται τίποτα με αυτή τη γιρλάντα».

«Ευτυχώς».

Έκανε παύση για κάμποση ώρα και μετά κοίταξε τα πέταλα στην αγκαλιά της. Ένιωθε να έχει στεγνώσει το λαρύγγι της καθώς σήκωσε το βλέμμα και κοίταξε τον Ντέιβιντ. «Είναι αλήθεια, έτσι;»

«Ποιο πράγμα;»

Πίεσε τον εαυτό της να ρωτήσει: «Είμαι πράγματι νεράιδα, σωστά;»

Ο Ντέιβιντ χαμογέλασε απλώς και έγνεψε καταφατικά.

Και για κάποιο λόγο, η Λόρελ ένιωσε καλύτερα. Χαχάνισε. «Ποπό!» αναφώνησε.

Όταν η μητέρα του έφτασε λίγα λεπτά αργότερα, χώθηκαν στο πίσω κάθισμα του αυτοκινήτου. «Οχ, διαλύθηκαν τα φτερά», είπε. «Πάλι καλά που πρόλαβα να βγάλω φωτογραφίες».

Η Λόρελ δεν έβγαλε μιλιά παρά γύρισε και μάζεψε δύο ακόμη πέταλα για να τα προσθέσει στη στοίβα.

Έστριψαν στο δρομάκι, και ο Ντέιβιντ βγήκε για να τη βοηθήσει μέχρι την πόρτα, έτσι που ήταν φορτωμένη. «Μόνο πέντε απέμειναν», είπε κοιτάζοντας την πλάτη της. «Και μάλλον θα τα χάσεις κι αυτά στον ύπνο».

«Χα! Αν δεν πέσουν μέχρι τότε».

Ο Ντέιβιντ έκανε μια παύση. «Ανακουφίστηκες;»

Η Λόρελ σκέφτηκε για λίγο. «Κάπως. Χαίρομαι που δε θα πρέπει να κρύβω τίποτα πια, εκτός ίσως από το σημείο όπου βρισκόταν κάποτε το εξόγκωμα. Πολύ χαίρομαι που θα φοράω και πάλι τα τιραντάκια μου. Αλλά...» δίστασε συμμαζεύοντας τις σκέψεις της. «Κάτι άλλαξε απόψε, Ντέιβιντ. Για μερικές ώρες μού άρεσε το λουλούδι. Μου άρεσε πραγματικά. Το ένιωθα ιδιαίτερο και μαγικό». Χαμογέλασε. «Σε σένα το οφείλω. Και... είμαι πολύ χαρούμενη».

«Μην ξεχνάς, του χρόνου θα το ξαναέχεις. Έτσι δεν είπε ο Ταμάνι;»

Το μέτωπό της ζάρωσε στο άκουσμα του ονόματός του.

«Θα μπορούσαμε να το καθιερώσουμε. Μία φορά το χρόνο θα μπορείς να είσαι νεράιδα μπροστά στα μάτια όλων».

Της άρεσε η ιδέα περισσότερο απ' όσο είχε φανταστεί στην

αρχή της βραδιάς. «Τα άλλα κορίτσια θα ζηλεύουν», τον προειδοποίησε. «Θα θέλουν όλες να τους φτιάξεις φτερά».

«Αναγκαστικά θα τους λέω πως τα φτερά είναι μόνο για τη Λόρελ. Και ούτε που θα φαντάζονται πόσο αλήθεια είναι».

«Δεν πιστεύεις πως θα το καταλάβει κάποιος;»

«Μπορεί. Όλο και κάποιος θα υπάρχει που πιστεύει κρυφά στα παραμύθια και στους θρύλους ή τουλάχιστον σε κάποια από αυτά. Αυτοί είναι οι άνθρωποι που βλέπουν πέρα από το προφανές και παρατηρούν πράγματα σε τούτο τον κόσμο που είναι αληθινά όμορφα. Όμως δε θα πουν κουβέντα, ακόμη κι αν το καταλάβουν. Γιατί όλοι εμείς οι υπόλοιποι που αντικρίζουμε τον κόσμο με τα μάτια της λογικής και της επιστήμης δε θα μπορούσαμε να διακρίνουμε την αλήθεια ακόμη κι αν ήταν αναρτημένη σε γιγαντοαφίσα. Είμαι τυχερός που χάρη σε σένα αυτή η ικανότητα μου ήρθε ουρανοκατέβατη – δε θα σε έβλεπα ποτέ όπως πραγματικά είσαι».

«Είμαι απλά εγώ, Ντέιβιντ».

«Αυτό είναι το καλύτερο».

Προτού προλάβει η Λόρελ να πει οτιδήποτε, εκείνος έσκυψε και της έδωσε ένα απαλό φιλί στο μέτωπο. Μετά έκανε μεταβολή, την καληνύχτισε μέσα από τα δόντια του και κατευθύνθηκε προς το αυτοκίνητο.

Κεφάλαιο 13

Η ΛΟΡΕΛ ΠΑΡΑΤΗΡΗΣΕ στον καθρέφτη τη γυμνή πλάτη της. Υπήρχε μια μικρή λευκή γραμμή στη μέση –σαν μια ξεχασμένη ουλή από το παρελθόν–, αλλά ούτε που φαινόταν.

Αναστέναξε περνώντας ένα μπλουζάκι με τιραντάκια από το κεφάλι της. Ένιωθε *πολύ* καλύτερα έτσι.

Η ιδέα ότι ήταν νεράιδα φάνταζε τόσο αληθινή την προηγούμενη νύχτα. Σήμερα έμοιαζε να απέχει έτη φωτός. Περιεργάστηκε τις γωνίες του προσώπου της περιμένοντας ότι έχουν αλλάξει.

«Είμαι νεράιδα», ψιθύρισε, αλλά δεν πήρε απάντηση από το είδωλό της.

Ένιωθε ηλίθια που το έλεγε. Δεν αισθανόταν καθόλου σαν νεράιδα, δεν ένιωθε καμία διαφορά σε σχέση με το πώς ήταν πριν. Αισθανόταν φυσιολογικότατη, αλλά, όπως και να είχε το πράγμα, τώρα ήξερε την αλήθεια. Και η λέξη «φυσιολογική» δε θα περιέγραφε ποτέ ξανά τη ζωή της.

Έπρεπε να μιλήσει στον Ταμάνι.

Κατέβηκε τη σκάλα στις μύτες των ποδιών και σήκωσε το ακουστικό πληκτρολογώντας το νούμερο του κινητού του Ντέιβιντ. Όταν της απάντησε με βραχνή φωνή, τότε μόνο συνειδητοποίησε τι ώρα ήταν. «Τι συμβαίνει;»

Δεν είχε νόημα να το κλείσει, τον είχε ήδη ξυπνήσει. «Γεια. Συγγνώμη. Δε σκέφτηκα πόσο νωρίς είναι».

«Τι στο καλό *κάνεις* ξύπνια από τις έξι τα ξημερώματα;» ρώτησε νυσταγμένος.

«Χμ, έχει ανατείλει ο ήλιος».

Ο Ντέιβιντ κάγχασε. «Φυσικά».

Η Λόρελ κοίταξε πάνω στο υπνοδωμάτιο των γονιών της και διαπίστωσε ότι η πόρτα ήταν μισάνοιχτη. Έστριψε αθόρυβα στη γωνία για να χωθεί στην αποθηκούλα με τις προμήθειες. «Μπορείς να με καλύψεις σήμερα;» ρώτησε ψιθυρίζοντας.

«Να σε καλύψω;»

«Μπορώ να πω στους γονείς μου ότι θα είμαι στο σπίτι σου;»

Ο Ντέιβιντ ακούστηκε σαν να ξύπνησε. «Και πού θα πας στην πραγματικότητα;»

«Πρέπει να δω τον Ταμάνι, Ντέιβιντ, ή, τουλάχιστον, να προσπαθήσω».

«Θα πας στο οικόπεδο; Πώς θα φτάσεις μέχρι εκεί;»

«Με το λεωφορείο. Νομίζω ότι κάποιο περνά από τον αυτοκινητόδρομο 101 τις Κυριακές, συμφωνείς;»

«Έτσι φτάνεις στο Όρικ, αλλά πόσο μακριά είναι το παλιό σου σπίτι;»

«Μπορώ να πάρω και το ποδήλατό μου στο λεωφορείο. Το Όρικ απέχει κάνα δυο χιλιόμετρα από το σταθμό των λεωφορείων. Ούτε δέκα λεπτά δε θα κάνω».

Ο Ντέιβιντ αναστέναξε. «Μακάρι να είχα το δίπλωμα οδήγησης».

Η Λόρελ γέλασε. Τον άκουγε να γκρινιάζει αρκετά συχνά γι' αυτό το θέμα. «Δύο εβδομάδες ακόμη, Ντέιβιντ. Κάνε υπομονή».

«Δεν το λέω γι' αυτό. Πολύ θα ήθελα να έρθω μαζί σου».

«Δε γίνεται. Αν καταλάβει πως είσαι κι εσύ εκεί, μπορεί να μην εμφανιστεί καν. Δε χάρηκε και πολύ που σου μίλησα για το άνθος, έτσι κι αλλιώς».

«Του το είπες;»

Η Λόρελ τύλιξε το καλώδιο του τηλεφώνου γύρω από τον καρπό της. «Ρώτησε αν το έχω πει σε κανέναν και η απάντηση μου βγήκε αυθόρμητα. Είναι λίγο διαφορετικός, πειστικός. Σαν να μην μπορείς να του πεις ψέματα».

«Δε μου αρέσει, Λόρελ. Μπορεί να είναι επικίνδυνος».

«Εσύ έλεγες όλη την εβδομάδα ότι έχει δίκιο. Λέει πως είναι σαν κι εμένα. Αν είπε την αλήθεια για όλα τα άλλα, γιατί να πει ψέματα γι' αυτό;»

«Και ο Μπαρνς; Αν είναι εκεί;»

«Δεν έχουν υπογραφεί τα συμβόλαια. Είμαστε ακόμη οι ιδιοκτήτες».

«Είσαι σίγουρη;»

«Ναι, αμέ. Το ανέφερε χθες η μητέρα μου».

Ο Ντέιβιντ αναστέναξε και έπειτα σώπασε.

«Σε παρακαλώ! Πρέπει να πάω. *Πρέπει* να μάθω κι άλλα».

«Σύμφωνοι. Υπό έναν όρο. Όταν γυρίσεις, θα μου πεις τι έγινε».

«Όσα μπορώ».

«Τι σημαίνει αυτό;»

«Δεν ξέρω τι θα μου πει. Κι αν μου αποκαλύψει ένα μεγάλο νεραϊδομυστικό που δεν πρέπει να το μαρτυρήσω σε κανέναν;»

«Εντάξει, όλα εκτός από το μεγάλο μυστικό του κόσμου, αν υπάρχει. Σύμφωνοι;»

«Σύμφωνοι».

«Λόρελ;»

«Ναι;»

«Να προσέχεις. Να προσέχεις πάρα πολύ».

Αφού έδεσε με την αλυσίδα το ποδήλατό της σε ένα μικρό δέντρο, η Λόρελ κρέμασε το σακίδιό της στον έναν ώμο. Προσπέρασε το έρημο σπίτι, αλλά μετά φάνηκε να διστάζει φτάνοντας στις παρυφές του άλσους όπου κάμποσα μονοπάτια ξεδιπλώνονταν φιδογυριστά ανάμεσα στους πυκνούς θάμνους και στα δέντρα. Αποφάσισε να ακολουθήσει το μονοπάτι για να φτάσει στο σημείο όπου ο Ταμάνι τη συνάντησε την προηγούμενη φορά. Της φαινόταν το καλύτερο δυνατό σχέδιο.

Όταν έφτασε στο μεγάλο βράχο δίπλα στο ρυάκι, κοίταξε ολόγυρα. Το να κάθεται στις όχθες του την έκανε να νιώθει ήρεμη και ευτυχισμένη. Για μια στιγμή σκέφτηκε να μείνει εκεί για μια ωρίτσα και μετά να γυρίσει στο σπίτι της χωρίς να του μιλήσει καθόλου. Ήταν τόσο ψυχοφθόρο να συζητά με τον Ταμάνι.

Πίεσε τον εαυτό της να μη δειλιάσει, πήρε βαθιά ανάσα και φώναξε το όνομά του. Δεν αντιλάλησαν τα βράχια. Τα λόγια της ήταν λες και τα απορρόφησαν τα δέντρα κάνοντάς τη να νιώθει πολύ μικρή. «Ταμάνι;» ξαναφώναξε λίγο πιο χαμηλόφωνα αυτή τη φορά. «Είσαι ακόμη εδώ; Θέλω να μιλήσουμε». Έκανε μια στροφή γύρω από τον εαυτό της προσπαθώντας να κοιτάζει παντού ταυτόχρονα. «Ταμ...»

«Επ!» Η φωνή την καλωσόριζε, αλλά ήταν κάπως διστακτική.

Η Λόρελ γύρισε και σχεδόν έπεσε πάνω στο στήθος του.

Έκλεισε το στόμα με τις παλάμες της για να πνίξει μια κραυγή. Ήταν ο Ταμάνι, αλλά έμοιαζε διαφορετικός. Τα μπράτσα του ήταν γυμνά, αλλά οι ώμοι και το στήθος του ήταν καλυμμένα από κάτι που έμοιαζε με πανοπλία φτιαγμένη από φλοιό δέντρων και φύλλα. Ένα μακρύ δόρυ πρόβαλλε πάνω από τον ώμο του, με την πέτρινη αιχμή του ακονισμένη για να κόβει σαν ξυράφι. Ήταν το ίδιο εντυπωσιακός με την προηγούμενη φορά, αλλά τον περιέβαλλε μια αύρα απειλητική σαν πυκνή ομίχλη.

Ο Ταμάνι την κοίταξε για πολλή ώρα. Όσο κι αν προσπαθούσε, η Λόρελ δεν μπορούσε να πάρει τα μάτια της από πάνω του. Ένα στραβό χαμόγελο ήταν σχηματισμένο στην άκρη των χειλιών του. Έβγαλε την αλλόκοτη πανοπλία πάνω από το κεφάλι του πετώντας την παράμερα με το τρομερό του ύφος. «Συγγνώμη για την αμφίεση», είπε κρύβοντας την πανοπλία πίσω από ένα δέντρο. «Είμαστε σε μεγάλη επιφυλακή σήμερα». Όρθωσε το ανάστημά του και χαμογέλασε διστακτικά. «Χαίρομαι που γύρισες. Δεν ήμουν και τόσο σίγουρος ότι θα το έκανες». Σήμερα τα ρούχα του είχαν σκούρο κυπαρισσί χρώμα. Φορούσε κολλητό πουκάμισο με μανίκια τριών τετάρτων και παντελόνι στο ίδιο στιλ με την προηγούμενη φορά. «Και ήρθες μόνη». Δεν ήταν ερώτηση.

«Πώς το ξέρεις;»

Ο Ταμάνι γέλασε και τα μάτια του έλαμψαν. «Τι σόι φρουρός θα ήμουν, αν δεν ήξερα πόσοι άνθρωποι εισβάλλουν στην πρασιά μου;»

«Φρουρός;»

«Ακριβώς». Την οδηγούσε στο μονοπάτι που έβγαζε στο ξέφωτο όπου είχαν μιλήσει την προηγούμενη φορά.

«Και τι φρουρείς;» ρώτησε.

Γύρισε με ένα χαμόγελο και άγγιξε την άκρη της μύτης της. «Κάτι πολύ πολύ ξεχωριστό».

Η Λόρελ έχασε για μια στιγμή την ανάσα της. «Ήρθα να... χμ... να ζητήσω συγγνώμη», ψέλλισε.

«Για τι πράγμα;» ρώτησε ο Ταμάνι χωρίς να επιβραδύνει το βήμα του.

Με δουλεύει ή πραγματικά δεν τον πείραξε καθόλου η συμπεριφορά μου; «Υπερέβαλα την προηγούμενη φορά», είπε περπατώντας πλάι του. «Είχα ήδη φρικάρει με όλα αυτά που μου συνέβαιναν. Όσα μου είπες ήταν η σταγόνα που ξεχείλισε το ποτήρι. Όμως, δεν έπρεπε να ξεσπάσω πάνω σου. Γι' αυτό σου ζητώ συγγνώμη».

Προχώρησαν λίγο ακόμη. «Και...» την ενθάρρυνε ο Ταμάνι.

«Και τι;» ρώτησε η Λόρελ κι ένιωσε ένα σφίξιμο στο στήθος καθώς την κοίταζαν επίμονα τα καταπράσινα μάτια του.

«Και όλα όσα είπα ήταν αλήθεια και τώρα ήρθες για να μάθεις κι άλλα». Σταμάτησε απότομα. «Αυτός *είναι* ο λόγος που είσαι εδώ, σωστά;» Ακούμπησε σε ένα δέντρο και την κοίταξε παιχνιδιάρικα.

Κατένευσε ανήμπορη να αρθρώσει λέξη. Ποτέ της δεν είχε ξανανιώσει τόσο άβολα. Γιατί μπροστά του κατάπινε τη γλώσσα της; Δεν μπορούσε να μιλήσει ούτε να σκεφτεί όταν βρισκόταν κοντά του. Εκείνος, από την πλευρά του, φαινόταν απόλυτα άνετος μαζί της.

Ο Ταμάνι σωριάστηκε με χάρη στο χώμα και η Λόρελ συνειδητοποίησε πως είχαν φτάσει στο ξέφωτο. Της έδειξε ένα σημείο λίγο παραπέρα. «Κάθισε». Χαμογέλασε στραβά και χτύπησε το έδαφος δίπλα του. «Εννοείται ότι μπορείς να καθίσεις δίπλα μου, αν προτιμάς».

Η Λόρελ καθάρισε το λαρύγγι της και κάθισε απέναντί του.

«Δεν είμαι ακόμη τόσο τυχερός, ε;» Έπλεξε τα δάχτυλα πίσω από το κεφάλι του. «Έχουμε χρόνο. Λοιπόν», είπε όταν βολεύτηκε κι εκείνη, «μαράθηκαν τα πέταλά σου».

Η Λόρελ κατένευσε. «Χθες το βράδυ».

«Ανακουφίστηκες;»

«Αρκετά».

«Κι ήρθες για να πάρεις κι άλλες πληροφορίες, σωστά;»

Η Λόρελ ντρεπόταν που ήταν τόσο προβλέψιμη, όμως ο Ταμάνι είχε δίκιο και εκείνη δεν είχε άλλη επιλογή από το να το παραδεχτεί.

«Δε νομίζω πως έχω να σου πω και πολλά. Επέζησες δώδεκα χρόνια μόνη σου. Δε με χρειάζεσαι για να σε προειδοποιήσω να μην τρως αλάτι».

«Έκανα κάποια έρευνα», είπε η Λόρελ.

Ο Ταμάνι χασκογέλασε. «Καλό κι αυτό».

«Ποιο;»

«Απλώς οι άνθρωποι δεν τα γράφουν σωστά».

«Το παρατήρησα». Μεσολάβησε μια στιγμή δισταγμού. «Μη μου πεις πως έχεις κι εσύ κρυμμένα φτερά κάτω από το πουκάμισό σου», του είπε.

«Θέλεις να δεις;» Το χέρι του ψαχούλεψε στο κάτω μέρος του ρούχου του.

«Εντάξει, σε πιστεύω», βιάστηκε να πει η κοπέλα.

Ο Ταμάνι σοβάρεψε τώρα. «Δεν υπάρχουν φτερά, Λόρελ. Σε κανέναν. Κάποια άνθη θυμίζουν φτερά, όπως κάποια λουλούδια θυμίζουν πεταλούδες. Το άνθος σου όντως μοιάζει με φτερά, αλλά είναι απλά λουλούδια, όπως ανακάλυψες».

«Γιατί είναι τόσο λάθος τα παραμύθια;»

«Υποθέτω πως οι άνθρωποι είναι πολύ καλοί στο να παρερμηνεύουν αυτά που βλέπουν».

«Ποτέ μου δεν έχω διαβάσει *κάτι* για νεράιδες που είναι φυτά. Και πίστεψέ με, το έψαξα».

«Στους ανθρώπους αρέσει να διηγούνται ιστορίες για άλλους ανθρώπους αλλά με φτερά, οπλές ή μαγικά ραβδιά. Όχι για φυτά. Όχι για κάτι που δεν είναι και δε θα εύχονταν ποτέ να γίνουν». Ανασήκωσε τους ώμους. «Και οι άνθρωποι μοιάζουν πολύ με μας, υποθέτω πως είναι ένα λογικό συμπέρασμα».

«Κι όμως. Είναι *εντελώς* λάθος. Εγώ δεν έχω φτερά. Και σίγουρα δεν έχω μαγικές δυνάμεις».

«Δεν έχεις;» ρώτησε ο Ταμάνι χαμογελώντας πονηρά.

Η Λόρελ άνοιξε διάπλατα τα μάτια. «Έχω;»

«Φυσικά».

«Αλήθεια;»

Ο Ταμάνι γέλασε διακρίνοντας τον ενθουσιασμό της.

«Άρα, η μαγεία υπάρχει; Η πραγματική μαγεία; Δεν έχουν όλα επιστημονική εξήγηση, όπως λέει ο Ντέιβιντ;»

Ο Ταμάνι στριφογύρισε τις κόρες των ματιών του. «Πάλι αυτός ο Ντέιβιντ;»

Η Λόρελ θύμωσε. «Είναι ο φίλος μου. Ο καλύτερός μου φίλος».

«Όχι το αγόρι σου;»

«Όχι. Θέλω να πω... όχι».

Εκείνος την κοίταξε επίμονα για κάμποσα δευτερόλεπτα. «Άρα, το πεδίο είναι ελεύθερο;»

Ήρθε η σειρά της να στριφογυρίσει τις κόρες των ματιών της. «Αποκλείεται να κάνουμε αυτή την κουβέντα».

Την κοίταξε και πάλι έντονα για μερικά δευτερόλεπτα, αλλά εκείνη απέστρεψε το βλέμμα πεισματικά. Την κοίταζε τόσο κτητικά, λες και ήταν μια ερωμένη που είχε ήδη κατακτήσει και απλώς περίμενε να το συνειδητοποιήσει μόνη της.

«Πες μου για τη μαγεία», είπε η Λόρελ αλλάζοντας θέμα. «Μπορείς να πετάξεις;»

«Όχι. Όπως τα φτερά έτσι κι αυτό είναι λαϊκή δοξασία».

«Τι μπορείς να κάνεις;»

«Δεν έχεις περιέργεια να μάθεις τι μπορείς να κάνεις *εσύ*;»

«Μπορώ να κάνω μαγικά;»

«Εννοείται. Μπορείς να κάνεις πολύ δυνατά μάγια. Είσαι μια νεράιδα του φθινοπώρου».

«Τι σημαίνει αυτό;»

«Υπάρχουν τεσσάρων ειδών νεράιδες: της άνοιξης, του καλοκαιριού...»

«Του φθινοπώρου και του χειμώνα;»

«Μάλιστα».

«Κι εγώ γιατί είμαι νεράιδα του φθινοπώρου;»

«Επειδή γεννήθηκες αυτή την εποχή. Γι' αυτό, το άνθος σου ανθίζει το φθινόπωρο».

«Δε μου ακούγεται και πολύ μαγικό αυτό», σχολίασε η Λόρελ λίγο απογοητευμένη. «Ίσα ίσα πολύ επιστημονικό μού ακούγεται».

«Κι όμως. Δεν είναι όλα τα πράγματα στη ζωή μας μαγικά. Η αλήθεια είναι πως οι νεράιδες είναι αρκετά φυσιολογικές σε γενικές γραμμές».

«Και τότε πού είναι η μαγεία;»

«Λοιπόν, κάθε τύπος νεράιδας έχει τις δικές του μαγικές ιδιότητες». Η όψη του πήρε μια έκφραση σεβαστική. «Οι νεράιδες του χειμώνα είναι οι πιο ισχυρές και οι πιο σπάνιες. Μόνο δύο ή τρεις γεννιούνται σε μια ολόκληρη γενιά, μπορεί και λιγότερες πολλές φορές. Μας κυβερνούν πάντα. Εξουσιάζουν τα φυτά. Όλα τα φυτά. Μια ώριμη βελανιδιά θα δίπλωνε στα δύο έτσι και της το ζητούσε μια νεράιδα του χειμώνα».

«Μου φαίνεται ότι είναι ικανές να κάνουν σχεδόν τα πάντα».

«Μερικές φορές κι εγώ το νομίζω. Όμως, οι νεράιδες του χειμώνα συνήθως κρατούν τις ικανότητές τους –και τους περιορισμούς τους– για τους εαυτούς τους μεταδίδοντάς τες στις επόμενες γενιές. Ορισμένοι λένε πως το μεγαλύτερο χάρισμα που έχουν είναι η ικανότητά τους να κρατούν μυστικά».

«Και οι νεράιδες του φθινοπώρου τι κάνουν;» ρώτησε ανυπόμονη η Λόρελ.

«Είναι οι αμέσως πιο δυνατές και σαν τις νεράιδες του χειμώνα σπανίζουν. Αυτές παρασκευάζουν πράγματα».

«Τι είδους πράγματα;»

«Πράγματα από άλλα φυτά. Ελιξίρια, φίλτρα, καταπλάσματα. Τέτοια πράγματα».

Δεν της φάνηκε και πολύ μαγικό. «Δηλαδή είμαι κάτι σαν μάγισσα; Ανακατεύω ματζούνια;»

Ο Ταμάνι κούνησε το κεφάλι του αρνητικά. «Δεν καταλαβαίνεις. Το θέμα δεν είναι να ανακατέψεις διάφορα πράγματα μαζί. Αυτό θα το έκανε ο καθένας. Οι νεράιδες του φθινοπώρου διαθέτουν μια μαγική αίσθηση για τα φυτά και μπορούν να τα χρησιμοποιούν για το καλό του βασιλείου. Όλα τα βιβλία του κόσμου να μου δώσεις που έχουν γραφτεί για τα τονωτικά, εγώ δεν μπορώ να σου φτιάξω ούτε ένα μείγμα κατά της μούχλας. Είναι μια μορφή μαγείας, ακόμη κι αν ακούγεται λογικό».

«Δεν *ακούγεται* καθόλου μαγικό, πάντως».

«Μα είναι. Οι νεράιδες του φθινοπώρου ειδικεύονται σε διαφορετικά πράγματα. Φτιάχνουν φίλτρα και ελιξίρια κάθε λογής. Για παράδειγμα, δημιουργούν μια ομίχλη για να μπερδέψει τους εισβολείς ή παρασκευάζουν μια τοξίνη που τους ναρκώνει. Έχουν ζωτική σημασία για την επιβίωση του νεραϊδόκοσμου. Είναι πολύ, μα πάρα πολύ σημαντικές».

«Αυτό μάλλον είναι συγκλονιστικό». Όμως, η Λόρελ δεν είχε πειστεί εντελώς. Της ακουγόταν σαν χημεία και, αν η απόδοσή της στη βιολογία αποτελούσε κριτήριο, τότε δε θα ήταν και πολύ καλή σ' αυτό.

«Και οι νεράιδες του καλοκαιριού τι κάνουν;»

Ο Ταμάνι χαμογέλασε. «Αυτές είναι φανταχτερές», είπε και ξανάρχισε να γίνεται λαλίστατος. «Σαν τα καλοκαιρινά λουλούδια. Δημιουργούν ψευδαισθήσεις και τα πιο εντυπωσιακά πυροτεχνήματα. Αυτά που συνήθως οι άνθρωποι θεωρούν μαγικά».

Η Λόρελ σκέφτηκε άθελά της πως το να είσαι μια νεράιδα του καλοκαιριού ακουγόταν πολύ πιο διασκεδαστικό από το να είσαι μια νεράιδα του φθινοπώρου. «Εσύ είσαι νεράιδος του καλοκαιριού;»

«Όχι», είπε διστακτικά ο Ταμάνι. «Εγώ είμαι ένας ταπεινός νεράιδος της άνοιξης».

«Γιατί "ταπεινός";»

«Γιατί έχουμε τη μικρότερη δύναμη. Γι' αυτό είμαι φρουρός. Χειρωνακτική εργασία. Δε χρειάζεσαι και πολλές μαγικές ικανότητες γι' αυτό».

«Τι μπορείς να κάνεις;»

Ο Ταμάνι έστρεψε αλλού το βλέμμα. «Για να σου πω, πρέπει να μου υποσχεθείς πως δε θα θυμώσεις».

«Γιατί να θυμώσω;»

«Γιατί σου το έκανα την τελευταία φορά που ήσουν εδώ».

Κεφάλαιο 14

«Τι ΕΚΑΝΕΣ ΔΗΛΑΔΗ;» ρώτησε η Λόρελ υψώνοντας τη φωνή της.

«Πρέπει να μου υποσχεθείς πως δε θα θυμώσεις».

«Μου έκανες μάγια και τώρα περιμένεις να σου χαμογελάσω και να σου πω ότι δεν πειράζει; Ε, λοιπόν, πειράζει!»

«Κοίτα, δεν έπιασε κιόλας, ποτέ δεν πιάνει στις άλλες νεράιδες».

Η Λόρελ σταύρωσε τα μπράτσα της. «Λέγε».

Ο Ταμάνι ακούμπησε πίσω στο δέντρο του. «Σε ξελόγιασα».

«Με ξελόγιασες;»

«Σε έκανα να με ακολουθήσεις μέχρι εδώ».

«Και για ποιο λόγο το έκανες αυτό;»

«Έπρεπε να με ακούσεις αρκετή ώρα για να μάθεις την αλήθεια».

«Και λοιπόν; Μου έριξες νεραϊδόσκονη στα μάτια;»

«Όχι βέβαια, αυτά είναι γελοιότητες», απάντησε ο Ταμάνι. «Σου είπα, η πραγματική νεραϊδομαγεία δεν είναι καθόλου αυτό που έχεις στο μυαλό σου. Δεν υπάρχει καμιά μαγική σκόνη που να σε κάνει να πετάς ούτε μαγικά ραβδάκια που κραδαίνεις ούτε σύννεφα καπνού. Είναι απλώς κάποια πράγματα που μπορούμε να κάνουμε και μας βοηθούν να εκπληρώσουμε την αποστολή μας στη ζωή».

«Και πώς το *ξελόγιασμα* σε βοηθά να είσαι φρουρός;» Η φωνή της Λόρελ έσταζε σαρκασμό, αλλά ο Ταμάνι συνέχισε να εξηγεί σαν να μην το είχε προσέξει.

«Σκέψου. Μπορώ να κυνηγήσω έναν εισβολέα με το δόρυ μου, αλλά ποιο το όφελος; Θα το βάλει στα πόδια, θα πει στους φίλους του τι συνέβη και θα γυρίσουν να μας ψάξουν». Ο Ταμάνι άπλωσε τα χέρια μπροστά του. «Αντί γι' αυτό, τον διώχνω μακριά ξελογιάζοντάς τον, του δίνω ένα ελιξίριο μνήμης και τον ξαποστέλνω. Έχεις ακούσει ποτέ για το φαινόμενο του φωσφορισμού των βάλτων;»

«Εννοείται».

«Εμείς είμαστε. Αφού οι άνθρωποι πιουν το ελιξίριο, το μόνο που θυμούνται από το περιστατικό είναι ότι ακολούθησαν ένα φως. Είναι πιο φιλήσυχη αυτή η μέθοδος. Δε θρηνούμε θύματα».

«Μα εγώ σε θυμόμουν».

«Αφού δε σου έδωσα ελιξίριο, σωστά;»

«Ναι, αλλά μου έκανες μάγια». Η Λόρελ αρνιόταν να το βάλει κάτω έτσι εύκολα.

«Αναγκάστηκα. Θα με ακολουθούσες, αν δε σου έκανα μάγια;»

Η Λόρελ κούνησε αρνητικά το κεφάλι, αλλά μέσα της ήξερε πως δεν ίσχυε και τόσο. Μπορεί και να ακολουθούσε τον Ταμάνι οπουδήποτε.

«Εξάλλου, δεν πιάνουν πολύ καλά τα μάγια σε άλλες νεράιδες. Άσε που δεν πιάνουν καθόλου, αν ξέρουν τι να περιμένουν. Τα έλυσες πολύ εύκολα όταν το σκέφτηκες». Το στραβό γελάκι του επανήλθε.

«Και σήμερα;» ζήτησε να μάθει η Λόρελ προτού την υπνωτίσει το χαμόγελό του.

«Φοβάσαι μήπως σου ξανάκανα μάγια;» ρώτησε ο Ταμάνι χαμογελώντας πονηρά.

«Περίπου».

«Μπα, όλη αυτή η μαγεία και η σαγήνη έρχονται φυσικά». Τώρα το χαμόγελό του απέπνεε αυτοπεποίθηση. Αλαζονεία.

«Υποσχέσου μου πως δε θα μου ξανακάνεις μάγια».

«Αυτό είναι εύκολο. Τώρα που το ξέρεις, δεν πρόκειται να πιάσουν ακόμη κι αν δοκιμάσω. Και δε θα δοκιμάσω», πρόσθεσε ο Ταμάνι. «Προτιμώ να σε μαγέψω *χωρίς* τα μαγικά μου».

Η Λόρελ έκρυψε το χαμόγελό της και έγειρε πίσω περιμένοντας να καταλαγιάσει αυτό το αίσθημα ζεστασιάς που την περιέβαλλε.

Μάταια.

Συνοφρυώθηκε. «Κόφ' το. Μου το υποσχέθηκες».

Τα μάτια του Ταμάνι άνοιξαν διάπλατα από απορία. «Τι να κόψω;»

«Αυτό το ξελόγιασμα. Ακόμη το κάνεις».

Η μπερδεμένη έκφρασή του μετουσιώθηκε σε ζεστό χαμόγελο. Η ικανοποίηση ζωγραφίστηκε στο πρόσωπό του. «Δε φταίω εγώ».

Η Λόρελ τον κοίταξε αγριεμένη.

«Είναι η μαγεία του βασιλείου. Τρυπώνει μέσα σου από το νεραϊδόκοσμο. Βοηθά εμάς τους φρουρούς να νιώθουμε σαν στο σπίτι μας όταν δεν μπορούμε να είμαστε». Το χαμόγελό του ήταν ήρεμο και γαλήνιο, ενώ μια σπίθα ικανοποίησης έλαμπε στα μάτια του. «Την ένιωσες και πριν, το ξέρω. Γι' αυτό είσαι τόσο δεμένη με αυτό το κομμάτι γης. Όμως, τώρα που ξέρεις ποια είσαι και έχεις ανθίσει για πρώτη φορά, η μαγεία θα είναι ακόμη πιο έντονη». Έγειρε μπροστά σε απόσταση αναπνοής από εκείνη. Της κόπηκε η ανάσα καθώς το πλησίασμά του την έκανε να μουδιάσει ολόκληρη. «Είναι το βασίλειο που σε καλεί στο σπίτι».

Η Λόρελ πιέστηκε για να τραβήξει το βλέμμα της από τα απύθμενα βάθη των ματιών του και συγκεντρώθηκε στα αισθήματά της. Παρατήρησε τα φυλλώματα γύρω της και το αίσθημα αυτό ενισχύθηκε. Η ευχάριστη αίσθηση έμοιαζε να πηγάζει από τα δέντρα και να την αποπνέει ο αέρας. «Είναι αλήθεια μαγεία όλο αυτό;» ρώτησε ξέπνοη γνωρίζοντας πως δε θα μπορούσε να είναι τίποτ' άλλο.

«Φυσικά».

«Δεν είσαι εσύ που το προκαλείς;»

Ο Ταμάνι γέλασε απαλά, όχι κοροϊδευτικά. «Είναι πολύ μεγαλύτερη μαγεία από αυτή που θα επιχειρούσε ένας ταπεινός νεράιδος της άνοιξης».

Τα βλέμματά τους συναντήθηκαν, τα έντονα καταπράσινα μάτια του βυθίστηκαν στα δικά της. Έμοιαζε με άνθρωπο σε μεγάλο βαθμό, αλλά είχε κάτι, κάτι απροσδιόριστο που υποδήλωνε πως ήταν κάτι πολύ περισσότερο από όσο έδειχνε. «Είναι οι περισσότεροι νεράιδοι σαν κι εσένα;» ρώτησε ήρεμα η Λόρελ.

Ο Ταμάνι ανοιγόκλεισε τα μάτια, κι έτσι κατάφερε κι εκείνη να αποστρέψει το βλέμμα της. «Εξαρτάται από το πώς το εννοείς», απάντησε. «Αν αναφέρεσαι στη γοητεία και στην ευφυΐα μου, όχι. Είμαι το ίδιο χαρισματικός με τους υπόλοιπους. Αν πάλι εννοείς το παρουσιαστικό μου...» Έκανε μια παύση, χαμήλωσε το βλέμμα και έλεγξε τον εαυτό του. «Νομίζω ότι είμαι κανονικός. Τίποτα το ιδιαίτερο».

Η Λόρελ θα διαφωνούσε μαζί του. Είχε αυτό το πρόσωπο που ακόμη και οι κινηματογραφικοί αστέρες αποκτούσαν μόνο μετά το ρετουσάρισμα. Αν όμως της έλεγε την αλήθεια, μπορεί όλοι οι νεράιδοι να ήταν σαν κι αυτόν.

Ξαφνιασμένη αναρωτήθηκε αν έδινε αυτή την εντύπωση στους συμμαθητές της. Το πρόσωπό της φαινόταν φυσιολογικό τουλάχιστον στην ίδια, αλλά πάλι εκείνη το έβλεπε στον καθρέφτη κάθε μέρα για μια ολόκληρη ζωή.

Αναρωτήθηκε για λίγο αν αυτό που αντίκριζε όταν κοίταζε τον Ταμάνι ήταν το ίδιο με εκείνο που έβλεπε κι ο Ντέιβιντ.

Η σκέψη αυτή την έκανε να αισθανθεί λίγο άβολα. Ξερόβηξε και βάλθηκε να ψάχνει μέσα στο σακίδιό της για να καλύψει την αμηχανία της. Έβγαλε ένα αναψυκτικό. «Θέλεις;» τον ρώτησε αφηρημένη καθώς άνοιξε το καπάκι.

«Τι είναι αυτό;»

«Sprite».

Ο Ταμάνι γέλασε. «Sprite; Πλάκα κάνεις».

Η Λόρελ στριφογύρισε τις κόρες των ματιών της ανυπόμονα. «Θέλεις ή δε θέλεις;»

«Ναι, αμέ».

Του έδειξε πώς να ανοίγει το καπάκι, κι εκείνος δοκίμασε κάπως διστακτικά. «Χα, φοβερό». Την περιεργάστηκε για μερικά δευτερόλεπτα. «Είναι αυτό το πράγμα που πίνεις όλη την ώρα;»

«Είναι ένα από τα ελάχιστα πράγματα που μου αρέσουν».

«Δε μου κάνει καμία εντύπωση που τα μαλλιά και τα μάτια σου είναι τόσο άχρωμα».

«Τι λες;»

«Δεν αναρωτήθηκες ποτέ γιατί τα δικά μου δεν είναι;»

«Εγώ... Κάτι μου πέρασε από το μυαλό για τα μαλλιά σου». *Προσπάθησε να μην προδοθεί.*

«Τρώω πολλά σκούρα πράσινα φυτά. Κυρίως τα βρύα κάτω στο ποτάμι».

«Μπλιαχ».

«Μπα, είναι νόστιμα. Απλώς έχεις μεγαλώσει με τις συνήθειες των ανθρώπων. Πάω στοίχημα ότι θα σου άρεσαν αν τα δοκίμαζες».

«Όχι, ευχαριστώ».

«Όπως θέλεις. Είσαι πολύ όμορφη έτσι όπως είσαι».

Χαμογέλασε ντροπαλά καθώς εκείνος σήκωσε το κουτάκι στην υγειά της, προτού πιει μια γουλιά.

«Τρώω πολλά ροδάκινα», είπε ξαφνικά.

Ο Ταμάνι κατένευσε. «Πρέπει να είναι νόστιμα. Προσωπικά, δεν είμαι γλυκατζής».

«Δεν το είπα γι' αυτό. Γιατί δε γίνομαι πορτοκαλί;»

«Τι άλλο τρως;»

«Φράουλες, μαρούλι και σπανάκι, μήλα καμιά φορά. Βασικά φρούτα και λαχανικά».

«Τρως διάφορα είδη, κι έτσι τα μαλλιά και τα μάτια σου δεν παίρνουν συγκεκριμένο χρώμα, απλώς παραμένουν ανοιχτόχρωμα». Χαμογέλασε πονηρά. «Δοκίμασε να φας μόνο φράουλες για μία εβδομάδα. Η μάνα σου θα πάθει σοκ».

«Θα γίνω κόκκινη;» ρώτησε έντρομη η Λόρελ.

«Όχι ολόκληρη», απάντησε ο Ταμάνι. «Μόνο τα μάτια και οι ρίζες των μαλλιών σου. Σαν τα δικά μου. Πίσω στην πατρίδα είναι πολύ της μόδας. Μπλε, ροζ, μοβ. Έχει φάση».

«Τι παράξενο!»

«Γιατί; Οι μισές από τις ανθρώπινες ιστορίες δε λένε πως έχουμε πράσινο *δέρμα*; Αυτό είναι ακόμη πιο τραβηγμένο».

«Μπορεί». Η Λόρελ θυμήθηκε κάτι από την τελευταία φορά που είχε δει τον Ταμάνι. «Είπες πως δεν υπάρχει νεραϊδόσκονη, σωστά;»

Εκείνος κατέβασε λίγο το πιγούνι, προφανώς για να δείξει ότι συμφωνούσε, αλλά η Λόρελ δεν μπορούσε να αποκρυπτογραφήσει την έκφρασή του.

«Την τελευταία φορά που ήμουν εδώ, με γράπωσες από τον καρπό αφήνοντας πάνω μου αστραφτερή σκόνη. Τι ήταν αυτό, αν δεν ήταν νεραϊδόσκονη;»

Ο Ταμάνι έκανε μια γκριμάτσα. «Σου ζητώ συγγνώμη, έπρεπε να ήμουν πιο προσεκτικός».

«Γιατί, είναι επικίνδυνη;»

Ο νεράιδος γέλασε. «Καθόλου. Ήταν απλώς γύρη».

«Γύρη;»

«Ναι, ξέρεις». Κοίταξε τα χέρια του, λες και ξαφνικά του φάνηκαν εξαιρετικά ενδιαφέροντα. «Για... γονιμοποίηση».

«Γονιμοποίηση;» Η Λόρελ έσκασε στα γέλια, αλλά εκείνος δεν έδειξε να αστειεύεται.

«Γιατί νομίζεις πως έβγαλες λουλούδι; Δεν είναι μόνο για την ομορφιά. Αν και το δικό σου ήταν πανέμορφο».

«Α!» Η Λόρελ σώπασε για λίγο. «Με τη γύρη αναπαράγονται τα λουλούδια».

«Κι εμείς έτσι αναπαραγόμαστε».

«Δηλαδή θα μπορούσες να... με γονιμοποιήσεις;»

«Δε θα το έκανα ποτέ αυτό, Λόρελ». Η όψη του ήταν τραγικά σοβαρή.

«Ναι, αλλά θα μπορούσες;» επέμεινε εκείνη.

Ο Ταμάνι μίλησε αργά επιλέγοντας τα λόγια του με μεγάλη προσοχή. «Θεωρητικά, ναι».

«Και μετά τι; Θα αποκτούσα μωρό;»

«Ένα βλαστάρι, ναι».

«Και θα μεγάλωνε στην πλάτη μου;»

«Όχι, όχι. Οι νεράιδες μεγαλώνουν μέσα σε λουλούδια. Αυτό τουλάχιστον είναι το μόνο που λένε σωστά τα παραμύθια των ανθρώπων. Το... θηλυκό... γονιμοποιείται με τη γύρη από το αρσενικό και όταν τα πέταλα του θηλυκού πέσουν, απομένει ο σπόρος. Τον φυτεύεις και, όταν ανθίζει το λουλούδι, έχεις ένα βλαστάρι».

«Και πώς εσείς... εμείς... κατάλαβες, οι *νεράιδες* αναπαραγόμαστε;»

«Το αρσενικό παράγει γύρη με τα χέρια κι όταν δύο νεράιδες αποφασίσουν να αναπαραχθούν, το αρσενικό βάζει το χέρι του στο άνθος του θηλυκού και αφήνει τη γύρη να αναμειχθεί. Είναι μια αρκετά λεπτή διαδικασία».

«Δε μου ακούγεται και πολύ ρομαντικό».

«Δεν έχει τίποτα το ρομαντικό», απάντησε ο Ταμάνι, ενώ ένα χαμόγελο αυτοπεποίθησης απλώθηκε στο πρόσωπό του. «Για το ρομαντισμό υπάρχει το σεξ».

«Δηλαδή κάνετε και...» είπε αφήνοντας την ερώτηση να πλανιέται στον αέρα.

«Φυσικά».

«Και οι νεράιδες δε μένουν έγκυοι;»

«Ποτέ». Ο Ταμάνι τής έκλεισε το μάτι. «Η γονιμοποίηση είναι για λόγους αναπαραγωγής, το σεξ για διασκέδαση».

«Μπορώ να δω τη γύρη;» ρώτησε η Λόρελ απλώνοντας τα χέρια προς τα δικά του.

Ο Ταμάνι τράβηξε ενστικτωδώς τα χέρια του προς τα πίσω. «Δεν έχω πάνω μου αυτή τη στιγμή. Έτσι κι αλλιώς δεν είσαι σε ανθοφορία. Παράγουμε γύρη μόνο όταν βρισκόμαστε κοντά σε μια νεράιδα που βρίσκεται σε ανθοφορία. Γι' αυτό ξεχάστηκα και σου άφησα λίγη στον καρπό. Είχα πολύ καιρό να βρεθώ κοντά σε μια νεράιδα σε ανθοφορία».

«Πώς κι έτσι;»

«Είμαι φρουρός. Υπάρχουν πάντα κι άλλοι φρουροί, αλλά αυτοί που είναι εδώ είναι όλοι αρσενικοί. Και δεν πάω στο σπίτι μου τόσο συχνά».

«Μοναχική ακούγεται η αποστολή σου».

«Καμιά φορά». Την ξανακοίταξε και κάτι άλλαξε στο βλέμμα του. Αφαιρέθηκε για μια στιγμή και η Λόρελ διέκρινε βαθιά, πένθιμη θλίψη στην έκφρασή του. Υπέφερε που συνέχιζε να τον κοιτάζει, αλλά δεν μπορούσε να τραβήξει το βλέμμα της.

Μετά η θλίψη του εξαφανίστηκε το ίδιο αναπάντεχα όπως ήρθε και αντικαταστάθηκε από ένα χαμόγελο ξεγνοιασιάς. «Είχε πιο πολλή πλάκα όταν έμενες εδώ. Παρεμπιπτόντως, με έβαλες σε μεγάλους μπελάδες».

«Τι έκανα;»

«Εξαφανίστηκες». Ο Ταμάνι γέλασε και κούνησε το κεφάλι. «Πολύ χαιρόμαστε που γύρισες. Όταν...»

«Ποιοι είστε;»

«Δεν πιστεύω να νόμισες πως είμαι ο μοναδικός νεράιδος εδώ, ε;»

Η Λόρελ έπαιξε με μια τούφα από τα μαλλιά της που είχε ξεφύγει από την αλογοουρά. «Ε... περίπου».

«Δεν πρόκειται να μας δεις, αν δεν το θέλουμε».

Η Λόρελ έριξε μια ματιά γύρω της στα δέντρα. «Πόσοι είστε;» ρώτησε κι αναρωτήθηκε αν ήταν περικυκλωμένη από λεγεώνες αόρατων νεράιδων.

«Εξαρτάται. Ο Σαρ κι εγώ είμαστε σχεδόν πάντα εδώ. Δέκα ή δεκαπέντε άλλοι συνήθως εναλλάσσονται κάθε εξάμηνο ή κάθε χρόνο».

«Πόσο καιρό είσαι εδώ;»

Την κοίταξε για κάμποσα δευτερόλεπτα με μια απροσδιόριστη έκφραση. «Πολύ καιρό», απάντησε τελικά.

«Γιατί είσαι εδώ;»

Χαμογέλασε. «Για να σε φυλάω. Μέχρι που απέκτησες φτερά».

«Ήσουν εδώ για να *με* φυλάς; Γιατί;»

«Για να σε προστατεύω. Για να εξασφαλίσω πως κανείς δε θα μάθαινε τι είσαι».

Η Λόρελ θυμήθηκε κάτι από την έρευνά της. «Είμαι... νεραϊδομωρό που το αντάλλαξαν με ένα ανθρώπινο βρέφος;»

Ο Ταμάνι κόμπιασε για μια στιγμή. «Υπό μία έννοια, ναι. Μόνο που δεν κλέψαμε κάποιον άλλο για να τον αντικαταστήσουμε με σένα. Προτιμώ να σε θεωρώ κάτι σαν μόσχευμα».

«Τι είναι το μόσχευμα;»

«Είναι ένα φυτό που το παίρνεις από κάποιο άλλο και το μπολιάζεις σε ένα άλλο. Σε πήρανε από τον κόσμο μας και σε έβαλαν στον κόσμο των ανθρώπων. Μόσχευμα».

«Μα γιατί; Υπάρχουν πολλά τέτοια... μοσχεύματα;»

«Όχι, προς το παρόν, μόνο εσύ».

«Γιατί εγώ;»

Έγειρε ελαφρώς μπροστά. «Δεν μπορώ να σου αποκαλύψω τα πάντα κι οφείλεις να το σεβαστείς, αλλά θα σου πω ό,τι μπορώ. Σύμφωνοι;»

Η Λόρελ κατένευσε.

«Σε τοποθέτησαν εδώ πριν από δώδεκα χρόνια για να ενσωματωθείς στον κόσμο των ανθρώπων».

Η Λόρελ στριφογύρισε τις κόρες των ματιών της. «Έπρεπε να το είχα καταλάβει. Ποιος άλλος θα με άφηνε μέσα σε ένα καλάθι στη βεράντα ενός σπιτιού;» Τα μάτια της άνοιξαν διάπλατα όταν ο Ταμάνι γέλασε. «*Εσύ* το έκανες αυτό;»

Ξεκαρδίστηκε ακόμη περισσότερο βαστώντας την κοιλιά του. «Όχι, όχι. Ήμουν πολύ μικρός. Όταν ήρθα στους φρουρούς εδώ, ενημερώθηκα σχεδόν για όλη σου τη ζωή».

Η Λόρελ δεν ήταν και πολύ σίγουρη αν της άρεσε η ιδέα. «Όλη μου τη ζωή;»

«Μάλιστα».

Μισόκλεισε τα μάτια. «Με κατασκόπευες!»

«Δεν είναι ακριβώς κατασκοπία. Βοηθούσαμε».

«Βοηθούσατε... μάλιστα». Σταύρωσε τα μπράτσα πάνω στο στήθος της.

«Αλήθεια. Έπρεπε να εμποδίσουμε τους γονείς σου να μάθουν τι ήσουν».

«Πολύ λογικό το σχέδιό σας». Η φωνή της έγινε σαρκαστική. «Χμ, πώς να αποτρέψουμε αυτούς τους δύο ανθρώπους να μάθουν για τις νεράιδες; Αχ, το βρήκα, να αφήσουμε μία στο κατώφλι του σπιτιού τους».

«Δεν έγιναν έτσι τα πράγματα. Θέλαμε να έχουν ένα νεραϊδόπουλο».

«Γιατί;»

Ο Ταμάνι δίστασε και μετά έσφιξε τα χείλη.

«Κατάλαβα, αν μου πεις, θα πρέπει να με σκοτώσεις μετά. Γιατί όμως δε με αφήσατε εδώ από μωράκι;» Γέλασε κάπως αμήχανα. «Πίστεψέ με, θα χωρούσα πολύ πιο άνετα στο καλάθι αν δεν ήμουν τριών ετών».

Ο Ταμάνι δε γέλασε αυτή τη φορά. «Βασικά, ήσουν αρκετά μεγαλύτερη».

«Τι εννοείς;»

«Οι νεράιδες δε γερνούν όπως οι άνθρωποι. Δεν είναι ποτέ κανονικά μωρά. Θέλω να πω ότι μοιάζουν με τα μωρά των ανθρώπων όταν ανθίζουν για πρώτη φορά, αλλά τα νεραϊδομωρά δεν είναι ποτέ αβοήθητα όπως οι άνθρωποι. Γεννιούνται και ξέρουν να περπατούν και να μιλούν, ενώ νοητικά αντιστοιχούν σε...» το σκέφτηκε για μια στιγμή, «σε ένα πεντάχρονο παιδάκι μάλλον».

«Αλήθεια;»

«Ναι. Μετά μεγαλώνουν λίγο πιο αργά σωματικά, οπότε όταν ένα νεραϊδόπουλο μοιάζει τριών ή τεσσάρων ετών, στην ουσία είναι εφτά ή οχτώ... και φέρεται λες και είναι έντεκα ή δώδεκα».

«Πολύ παράξενο αυτό».

«Πρέπει να θυμάσαι πως είμαστε φυτά. Το ντάντεμα αβοήθητων μικρών είναι συνήθειο των ζώων. Όχι των φυτών. Τα φυτά παράγουν βλαστάρια, και αυτά μεγαλώνουν μόνα τους. Δε χρειάζονται βοήθεια».

«Και λοιπόν, τα νεραϊδόπουλα δεν έχουν γονείς; *Εγώ* δεν έχω κάπου κάποιους νεραϊδογονείς;»

Ο Ταμάνι δαγκώθηκε και κοίταξε το χώμα. «Τα πράγματα είναι διαφορετικά στο νεραϊδόκοσμο. Δεν υπάρχει πολύς χρόνος να είσαι παιδί ούτε είναι αρκετοί οι ενήλικες για να κάθονται και να χαζεύουν τα παιδιά να παίζουν. Ο καθένας έχει το ρόλο του και ένα σκοπό και αναλαμβάνουμε αυτούς τους ρόλους από πολύ νωρίς. Μεγαλώνουμε γρήγορα. Είμαι φρουρός από τα δεκατέσσερά μου. Ήμουν κάπως πρόωρος, αλλά μόνο για ένα με δύο χρόνια. Οι περισσότεροι νεράιδοι εκτελούν το σκοπό τους και ζουν ανεξάρτητοι από τα δεκαπέντε ή τα δεκάξι τους».

«Δε μου ακούγεται και πολύ ευχάριστο».

«Το θέμα δεν είναι η ευχαρίστηση».

«Αφού το λες εσύ. Άρα, δε γινόταν να εμφανιστώ ως μωράκι, γιατί θα μπορούσα να περπατήσω και να μιλήσω, σωστά;»

«Ναι».

Ο Ταμάνι αναστέναξε και για μια στιγμή η Λόρελ νόμιζε πως δε θα της απαντούσε. Μετά φάνηκε να αλλάζει γνώμη. «Ήσουν εφτά».

«Εφτά;» Ήταν λίγο σοκαριστικό. «Και γιατί δε θυμάμαι τίποτα;»

Ο Ταμάνι έγειρε μπροστά, ακουμπώντας τους αγκώνες στους μηρούς του. «Πρέπει να καταλάβεις προτού σου απαντήσω ότι ακόμη κι αν δεν το θυμάσαι, συμφώνησες γι' αυτό».

«Ποιο;»

«Για όλα. Το να έρθεις εδώ, να εκπληρώσεις την αποστολή σου, να ζήσεις με τους ανθρώπους, όλα αυτά. Επιλέχτηκες γι' αυτό το σκοπό πριν από πολύ καιρό και ήρθες οικειοθελώς».

«Κι εγώ γιατί δε θυμάμαι τίποτα;»

«Δε σου είπα πως μπορώ να κάνω τους ανθρώπους να με ξεχάσουν;»

Έγνεψε καταφατικά.

«Αυτό σου έκαναν κι εσένα. Όταν έφτασες σε ηλικία που

έμοιαζες με παιδί ανθρώπου, σε έκαναν να ξεχάσεις τη νεραϊδένια ζωή σου».

«Με κάποιο μαγικό φίλτρο;»

«Ναι».

Η Λόρελ τον κοίταξε αποσβολωμένη. «Με έκαναν να ξεχάσω εφτά χρόνια από τη ζωή μου;»

Ο Ταμάνι κούνησε το κεφάλι σοβαρά.

«Δεν... δεν ξέρω τι να πω».

Απέμειναν βουβοί για κάμποσα λεπτά καθώς η Λόρελ προσπαθούσε να συνειδητοποιήσει τι σήμαινε αυτό για εκείνη. Άρχισε να προσθέτει τα χρόνια που ο Ταμάνι ισχυρίστηκε πως είχε χάσει. «Είμαι δεκαεννιά δηλαδή;» ρώτησε έκπληκτη.

«Θεωρητικά, ναι. Όμως ακόμη είσαι σαν ένα δεκαπεντάχρονο ανθρώπινο πλάσμα».

«Εσύ πόσων χρονών είσαι;» ρώτησε με βαριά θυμωμένη φωνή. «Πενήντα;»

«Είκοσι ενός», αποκρίθηκε ήρεμος ο Ταμάνι. «Είμαστε σχεδόν συνομήλικοι».

«Με έκαναν, λοιπόν, να λησμονήσω τα πάντα;»

Ο Ταμάνι ανασήκωσε τους ώμους με την ένταση ζωγραφισμένη στην όψη του.

Η Λόρελ ξέσπασε οργισμένη. «Μπήκατε ποτέ στον κόπο να σκεφτείτε τις συνέπειες; Ένα εκατομμύριο πράγματα θα μπορούσαν να είχαν πάει στραβά. Κι αν δε με ήθελαν; Κι αν ανακάλυπταν πως δεν έχω καρδιά ή αίμα ή ότι με το ζόρι αναπνέω; Ξέρεις τι ταΐζουν οι άνθρωποι τα τρίχρονα παιδιά τους; Γάλα, μπισκότα, μπιφτέκια! Θα μπορούσα να πεθάνω!»

Ο Ταμάνι κούνησε το κεφάλι. «Τι μας πέρασες; Για ερασιτέχνες; Υπήρξε ένα διάστημα στη ζωή σου που είχες τουλάχιστον πέντε νεράιδους να σε φυλάνε για να εξασφαλίσουν πως όλα εξελίσσονταν ομαλά. Και το θέμα του φαγητού δεν ήταν πρόβλημα. Γι' αυτό σε επέλεξαν εξαρχής».

«Δεν ξέχασα τι έπρεπε να τρώω;»

«Αυτή είναι η μαγκιά των νεράιδων του φθινοπώρου. Ένα μέρος της μαγείας τους είναι να έχουν έμφυτη γνώση σχετικά με το τι είναι καλό και τι κακό για τις ίδιες αλλά και για τις άλλες νεράιδες. Αναγκαστικά, για να μπορούν να φτιάχνουν τα ελιξίριά τους. Ξέραμε πως δε θα έτρωγες τίποτα βλαβερό για την υγεία σου οικειοθελώς. Το μόνο που έπρεπε να προσέχουμε είναι να μη σε ταΐζουν οι γονείς σου με το ζόρι. Πράγμα που ποτέ δεν έκαναν», πρόσθεσε ο Ταμάνι, προτού προλάβει να ρωτήσει η Λόρελ. «Όλα ήταν υπό τον έλεγχό μας. Μέχρι που έφυγες», συμπλήρωσε με βαριά καρδιά.

«Μέχρι που έφυγα; Αν με παρακολουθούσες τόσο στενά, θα έπρεπε να ξέρεις ότι μετακομίσαμε».

«Πάψαμε να σε παρακολουθούμε τόσο στενά πριν από μερικά χρόνια. Επέμενα. Είμαι... είμαι κάτι σαν υπεύθυνος για σένα αυτή τη στιγμή. Δεν ήσουν πια παιδάκι. Είχες ενηλικιωθεί προ πολλού. Τα σημάδια της νεραϊδένιας φύσης σου δεν ήταν τόσο εμφανή. Δεν έπεφτες συχνά, ενώ οι γονείς σου είχαν συνηθίσει τις διατροφικές σου συνήθειες. Πίστευα πως χρειαζόσουν λίγο περισσότερη ιδιωτικότητα. Νόμιζα πως θα το εκτιμούσες», συμπλήρωσε συντετριμμένος.

«Μάλλον θα το εκτιμούσα αν το ήξερα», παραδέχτηκε η Λόρελ.

Ο Ταμάνι αναστέναξε. «Όμως αποτραβήχτηκα πολύ, κι έτσι δεν πήραμε είδηση ότι θα μετακόμιζες, μέχρι που εμφανίστηκαν οι μεταφορείς. Ήθελα να το φτάσω στα άκρα και να δώσω ένα τέλος. Να ναρκώσω τους μεταφορείς, να σε πάρω πίσω στο βασίλειο, να χαρακτηρίσω το όλο σχέδιο μια παταγώδη αποτυχία, αλλά... Ας πούμε ότι η γνώμη μου καταψηφίστηκε. Έτσι, εσύ και οι γονείς σου μπήκατε στο αυτοκίνητο και μετά... εξαφανιστήκατε». Γέλασε άτονα. «Βρέθηκα φοβερά μπλεγμένος».

«Λυπάμαι».

«Δεν πειράζει. Γύρισες. Και τώρα όλα είναι καλά».

Τον κοίταξε φοβισμένη. «Θα με ακολουθήσεις στο σπίτι μου και θα μετακομίσεις στην πίσω αυλή, αφού προφανώς γουστάρεις τόσο πολύ να με παρακολουθείς;»

Γέλασε. «Όχι. Είμαστε μια χαρά εδώ, ευχαριστώ. Κυρίως ανησυχούσαμε για την ανθοφορία σου και είχαμε σοβαρά προβλήματα με αυτό. Ευτυχώς, τα κατάφερες περίφημα».

«Άρα, θα ζω εκεί κι εσύ θα συνεχίσεις να μένεις εδώ;»

«Προς το παρόν».

«Τότε ποιο το νόημα του να είμαι... μόσχευμα; Ήμουν απλώς ένα πείραμα;»

«Όχι. Καθόλου». Ο Ταμάνι ξεφύσηξε απεγνωσμένα και μετά έριξε μια ματιά στο ξέφωτο γύρω του. «Σε στείλαμε εδώ για να μας βοηθήσεις να προστατεύσουμε αυτή τη γη. Είναι... ένα σημαντικό μέρος για το νεραϊδόκοσμο. Είναι επιτακτική ανάγκη κάποιος με κατανόηση να κατέχει αυτή τη γη. Αυτός είναι ο βασικός λόγος που τοποθετήθηκες εδώ. Όταν πέθανε η μητέρα της μητέρας σου, εκείνη πικράθηκε πολύ και έβαλε αμέσως πωλητήριο για το οικόπεδο. Ήταν δεκαεννιά ετών και φαντάζομαι ότι της έφερνε στο νου πάρα πολλές αναμνήσεις».

«Μου το έχει αναφέρει».

Ο Ταμάνι κατένευσε. «Τα πράγματα βελτιώθηκαν όταν παντρεύτηκε τον πατέρα σου, αλλά ποτέ δε σταμάτησε τις προσπάθειες να το πουλήσει. Τότε ήταν που η Αυλή των Καλών Πνευμάτων σκέφτηκε να σε προσθέσει στην οικογένειά τους. Το σχέδιο είχε μεγαλύτερη επιτυχία από όσο ελπίζαμε. Αφότου η μητέρα σου δέθηκε πραγματικά μαζί σου, έπαψε να θέλει να πουλήσει τη γη. Πέρα από κάποιους περιστασιακούς αγοραστές που εμφανίζονταν πότε πότε, αυτό το κομμάτι της δουλειάς μας δεν ήταν και τόσο απαιτητικό. Τώρα όλα φαντάζουν παιχνιδάκι». Ο Ταμάνι έγειρε πίσω με τα χέρια τεντωμένα πίσω από το κεφάλι. «Απλώς καθόμαστε αραχτοί και περιμένουμε να γίνεις εσύ η κληρονόμος».

Η Λόρελ κοίταξε τα χέρια της. «Κι αν δε γίνω κληρονόμος; Κι αν οι γονείς μου πουλήσουν τη γη;»

«Δεν μπορούν να πουλήσουν», αποκρίθηκε ο Ταμάνι κατηγορηματικά.

Το κεφάλι της τινάχτηκε προς τα πίσω. «Γιατί δεν μπορούν;»

Ο νεράιδος χαμογέλασε πονηρά. «Δεν μπορείς να πουλήσεις ένα σπίτι που κανείς δε θυμάται ότι υπάρχει».

«Παρακαλώ;»

«Μπορούμε να κάνουμε τους ανθρώπους να λησμονούν κι άλλα πράγματα πέρα από το ότι μας είδαν».

Τα μάτια της Λόρελ άνοιξαν διάπλατα καθώς συνδύασε στο μυαλό της τα κομμάτια του παζλ. «Τους σαμποτάριζες όλο αυτό τον καιρό! Έκανες τους ανθρώπους να ξεχνούν πως είδαν το σπίτι».

«Δεν μπορούσαμε να κάνουμε αλλιώς».

«Και οι εκτιμητές;»

«Πίστεψέ με, θα ήταν μεγάλος πειρασμός έτσι και ανακάλυπτε η μητέρα σου πόσο αξίζει αυτή η γη».

«Άρα, τους έκανες κι αυτούς να ξεχνούν;»

«Ήταν ανάγκη, Λόρελ. Πίστεψέ με».

«Χμ... Το κόλπο δεν έπιασε πάντως», μουρμούρισε η Λόρελ.

Η όψη του Ταμάνι πλημμύρισε από φόβο. «Τι εννοείς;» ρώτησε χαμηλόφωνα και σοβαρά.

«Η μητέρα μου θα πουλήσει τη γη».

«Σε ποιον; Κανείς δεν ήρθε να τη δει. Το φροντίσαμε αυτό».

«Δεν ξέρω. Σε κάποιο τύπο που γνώρισε ο πατέρας μου στο Μπρούκινγκς».

Ο Ταμάνι έγειρε μπροστά. «Λόρελ, είναι πολύ σημαντικό αυτό. Δε *γίνεται* να την αφήσεις να πουλήσει τη γη».

«Γιατί όχι;»

«Πρώτα πρώτα, γιατί ζω εγώ εδώ. Δε θα το εκτιμούσα καθόλου αν έμενα άστεγος. Αλλά...» Έριξε μια ματιά γύρω και γρύλισε από αγανάκτηση. «Δεν μπορώ να σου τα εξηγήσω όλα τώρα, αλλά δε γίνεται να την αφήσεις να πουλήσει τη γη. Με οποιοδήποτε τίμημα, πρέπει να της μιλήσεις επιστρέφοντας στο σπίτι και να κάνεις ό,τι περνά από το χέρι σου για να την πείσεις να αρνηθεί σ' αυτό τον τύπο».

«Χμ, θα είναι πρόβλημα αυτό».

«Γιατί;»

«Έχει ήδη γίνει προσφορά. Σύντομα θα ετοιμάσουν τα συμβόλαια».

«Οχ, όχι», είπε ο Ταμάνι κι έσπρωξε τα μαλλιά από το μέτωπό του. «Αυτό είναι κακό, *πολύ* κακό. Ο Σαρ θα με σκοτώσει». Αναστέναξε. «Δεν μπορείς να κάνεις κάτι;»

«Δεν αποφασίζω εγώ», απάντησε η Λόρελ. «Δε μου πέφτει λόγος».

«Απλώς σου ζητώ να κάνεις μια προσπάθεια. Να πεις... *κάτι*. Θα προσπαθήσουμε να οργανώσουμε κι εμείς ένα σχέδιο από την πλευρά μας. Αν γνώριζες πόσο σημαντική είναι η γη σου για το βασίλειο, θα έχανες τον ύπνο σου μέχρι να καταφέρεις να τη διασφαλίσεις. Εγώ πάντως δεν ξέρω αν θα μπορέσω να κλείσω μάτι μέχρι να ξανάρθεις και να μου πεις πως δεν υπάρχει κανένας κίνδυνος».

«Γιατί;»

Εξέπνευσε αφήνοντας ένα σφύριγμα γεμάτο απελπισία. «Δεν μπορώ να σου πω, απαγορεύεται».

«Απαγορεύεται; Κι εγώ νεράιδα δεν είμαι;»

«Δεν καταλαβαίνεις, Λόρελ. Δε γίνεται να μάθεις τα πάντα μόνο και μόνο επειδή είσαι μία από εμάς, όχι ακόμη τουλάχιστον. Και στο βασίλειο οι νεαρές νεράιδες δεν επιτρέπεται να μπουν στον ανθρώπινο κόσμο μέχρι να αποδείξουν την πίστη και την αφοσίωσή τους, εάν υπάρχουν. Μου ζητάς να αποκαλύψω ένα από τα μεγαλύτερα μυστικά του είδους μας. Μην περιμένεις κάτι τέτοιο από μένα».

Πέρασαν κάμποσα δευτερόλεπτα βυθισμένοι στη σιωπή. «Θα κάνω ό,τι μπορώ», υποσχέθηκε τελικά η Λόρελ.

«Αυτό μόνο σου ζητώ».

Πίεσε τον εαυτό της για να χαμογελάσει. «Οι γονείς μου θα με περάσουν για τρελή».

«Εμένα δε με νοιάζει καθόλου».

Η Λόρελ τον κοίταξε για μερικά δευτερόλεπτα, προτού σηκώσει το χέρι και τον χτυπήσει χαϊδευτικά στον ώμο.

Ο Ταμάνι γέλασε.

Μετά σοβάρεψε και την κοίταξε επίμονα. Την πλησίασε και άφησε διστακτικά τα δάχτυλά του να γλιστρήσουν στο γυμνό της μπράτσο. «Πολύ χάρηκα που ήρθες σήμερα», είπε. «Μου έλειψες».

«Εγώ... Νομίζω πως κι εμένα μου έλειψες».

«Αλήθεια;» Η ελπίδα έλαμψε τόσο απροκάλυπτα στα μάτια του, ώστε η Λόρελ αναγκάστηκε να κοιτάξει από την άλλη πλευρά και να γελάσει νευρικά.

«Ξέρεις, αφού σταμάτησα να πιστεύω πως είσαι ένας παλαβός άστεγος».

Γέλασαν ταυτόχρονα, και η Λόρελ εντυπωσιάστηκε από την απαλή, κελαρυστή χροιά της φωνής του. Την έκανε να νιώθει ένα ρίγος στην πλάτη. Κοίταξε το ρολόι της. «Πρέπει... Πρέπει να πηγαίνω», είπε με έντονα απολογητικό ύφος.

«Να ξανάρθεις σύντομα», της ζήτησε ο Ταμάνι. «Θα πούμε κι άλλα».

Η Λόρελ χαμογέλασε. «Πολύ θα το ήθελα».

«Και υπόσχεσαι να μιλήσεις στους γονείς σου;»

Έγνεψε καταφατικά. «Το υπόσχομαι».

«Θα έρθεις να μου πεις τα μαντάτα;»

«Όσο πιο γρήγορα μπορώ, αλλά δεν ξέρω πότε ακριβώς».

«Θα μιλήσεις στους γονείς σου για όλα αυτά;»

«Δεν ξέρω», απάντησε η Λόρελ. «Δε νομίζω να με πιστέψουν. Ιδίως τώρα που δεν έχω το άνθος για να αποδείξω τα λόγια μου. Έτσι έπεισα τον Ντέιβιντ».

«Ο Ντέιβιντ», επανέλαβε περιφρονητικά ο Ταμάνι.

«Τι στραβό έχει ο Ντέιβιντ;»

«Κανένα, φαντάζομαι, αλλά είσαι σίγουρη ότι είναι αξιόπιστος;»

«Είμαι σίγουρη».

Ο Ταμάνι αναστέναξε. «Φαντάζομαι πως έπρεπε να το μοιραστείς με κάποιον, αλλά δε μου αρέσει».

«Γιατί όχι;»

«Γιατί είναι άνθρωπος. Όλοι ξέρουν ότι δεν μπορείς να εμπιστευτείς έναν άνθρωπο. Καλά θα κάνεις να προσέχεις».

«Δε χρειάζεται να προσέχω μαζί του. Δε θα μας μαρτυρήσει».

«Ελπίζω να έχεις δίκιο».

Περπάτησαν αργά, με τη Λόρελ να ανοίγει δρόμο στο γνώριμο πλέον μονοπάτι. Σταμάτησαν στις παρυφές του δάσους.

«Είσαι σίγουρη πως πρέπει να φύγεις;» ρώτησε ήρεμος ο Ταμάνι.

Η Λόρελ έμεινε έκπληκτη από τη συγκίνηση στη φωνή του. Είχε ψυχανεμιστεί από την κουβέντα τους πως τη συμπαθούσε... αρκετά. Όμως, έμοιαζε να είναι κάτι παραπάνω. Κάτι πιο προσωπικό. Της έκανε εντύπωση όταν αντιλήφθηκε πως κι εκείνη έφευγε με βαριά καρδιά. «Οι γονείς μου δεν ξέρουν καν πως είμαι εδώ. Το έσκασα κατά κάποιο τρόπο».

Ο Ταμάνι κατένευσε. «Θα μου λείψεις», ψιθύρισε.

Η Λόρελ γέλασε νευρικά. «Μα ούτε που με ξέρεις».

«Θα μου λείψεις πάντως». Τα βλέμματά τους έσμιξαν. «Αν σου δώσω κάτι, θα το κρατήσεις για να με θυμάσαι κι ίσως για να με σκέφτεσαι λίγο παραπάνω;»

«Ίσως». Τα σκούρα πράσινα μάτια του Ταμάνι έμοιαζαν να τη διαπερνούν και να κοιτούν κατευθείαν μέσα στην ψυχή της.

Τράβηξε ένα λεπτό κομμάτι σπάγκου περασμένο στο λαιμό του και της έδωσε ένα μικροσκοπικό, γυαλιστερό κυκλάκι. «Αυτό είναι για σένα».

Άφησε τη μικροσκοπική λάμψη να γλιστρήσει στην παλάμη της. Ήταν ένας χρυσός λαμπερός δακτύλιος, λίγο μεγαλύτερος από μπιζέλι, με ένα τόσο δα κρυστάλλινο λουλουδάκι πάνω του. «Τι είναι;» ρώτησε με δέος η Λόρελ.

«Είναι δαχτυλίδι για βλαστάρια», απάντησε ο Ταμάνι. «Ξέρεις, για νεραϊδομωρά. Κάθε βλαστάρι αποκτά ένα δαχτυλίδι όταν είναι μικρό. Αν το φορέσεις, μεγαλώνει μαζί σου. Τα φτιάχνουν οι νεράιδες του χειμώνα. Βασικά, οι νεράιδες της άνοιξης τα *φτιάχνουν*, αλλά οι νεράιδες του χειμώνα τα κάνουν μαγικά». Σήκωσε το χέρι για να της δείξει ένα απλό, ασημένιο δαχτυλίδι. «Κοίτα, αυτό είναι το δικό μου. Παλιά ήταν τόσο μικρό όσο κι αυτό. Δεν είσαι βλαστάρι πια, άρα δε θα σου χωράει στο δάχτυλο, αλλά σκέφτηκα πως μπορεί να σου αρέσει».

Το μικροσκοπικό δαχτυλίδι ήταν εξαιρετικό, πανέμορφο σε κάθε λεπτομέρεια. «Γιατί μου το δίνεις;»

«Για να σε βοηθήσω να νιώσεις περισσότερο σαν κι εμάς. Μπορείς να το κρεμάσεις σε μια αλυσιδίτσα γύρω από το λαιμό σου». Ο δισταγμός του έγινε ακόμη μεγαλύτερος. «Νομίζω πως πρέπει να το πάρεις».

Η Λόρελ τον κοίταξε απορημένη, αλλά ο Ταμάνι είχε στρέψει αλλού το βλέμμα. Ευχήθηκε να είχε περισσότερο χρόνο στη διάθεσή της για να του αποσπάσει κι άλλα μυστικά. «Δε θα το βγάλω ποτέ από πάνω μου», υποσχέθηκε.

«Και θα με σκέφτεσαι;» Τα μάτια του την κράτησαν αιχμάλωτη και η Λόρελ ήξερε πως μόνο μια απάντηση υπήρχε.

«Ναι».

«Ωραία».

Έκανε να γυρίσει, αλλά προτού προλάβει ο Ταμάνι τής άρπαξε το χέρι. Χωρίς να πάρει τα μάτια του από τα δικά της, έφερε το χέρι της κοντά στο πρόσωπό του και άγγιξε με τα χείλη του τους κόμπους των χεριών της. Για μια στιγμή, τα μάτια του έλεγαν την αλήθεια. Η Λόρελ ένιωσε μια σπίθα να φουντώνει μέσα της. Απροκάλυπτος, αδάμαστος πόθος. Προτού προλάβει να συνειδητοποιήσει τι της συνέβαινε, ο Ταμάνι χαμογέλασε και η λάμψη έσβησε.

Πλησίασε το ποδήλατό της βαριανασαίνοντας καθώς πάσχιζε να σταματήσει αυτό το ζεστό συναίσθημα που κατέκλυζε το κορμί της από το σημείο που την είχαν αγγίξει τα χείλη του Ταμάνι. Συνέχισε να ρίχνει ματιές πίσω προς το μέρος του, ενώ κατευθυνόταν προς τον αυτοκινητόδρομο. Κάθε φορά που γυρνούσε, τα μάτια του ήταν καρφωμένα πάνω της. Ακόμη κι όταν έκανε πετάλι στον ποδηλατόδρομο κατά μήκος του δρόμου, διαισθανόταν το βλέμμα του να την ακολουθεί για πολλή ώρα αργότερα αφότου εκείνος χάθηκε από το οπτικό της πεδίο.

Κεφάλαιο 15

Ηταν τεσσερισ η ωρα όταν η Λόρελ πάρκαρε το ποδήλατό της στο γκαράζ, πολύ πιο αργά από όσο θα μπορούσε να δικαιολογήσει οποιαδήποτε υποτιθέμενη «μελέτη». Ετοιμάστηκε ψυχολογικά και άνοιξε την μπροστινή πόρτα με μια σπρωξιά.

Ο πατέρας της είχε αποκοιμηθεί στον καναπέ ροχαλίζοντας με το σιγανό, γνώριμο ρυθμό του. Κανένας λόγος ανησυχίας από αυτό το μέτωπο. Αφουγκράστηκε για τη μητέρα της και άκουσε ήχο από μπουκάλια στην κουζίνα. «Μαμά;» ρώτησε κι έστριψε στη γωνία.

«Ώστε ήρθες. Θα πρέπει να ξεπετάξατε άρον άρον τις τελευταίες σελίδες. Μόλις πριν από μισή ώρα τηλεφώνησα».

«Ω, ναι. Ήταν πιο εύκολα απ' ό,τι περίμενα», βιάστηκε να εξηγήσει.

«Πέρασες καλά; Είναι πολύ καλό παιδί».

Η Λόρελ έγνεψε καταφατικά, ενώ το μυαλό της, για την ακρίβεια, έτρεχε περίπου πενήντα χιλιόμετρα μακριά από τον Ντέιβιντ.

«Εσείς οι δύο...»

«Τι;» Η Λόρελ προσπάθησε να συγκεντρωθεί στα λόγια της μητέρας της.

«Ε, να, περνάτε υπερβολικά πολύ χρόνο στο σπίτι του. Σκέφτηκα μήπως οι δυο σας... τα φτιάξατε».

«Δεν ξέρω», απάντησε με απόλυτη ειλικρίνεια. «Μπορεί».

«Απλώς, γνωρίζω ότι η μητέρα του εργάζεται πολλές ώρες, με αποτέλεσμα εσύ κι ο Ντέιβιντ να είστε μόνοι σας. Καμιά φορά είναι εύκολο η κατάσταση να βγει εκτός ελέγχου όταν δύο άνθρωποι βρίσκονται μαζί σε ένα άδειο σπίτι».

«Θα προσέχω, μαμά», είπε η Λόρελ με ένα πικρό χαμόγελο.

«Το ξέρω, αλλά είμαι η μάνα σου και οφείλω να σου το πω», συνέχισε χαμογελώντας η Σάρα. «Να θυμάσαι», πρόσθεσε, «επειδή δε σου έχει έρθει η περίοδός σου, δε σημαίνει πως δεν μπορείς να μείνεις έγκυος».

«Μαμά!»

«Μια κουβέντα είπα».

Της ήρθαν στο νου τα λόγια του Ταμάνι λίγο πριν. *Η γονιμοποίηση με γύρη είναι για λόγους αναπαραγωγής, το σεξ για διασκέδαση*. Αναρωτήθηκε ποια θα ήταν η αντίδραση της μητέρας της, αν της έλεγε πως δεν μπορούσε να μείνει έγκυος. Πως δε θα της ερχόταν *ποτέ* περίοδος. Πως για εκείνη το σεξ ήταν απλώς σεξ, χωρίς δεσμεύσεις. Αν ήθελε να πει κάτι για να βγάλει τη Σάρα από τα ρούχα της, αυτή θα ήταν η κατάλληλη ατάκα. Διάβολε, ακόμη προσπαθούσε να το συνειδητοποιήσει.

«Μαμά», είπε κομπιάζοντας. «Ήθελα να σου μιλήσω για το οικόπεδο. Είναι στα χέρια της οικογένειάς μας τόσα χρόνια. Και μέναμε εκεί σε όλη τη διάρκεια της ζωής μου μέχρι τώρα». Έσκυψε το κεφάλι όταν αναλογίστηκε την πραγματική της καταγωγή, τη μυστική της πατρίδα. «Τουλάχιστον, απ' όσο θυμάμαι τον εαυτό μου». Απρόσμενα δάκρυα πλημμύρισαν τα μάτια της όταν σήκωσε το κεφάλι για να αντικρίσει τη μητέρα της. «Είναι το πιο μαγικό μέρος στον κόσμο. Μακάρι να μην το πουλήσετε».

Η Σάρα την κοίταξε για αρκετή ώρα. «Ο κύριος Μπαρνς μάς προσφέρει καλά λεφτά, Λόρελ. Όλα όσα ήθελες τώρα τελευταία και στα οποία δεν μπορούσαμε να αντεπεξέλθουμε οικονομικά θα είμαστε σε θέση να σου τα προσφέρουμε».

«Κι αν δεν πουλήσουμε τη γη; Θα έχουμε πρόβλημα;»

Η μητέρα της αναστέναξε και το σκέφτηκε λίγο. «Οι δουλειές του πατέρα σου πηγαίνουν καλά, αλλά δεν υπάρχει καμία εγγύηση ότι θα συνεχίσουν έτσι». Έγειρε μπροστά πάνω από τον πάγκο και στηρίχτηκε στους αγκώνες. «Θα είμαστε στριμωγμένοι οικονομικά για πολύ καιρό, Λόρελ. Δε μου αρέσει να ζω τόσο στερημένα. Δεν είσαι η μόνη που στερείται πράγματα εδώ μέσα».

Η Λόρελ απέμεινε βουβή για λίγο. Η αποστολή φάνταζε εξαιρετικά δύσκολη για ένα δεκαπεντάχρονο κορίτσι. *Από την άλλη*, πρόσθεσε νοερά, *δεν είμαι ένα συνηθισμένο κορίτσι.* Η σκέψη αυτή την εμψύχωσε. «Τουλάχιστον, γίνεται να το ξανασκεφτείτε; Για μία εβδομάδα;» συμπλήρωσε όταν η Σάρα σούφρωσε τα χείλη της.

«Υποτίθεται ότι υπογράφουμε τα συμβόλαια την Τετάρτη».

«Μία εβδομάδα; Σε παρακαλώ. Πες απλώς στον κύριο Μπαρνς ότι θέλεις μία εβδομάδα ακόμη. Και αν πραγματικά καθίσεις και το σκεφτείς για μια ολόκληρη εβδομάδα, δε θα σε ενοχλήσω ποτέ ξανά γι' αυτό το θέμα».

Η μητέρα της την κοίταξε προβληματισμένη.

«Σε ικετεύω».

Η όψη της μαλάκωσε. «Φαντάζομαι πως ο κύριος Μπαρνς δε θα πάρει πίσω την προσφορά του αν του ζητήσω μία ακόμη εβδομάδα προθεσμία».

Η Λόρελ έκανε το γύρο του πάγκου και αγκάλιασε τη μητέρα της. «Ευχαριστώ», ψιθύρισε. «Σημαίνει πολλά για μένα».

«Δηλαδή δε σου τα είπε όλα». Ο Ντέιβιντ καθόταν σε ένα σκαμπό στο πάσο της κουζίνας. Η μητέρα του είχε βγει ραντεβού, οπότε εκείνος κι η Λόρελ είχαν το σπίτι ολοδικό τους εκείνο το βράδυ. Το αγόρι έτρωγε ξαναζεσταμένο φαΐ και η Λόρελ έκανε σχεδιάκια σε ένα τετράδιο πασχίζοντας να αποσπάσει το μυαλό της από τη μυρωδιά.

«Μου είπε αρκετά πράγματα», αποκρίθηκε η κοπέλα με ύφος απολογητικό. «Ήταν σαν να ήθελε να μου πει κι άλλα, αλλά δεν του επιτρεπόταν. Ήταν ολοφάνερο πως τον ενοχλούσε».

«Ακούγεται κάπως παράξενος».

«Είναι σαφέστατα διαφορετικός, κι όχι μόνο εμφανισιακά». Σταμάτησε στα μισά μιας σπείρας που ζωγράφιζε και σήκωσε το βλέμμα καθώς η εικόνα του ξανάρθε στο μυαλό της. «Έχει τόση ένταση. Ό,τι αισθάνεται –καλό ή κακό– μοιάζει να είναι σε απόλυτο βαθμό. Και μεταδοτικό». Ξανάρχισε να ζωγραφίζει. «Θέλεις να νιώσεις κι εσύ όπως αυτός, αλλά δεν υπάρχει περίπτωση να τον ακολουθήσεις, γιατί τα αισθήματά του αλλάζουν από τη μια στιγμή στην άλλη. Πρέπει να είναι εξουθενωτικό να είσαι τόσο παθιασμένος». Ένιωσε το κορμί της να ανατριχιάζει καθώς βρήκε την κατάλληλη λέξη για να τον περιγράψει. *Παθιασμένος*, πάντα.

«Δηλαδή έχετε γίνει φίλοι οι δυο σας τώρα;»

«Δεν ξέρω». Η αλήθεια ήταν πως ένιωθε ότι την ήθελε. Την ποθούσε με όλο του το είναι. Και ότι όσο κι αν πάσχιζε να το απωθήσει, αισθανόταν κι εκείνη ακριβώς το ίδιο. Της φαινόταν ανέντιμο που περνούσε τη βραδιά με τον Ντέιβιντ μετά τη συνάντηση με τον Ταμάνι. Ή ίσως ένιωθε ότι ήταν ανέντιμο που είχε περάσει τη μέρα με τον Ταμάνι. Ήταν δύσκολο να πει με σιγουριά.

Σήκωσε το χέρι για να αγγίξει το δαχτυλίδι που της είχε χαρίσει, περασμένο σε μια λεπτή ασημένια αλυσίδα. Είχε ήδη κάνει την ίδια κίνηση τουλάχιστον εκατό φορές στη διάρκεια της ίδιας μέρας. Με τον τρόπο αυτό ένιωθε ξανά το συναίσθημα που την πλημμύριζε όταν ήταν μαζί του. Στην πολύ σύντομη συνάντησή τους είχαν γίνει κάτι περισσότερο από φίλοι. Όχι κάτι περισσότερο, αλλά κάτι *πέρα* από φίλοι. Η λέξη «φίλος» έμοιαζε ανεπαρκής για να περιγράψει την ξεχωριστή επικοινωνία που είχαν. Ήταν λες και υπήρχε κάτι που τους έδενε. Αυτό δεν μπορούσε να το πει στον Ντέιβιντ. Θα ήταν αρκετά δύσκολο να το εξηγήσει σε έναν αμέτοχο παρατηρητή, και ο Ντέιβιντ δεν ήταν καν αμέτοχος. Αν ήξερε τη συναισθηματική θύελλα που ξεσπούσε μέσα της για τον Ταμάνι, θα ζήλευε τρομερά.

Αυτό όμως δε σήμαινε ότι δεν της άρεσε ο Ντέιβιντ. Θεωρούσε ότι ήταν ο καλύτερος φίλος της και καμιά φορά και κάτι παραπάνω. Ο Ντέιβιντ είχε όλα όσα έλειπαν από τον Ταμάνι: ήταν ψύχραιμος και συγκροτημένος, λογικός και καθησυχαστικός. Τα αισθήματά της γι' αυτόν δεν ήταν συγκεχυμένα, αλλά είχαν πάρει τη μορφή μιας ήρεμης, ισχυρής έλξης. Ήταν μια σταθερά στη ζωή της με έναν τρόπο που δε θα κατάφερνε ποτέ ο Ταμάνι. Δύο μισά που δε θα γίνονταν ποτέ ένα.

Ο Ντέιβιντ αποτελείωσε επιτέλους το φαγητό του και η Λόρελ παραμέρισε το σημειωματάριο για να τον αντικρίσει. «Σε ευχαριστώ που με κάλυψες. Ούτε που φανταζόμουν πως θα σου τηλεφωνούσε ποτέ η μητέρα μου».

«Έλειπες αρκετή ώρα και ξέρει πως δε σου αρέσει καθόλου η βιολογία».

«Έκανα κι εγώ την έρευνά μου σήμερα το απόγευμα», είπε η Λόρελ. «Ξέρεις ότι τα φυτά απορροφούν διοξείδιο του άνθρακα από τον αέρα και μετά απελευθερώνουν οξυγόνο ως υποπροϊόν. Σωστά;»

«Ναι, γι' αυτό υποτίθεται πως πρέπει να σώσουμε τα δέντρα και το πράσινο».

«Σκέφτηκα πως δε θα ήταν λογικό να αναπνέω οξυγόνο».

«Άρα... πιστεύεις πως αναπνέεις διοξείδιο του άνθρακα;»

«Και εκπνέω οξυγόνο, ναι».

«Υποθέτω πως είναι λογικό».

«Σκεφτόμουν», ξεκίνησε να λέει αργά η Λόρελ, «μήπως δοκιμάζαμε ένα ακόμη πείραμα».

Ο Ντέιβιντ την κοίταξε προβληματισμένος. «Εντάξει. Τι είδους πείραμα;»

«Χμ, επειδή ο αέρας δεν είναι κάτι που μπορείς να κοιτάξεις στο μικροσκόπιο, ο μόνος τρόπος για να καταλάβεις αν εκπνέω οξυγόνο θα ήταν αν μπορούσες να το εισπνεύσεις χωρίς πρόβλημα».

Ο Ντέιβιντ άρχισε να καταλαβαίνει πού το πήγαινε. «Και πώς προτείνεις να το κάνουμε αυτό;» είπε ενώ ένα ανεπαίσθητο χαμόγελο άρχισε να σχηματίζεται στις άκρες των χειλιών του.

«Βασικά, σκεφτόμουν κάτι σαν... το φιλί της ζωής. Μόνο

που πρώτα θα αναπνεύσεις εσύ από το στόμα μου και μετά, χωρίς να πάρεις άλλη ανάσα, θα αναπνεύσω εγώ από το δικό σου». Τον κοίταξε για μια στιγμή και μετά έσπευσε να διευκρινίσει: «Φυσικά, δεν είναι υποχρεωτικό. Είναι απλώς μια ιδέα που μου κατέβηκε στο κεφάλι».

«Με εντυπωσιάζεις», είπε ο Ντέιβιντ. «Διάβασες βιολογία μόνη σου».

Η Λόρελ στριφογύρισε τις κόρες των ματιών της θιγμένη, αλλά χαμογέλασε. «Η Google είναι ο καλύτερος φίλος μου».

Ο Ντέιβιντ κάγχασε και μετά προσπάθησε να το κρύψει βήχοντας.

Η κοπέλα τον κοίταξε έντονα.

«Έχει μια λογική βάση», είπε εκείνος. «Ας το επιχειρήσουμε».

Ο Ντέιβιντ γύρισε προς την πλευρά της μέχρι που αγγίζονταν τα γόνατά τους.

«Πρώτα πάρε μια ανάσα και κράτα τη για περίπου δέκα δευτερόλεπτα, έτσι ώστε τα πνευμόνια σου να μετατρέψουν τον αέρα σε διοξείδιο του άνθρακα. Μετά φύσα στο στόμα μου κι εγώ θα εισπνεύσω. Θα περιμένω δέκα δευτερόλεπτα και θα φυσήξω κι εγώ στο δικό σου, σύμφωνοι;»

Το αγόρι κατένευσε.

Ακουγόταν αρκετά απλό. Εκτός από τις στιγμές που θα βρίσκονταν ενωμένοι στόμα με στόμα. Αλλά θα τα κατάφερνε. Έτσι;

Το στήθος του Ντέιβιντ φούσκωσε καθώς ρούφηξε όσο αέρα χωρούσαν τα πνευμόνια του και η όψη του έγινε κατακόκκινη καθώς κρατούσε την ανάσα του.

Δεν υπήρχε γυρισμός.

Περίπου δέκα δευτερόλεπτα αργότερα της έκανε νόημα και

έσκυψε μπροστά, με το βλέμμα καρφωμένο στο στόμα της. Η κοπέλα πίεσε τον εαυτό της να αυτοσυγκεντρωθεί καθώς έσκυψε μπροστά για να τον συναντήσει. Τα χείλη τους αγγίχτηκαν απαλά στην αρχή και η Λόρελ παραλίγο να ξεχαστεί και εισέπνευσε νευρική αρκετό αέρα. Μετά ο Ντέιβιντ πίεσε πιο δυνατά και φύσηξε μέσα στο στόμα της. Άφησε τα πνευμόνια της να γεμίσουν.

Εκείνος τραβήχτηκε και η Λόρελ έκανε το λάθος να τον κοιτάξει κατάματα. Χαμογέλασε και μετά αναγκάστηκε να κοιτάξει αλλού για να μετρήσει μέχρι το δέκα. Έπειτα εκείνος έγειρε και πάλι πίσω, με το χέρι του να την τραβά ελαφρά από τον ώμο.

Η Λόρελ τον συνάντησε στα μισά χωρίς να διστάσει αυτή τη φορά. Το στόμα του πίεσε το δικό της και μισάνοιξε ελάχιστα τα χείλη του. Εκείνη φύσηξε πίσω στο στόμα του όσο αέρα είχε στα πνευμόνια της και τον ένιωσε να τον εισπνέει. Ο Ντέιβιντ καθυστέρησε για μια στιγμή, προτού τραβηχτεί και διακόψει την επαφή.

«Ποπό!» Εξέπνευσε και τράβηξε πίσω τα μαλλιά του με τα δάχτυλα. «Ποπό! Ήταν φοβερό. Ζαλίστηκα λίγο. Νομίζω πως εκπνέεις σχεδόν καθαρό οξυγόνο, Λόρελ».

«Δεν πρόκειται να σωριαστείς από το σκαμπό, ε;» Ακούμπησε τα χέρια της στα πόδια του.

«Είμαι μια χαρά», αποκρίθηκε ο Ντέιβιντ αναπνέοντας αργά. «Δώσε μου μόνο μερικά δευτερόλεπτα ακόμη για να συνέλθω». Άφησε τα χέρια του να γλιστρήσουν μέχρι κάτω και να σκεπάσουν τα δικά της που ήταν ακόμη γαντζωμένα στα πόδια του. Εκείνη σήκωσε τα μάτια και τον κοίταξε καθώς πιπιλούσε το κάτω χείλος του και μετά έσκασε ένα χαμόγελο.

«Πού είναι το αστείο;»

«Συγγνώμη», είπε ο Ντέιβιντ και ξανακοκκίνισε. «Έχεις πολύ γλυκιά γεύση».

«Τι εννοείς, γλυκιά;»

Έγλειψε το κάτω χείλος του και πάλι. «Έχεις μια γεύση σαν μέλι».

«Μέλι;»

«Ναι. Νόμισα πως είχα αρχίσει να τα χάνω τη μέρα... Κατάλαβες, εκείνη τη μία και μοναδική μέρα. Όμως και σήμερα ήταν το ίδιο. Το στόμα σου είναι κυριολεκτικά γλυκό». Έκανε μια παύση για μια στιγμή και μετά χαμογέλασε. «Όχι σαν μέλι, αλλά σαν νέκταρ. Πιο λογικό είναι αυτό».

«Τέλεια. Τώρα θα πρέπει να το εξηγώ σε όποιον φιλάω για το υπόλοιπο της ζωής μου, εκτός αν είσαι εσύ... ή κάποιος νεράιδος». Παραλίγο να της ξεφύγει το όνομα του Ταμάνι. Τα δάχτυλά της άγγιξαν το δαχτυλίδι γύρω από το λαιμό της.

«Τότε, να μη φιλάς κανέναν άλλο εκτός από μένα».

«Ντέιβιντ...»

«Σου προτείνω απλώς την προφανή λύση», είπε το αγόρι σηκώνοντας ψηλά τα χέρια σε ένδειξη διαμαρτυρίας.

Εκείνη γέλασε. «Φαντάζομαι πως έτσι δεν πρόκειται να γίνω καμιά από αυτές τις εύκολες που φιλιούνται με όλους».

Ο Ντέιβιντ κατένευσε. «Δε θα μπορούσες ποτέ να γίνεις έτσι. Έχεις πολύ λεπτά αισθήματα. Θα ανησυχούσες μήπως ράγιζες την καρδιά κάθε αγοριού που φιλούσες».

Δεν ήταν σίγουρη αν της το είπε αυτό σαν κομπλιμέντο ή όχι, αλλά εκείνη έτσι το εξέλαβε. «Χμ, ευχαριστώ. Μάλλον».

«Αυτό τι είναι;» ρώτησε δείχνοντας το περιδέραιό της. «Παίζεις συνεχώς μαζί του».

Η Λόρελ έβγαλε το δαχτυλίδι έξω από την μπλούζα της. Ήταν σαν ένα φυλαχτό που ταξίδευε τις σκέψεις της κατευθείαν στον Ταμάνι. Αναρωτήθηκε αν ο νεράιδος ήξερε πριν της το χαρίσει ότι θα είχε αυτή την ιδιότητα. Της έκανε εντύπωση που δεν εκνευρίστηκε με το ενδεχόμενο αυτό. «Είναι ένα δαχτυλίδι», ομολόγησε τελικά. «Μου το χάρισε ο Ταμάνι».

Ο Ντέιβιντ την κοίταξε περίεργα. «Ο Ταμάνι σού έδωσε ένα *δαχτυλίδι;*»

«Δεν είναι αυτό που νομίζεις. Είναι ένα βρεφικό δαχτυλίδι. Κατάλαβα πως όλα τα νεραϊδομωρά έχουν ένα». Πηγαίνοντας ενάντια στην παρόρμησή της να κρατήσει το δαχτυλίδι μυστικό, τράβηξε την αλυσίδα έξω από την μπλούζα της και έδειξε στον Ντέιβιντ το μικροσκοπικό δακτύλιο.

«Είναι πολύ όμορφο», είπε εκείνος με μισή καρδιά. «Γιατί σου το έδωσε;»

Η Λόρελ προσπάθησε να αποφύγει την ερώτησή του. «Δεν ξέρω. Ήθελε απλώς να το κρατήσω εγώ».

Ο Ντέιβιντ το κοίταξε για πολλή ώρα προτού το αφήσει να πέσει ξανά πίσω στο στήθος της.

Κεφάλαιο 16

«ΠΑΝΩ ΣΤΗΝ ΩΡΑ», είπε η Σάρα τη στιγμή που η κόρη της γυρνούσε από το σχολείο την επόμενη μέρα. «Σε ζητούν στο τηλέφωνο».

Η Λόρελ πήρε το ακουστικό. Μόλις είχε αφήσει τον Ντέιβιντ στη γωνία. Γιατί να την πάρει τόσο γρήγορα; «Εμπρός;» ρώτησε με απορία.

«Γεια σου, Λόρελ. Η Τσέλσι είμαι».

«Γεια», αποκρίθηκε η Λόρελ.

«Έχεις δουλειά; Έχει ήλιο σήμερα και σκέφτηκα μήπως ήθελες να πάμε να δούμε το Φάρο του Μπάτερι Πόιντ».

Η Λόρελ είχε ακούσει γι' αυτό το μνημείο, αλλά δεν το είχε δει ακόμη. «Ναι, αμέ», είπε. «Πολύ θα ήθελα».

«Να έρθω να σε πάρω στις πέντε;»

«Τέλεια».

«Θα πας κάπου με τον Ντέιβιντ;» ρώτησε η μητέρα της, αφότου εκείνη έκλεισε το τηλέφωνο.

«Βασικά, με την Τσέλσι. Θέλει να πάμε στο φάρο. Υπάρχει πρόβλημα;»

«Φυσικά και όχι, ακούγεται θαυμάσια ιδέα. Πολύ χαίρομαι που αποκτάς φίλους. Ξέρεις πως συμπαθώ πολύ τον Ντέιβιντ, αλλά θα πρέπει να κάνεις παρέα και με άλλα παιδιά. Είναι πιο υγιές».

Η Λόρελ πήγε στο ψυγείο και άνοιξε ένα αναψυκτικό.

«Πήρα τους βαθμούς του τριμήνου σου σήμερα με το ταχυδρομείο», είπε η μητέρα της.

Το αναψυκτικό ήταν σαν να κάθισε στο λαιμό της. Μέχρι να ανθίσει, τα πήγαινε μια χαρά, αλλά δεν ήξερε κατά πόσο είχε καταφέρει να διατηρήσει τις καλές επιδόσεις της από τη στιγμή που η ζωή της μετατράπηκε σε παράνοια.

«Τρία Α και δύο Β. Είμαι αρκετά ικανοποιημένη», είπε η Σάρα χαμογελώντας. «Για να είμαι ειλικρινής, εν μέρει είμαι πολύ περήφανη για τον εαυτό μου. Πρέπει να έκανα πολύ καλή δουλειά μαζί σου για να τα πηγαίνεις τόσο καλά».

Η Λόρελ στριφογύρισε τις κόρες των ματιών της παίρνοντας τους βαθμούς της. Το Β στη βιολογία δεν αποτελούσε έκπληξη, αλλά ούτε και το Α στα αγγλικά. Τώρα το μόνο που της απέμενε ήταν να το διατηρήσει μέχρι το τέλος του εξαμήνου. Δε θα ήταν τόσο δύσκολο. Τα χειρότερα είχαν περάσει πια.

«Γιατί είναι εδώ το αυτοκίνητο του μπαμπά;» ρώτησε η Λόρελ.

Η μητέρα της αναστέναξε. «Ο πατέρας σου αρρώστησε. Δεν αισθάνεται καλά από το πρωί. Ούτε στη δουλειά πήγε».

«Αμάν πια», αντέδρασε η Λόρελ. «Δεν έχει χάσει ποτέ ούτε μισή μέρα».

«Ναι. Τον ανάγκασα να μείνει στο κρεβάτι. Αύριο θα είναι καλύτερα».

Άκουσε ένα κλάξον να κορνάρει από το δρομάκι τους.

«Αυτή είναι η Τσέλσι», είπε η Λόρελ και γράπωσε το μπουφάν της.

«Καλά να περάσετε», ευχήθηκε η μητέρα της χαμογελώντας.

Η Λόρελ κάθισε στο πίσω κάθισμα του αυτοκινήτου και η Τσέλσι στράφηκε και την κοίταξε με ένα χαμόγελο μέχρι τα αφτιά. «Γεια χαρά! Ο φάρος είναι φανταστικός, είναι κλασική αξία. Θα ενθουσιαστείς!»

Η μητέρα της Τσέλσι τις άφησε στο υπαίθριο πάρκινγκ. «Θα γυρίσω σε δύο ώρες», είπε στα κορίτσια.

«Γεια», φώναξε η Τσέλσι κουνώντας το χέρι.

«Προς τα πού πάμε;» ρώτησε η Λόρελ ατενίζοντας τον ωκεανό.

«Θα περπατήσουμε», αποκρίθηκε η Τσέλσι δείχνοντας ένα νησί περίπου εκατόν πενήντα μέτρα από την ακτή.

«Θα περπατήσουμε μέχρι εκεί;»

«Θεωρητικά, είναι ένας ισθμός όταν δεν έχουν φουσκώσει τα νερά».

Βάζοντας το χέρι αντήλιο για να προστατεύσει τα μάτια της, η Λόρελ προσπάθησε να διακρίνει το νησί. «Δε βλέπω φάρο».

«Δεν είναι σαν τους φάρους που βλέπεις στους πίνακες. Είναι απλώς ένα σπίτι με ένα φως στην οροφή».

Η Τσέλσι έδειχνε το δρόμο καθώς περπατούσαν σε μια στενή λωρίδα γης που συνέδεε το νησάκι με την ξηρά. Είχε πολλή πλάκα να είσαι τόσο κοντά στη θάλασσα, χωρίς όμως να βουτάς μέσα της. Στη Λόρελ άρεσαν η μυρωδιά της θαλασσινής αλμύρας και η δροσερή αύρα που τη χάιδευε στο πρόσωπο και έκανε τις μπούκλες της Τσέλσι να ανεμίζουν.

Όταν έφτασαν στο νησί, ένας χαλικόστρωτος δρόμος οδηγούσε ψηλά στο λόφο. Μερικά λεπτά αργότερα βρέθηκαν σε μια μικρή στροφή και ο φάρος εμφανίστηκε μπροστά στα μάτια τους.

«Είναι όντως ένα κανονικό σπίτι», είπε η Λόρελ έκπληκτη.

«Εκτός από το φως», διευκρίνισε η Τσέλσι.

Η κοπέλα έκανε την ξεναγό δείχνοντας στη Λόρελ το μικρό σπίτι κάτω από το άγρυπνο βλέμμα ενός φύλακα και εξηγώντας την ιστορία του φάρου, καθώς και το ρόλο που έπαιξε όταν τσουνάμι είχαν πλήξει το Κρέσεντ Σίτι πριν από μερικά χρόνια. «Σου προκαλούν δέος», είπε η Τσέλσι. «Τουλάχιστον όταν δε γίνονται θεόρατα».

Η Λόρελ δεν ήταν σίγουρη πως μοιραζόταν τον ενθουσιασμό της.

Η Τσέλσι την οδήγησε έξω σε μια αυλίτσα και της έδειξε τα μοβ λουλούδια που φύτρωναν παντού στο μικρό νησάκι. «Είναι πανέμορφα», είπε η Λόρελ σκύβοντας για να αγγίξει τα μικροσκοπικά ανθάκια.

Η Τσέλσι έβγαλε μια κουβέρτα από την τσάντα της και την έστρωσε πάνω στο μαλακό χορτάρι. Κάθισαν μαζί χαζεύοντας τη θάλασσα αμίλητες για μερικά λεπτά. Η Λόρελ ένιωθε τόση γαλήνη σε τούτο το άγονο αλλά όμορφο μέρος. Η Τσέλσι έψαξε μέσα στην τσάντα της και έβγαλε μια Snickers για τον εαυτό της, ενώ στη φίλη της πρόσφερε ένα μικρό ταπεράκι.

«Τι είναι;» ρώτησε η Λόρελ.

«Φράουλες. Είναι βιολογικές, έτσι για να ξέρεις», εξήγησε η Τσέλσι.

Η Λόρελ χαμογέλασε και έβγαλε το καπάκι. «Ευχαριστώ. Φαίνονται υπέροχες». Ένα εκατομμύριο φορές καλύτερες από τη σοκολάτα που απολάμβανε η φίλη της.

«Λοιπόν, τι τρέχει ανάμεσα σε σένα και στον Ντέιβιντ;»

Η Λόρελ πνίγηκε με τη φράουλα που είχε μόλις αρχίσει να μασουλά και έβηξε δυνατά. «Τι εννοείς;»

«Αναρωτιέμαι αν είστε επίσημα ζευγάρι».

«Απ' ό,τι βλέπω, μπαίνεις κατευθείαν στο θέμα», παρατήρησε η Λόρελ.

«Του αρέσεις πολύ, Λόρελ», αναστέναξε η Τσέλσι. «Μακάρι να του άρεσα κι εγώ έστω και στο μισό από αυτό».

Η Λόρελ συνέχισε να τρώει τις φράουλές της με ένα πιρούνι.

«Νομίζω ότι μου άρεσε από τη μέρα που μετακόμισε εδώ. Ήμασταν μαζί σε μια ομάδα ποδοσφαίρου», πρόσθεσε χαμογελώντας η κοπέλα.

Η Λόρελ έβλεπε νοερά μια δεκάχρονη Τσέλσι, πεισματάρα και πληθωρική όπως τώρα και όχι τόσο διακριτική, να γνωρίζει τον Ντέιβιντ για πρώτη φορά. Τον Ντέιβιντ που δεν κατέκρινε ποτέ, που δεχόταν τα πάντα. Δεν ήταν καθόλου περίεργο που είχε κολλήσει μαζί του. Κι όμως... «Τσέλσι, χωρίς παρεξήγηση, γιατί μου τα λες όλα αυτά;»

«Δεν ξέρω». Απέμειναν σιωπηλές για λίγο. «Δεν έχω πρόθεση να σε κάνω να νιώσεις άσχημα ή κάτι τέτοιο», τη διαβεβαίωσε η φίλη της. «Εμένα ο Ντέιβιντ δε με συμπαθεί με τον ίδιο τρόπο, το ξέρεις. Για να είμαι ειλικρινής, αν είναι να τα φτιάξει με άλλη, προτιμώ να είναι με κάποια σαν κι εσένα. Κάποια φίλη μου».

«Καλό αυτό, φαντάζομαι», σχολίασε η Λόρελ.

«Λοιπόν... είσαι η κοπέλα του;» επέμεινε η Τσέλσι.

«Δεν ξέρω. Μπορεί;»

«Αυτό είναι ερώτηση;» είπε η Τσέλσι χαμογελώντας.

«Δεν ξέρω». Η Λόρελ έκανε μια παύση και μετά κοίταξε λοξά τη φίλη της. «Αλήθεια, δε σε πειράζει που το συζητάμε;»

«Καθόλου. Είναι σαν να το βιώνω μέσα από σένα».

«Λες κάτι κουφά πράγματα ώρες ώρες», είπε η Λόρελ μετανιωμένη.

«Ναι, έτσι λέει και ο Ντέιβιντ. Προσωπικά, δε νομίζω πολύς κόσμος να λέει αυτό που πραγματικά σκέφτεται».

«Δεν έχεις κι άδικο».

«Λοιπόν, τα έχετε ή όχι;» ρώτησε και πάλι η Τσέλσι αρνούμενη να το βάλει κάτω.

Η Λόρελ ανασήκωσε τους ώμους. «Πραγματικά δεν ξέρω. Καμιά φορά σκέφτομαι πως είναι αυτό που θέλω, αλλά ποτέ δεν είχα αγόρι στο παρελθόν. Ποτέ δεν είχα κάποιον τόσο κολλητό φίλο. Μου αρέσει και δε θέλω να χάσω τη φιλία του».

«Μπορεί και όχι».

«Μπορεί. Δεν είμαι τόσο σίγουρη».

«Θα μπορούσες να έχεις και έξτρα πλεονεκτήματα», είπε η Τσέλσι.

«Δηλαδή;»

«Αν, ας πούμε, τα φτιάξετε, θα μπορούσε να σου λύνει τις ασκήσεις της βιολογίας».

«Δελεαστικό», σχολίασε η Λόρελ. «Δεν τη χωνεύω τη βιολογία».

Η Τσέλσι χαμογέλασε. «Ναι, έτσι είπε κι αυτός».

Τα μάτια της Λόρελ άνοιξαν διάπλατα. «Αποκλείεται! Αλήθεια;»

«Δεν είναι και μυστικό. Γκρινιάζεις γι' αυτό σχεδόν κάθε μέρα στο μεσημεριανό διάλειμμα. Νομίζω πως θα ήταν το τέλειο αγόρι για σένα», πρόσθεσε η Τσέλσι.

«Γιατί το υποστηρίζεις όλο αυτό; Οι περισσότερες κοπέλες στη θέση σου θα είχαν βαλθεί να μας χωρίσουν».

«Δεν είμαι σαν τον περισσότερο κόσμο», υπερασπίστηκε

τον εαυτό της η Τσέλσι. «Εξάλλου», συνέχισε σε πιο ήπιο τόνο, «θα τον έκανε πολύ ευτυχισμένο. Μου αρέσει όταν ο Ντέιβιντ είναι χαρούμενος».

«Γύρισα», φώναξε η Λόρελ μπαίνοντας στο σπίτι. Πέταξε το σακίδιό της κατάχαμα και χώθηκε στην αποθηκούλα με τις προμήθειες αναζητώντας ένα βάζο με αχλάδια κονσέρβα. Η μητέρα της ήρθε μετά από λίγα λεπτά, τη στιγμή που η Λόρελ δάγκωνε ένα αχλάδι κατευθείαν από το βάζο. Αντί να της ρίξει αυτό το γνώριμο ύφος επίπληξης, επειδή η Λόρελ δε χρησιμοποιούσε μπολάκι, η Σάρα απλώς αναστέναξε και χαμογέλασε κουρασμένη.

«Μπορείς να φροντίσεις μόνη σου για το βραδινό σου απόψε;»

«Φυσικά, τι συμβαίνει;»

«Ο πατέρας σου χειροτέρεψε. Πονάει το στομάχι του και είναι λίγο πρησμένο. Τώρα ανέβασε πυρετό. Δεν είναι πολύ υψηλός, τριάντα οχτώ, αλλά δεν μπορώ να τον ρίξω με τίποτα. Ούτε με κρύες κομπρέσες ούτε με δροσερά ντους ούτε με τις κάψουλές μου από ύσσωπο και γλυκόριζα»

«Αλήθεια;» ρώτησε η Λόρελ. Η Σάρα είχε θαυματουργά βότανα για όλα. Οι φίλοι της συχνά την έπαιρναν τηλέφωνο όταν είχαν δοκιμάσει τα πάντα και τα φαρμακευτικά προϊόντα δεν έκαναν τίποτα. «Δοκίμασες να του δώσεις τσάι εχινάκειας;» πρότεινε, αφού αυτό της έδινε πάντα η μητέρα της.

«Του έφτιαξα έναν κουβά, παγωμένο κιόλας. Αλλά κι αυτό δυσκολεύεται να το καταπιεί, κι έτσι δεν ξέρω αν πήρε αρκετή δόση για να τον βοηθήσει».

«Μάλλον τον πείραξε κάτι που έφαγε», υπέθεσε η Λόρελ.

«Μπορεί», είπε αφηρημένη η Σάρα, αλλά δε φαινόταν σίγουρη. «Χειροτέρεψε από τότε που έφυγες. Τέλος πάντων», πρόσθεσε γυρίζοντας με φόρα προς την κόρη της, «θα ξαγρυπνήσω στο προσκέφαλό του όλο το βράδυ για να δω αν μπορώ να τον ανακουφίσω κάπως».

«Κανένα πρόβλημα. Έφαγα αχλάδια κονσέρβα κι έχω πολύ διάβασμα να κάνω».

«Συναρπαστική βραδιά και για τις δυο μας».

«Ναι», είπε η Λόρελ αναστενάζοντας και ρίχνοντας μια ματιά στη στοίβα με τα βιβλία που την περίμεναν πάνω στο τραπέζι.

Κεφάλαιο 17

ΤΗΝ ΠΕΜΠΤΗ, ΜΕΤΑ ΤΟ ΣΧΟΛΕΙΟ, η Λόρελ πήρε την μπλε ποδιά της και ξεκίνησε για το βιβλιοπωλείο του Μαρκ. Η Τζεν, η Μπρεντ και η Μάντι –οι υπάλληλοι του πατέρα της– έκαναν υπερωρίες, αλλά αν τα πράγματα συνέχιζαν έτσι, και οι τρεις θα συμπλήρωναν σαράντα ώρες μέχρι την Παρασκευή. Η Λόρελ ήθελε να δώσει τουλάχιστον στην Μπρεντ και στην Τζεν το ρεπό τους. Θα τα έβγαζε πέρα με τη βοήθεια της Μάντι. Αυτή ήταν η μόνη υπάλληλος που ο πατέρας της είχε κρατήσει από τον προηγούμενο ιδιοκτήτη του βιβλιοπωλείου. Η Μάντι εργαζόταν στο μαγαζί σχεδόν δέκα χρόνια τώρα και ευτυχώς μπορούσε να το κρατά ολομόναχη.

Όμως, δεν ήταν η δουλειά στο βιβλιοπωλείο που έκανε τη Λόρελ να ανησυχεί καθώς κατέβαινε τον Κεντρικό Δρόμο. Είχε μπει στο δωμάτιο των γονιών της για να της δώσει ο πατέρας της κάποιες οδηγίες της τελευταίας στιγμής και είχε πάθει σοκ βλέποντας την όψη του. Ήταν ανέκαθεν αδύνατος, αλλά τώρα τα μάγουλά του είχαν ρουφηχτεί και είχε μαύρες σακούλες κάτω από τα μάτια. Τα χείλη του ήταν ωχρά και ένα λεπτό στρώμα ιδρώτα κάλυπτε το μέτωπό του. Η μητέρα της είχε δοκιμάσει τα πάντα. Καταπλάσματα με λεβάντα και δεντρολίβανο στο στήθος, τσάι από μάραθο για το στομάχι, τόνους βιταμίνης C για να ενισχύσει το ανοσοποιητικό του σύστημα. Δεν έπιανε τίποτα. Του έδωσε μπράντι το βράδυ για να τον βοηθήσει να κοιμηθεί και έριξε μερικές σταγόνες λάδι μέντας στον υγραντήρα. Καμία βελτίωση. Παραμερίζοντας την περηφάνια της, κατέφυγε σε κάποια συμβατικά φάρμακα –Depon και Panadol Extra–, κι όμως εκείνος δεν ένιωθε καλύτερα. Αυτό που όλοι τους έλπιζαν να είναι μια γερή γρίπη είχε γίνει πολύ σοβαρό, περισσότερο απ' ό,τι περίμενε η Σάρα.

Όταν η Λόρελ προσφέρθηκε να πάει στο βιβλιοπωλείο εκείνο το απόγευμα, για να μείνει η μητέρα της στο σπίτι με τον πατέρα της, εκείνη την αγκάλιασε σφιχτά και της ψιθύρισε ένα «ευχαριστώ» στο αφτί. Ο Μαρκ δε φαινόταν να είναι ο εαυτός του. Έμοιαζε περισσότερο με μια αρρωστημένη καρικατούρα του άντρα που ήταν μόλις μέχρι πριν από μερικές μέρες. Προσπάθησε να χαμογελάσει και να αστειευτεί, όπως συνήθιζε πάντα, αλλά ακόμη κι αυτό του έπεφτε βαρύ.

Μια χαρούμενη μελωδία ήχησε καθώς η Λόρελ άνοιξε την είσοδο του μαγαζιού.

Η Μάντι σήκωσε τα μάτια και χαμογέλασε. «Λόρελ; Κάθε φορά που σε βλέπω γίνεσαι και πιο όμορφη». Αγκάλιασε την κοπέλα, η οποία έμεινε αρκετή ώρα στην αγκαλιά της νιώθοντας κάπως καλύτερα. Η Μάντι μύριζε πάντα μπισκότα και μπαχαρικά και κάτι άλλο που η Λόρελ δεν μπορούσε να αγγίξει ποτέ στη ζωή της.

«Πώς είναι ο πατέρας σου;» ρώτησε η Μάντι με το χέρι της περασμένο ακόμη γύρω από τους ώμους της.

Η απάντηση που έδινε σε όλους ήταν ένα ξερό «Καλά είναι». Όταν όμως ρώτησε η Μάντι, η Λόρελ δεν μπόρεσε να το αποφύγει. «Δείχνει πολύ χάλια, Μάντι. Έχει γίνει πετσί και κόκαλο. Η μητέρα μου δεν μπορεί να κάνει τίποτα για να τον βοηθήσει. Δεν πιάνει τίποτα».

«Ακόμη και οι κάψουλες με ύσσωπο και γλυκόριζα;»

Η Λόρελ χαμογέλασε με κόπο. «Αυτό είπα κι εγώ».

«Για μένα είναι θαυματουργό γιατρικό».

«Όχι για τον μπαμπά. Όχι αυτή τη φορά, τουλάχιστον».

«Κάθε βράδυ τού ανάβω ένα κεράκι». Ό,τι ήταν η γλυκόριζα και ο ύσσωπος για τη μητέρα της Λόρελ, ήταν για τη Μάντι τα κεράκια. Ήταν θρησκευόμενη καθολική, είχε ένα κηροπήγιο στο μπροστινό της παράθυρο και άναβε ένα κεράκι για όλα και για όλους, από έναν γνωστό της στην ενορία που πέθαινε από καρκίνο μέχρι τη γάτα της γειτονιάς που είχε εξαφανιστεί. Η Λόρελ πάντως της ήταν ευγνώμων.

«Ο πατέρας μου στέλνει ένα πρόγραμμα για το υπόλοιπο της εβδομάδας».

Η Μάντι γέλασε. «Άρρωστος στο κρεβάτι και καταρτίζει προγράμματα. Άρα δεν είναι και τόσο του θανατά». Άπλωσε το χέρι. «Για να το δούμε». Η Μάντι μελέτησε το χειρόγραφο πρόγραμμα. «Απ' ό,τι βλέπω, μας μειώνει το ωράριο του μαγαζιού».

Η Λόρελ κούνησε το κεφάλι. «Δεν υπάρχουν αρκετοί υπάλληλοι για να τηρηθεί το κανονικό ωράριο».

«Δεν πειράζει. Εδώ και μήνες τού έλεγα πως ήταν κουτό να ανοίγουμε στις οχτώ. Ποιος θα αγοράσει βιβλίο στις οχτώ η ώρα το πρωί;» Έσκυψε μπροστά σαν να ήθελε να μοιραστεί ένα μυστικό. «Για να λέμε την αλήθεια, εγώ ούτε από το κρεβάτι μου δε θέλω να σηκώνομαι τέτοια ώρα το πρωί».

Εργάστηκαν τις επόμενες ώρες μαζί σε αρκετά χαρούμενο

κλίμα, αποφεύγοντας το θέμα του πατέρα της Λόρελ, το οποίο όμως τριβέλιζε συνεχώς το μυαλό της. Άφησε τη Μάντι να αποτελειώσει τη χαρτούρα του κλεισίματος της μέρας και κόλλησε μια ταμπέλα στην πόρτα, που ζητούσε συγγνώμη για το μη προγραμματισμένο κλείσιμο του μαγαζιού εκείνο το Σαββατοκύριακο.

Η Λόρελ γυρνούσε στο σπίτι με αργό βήμα, εξουθενωμένη μετά από δύο ώρες που στοκάριζε τη μία κούτα βιβλία πάνω στην άλλη. Καθώς έστριψε στην τελευταία γωνία, είδε ένα μεγάλο όχημα παρκαρισμένο στο δρομάκι του σπιτιού της. Της πήρε μερικά δευτερόλεπτα μέχρι να συνειδητοποιήσει τι ήταν αυτό που αντίκριζε, αλλά τα πόδια της έβγαλαν φτερά τη στιγμή που αναγνώρισε το λευκό και κόκκινο ασθενοφόρο. Όρμησε στην κύρια είσοδο καθώς οι τραυματιοφορείς κατέβαιναν τη σκάλα μεταφέροντας τον πατέρα της πάνω σε ένα φορείο. Η Σάρα ακολουθούσε μόλις ένα βήμα πίσω.

«Τι έπαθε;» ρώτησε η Λόρελ με τα μάτια της καρφωμένα στον πατέρα της.

Τα δάκρυα έτρεχαν ποτάμι στο πρόσωπο της μητέρας της. «Άρχισε να ξερνάει αίμα. Αναγκάστηκα να τους καλέσω».

Επιτέλους, η σκάλα άδειασε και η Λόρελ κατάφερε να φτάσει τη Σάρα. Την αγκάλιασε από τη μέση. «Δεν πειράζει, μαμά. Θα σε ευγνωμονεί που το έκανες».

«Δεν εμπιστεύεται τους γιατρούς», είπε εκείνη αφηρημένη.

«Δεν έχει σημασία. Τους έχει ανάγκη».

Η Σάρα κατένευσε, αλλά η Λόρελ δεν ήταν σίγουρη αν την άκουσε. «Πρέπει να πάω μαζί του», είπε. «Μόνο ένα άτομο επιτρέπεται να μπει στο ασθενοφόρο. Νομίζω ότι είναι καλύτερα να σε πάρω τηλέφωνο μόλις τακτοποιηθεί».

Η Λόρελ έγνεψε καταφατικά. «Ναι, πήγαινε. Ξέρω να φροντίζω τον εαυτό μου».

Κατάφερε να περάσει την τσάντα της μητέρας της στον ώμο της, ενώ εκείνη πλησίαζε το ασθενοφόρο αγνοώντας την παρουσία της κόρης της. Δε γύρισε καν να κοιτάξει πίσω της καθώς οι πόρτες έκλεισαν με θόρυβο.

Η Λόρελ παρακολούθησε το ασθενοφόρο να απομακρύνεται και μια νοσηρή, δυσάρεστη αίσθηση φώλιασε στο στομάχι της. Κανένας από τους γονείς της δεν είχε πάει στο νοσοκομείο, απ' όσο μπορούσε να θυμηθεί, παρά μόνο για να επισκεφτούν κάποιον ασθενή. Η Λόρελ δεν ήθελε να πιστέψει πως ήταν κάτι σοβαρότερο από μια οξεία ίωση, που τελικά θα περνούσε από μόνη της, αλλά μάλλον δεν ήταν έτσι τα πράγματα.

Μπήκε στο σπίτι και έκλεισε την πόρτα σπρώχνοντάς την και με τα δύο χέρια. Το κλικ που έκανε καθώς σφάλιζε αντήχησε στο χολ της εισόδου. Το σπίτι φάνταζε τεράστιο και άδειο χωρίς τους γονείς της. Είχε μείνει πολλές φορές μόνη στους πέντε μήνες από τότε που μετακόμισαν, αλλά εκείνο το βράδυ το ένιωθε διαφορετικό. Τρομακτικό. Τα χέρια της έτρεμαν καθώς γυρνούσε το κλειδί στην κλειδαριά ασφαλείας. Γλίστρησε την πλάτη της στην πόρτα και κάθισε στο πάτωμα πολλή ώρα καθώς τα τελευταία ξέφτια από το φως του ηλιοβασιλέματος έσβηναν αφήνοντας να την τυλίξει το βλοσυρό σκοτάδι.

Μαζί με το σκοτάδι, λες και δόθηκε μια σιωπηρή άδεια στις μαύρες σκέψεις να εισβάλουν στο μυαλό της. Η Λόρελ σηκώθηκε και έτρεξε βιαστικά στην κουζίνα όπου άναψε όλα τα φώτα προτού βολευτεί στο τραπέζι. Έβγαλε την εργασία που είχε να κάνει στα αγγλικά και προσπάθησε να την ξεκινήσει, αλλά αφού διάβασε την πρώτη πρόταση, τα γράμματα άρχισαν να χορεύουν μπροστά στα μάτια της χωρίς νόημα.

Ακούμπησε το κεφάλι στο βιβλίο. Οι σκέψεις της πλανήθηκαν από το βιβλιοπωλείο στον Ταμάνι, στον Ντέιβιντ, μετά πίσω στους γονείς της στο νοσοκομείο και ξανά γύρω γύρω μέχρι που τα μάτια της σφάλισαν αργά.

Ένα δυνατό κουδούνισμα την έκανε να πεταχτεί από τα συγκεχυμένα, χωρίς νόημα όνειρά της. Εστίασε την προσοχή της στον ήχο και κατάφερε να πατήσει το κουμπί της συνομιλίας στο ακουστικό και να ξεστομίσει ένα νυσταγμένο «Εμπρός;».

«Γεια σου, γλυκιά μου, η μαμά είμαι».

Η Λόρελ ξύπνησε απότομα και περιεργάστηκε με μισόκλειστα μάτια το τσαλακωμένο της βιβλίο. «Τι σας είπαν;»

«Θα τον κρατήσουν μέσα απόψε και θα του δώσουν αντιβιοτικά. Θα πρέπει να περιμένουμε και να δούμε πώς θα πάει μέχρι αύριο». Η Σάρα κόμπιασε για λίγο. «Δεν τον έχουν βάλει σε δωμάτιο και μέχρι να γίνει αυτό θα πάει πολύ αργά. Μπορείς να μείνεις μόνη σου απόψε και να έρθεις αύριο να τον δεις;»

Η Λόρελ αμφιταλαντεύτηκε για μερικά δευτερόλεπτα. Είχε την παράλογη αίσθηση πως και μόνο που θα πήγαινε στο νοσοκομείο κάτι θα πρόσφερε, αλλά ήταν κουτό. Το αύριο δεν ήταν πολύ μακριά. Πίεσε τον εαυτό της να μιλήσει με χαρούμενη φωνή. «Μην ανησυχείς για μένα, μαμά. Θα είμαι μια χαρά».

«Σ' αγαπώ».

«Κι εγώ σ' αγαπώ».

Και πάλι η Λόρελ ένιωσε μόνη στο έρημο σπίτι. Σχεδόν ασυναίσθητα τα δάχτυλά της πληκτρολόγησαν τον αριθμό του

Ντέιβιντ. Απάντησε πριν ακόμη εκείνη συνειδητοποιήσει ότι τον κάλεσε. «Ντέιβιντ;» είπε ανοιγοκλείνοντας τα μάτια. «Γεια». Κοίταξε έξω από το παράθυρο της κουζίνας όπου ανέτελλε το φεγγάρι. Δεν είχε ιδέα τι ώρα ήταν. «Μπορείς να έρθεις από δω;»

Όταν χτύπησε το κουδούνι, η Λόρελ έτρεξε να ανοίξει. «Συγγνώμη που σου τηλεφώνησα. Δεν κατάλαβα πως ήταν περασμένη η ώρα», δικαιολογήθηκε.

«Δεν πειράζει», είπε ο Ντέιβιντ με τα χέρια σταθερά πάνω στους ώμους της. «Είναι μόλις δέκα και η μητέρα μου είπε να γυρίσω σπίτι ό,τι ώρα θέλω. Αυτά είναι έκτακτα περιστατικά. Τι μπορώ να κάνω;»

Η Λόρελ ανασήκωσε τους ώμους. «Η μητέρα μου έχει φύγει και... δε θέλω να μείνω μόνη».

Ο Ντέιβιντ την αγκάλιασε από τους ώμους καθώς εκείνη έγειρε στο στήθος του. Την κράτησε αγκαλιά στο χολ της εισόδου για κάμποσα λεπτά, ενώ η Λόρελ κουλουριασμένη στο στήθος του τον κράτησε για παρηγοριά. Τον ένιωθε τόσο στιβαρό και ζεστό πάνω της και τον έσφιγγε τόσο δυνατά, που άρχισαν να την πονούν τα μπράτσα της. Για λίγο, όλα φάνηκαν πως θα πήγαιναν καλά.

Τελικά αποτραβήχτηκε. Ένιωθε άβολα που είχε αφήσει τον Ντέιβιντ να την κρατήσει στην αγκαλιά του τόση ώρα. Εκείνος απλώς χαμογέλασε μετανιωμένος, πήγε στον καναπέ και έπιασε την κιθάρα της. «Ποιος παίζει;» ρώτησε γρατσουνώντας μια χορδή στην τύχη. «Ο πατέρας σου;»

«Όχι. Χμ... εγώ. Δεν έχω κάνει μαθήματα ποτέ. Είμαι κάτι σαν αυτοδίδακτη».

«Κι εγώ πώς δεν το ήξερα αυτό;»

Η Λόρελ κούνησε το κεφάλι. «Δεν είμαι και πολύ καλή».

«Πόσο καιρό παίζεις;»

«Τρία χρόνια περίπου». Πήρε την κιθάρα από τα χέρια του και την ισορρόπησε στο γόνατό της. «Τη βρήκα στη σοφίτα. Ήταν της μητέρας μου. Μου έδειξε τις βασικές νότες και τώρα πια παίζω εξ ακοής».

«Θα μου παίξεις κάτι;»

«Οχ, όχι», αρνήθηκε η Λόρελ απομακρύνοντας απότομα τα δάχτυλά της από τις χορδές.

«Σε παρακαλώ. Πάω στοίχημα πως θα σε κάνει να νιώσεις καλύτερα».

«Γιατί το λες αυτό;»

Ο Ντέιβιντ ανασήκωσε τους ώμους. «Την κρατάς τόσο φυσικά. Σαν να την αγαπάς πραγματικά».

Τα χέρια της Λόρελ χάιδεψαν το μπράτσο της κιθάρας. «Την αγαπώ. Είναι πολύ παλιά. Μου αρέσουν τα παλιά πράγματα. Έχουν... παρελθόν και ιστορίες να σου πουν».

«Παίξε, λοιπόν». Ο Ντέιβιντ βολεύτηκε με τα χέρια πίσω από το κεφάλι.

Η κοπέλα δίστασε, μετά γρατσούνισε την κιθάρα απαλά και την κούρδισε. Αργά τα χέρια της πέρασαν από το κούρδισμα των χορδών στη γλυκιά μελωδία του «Imagine» του Τζον Λένον. Άρχισε να τραγουδά τα λόγια αργά, σιγανά. Έμοιαζε να είναι το κατάλληλο τραγούδι για την αποψινή βραδιά. Καθώς τα δάχτυλά της άγγιζαν την τελευταία χορδή, αναστέναξε.

«Ποπό!» είπε ο Ντέιβιντ. «Ήταν πολύ όμορφο».

Η Λόρελ έβαλε την κιθάρα πίσω στη θήκη της.

«Δε μου έχεις πει ότι τραγουδάς». Έκανε μια παύση. «Δεν

έχω ξανακούσει κάτι παρόμοιο. Δεν είχε καμία σχέση με τον τρόπο που τραγουδούν οι αστέρες της ποπ. Ήταν όμορφο και γαλήνιο». Της έπιασε το χέρι. «Νιώθεις καλύτερα;»

Χαμογέλασε. «Ναι, σ' ευχαριστώ».

Ο Ντέιβιντ καθάρισε το λαρύγγι του και της έσφιξε το χέρι. «Και τώρα τι;»

Η Λόρελ κοίταξε γύρω της. Δεν υπήρχαν και πολλά πράγματα εκεί μέσα για να ψυχαγωγηθούν. «Θέλεις να δούμε ταινία;»

Ο Ντέιβιντ κατένευσε.

Η Λόρελ διάλεξε ένα παλιό μιούζικαλ όπου κανείς δεν ήταν άρρωστος και κανείς δεν πέθαινε.

«Το *Τραγουδώντας στη Βροχή* θα δούμε;» ρώτησε ο Ντέιβιντ και ξίνισε λίγο τα μούτρα του.

«Έχει πλάκα».

«Εσύ αποφασίζεις».

Μετά τα πρώτα δεκαπέντε λεπτά της ταινίας, ο Ντέιβιντ γελούσε, ενώ η Λόρελ τον χάζευε καθώς η μορφή του ήταν πιο λαμπερή από την οθόνη της τηλεόρασης. Το πρόσωπό του ήταν σχεδόν μονίμως χαμογελαστό και κάθε τόσο τίναζε πίσω το κεφάλι του ξεκαρδισμένος στα γέλια. Ήταν πολύ εύκολο για εκείνη να ξεχνά οτιδήποτε όταν βρισκόταν δίπλα του. Χωρίς να σκεφτεί τις συνέπειες των πράξεών της, η Λόρελ κάθισε ακόμη πιο κοντά του. Σχεδόν ενστικτωδώς, ο Ντέιβιντ σήκωσε το μπράτσο και το πέρασε γύρω από τους ώμους της. Η κοπέλα κούρνιασε στο πλευρό του και ακούμπησε το κεφάλι στο στήθος του. Το μπράτσο του την έσφιξε ακόμη περισσότερο και έγειρε το κεφάλι του, έτσι ώστε το μάγουλό του να ακουμπά στην κορυφή του κεφαλιού της.

«Σ' ευχαριστώ που ήρθες», ψιθύρισε η Λόρελ χαμογελώντας.

«Στη διάθεσή σου», είπε ο Ντέιβιντ, ενώ τα χείλη του άγγιξαν τα μαλλιά της.

Η Λόρελ σήκωσε τα μάτια όταν η μελωδία ήχησε από την κεντρική είσοδο του βιβλιοπωλείου. Δεν ήταν σίγουρη πως θα κατάφερνε να χαμογελάσει σε έναν ακόμη πελάτη, αλλά μια έκφραση ανακούφισης ζωγραφίστηκε στην όψη της όταν τα μάτια της αντίκρισαν τον Ντέιβιντ. «Γεια σου», είπε βγάζοντας έναν αναστεναγμό και άφησε τη στοίβα των βιβλίων που ξεχώριζε πίσω στο τραπέζι δίπλα από το ράφι.

«Γεια», τη χαιρέτησε ήρεμα ο Ντέιβιντ. «Πώς τα πας;»

Η Λόρελ πίεσε τον εαυτό της να χαμογελάσει. «Αντέχω».

«Με το ζόρι. Πώς είναι ο πατέρας σου;»

Η Λόρελ γύρισε πίσω στο ράφι πασχίζοντας να συγκρατήσει τα δάκρυά της για εκατοστή φορά εκείνη τη μέρα. Ένιωσε τα χέρια του Ντέιβιντ να της τρίβουν τους ώμους και έγειρε πάνω του, επιτρέποντας στον εαυτό της να χαλαρώσει, νιώθοντας καλύτερα, πιο ασφαλής. «Τον μεταφέρουν στο Μπρούκινγκς», ψιθύρισε λίγα λεπτά αργότερα.

«Χειροτέρεψε;»

«Ακόμη δεν μπορούν να πουν τίποτα».

Ο Ντέιβιντ ακούμπησε το μάγουλό του στην κορυφή του κεφαλιού της.

Η μελωδία στην κεντρική είσοδο ήχησε ξανά και, παρόλο που η Τζεν έσπευσε να εξυπηρετήσει τον πελάτη, η Λόρελ τραβήχτηκε και πήρε μια βαθιά ανάσα που συντάραξε όλο της το κορμί για να συνέλθει. «Πρέπει να τελειώσω αυτό που κάνω», είπε παίρνοντας τη μικρή στοίβα από το τραπέζι. «Το μαγαζί κλείνει σε μία ώρα και έχω άλλες τέσσερις κούτες να ξεφορτώσω».

«Άσε με να σε βοηθήσω», προσφέρθηκε ο Ντέιβιντ. «Πες μου απλώς πού να πάω». Χαμογέλασε. «Εσύ θα είσαι η επιστάτρια». Πήρε τη στοίβα από τα χέρια της και έτριψε το γυαλιστερό κάλυμμα του βιβλίου που ήταν πάνω πάνω για μερικά δευτερόλεπτα. «Θα μπορούσα ίσως να περάσω κι αύριο να βάλω ένα χεράκι».

«Αφού έχεις τη δική σου δουλειά. Πρέπει να πληρώσεις την ασφάλεια του αυτοκινήτου σου, έτσι δε μου είπες;»

«Καρφάκι δε μου καίγεται για την ασφάλεια του αυτοκινήτου, Λόρελ». Η φωνή του ακούστηκε δυνατή. Έκανε μια παύση προτού συνεχίσει σε πιο απαλό, ήρεμο τόνο. «Είναι η πρώτη φορά σε ολόκληρη την εβδομάδα που σε βλέπω πέρα από το μεσημεριανό ή το μάθημα. Μου λείπεις».

Εκείνη δίστασε.

«Σε παρακαλώ...»

Η Λόρελ υποχώρησε. «Εντάξει, αλλά μόνο μέχρι να καλυτερεύσει ο πατέρας μου».

«Δε θα αργήσει, Λόρελ. Έχουν φοβερούς γιατρούς στο Μπρούκινγκς, θα βρουν τι έχει». Χαμογέλασε. «Θα είσαι πολύ τυχερή έτσι και προλάβεις να με εκμεταλλευτείς για μια ολόκληρη εβδομάδα».

Κεφάλαιο 18

ΠΑΡΑ ΤΑ ΑΙΣΙΟΔΟΞΑ ΛΟΓΙΑ του Ντέιβιντ, πέρασαν δύο εβδομάδες και ο Μαρκ δεν καλυτέρευσε. Η Λόρελ τριγυρνούσε σαν φάντασμα, χωρίς να μιλά σχεδόν σε κανέναν πέρα από τη Μάντι ή τον Ντέιβιντ και την Τσέλσι, που συχνά περνούσαν από το βιβλιοπωλείο για να μιλήσουν λιγάκι μαζί της. Δεν είχαν βάλει ακόμη την Τσέλσι να τους βοηθήσει –ήταν γεννημένη επιστάτρια, αστειευόταν εκείνη–, αλλά η παρέα των δύο φίλων ήταν για τη Λόρελ μεγάλη παρηγοριά.

Πιστός στο λόγο του, ο Ντέιβιντ ήταν αποφασισμένος να δουλέψει στο βιβλιοπωλείο μέχρι να γυρίσει στο σπίτι του ο Μαρκ. Η Λόρελ ένιωθε τύψεις καθώς περνούσε ο καιρός και εκείνος εξακολουθούσε να εργάζεται αμισθί, αλλά ήταν ανένδοτος.

Κάποιες μέρες περνούσαν τα απογεύματα φλυαρώντας ενώ τακτοποιούσαν τα βιβλία και ξεσκόνιζαν τα ράφια και για μερικά λεπτά η Λόρελ ξεχνούσε το πρόβλημα του πατέρα της. Όμως, αυτό δεν κράτησε για πολύ. Τώρα που τον είχαν μεταφέρει, δεν μπορούσε να τον βλέπει καθημερινά. Πάντως, με το που πήρε το δίπλωμά του ο Ντέιβιντ, προσφέρθηκε να εκτελεί χρέη οδηγού κάθε δύο τρεις μέρες.

Την πήγε μαζί με την Τσέλσι μέχρι το Μπρούκινγκς την πρώτη κιόλας μέρα αφότου πήρε το δίπλωμα οδήγησης και, παρόλο που η Λόρελ κρατιόταν από τη ζώνη ασφαλείας με δόντια σφιγμένα και η Τσέλσι τού έκανε κήρυγμα κάθε φορά που ξεπερνούσε το όριο ταχύτητας, έφτασαν σώοι κι αβλαβείς.

Η Λόρελ έφερε στον πατέρα της λουλούδια, αγριολούλουδα από τον κήπο τους. Έλπιζε ότι κάτι που θα του θύμιζε το σπίτι θα του έδινε μεγαλύτερο κίνητρο για να επιστρέψει. Ο Μαρκ ήταν πολύ εξασθενημένος και με το ζόρι βάστηξε τα μάτια του ανοιχτά για μερικά λεπτά για να τη χαιρετήσει και να δεχτεί μια ζεστή αγκαλιά. Μετά παραδόθηκε και πάλι στη λήθη της μορφίνης.

Ήταν η τελευταία φορά που η Λόρελ είδε ξύπνιο τον πατέρα της. Λίγο αργότερα, το προσωπικό του νοσοκομείου άρχισε να τον ναρκώνει σε μόνιμη βάση για να τον λυτρώσει από το συνεχή πόνο που ούτε η μορφίνη δεν μπορούσε να απαλύνει εντελώς. Η Λόρελ χάρηκε ενδόμυχα. Της ήταν πιο εύκολο να τον βλέπει εκεί να κοιμάται. Έδειχνε γαλήνιος και μακάριος. Όταν ήταν ξύπνιος, τον έβλεπε να πασχίζει να υποφέρει τον πόνο και ήταν φρικτά ολοφάνερο πόσο είχε εξασθενήσει ο οργανισμός του. Ο ύπνος ήταν προτιμότερος.

Το βιοχημικό εργαστήριο είχε καταφέρει να απομονώσει μια τοξίνη στο αίμα του, αλλά ήταν κάτι που δεν είχαν ξαναδεί οι γιατροί και μέχρι στιγμής δεν είχαν ιδέα πώς να την αντιμετωπίσουν. Δοκίμασαν τα πάντα γεμίζοντας τον οργανισμό του με όποια χημική ουσία πίστευαν πως ίσως βοηθούσε. Τον έκαναν ανθρώπινο πειραματόζωο στην προσπάθειά τους να αναστρέψουν τις επιδράσεις της τοξίνης. Μάταιος κόπος. Ο οργανισμός του εξασθενούσε όλο και περισσότερο και δύο μέρες νωρίτερα ένας γιατρός πήρε τη μητέρα της Λόρελ παράμερα έξω από το δωμάτιο και την ενημέρωσε πως, μολονότι θα συνέχιζαν τις απόπειρες, αν δεν κατάφερναν να καθαρίσουν το αίμα του από την τοξίνη, ήταν ζήτημα χρόνου μέχρι τα όργανά του παύσουν να λειτουργούν ένα ένα με τη σειρά.

Και δε βοηθούσε καθόλου που ο κύριος Μπαρνς είχε αρχίσει να τηλεφωνεί κάθε βράδυ. Για πάνω από μία εβδομάδα η Λόρελ έλεγε απλώς πως η μητέρα της έλειπε από το σπίτι, αλλά μετά από λίγο εκείνος δε δεχόταν άλλο αυτή την απάντηση. Αφού την πέρασε από ανάκριση δύο φορές, η Λόρελ είχε αρχίσει να αφήνει τον αυτόματο τηλεφωνητή να απαντά όλα τα τηλεφωνήματα και σήκωνε το ακουστικό μόνο αν ήταν ο Ντέιβιντ ή η Τσέλσι.

Φυσικά, δεν είπε κουβέντα στη Σάρα για τον κύριο Μπαρνς.

Κάθε βράδυ ένιωθε τύψεις που έσβηνε το καθιερωμένο μήνυμα της ημέρας –καμιά φορά και δύο μηνύματα–, αλλά είχε υποσχεθεί στον Ταμάνι πως θα έκανε ό,τι περνούσε από το χέρι της.

Ήταν παράξενο να τον σκέφτεται τώρα. Φάνταζε σαν μακρινό όνειρο. Ένα εξωπραγματικό πλάσμα που συνοδευόταν από την αίγλη και τον ενθουσιασμό που την κατέκλυσαν όταν αποδέχτηκε πως ήταν νεράιδα. Τίποτα απ' όλα αυτά δεν έμοιαζε σημαντικό πλέον. Σκέφτηκε να πάει να τον συναντήσει, αλλά ακόμη κι αν κατάφερνε να βρει μεταφορικό μέσο, τι θα μπορούσε να προσφέρει κι αυτός; Το ξελόγιασμα δε θα βοηθούσε τον πατέρα της.

Είχε υποσχεθεί πως θα πήγαινε να τον προειδοποιήσει σε

περίπτωση που κινδύνευε το οικόπεδο. Εφόσον όμως έσβηνε όλα τα μηνύματα του κυρίου Μπαρνς, δεν υπήρχε κανένας κίνδυνος. Τελευταία, προσπαθούσε απλώς να μη σκέφτεται καθόλου τον Ταμάνι.

Η Λόρελ άκουσε το διαπεραστικό κουδούνισμα του τηλεφώνου την ώρα που γυρνούσε στο σπίτι από το βιβλιοπωλείο και βιάστηκε να ξεκλειδώσει. Σήκωσε το τηλέφωνο στο έκτο χτύπημα και άκουσε τη φωνή της μητέρας της. «Γεια σου, μαμά. Πώς πάει σήμερα ο μπαμπάς;»

Βουβαμάρα στη γραμμή.

«Μαμά;»

Άκουσε τη μητέρα της να παίρνει μια κουρασμένη ανάσα και να ξαναβρίσκει έπειτα τη φωνή της. «Μόλις μίλησα με το γιατρό Χάνσεν», απάντησε η Σάρα με τρεμάμενη φωνή. «Ο πατέρας σου εκδήλωσε συμπτώματα καρδιακής ανεπάρκειας. Του δίνουν λιγότερο από μία εβδομάδα ζωή».

Ο Ντέιβιντ ήταν αμίλητος καθώς οδηγούσε στο σκοτεινιασμένο αυτοκινητόδρομο. Η Λόρελ είχε καταφέρει να τον βρει στο κινητό ακριβώς τη στιγμή που έφτανε στο σπίτι του, κι εκείνος επέμεινε να την πάει στο Μπρούκινγκς εκείνο το βράδυ, αντί να περιμένουν το επόμενο πρωί. Η Λόρελ είχε κατεβασμένο το παράθυρο και, παρόλο που ο Ντέιβιντ πρέπει να είχε ξεπαγιάσει καθώς το ψυχρό φθινοπωρινό αγιάζι τρύπωνε στο αυτοκίνητο, δεν της παραπονέθηκε. Ένιωθε το βλέμμα του να πέφτει συνεχώς πάνω της και πότε πότε άπλωνε το χέρι και της χάιδευε το μπράτσο. Αλλά δεν έβγαζε μιλιά.

Μπήκαν στο πάρκινγκ του Ιατρικού Κέντρου του Μπρούκινγκς. Ο Ντέιβιντ έπιασε το χέρι της Λόρελ καθώς ακολουθούσαν τη γνώριμη πλέον διαδρομή μέχρι το δωμάτιο του πατέρα της. Η κοπέλα χτύπησε ελαφρά την ανοιχτή πόρτα και πρόβαλε το κεφάλι της μέσα από το παραβάν που πλαισίωνε την είσοδο. Η Σάρα καθόταν στο τραπεζάκι με έναν άντρα που τους είχε γυρισμένη την πλάτη, ωστόσο έγνεψε στα παιδιά να μπουν μέσα.

Η Λόρελ αναγνώρισε αμέσως τον άντρα. Οι πλάτες του έδειχναν φαρδιές και άχαρες μέσα από το πουκάμισο που δεν του έκανε και πολύ καλή εφαρμογή. Και κάτι στην παρουσία του την έκανε να σφιχτεί. Ήταν ο Μπαρνς.

Η κοπέλα ακούμπησε στον τοίχο με τα μπράτσα σταυρωμένα στο στήθος όση ώρα η μητέρα της συνέχιζε να μιλά μαζί του. Χαμογελούσε και κουνούσε το κεφάλι κάμποσες φορές και, παρόλο που η Λόρελ δεν μπορούσε να ακούσει τι έλεγε ο άντρας, η μητέρα της επαναλάμβανε διαρκώς «Ω, ναι» και «Φυσικά» γνέφοντας με μεγάλο ενθουσιασμό. Η Λόρελ έσμιξε τα φρύδια της συνεχίζοντας να παρακολουθεί τη μητέρα της να χαμογελά και να υπογράφει χαρτιά χωρίς να τους ρίχνει την παραμικρή ματιά. Ήταν πολύ παράξενο.

Η Σάρα δε συμπαθούσε τα συμβόλαια, δεν εμπιστευόταν τις «νομικούρες», όπως τις αποκαλούσε. Πάντα διάβαζε και ξαναδιάβαζε πολύ προσεκτικά τις αιτήσεις και τα συμφωνητικά διαγράφοντας συχνά αράδες ολόκληρες προτού υπογράψει. Όμως, τώρα η Λόρελ την έβλεπε να υπογράφει οχτώ περίπου σελίδες χωρίς να διαβάσει ούτε λέξη.

Ο Μπαρνς δε στράφηκε τόση ώρα για να τους κοιτάξει.

Η Λόρελ ένιωσε να ανατριχιάζει και έσφιξε το χέρι του Ντέιβιντ. Ο Μπαρνς απέσπασε μερικές ακόμη υπογραφές, έδωσε μια στοίβα συρραμμένα χαρτιά στη Σάρα και έχωσε τα υπόλοιπα στο χαρτοφύλακά του. Της έσφιξε το χέρι και έκανε μεταβολή, ενώ το βλέμμα του κάρφωσε την κόρη της σχεδόν ακαριαία. Η ματιά του πέρασε απότομα από τη Λόρελ στον Ντέιβιντ και μετά ξανά πίσω στη Λόρελ. Στην όψη του σχηματίστηκε ένα σατανικό χαμόγελο που ανάγκασε την κοπέλα να κάνει ένα βήμα πίσω.

«Λόρελ», είπε με φωνή που στα αφτιά της ακούστηκε πολύ ψεύτικη. «Για σένα ρωτούσα μόλις τώρα. Απ' ό,τι φαίνεται, κανένα από τα μηνύματά μου δε μεταβιβάστηκε». Τελείωσε την πρόταση με ένα ανεπαίσθητο γρύλισμα και η Λόρελ έσφιξε τα δόντια καθώς ο φόβος θέριεψε στο στήθος της.

Έπειτα, ο Μπαρνς ανασήκωσε τους ώμους και πήρε ένα αυτάρεσκο ύφος. «Ευτυχώς, κατάφερα να βρω τη μητέρα σου, οπότε όλα τακτοποιήθηκαν σήμερα».

Η Λόρελ δεν είπε λέξη παρά μόνο τον κοίταξε άγρια κι από μέσα της ευχήθηκε να είχε φτάσει με τον Ντέιβιντ μία ώρα νωρίτερα. Τότε θα μπορούσαν να... Τι; Δεν είχε ιδέα, αλλά πολύ θα ήθελε να το είχε ανακαλύψει μόνη της.

«Πολύ χάρηκα που σε ξαναείδα, Λόρελ». Έριξε μια φευγαλέα ματιά στη Σάρα, η οποία χαμογελούσε ακόμη. «Η κόρη σας είναι πολύ...» Έκανε μια παύση και άπλωσε το ένα χέρι προς την κοπέλα. Εκείνη προσπάθησε να κάνει πίσω, αλλά είχε ήδη ακουμπήσει στον τοίχο. Γύρισε το πρόσωπό της από την άλλη επιδεικτικά, αλλά τα τραχιά του δάχτυλα άγγιξαν το μάγουλό της μέχρι κάτω. «...Χαριτωμένη», αποτελείωσε τη φράση του.

Όταν παραμέρισε την κουρτίνα κι έφυγε, η Λόρελ ξεφύσηξε και συνειδητοποίησε πως έσφιγγε τόσο δυνατά το χέρι του Ντέιβιντ, που τα δάχτυλά του είχαν ασπρίσει.

«Τι γύρευε αυτός εδώ;» ρώτησε με τρεμάμενη φωνή.

Η μητέρα της χάζευε αφηρημένη την κουρτίνα που ακόμη ανέμιζε από το πέρασμα του άντρα. «Τι;» ρώτησε γυρνώντας προς το μέρος της κόρης της και του Ντέιβιντ. «Ω, χμ...» πήγε στο τραπέζι και βάλθηκε να τακτοποιεί τα χαρτιά. «Ήρθε για να ολοκληρώσουμε τα συμβόλαια για την αγοραπωλησία του οικοπέδου στο Όρικ».

«Μαμά, μου υποσχέθηκες πως θα το σκεφτείς».

«Το σκέφτηκα. Και προφανώς αποφάσισες να το σκεφτείς κι εσύ για λογαριασμό μου», είπε κοιτώντας τη Λόρελ με νόημα. «Από δω και στο εξής θα μου μεταφέρεις όλα μου τα μηνύματα. Συνεννοηθήκαμε;»

Η Λόρελ κοίταζε το πάτωμα. «Ναι, μαμά», είπε χαμηλόφωνα.

Η Σάρα κοίταξε τα χαρτιά πάνω στο τραπεζάκι και με τα δάχτυλά της ίσιωσε τις ήδη τακτοποιημένες σελίδες. «Βασικά, είχα αποφασίσει πως, αν ήθελες να παραμείνει στην οικογένειά μας η γη, θα τα βγάζαμε πέρα έστω και με στερήσεις». Η ελπίδα πλημμύρισε τη Λόρελ. Ίσως δεν ήταν τόσο αργά τελικά! «Όμως αυτό δε γίνεται πια». Σώπασε για μια στιγμή και, όταν ξαναπήρε το λόγο, η φωνή της ήταν σιγανή και βεβιασμένη. «Μου τηλεφώνησε πριν από μερικές μέρες και ανέβασε την προσφορά του». Η Σάρα σήκωσε το βλέμμα και κοίταξε την κόρη της στα μάτια. «Αναγκάστηκα να τη δεχτώ».

Το στομάχι της Λόρελ σφίχτηκε. Ξαφνικά άρχισε να βαριανασαίνει στη σκέψη ότι θα έχανε τη γη, θα έχανε τον Ταμάνι. «Μαμά, δε γίνεται να το πουλήσεις!» Η φωνή της ακούστηκε δυνατή και διαπεραστική.

Το βλέμμα της μητέρας της σκλήρυνε. Κοίταξε τον άντρα

της για μια στιγμή, προτού διασχίσει με δυο βήματα το δωμάτιο και αρπάξει την κόρη της από το μπράτσο. Όρμησε έξω σέρνοντάς τη με το ζόρι μαζί της. Η Λόρελ ένιωσε το μπράτσο της αδύναμο κάτω από το βίαιο γράπωμα της μητέρας της. Δε θυμόταν ποτέ στο παρελθόν να της είχε φερθεί τόσο άγρια. Η Σάρα χώθηκε σε μια μικρή κόγχη και άφησε τη Λόρελ. Εκείνη πίεσε τον εαυτό της για να μην τρίψει το πονεμένο της μπράτσο.

«Δε σε αφορά, Λόρελ. Δεν μπορώ να κρατώ κάτι τόσο μεγάλης αξίας μόνο και μόνο επειδή αρέσει σε σένα. Δεν πάνε έτσι τα πράγματα στη ζωή». Η όψη της ήταν σκληρή κι αδυσώπητη.

Η Λόρελ στεκόταν στον τοίχο και άφηνε τη μητέρα της να ωρύεται. Για εβδομάδες ήταν δυνατή σαν βράχος, αλλά κανένας άνθρωπος δεν ήταν δυνατό να υπομένει όλο αυτό το άγχος χωρίς να λυγίζει.

«Συγγνώμη», ψιθύρισε η Λόρελ. «Δεν έπρεπε να σου φωνάξω».

Παίρνοντας μια βαθιά ανάσα, η Σάρα σταμάτησε να περπατά πάνω κάτω και την κοίταξε. Η όψη της χαλάρωσε σταδιακά μέχρι που αλλοιώθηκε από τα δάκρυα. Η γυναίκα ακούμπησε πίσω στον τοίχο και αργά γλίστρησε κάτω στο πάτωμα, ενώ τα δάκρυα έτρεχαν ποτάμι στα μάγουλά της. Η Λόρελ πήρε βαθιά ανάσα και διέσχισε το λιγοστό χώρο ανάμεσά τους για να καθίσει δίπλα στη μητέρα της. Εκείνη πέρασε το χέρι της γύρω από τη μέση της κόρης της και έγειρε το κεφάλι στον ώμο της. Ήταν παράξενο που παρηγορούσε εκείνη τη μητέρα της.

«Σε πόνεσα;» ρώτησε γλυκά η Σάρα όταν καταλάγιασε ο χείμαρρος των δακρύων.

«Όχι», είπε ψέματα η Λόρελ.

Η Σάρα άφησε ένα βαθύ, μακρόσυρτο αναστεναγμό. «Αλήθεια, το σκέφτηκα σοβαρά να μην το πουλήσουμε, Λόρελ, αλλά πλέον δεν έχω άλλη επιλογή. Με όλους αυτούς τους λογαριασμούς του νοσοκομείου, βουλιάζουμε στα χρέη».

«Δεν έχουμε ασφάλιση;»

Η μητέρα της κούνησε αρνητικά το κεφάλι. «Όχι μεγάλη. Δε σκεφτήκαμε ποτέ πως θα την είχαμε ανάγκη, αλλά με όλες αυτές τις εξετάσεις και την ιατρική περίθαλψη είναι απλώς... Είναι τόσα τα έξοδα».

«Δεν υπάρχει άλλος τρόπος;»

«Μακάρι να υπήρχε. Σπάω το κεφάλι μου, αλλά δεν ξέρω πώς αλλιώς να βρούμε λεφτά. Έχουμε μόνο το οικόπεδο και το μαγαζί. Για να είμαι ειλικρινής, το οικόπεδο έχει πολύ μεγαλύτερη αξία. Είμαστε ήδη υπερχρεωμένοι για να μπορεί να νοσηλεύεται ο πατέρας σου εδώ τόσο καιρό. Κανείς δε μας δίνει άλλο δάνειο».

Γύρισε προς το μέρος της κόρης της. «Πρέπει να φανώ λογική. Η αλήθεια είναι...» Έκανε μια παύση καθώς τα δάκρυα πλημμύρισαν και πάλι τα μάτια της. «Ο πατέρας σου μπορεί να μην ξυπνήσει. Ποτέ. Πρέπει να κοιτάξω το μέλλον μας. Το μαγαζί είναι η μοναδική πηγή εσόδων για μας. Και ακόμη κι αν συνέλθει, δεν υπάρχει περίπτωση να ανακάμψει από ένα οικονομικό πλήγμα σαν κι αυτό χωρίς να πουλήσει *κάτι*. Επειδή ξέρω πόσο αγαπά αυτό το μαγαζί ο πατέρας σου, τι θέλεις να κάνω;»

Η Λόρελ ήθελε να τραβήξει το βλέμμα από τα θλιμμένα, καστανά μάτια της μητέρας της, αλλά δεν μπορούσε. Απώθησε τον Ταμάνι από το μυαλό της και προσπάθησε να σκεφτεί λογικά. Χαμήλωσε το πιγούνι και κατένευσε αργά. «Πρέπει να πουλήσεις τη γη».

Η όψη της μητέρας της ήταν ταλαιπωρημένη και τα μάτια της βαθουλωμένα. Σήκωσε το χέρι για να χαϊδέψει τη Λόρελ στο μάγουλο. «Σ' ευχαριστώ για την κατανόηση. Μακάρι να μπορούσα να κάνω αλλιώς, αλλά δε γίνεται. Ο κύριος Μπαρνς θα ξανάρθει το πρωί με μερικά ακόμη χαρτιά για να ολοκληρώσουμε την αγοραπωλησία. Θα μας δώσει την εγγύηση όσο πιο γρήγορα μπορεί και με λίγη τύχη τα χρήματα θα μπουν στο λογαριασμό μας σε μία εβδομάδα».

«Μία εβδομάδα;» Όλα γίνονταν τόσο γρήγορα.

Η Σάρα έγνεψε καταφατικά.

Η Λόρελ δίστασε. «Φερόσουν περίεργα όσο ήταν αυτός εδώ. Ήσουν μες στην καλή χαρά και συμφωνούσες με ό,τι σου έλεγε».

«Φαντάζομαι ότι φόρεσα το επαγγελματικό μου προσωπείο. Απλώς δε θέλω να συμβεί κάτι και να στραβώσει η αγοραπωλησία. Ο κύριος Μπαρνς πρόσφερε εφτακόσιες πενήντα χιλιάδες. Το ποσό αυτό θα καλύψει όλα τα νοσήλια και θα μας μείνουν και λεφτά στην άκρη». Αναστέναξε. «Δεν ξέρω τι γνωρίζει, αλλά θέλω να πουλήσω όσο είναι υψηλή η προσφορά».

«Μα υπέγραφες ό,τι σου έδινε», συνέχισε η Λόρελ. «Ούτε καν τα *διάβαζες*».

Η μητέρα της κούνησε το κεφάλι θλιμμένη. «Το ξέρω. Όμως δεν έχουμε χρόνο για χάσιμο. Θέλω να εκμεταλλευτώ την προσφορά αυτή όσο ισχύει. Αν διστάσω και πάλι, μπορεί να κρίνει πως είμαστε αναποφάσιστοι και να την αποσύρει».

«Έχεις ένα δίκιο», είπε η Λόρελ, «αλλά...»

«Φτάνει, σε παρακαλώ, Λόρελ. Δεν μπορώ να μαλώνω άλλο μαζί σου». Πήρε το χέρι της. «Πρέπει να μου έχεις εμπιστοσύνη πως κάνω ό,τι καλύτερο μπορώ. Εντάξει;»

Η Λόρελ κούνησε το κεφάλι με βαριά καρδιά.

Η Σάρα σηκώθηκε από το πάτωμα και σφούγγισε τα τελευταία ίχνη από τα δάκρυα που στέγνωναν στο πρόσωπό της. Βοήθησε την κόρη της να σηκωθεί και την αγκάλιασε. «Θα τα καταφέρουμε», της υποσχέθηκε. «Ό,τι κι αν συμβεί, θα βρούμε τον τρόπο».

Όταν ξαναμπήκαν στο δωμάτιο του Μαρκ, η ματιά της Λόρελ έπεσε στην καρέκλα όπου καθόταν ο Μπαρνς. Της ήταν πρωτόγνωρο να μη συμπαθεί κάποιον τόσο έντονα χωρίς να τον ξέρει, αλλά ανατρίχιαζε στη σκέψη και μόνο να καθίσει στο ίδιο κάθισμα. Πήγε στο τραπέζι και πήρε την επαγγελματική του κάρτα.

ΤΖΕΡΕΜΑΪΑ ΜΠΑΡΝΣ, ΜΕΣΙΤΗΣ.

Από κάτω ήταν γραμμένη μια τοπική διεύθυνση.

Όλα έδειχναν αρκετά νόμιμα, αλλά η Λόρελ δεν ήταν ικανοποιημένη. Έβαλε κρυφά την κάρτα στην πίσω τσέπη του παντελονιού της και πήγε δίπλα στον Ντέιβιντ. «Πεινάς;» ρώτησε κοιτώντας τον με νόημα.

Εκείνος δεν έπιασε το υπονοούμενο. «Όχι ιδιαίτερα».

Τον πλησίασε περισσότερο κι έκλεισε το πίσω μέρος της μπλούζας του μες στη χούφτα της. «Μαμά, θα πάρω τον Ντέιβιντ να τον κεράσω βραδινό. Θα ξανάρθουμε σε κάνα δυο ώρες».

Η Σάρα σήκωσε τα μάτια λίγο ξαφνιασμένη. «Είναι περασμένες εννιά».

«Ο Ντέιβιντ πεινάει», είπε.

«Σαν λύκος», συμφώνησε χαμογελώντας ο Ντέιβιντ.

«Άσε που με έφερε μέχρι εδώ με το αυτοκίνητο, ενώ είχαμε σχολείο», πρόσθεσε η Λόρελ.

Η Σάρα τούς κοίταξε με δυσπιστία για μερικά δευτερόλεπτα και έπειτα έστρεψε την προσοχή της στο σύζυγό της που κοιμόταν. «Μη δοκιμάσετε το φαγητό του κυλικείου», προειδοποίησε.

«Γιατί είπες πως το κάνουμε αυτό;» ρώτησε ο Ντέιβιντ κάνοντας το γύρο της πόλης για σχεδόν μία ώρα και ψάχνοντας το σωστό σημείο.

«Ντέιβιντ, κάτι δεν πάει καλά με αυτό τον τύπο. Έχω προαίσθημα».

«Ναι, αλλά να πάμε κρυφά στο γραφείο του και να κατασκοπεύσουμε από τα παράθυρα; Είναι λίγο τραβηγμένο».

«Και τι θέλεις να κάνω; Να τον πάρω τηλέφωνο και να τον ρωτήσω αν έχει την καλοσύνη να μου πει γιατί με τρομάζει τόσο πολύ; Αυτό κι αν θα έχει αποτέλεσμα», μουρμούρισε η Λόρελ.

«Και τι θα πεις στους μπάτσους όταν μας συλλάβουν;» ρώτησε σαρκαστικά το αγόρι.

«Έλα, Ντέιβιντ», είπε η Λόρελ. «Έχει σκοτάδι, θα κάνουμε το γύρο του γραφείου, θα κατασκοπεύσουμε από μερικά παράθυρα και θα βεβαιωθούμε πως όλα φαίνονται νόμιμα». Έκανε μια παύση. «Τώρα, για κακή τους τύχη αν έχουν αφήσει κάποιο παράθυρο ανοιχτό, δε φταίω εγώ».

«Είσαι θεότρελη».

«Μπορεί, αλλά κι εσύ είσαι εδώ μαζί μου».

Ο Ντέιβιντ στριφογύρισε τις κόρες των ματιών του.

«Εδώ είναι η οδός Σι Κλιφ», είπε ξαφνικά η Λόρελ. «Σβήσε τα φώτα».

Εκείνος αναστέναξε, αλλά σταμάτησε τη μηχανή και έσβησε τα φώτα. Τρύπωσαν στο τέρμα του αδιεξόδου σαν τους κλέφτες και σταμάτησαν μπροστά από ένα ετοιμόρροπο σπίτι, που έμοιαζε να έχει χτιστεί στις αρχές του 1900.

«Αυτό είναι», ψιθύρισε η Λόρελ προσπαθώντας να τσεκάρει τους αριθμούς στο πεζοδρόμιο και στην επαγγελματική κάρτα.

Ο Ντέιβιντ κοίταξε ψηλά το επιβλητικό κτίσμα. «Δε μοιάζει με κανένα μεσιτικό γραφείο που έχω δει. Φαίνεται εγκαταλειμμένο».

«Λιγότερες τότε οι πιθανότητες να μας πιάσουν. Άντε πάμε».

Ο Ντέιβιντ έσφιξε το μπουφάν του καθώς έκαναν λαθραία το γύρο του σπιτιού και βάλθηκαν να κοιτάζουν μέσα από τα παράθυρα. Ήταν σκοτεινά και είχε καινούρια Σελήνη, αλλά η Λόρελ ένιωθε εκτεθειμένη με το γαλάζιο της μπλουζάκι. Ευχήθηκε να μην είχε αφήσει το μαύρο αντιανεμικό της στο αυτοκίνητο. Όμως τώρα, έτσι και πήγαινε πίσω, ίσως να μην είχε το θάρρος να γυρίσει.

Το σπίτι ήταν ένα τεράστιο, άχαρο κτίσμα με κάποιες νεότερες προσθήκες να ξεπετάγονται από το κυρίως κτίριο σαν τυχαία παραρτήματα. Τα παιδιά κοίταξαν μέσα από τα σκοτεινά παράθυρα και διέκριναν μερικά ογκώδη, σκούρα αντικείμενα μέσα στα σκοτεινά δωμάτια –«παλιά έπιπλα», τη διαβεβαίωσε ο Ντέιβιντ–, αν και το σπίτι ήταν σε μεγάλο βαθμό άδειο. «Αποκλείεται να κάνουν δουλειά εδώ μέσα», είπε το αγόρι. «Γιατί να το γράψουν στην επαγγελματική κάρτα;»

«Γιατί κάτι κρύβουν», του απάντησε ψιθυριστά η Λόρελ. «Ήμουν σίγουρη».

«Λόρελ, δε νομίζεις πως το έχουμε παρατραβήξει; Καλά θα κάνουμε να γυρίσουμε στο νοσοκομείο και να φωνάξουμε την αστυνομία».

«Και τι να τους πούμε; Ότι ένας μεσίτης έχει ψεύτικη διεύθυνση στην επαγγελματική του κάρτα; Δεν είναι και κανένα έγκλημα».

«Τότε να το πούμε στη μητέρα σου».

Η Λόρελ κούνησε αρνητικά το κεφάλι. «Είναι απελπισμένη να πουλήσει. Την είδες πώς έκανε με τον Μπαρνς. Ήταν λες και της είχε κάνει μάγια. Χαμογελούσε σαν χαζή και συμφωνούσε με ό,τι της έλεγε. Δεν την έχω ξαναδεί έτσι. Κι όλα αυτά που υπέγραφε, ποιος ξέρει τι ήταν!» Η κοπέλα κοίταξε πίσω από τη γωνία μιας ετοιμόρροπης επέκτασης και έγνεψε στον Ντέιβιντ. «Βλέπω φως».

Εκείνος τρύπωσε γοργά δίπλα της. Ήταν σίγουρο. Στο πίσω μέρος του κτιρίου έφεγγε φως μέσα από ένα παραθυράκι. Η Λόρελ ανατρίχιασε.

«Κρυώνεις;»

Κούνησε το κεφάλι της αρνητικά. «Άγχος έχω».

«Άλλαξες γνώμη;»

«Με τίποτα». Σύρθηκε μπροστά προσπαθώντας να αποφύγει τα μεγάλα κλαδιά και τα σκουπίδια που ήταν πεταμένα στην αυλή. Το παράθυρο ήταν αρκετά χαμηλό κι έτσι μπορούσαν να βλέπουν μέσα ακόμη και αν ήταν γονατιστοί στο έδαφος. Η Λόρελ και ο Ντέιβιντ πήραν θέσεις ο ένας από τη μια πλευρά κι ο άλλος από την άλλη. Παντζούρια κάλυπταν το τζάμι, αλλά ήταν στραβά και ήταν εύκολο να κρυφοκοιτάξει κανείς μέσα από τις γρίλιες. Άκουσαν φωνές, αλλά δεν μπορούσαν να καταλάβουν τι λεγόταν μέσα από το κλειστό τζάμι. Η Λόρελ πήρε κάμποσες ανάσες για να ηρεμήσει και μετά γύρισε το κεφάλι για να κοιτάξει από το παράθυρο.

Είδε σχεδόν αμέσως τον Τζερεμάια Μπαρνς με το επιβλητικό σουλούπι και την αλλόκοτη φάτσα. Καθόταν σε ένα τραπέζι σκυμμένος πάνω από κάτι χαρτιά. Μάλλον αυτά θα έφερνε στη μητέρα της για να τα υπογράψει το επόμενο πρωί. Υπήρχαν δύο ακόμη άντρες, που στέκονταν και πετούσαν βελάκια στον τοίχο. Αν ο Μπαρνς ήταν αποκρουστικός μία φορά, εκείνοι ήταν κυριολεκτικά τρομακτικοί. Το δέρμα τους κρεμόταν από τις φάτσες τους, λες και δεν είχε κολλήσει καλά, και τα στόματά τους ήταν τραβηγμένα σχηματίζοντας ανησυχητικά χαμόγελα. Η φάτσα ενός από τους άντρες ήταν γεμάτη ουλές και αποχρωματισμένη. Ακόμη και από μακριά, η κοπέλα μπορούσε να διακρίνει πως το ένα μάτι ήταν σχεδόν λευκό και το άλλο σχεδόν μαύρο. Ο δεύτερος είχε κατακόκκινα μαλλιά που φύτρωναν κατά τόπους σχηματίζοντας ένα αλλόκοτο σχέδιο που ούτε το καπέλο του δεν μπορούσε να κρύψει.

«Λόρελ!» Ο Ντέιβιντ της έκανε σήμα να έρθει στη δική του πλευρά του παραθύρου. Εκείνη έσκυψε κάτω από το πρεβάζι και κοίταξε από την άλλη γωνία. «Τι στο διάβολο είναι αυτό;»

Αλυσοδεμένο στην πέρα πλευρά του δωματίου ήταν κάτι που έμοιαζε μισός άνθρωπος, μισό ζώο. Η μούρη του ήταν σαν να αποτελούνταν από παραμορφωμένους όγκους σάρκας που ήταν μπαλωμένοι μαζί σχεδόν στην τύχη. Μεγάλα, σουβλερά δόντια εξείχαν ανάμεσα στα χείλη του από ένα διογκωμένο πιγούνι, πάνω από το οποίο προεξείχε ένα τερατώδες καρούμπαλο που θα μπορούσε να είναι η μύτη του. Ήταν αόριστα ανθρωποειδές και η Λόρελ μπορούσε να δει κουρέλια από ρούχα να κρέμονται από τους ώμους και την κοιλιά του. Ένα κολάρο ήταν περασμένο γύρω από το λαιμό του κάνοντάς το να θυμίζει αλλόκοτο κατοικίδιο. Η στραβοχυμένη μορφή ήταν ξαπλωμένη σε ένα βρόμικο χαλάκι, όπου μάλλον κοιμόταν.

Η Λόρελ έμπηξε τα νύχια της στο πρεβάζι καθώς χάζευε το πλάσμα. Ανάσαινε με δυσκολία, αλλά για κάποιο μυστήριο λόγο δεν μπορούσε να τραβήξει το βλέμμα της. Ακριβώς τη στιγμή που νόμισε πως ίσως κατάφερνε να βρει το κουράγιο να γυρίσει το κεφάλι, ένα γαλάζιο μάτι άνοιξε και συνάντησε το βλέμμα της.

Κεφάλαιο 19

Η ΛΟΡΕΛ ΕΠΕΣΕ πίσω από το πρεβάζι του παραθύρου. «Με κοίταξε».

«Νομίζεις ότι σε είδε;»

«Δεν ξέρω. Καλύτερα να φύγουμε. Τώρα!» Άκουσε υπόκωφους θορύβους από μέσα και ένιωσε τα γόνατά της να έχουν κολλήσει στο έδαφος.

Οι δύο άντρες ούρλιαζαν στο πλάσμα να το βουλώσει, αλλά ο Μπαρνς τούς πρόσταξε να σωπάσουν ξεστομίζοντας δυνατά μια λέξη που η Λόρελ δεν αναγνώρισε. Ακολούθησε ένα ήπιο γουργούρισμα και σε δευτερόλεπτα το αλύχτισμα του αλλόκοτου πλάσματος είχε καταλαγιάσει.

Η Λόρελ έγειρε πίσω προς το παράθυρο, αλλά ένιωσε ένα μικρό τράβηγμα στην πλάτη της. Γύρισε.

Ο Ντέιβιντ της έγνεψε με το κεφάλι προς το αυτοκίνητο.

Η κοπέλα κοντοστάθηκε, αλλά δεν ήταν απόλυτα ικανοποιημένη. Με το ένα δάχτυλο σηκωμένο έκανε νόημα στον Ντέιβιντ να περιμένει ένα λεπτό κι έριξε μια ακόμη ματιά από το πλάι του παραθύρου.

Η ματιά της συναντήθηκε με το αλλήθωρο βλέμμα του Τζερεμάια Μπαρνς.

«Φύγε!» ψιθύρισε στον Ντέιβιντ και όρμησε στο μπροστινό μέρος του σπιτιού. Προτού προλάβει να κάνει δυο βήματα, άκουσε το τζάμι να σπάζει. Ένα μεγάλο χέρι την άρπαξε από το λαιμό τραβώντας τη βίαια από το παράθυρο μέσα στο βρόμικο δωμάτιο. Τραχιά δάχτυλα γρατσούνισαν το λαρύγγι της καθώς ένιωσε το ξύλινο κούφωμα του παραθύρου να συνθλίβεται στην πλάτη της.

Μετά πέταξε ψηλά. Τσίριξε για μια στιγμή μέχρι που τσακίστηκε πάνω στον τοίχο στην απέναντι πλευρά του δωματίου. Το κεφάλι της γύριζε. Στο βάθος άκουσε τον Ντέιβιντ να μουγκρίζει καθώς σωριάστηκε στον τοίχο δίπλα της. Η Λόρελ προσπάθησε να εστιάσει κάπου το βλέμμα της, ενώ το δωμάτιο γύρω της έμοιαζε να κάνει σβούρες. Ο Ντέιβιντ άπλωσε το χέρι και την τράβηξε κοντά του νιώθοντας κάτι ζεστό να κυλά στον ώμο της.

Το δωμάτιο σταμάτησε επιτέλους να γυρίζει και η Λόρελ κοίταξε το γεμάτο χλευασμό ύφος του Μπαρνς. «Μπα, μπα, τι έχουμε εδώ;» Χαμογέλασε άκαρδα. «Τη μικρούλα Λόρελ. Σήμερα έχω ακούσει τόσα για σένα χωρίς να έχω και καμία όρεξη».

Η κοπέλα άνοιξε το στόμα να ανταπαντήσει, αλλά ο Ντέιβιντ της έσφιξε το μπράτσο. Ένιωσε ένα παχύρρευστο υγρό σαν σιρόπι να τρέχει από την πληγή στην πλάτη της και αναρωτήθηκε πόση ζημιά τής είχε προξενήσει το κούφωμα του παραθύρου.

«Ήρεμα, Μπες», είπε ο Μπαρνς χτυπώντας ελαφρά στο κεφάλι το παράξενο πλάσμα. Έπειτα έσκυψε δίπλα στη Λόρελ και στον Ντέιβιντ. «Τι γυρεύετε εδώ;» ρώτησε με έναν ήρεμο αλλά επιτακτικό τόνο στη φωνή του. Η Λόρελ ένιωσε το στόμα της να ανοίγει από μόνο του σαν να μην το όριζε. «Εμείς... έπρεπε να ανακαλύψουμε γιατί... γιατί εσύ...» Μετά ευτυχώς συνήλθε και το βούλωσε κοιτάζοντας επίμονα τον άντρα.

«Κάτι δε μας κόλλαγε», συνέχισε ο Ντέιβιντ. «Ήρθαμε να δούμε μήπως βρούμε τίποτα ύποπτο».

Η Λόρελ γύρισε με γουρλωμένα μάτια και κοίταξε το φίλο της. Είχε στραμμένο το βλέμμα ευθεία μπροστά, ενώ το ύφος του έδειχνε πως ήταν ελαφρώς ζαλισμένος και παραδόξως έμοιαζε με το ύφος που είχε διακρίνει η Λόρελ και στο πρόσωπο της μητέρας της μία ώρα νωρίτερα. «Ντέιβιντ!» είπε, και η φωνή της ακούστηκε σαν σφύριγμα.

«Και τι σκοπεύατε να κάνετε έτσι και βρίσκατε κάτι;» ρώτησε ο Μπαρνς με την ίδια παράξενα ακαταμάχητη φωνή.

«Να βρούμε αποδείξεις. Να τις πάμε στους μπάτσους».

«Ντέιβιντ!» ούρλιαξε η Λόρελ, αλλά εκείνος δε φάνηκε να την ακούει.

«Γιατί ανησυχήσατε τόσο πολύ;» ρώτησε ο Μπαρνς.

Και πάλι το αγόρι άνοιξε το στόμα του, αλλά πολλά μυστικά θα μπορούσαν να ξεγλιστρήσουν από τα χείλη του. Η Λόρελ έκλεισε τα μάτια της, του ζήτησε συγγνώμη νοερά και τον χαστούκισε με όλη της τη δύναμη.

«Γαμώτο! Οχ! Λόρελ!» Ο Ντέιβιντ χούφτωσε το μάγουλό του τεντώνοντας τη γνάθο του.

Ένας αναστεναγμός ανακούφισης ξέφυγε από τα χείλη της Λόρελ. Έσφιξε το χέρι του Ντέιβιντ, ενώ εκείνος απέμεινε να κοιτάζει με σαστισμένο ύφος.

«Αρκετά άκουσα», είπε ο Μπαρνς και σηκώθηκε.

Το κακέκτυπο χαμόγελου που εμφανίστηκε στο πρόσωπο του κοκκινομάλλη έκανε τη Λόρελ να ανατριχιάσει και να λουφάξει στο στήθος του Ντέιβιντ. «Ας τους σπάσουμε τα πόδια. Θέλω λίγο να ξεμουδιάσω».

Η κοπέλα ένιωσε τον Ντέιβιντ να σφίγγεται, την ανάσα του να γίνεται κοφτή και ακανόνιστη.

Ο Μπαρνς κούνησε το κεφάλι αρνητικά. «Όχι, αυτή η διεύθυνση φαίνεται στην κάρτα μου. Αρκετά αίματα έχω να καθαρίσω και τώρα». Κάθισε και πάλι κοιτάζοντας μια το αγόρι και μια την κοπέλα για αρκετή ώρα. «Σας αρέσει το κολύμπι;»

Η Λόρελ μισόκλεισε τα μάτια και κοίταξε άγρια τον άντρα, αλλά ο Ντέιβιντ τη συγκράτησε.

«Νομίζω πως μια βουτίτσα στον ποταμό Τσέτκο θα σας... δρόσιζε απόψε». Ο Μπαρνς σηκώθηκε και άρπαξε τον Ντέιβιντ από τους ώμους τραβώντας τον βίαια. «Ψάξτε τον». Οι άλλοι δύο χαμογέλασαν και άρχισαν να αδειάζουν τις τσέπες του: πορτοφόλι, κλειδιά και ένα κουτάκι μέντες. Ο Μπαρνς πήρε τα κλειδιά και τα πέταξε στον Σημαδεμένο, ενώ έχωσε τις μέντες και το πορτοφόλι πίσω στο παντελόνι του Ντέιβιντ. «Για να μπορέσουν οι μπάτσοι να σε αναγνωρίσουν όταν τα πτώματά σας θα βρεθούν την άνοιξη», είπε χασκογελώντας.

Χωρίς τον Ντέιβιντ να τη συγκρατεί, η Λόρελ χίμηξε στον άντρα με τα νύχια της να ψάχνουν το πρόσωπο, τα μάτια του, οτιδήποτε. Ο Μπαρνς πέταξε τον Ντέιβιντ στους συνεργούς του και άρπαξε τη Λόρελ από τους ώμους στρίβοντάς τους προς τα πίσω μέχρι που εκείνη κλαψούρισε από τον πόνο. Έβαλε το στόμα του κοντά στο αφτί της και της χάιδεψε το πρόσωπο. Δεν μπόρεσε καν να τραβήξει το κεφάλι της. «Και τώρα ακίνητη», ψιθύρισε καθησυχαστικά. «Γιατί, αν δε μείνεις ακίνητη», συνέχισε με τον ίδιο μειλίχιο τόνο, «θα σου ξεριζώσω τα χέρια».

Ο Ντέιβιντ πάλευε φωνάζοντας και πασχίζοντας να φτάσει στη Λόρελ, αλλά ούτε κι εκείνος μπορούσε να αντισταθεί περισσότερο. «Σκασμός!» Ο Μπαρνς μούγκρισε με μια φωνή που γέμισε το δωμάτιο και αντήχησε στους τοίχους. Το στόμα του Ντέιβιντ έκλεισε σαν στρείδι.

«Πάρτε το αυτοκίνητο», είπε ο Μπαρνς. «Προσπεράστε την Αζάλια και πετάξτε τους στο ποτάμι. Και μην ξεχάσετε να τους βάλετε βαρίδια», πρόσθεσε κυνικά. «Βεβαιωθείτε πως δεν υπάρχει τρόπος αυτή εδώ», τόνισε δείχνοντας τη Λόρελ, «να εμφανιστεί προτού υπογραφούν τα χαρτιά αύριο». Γέλασε. «Η άνοιξη είναι ιδανική εποχή, αλλά αφού δεν είναι αύριο, δε με νοιάζει πότε θα τους βρουν. Και αφήστε το αυτοκίνητο από πάνω. Όχι στο πάρκινγκ, δίπλα σε κάποιο ίχνος. Δε χρειάζεται να έχω το αυτοκίνητο ενός αγνοούμενου παιδιού να φιγουράρει μπροστά από το *γραφείο* μου». Τους έριξε μια λοξή ματιά. «Και γυρίστε με τα πόδια. Θα σας κάνει καλό».

«Δεν πρόκειται να τη βγάλετε καθαρή», μουρμούρισε η Λόρελ μέσα από τα δόντια της.

Ο Μπαρνς έσκασε στα γέλια. Την άφησε και κοίταξε τον κόκκινο λεκέ στο χέρι του, το αίμα του Ντέιβιντ. «Τι κρίμα», είπε σκουπίζοντας τα χέρια του με ένα χαρτομάντιλο. «Πάρτε τους από δω».

Οι δύο άντρες έδεσαν μαζί τη Λόρελ και τον Ντέιβιντ και τους πέταξαν στο πίσω κάθισμα του Civic του Ντέιβιντ. «Και τώρα ουρλιάξτε όσο θέλετε», είπε ο Κοκκινοτρίχης χαμογελώντας ύπουλα. «Κανείς δεν πρόκειται να σας ακούσει».

Όμως δεν είχε νόημα.

Καθώς οδηγούσαν, τα φώτα του δρόμου έφεγγαν φευγαλέα πάνω στο αυτοκίνητο, κι έτσι η Λόρελ μπορούσε να διακρίνει την όψη του Ντέιβιντ. Το σαγόνι του κρεμόταν και έδειχνε τόσο φοβισμένος όσο κι εκείνη, αλλά δεν έμπαινε στον κόπο να βάλει τις φωνές.

«Ωραία δεν είναι που είμαστε έξω και κάνουμε πάλι τα ίδια;» είπε ο Σημαδεμένος μιλώντας δυνατά για πρώτη φορά. Σε αντίθεση με τη φωνή του συντρόφου του, η δική του ήταν βαθιά και ήπια, σαν τη φωνή που θα περίμενες να ακούσεις από τον ήρωα μιας ασπρόμαυρης ταινίας και όχι από αυτή την τραχιά, παραμορφωμένη φάτσα.

«Ναι, ναι», συμφώνησε ο Κοκκινοτρίχης γελώντας με ένα σφυριχτό, βλεννώδες γέλιο, που έφερνε αναγούλα στη Λόρελ. «Βαρέθηκα να κάθομαι σε αυτό το αχούρι και να περιμένω να συμβεί κάτι συναρπαστικό».

«Είμαστε από τους καλύτερους ολόκληρης της ορδής, αλλά ο Μπαρνς μάς φέρεται σαν να είμαστε σκουπίδια. Μας στέλνει να φροντίσουμε παιδιά. Παιδιά!»

«Ναι». Μερικά δευτερόλεπτα κύλησαν στη σιωπή. «Θα έπρεπε να τους κάνουμε κομματάκια αντί να τους ρίξουμε στο ποτάμι. Έτσι θα ένιωθες πολύ καλύτερα».

Ένα σιγανό χαχανητό από τη φωνή που ταίριαζε άψογα σε κινηματογραφικό αστέρα γέμισε κάθε σπιθαμή του αυτοκινήτου παρά τη χαμηλή της ένταση. Ένα ρίγος διαπέρασε τη σπονδυλική στήλη της Λόρελ. «Πολύ θα το ήθελα». Γύρισε να ρίξει μια ματιά στα παιδιά με ένα τρομακτικά ήρεμο χαμόγελο. Μετά αναστέναξε και έστρεψε και πάλι την προσοχή του στο δρόμο. «Μα θα κάνουν μερικές μέρες για να τους βρουν. Τα κομματάκια δύσκολα τα κρύβεις ακόμη και σε ένα ποτάμι».

Έκανε μια παύση. «Καλύτερα να ακολουθήσουμε τις διαταγές».

«Λόρελ;»

Ο ψίθυρος του Ντέιβιντ την απέσπασε για μια ευλογημένη στιγμή. «Ναι;»

«Σου ζητώ συγγνώμη που δε σε πίστεψα για τον Μπαρνς».

«Δεν πειράζει».

«Ναι, αλλά έπρεπε να σε είχα εμπιστευτεί. Μακάρι να...» Η φωνή του έγινε μακρόσυρτη για μερικά δευτερόλεπτα. «Μακάρι να μπορούσαμε να...»

«Μην τολμήσεις να αρχίσεις να μου λες το στερνό αντίο, Ντέιβιντ Λόσον», είπε η Λόρελ όσο πιο χαμηλόφωνα μπορούσε. «Τίποτα δεν τελείωσε ακόμη».

«Α, ναι;» ρώτησε εκνευρισμένος ο Ντέιβιντ. «Τι προτείνεις, λοιπόν;»

«Κάτι θα σκεφτούμε», ψιθύρισε καθώς ακούστηκε το φλας και το αυτοκίνητο έκοψε ταχύτητα. Ένιωσε τους τροχούς να χοροπηδούν πάνω σε ένα χωματόδρομο και να ξεμακραίνουν από τα φώτα. Ήταν μια κακοτράχαλη διαδρομή για κάμποσα λεπτά, προτού οι άντρες σβήσουν τη μηχανή και ανοίξουν τις πόρτες.

«Έφτασε η μεγάλη ώρα», είπε ο Σημαδεμένος, που η φάτσα του ήταν μια ανέκφραστη, απροσδιόριστη πλάκα.

«Δε χρειάζεται να το κάνετε», είπε ο Ντέιβιντ. «Ξέρουμε να κρατάμε το στόμα μας κλειστό. Κανείς...»

«Σσς», είπε ο Κοκκινοτρίχης κλείνοντάς του το στόμα. «Ακούστε. Το ακούτε αυτό;»

Η Λόρελ έκανε μια παύση. Άκουσε μερικά πουλιά και γρύλους, αλλά πάνω από όλους τους ήχους άκουσε τη μακρινή ορμή του ποταμού Τσέτκο.

«Αυτός είναι ο ήχος του μέλλοντός σας που περιμένει να σας παρασύρει μακριά. Ελάτε», είπε σηκώνοντας βίαια τον Ντέιβιντ. «Έχεις ραντεβού και δε θέλουμε να αργήσεις».

Έσπρωχναν τους ομήρους τους μπροστά κατά μήκος του σκοτεινού μονοπατιού, ενώ ένας από τους άντρες τραγουδούσε με βραχνή φωνή και εντελώς φάλτσα. Η Λόρελ μόρφασε από τον πόνο όταν σκουντούφλησε με τα γυμνά της δάχτυλα πάνω σε έναν ακόμη βράχο και για πρώτη φορά ευχήθηκε να φορούσε κλειστά παπούτσια.

Τα δέντρα αραίωσαν και ξαφνικά εμφανίστηκε μπροστά ο ποταμός Τσέτκο. Η Λόρελ πήρε βαθιά ανάσα καθώς είδε τους αφρισμένους λευκούς χειμάρρους να τρέχουν ορμητικά. Ο Σημαδεμένος την έσπρωξε στο έδαφος. «Κάτσε εδώ εσύ», γρύλισε. «Θα γυρίσουμε αμέσως».

Η Λόρελ δεν είχε ελεύθερα χέρια να πιαστεί, και έτσι έπεσε φαρδιά πλατιά μπρούμυτα με το μάγουλο πάνω στη σκούρα, υγρή λάσπη. Ο Ντέιβιντ σωριάστηκε σύντομα δίπλα της. Ξαφνικά τους κυρίεψε η απόγνωση έτσι αβοήθητοι που ένιωθαν. Ήταν δικό της το φταίξιμο και το ήξερε, αλλά τι συγγνώμη να ζητήσεις όταν δολοφονείται κάποιος για χάρη σου;

«Δεν πίστευα πως θα τελείωνε έτσι», ψέλλισε ο Ντέιβιντ.

«Ούτε εγώ», είπε η Λόρελ. «Νεκροί στα χέρια των... Τι πιστεύεις πως είναι; Δε... δε νομίζω πως είναι άνθρωποι. Κανείς τους. Μπορεί ούτε καν ο Μπαρνς».

Ο Ντέιβιντ αναστέναξε. «Με βαριά καρδιά θα ομολογήσω πως πιστεύω πως έχεις δίκιο».

Απέμειναν σιωπηλοί για λίγο.

«Πόση ώρα νομίζεις ότι θα πάρει;» ρώτησε η Λόρελ με τα μάτια καρφωμένα στα αφρισμένα ρεύματα.

Ο Ντέιβιντ κούνησε το κεφάλι. «Δεν ξέρω. Πόση ώρα μπορείς να κρατήσεις την αναπνοή σου;» Γέλασε μακάβρια. «Μάλλον θα αντέξεις αρκετά παραπάνω από μένα». Του κόπηκε απότομα το γέλιο και αναστέναξε.

Η Λόρελ χρειάστηκε δύο δευτερόλεπτα για να κάνει το συνδυασμό στο μυαλό της. «Ντέιβιντ!» Μια σπίθα ελπίδας αναζωπυρώθηκε στο κεφάλι της. «Θυμάσαι το πείραμά μου; Στο σπίτι σου, στην κουζίνα;» Άκουσε τα μουρμουρητά των δύο αντρών καθώς πήγαιναν πίσω στην όχθη του ποταμού. «Ντέιβιντ, πάρε μια βαθιά, πολύ βαθιά ανάσα», ψιθύρισε.

Οι άντρες κουβαλούσαν τεράστιες πέτρες και τραγουδούσαν ένα τραγούδι άγνωστο στη Λόρελ. Περισσότερα σκοινιά ήταν τυλιγμένα τώρα γύρω από τα χέρια της, ενώ την ίδια στιγμή ένιωσε τον Σημαδεμένο να δοκιμάζει το βάρος μιας κοτρόνας στο μέγεθος μπάλας του μπιτς βόλεϊ.

Λίγα λεπτά αργότερα ο Ντέιβιντ βρισκόταν στην ίδια θέση. «Έτοιμος;» ρώτησε ο Σημαδεμένος το συνεργό του.

Η Λόρελ κοίταξε το ποτάμι. Το κέντρο του απείχε τουλάχιστον τριακόσια μέτρα. Τι περίμεναν; Έπρεπε να περπατήσουν κιόλας; Λες και διάβασε τη σκέψη της, ο Σημαδεμένος σήκωσε τη Λόρελ στο ένα χέρι και την πέτρα στο άλλο, λες και ήταν και οι δυο τους πανάλαφρες. Ο Κοκκινοτρίχης έκανε το ίδιο με τον Ντέιβιντ. Προτού προλάβει η Λόρελ να σκεφτεί πώς να ξεπεράσει αυτό το νέο εμπόδιο, ο Σημαδεμένος την πέταξε. Κρύος αέρας φύσηξε στο πρόσωπό της και εκείνη τσίριξε καθώς απογειώθηκε ξεπερνώντας το κέντρο του ποταμού. Με το ζόρι κατάφερε να καταπιεί μια χαψιά αέρα προτού η κοτρόνα βυθιστεί στο νερό και την παρασύρει μαζί της στον πάτο.

Το νερό βρομούσε, ενώ το σκοτάδι κύκλωνε μουγκρίζοντας το κεφάλι της. Ανοιγόκλεισε τα μάτια και τέντωσε τα αφτιά για να ακούσει τον Ντέιβιντ. Η δική του κοτρόνα προσπέρασε με φόρα το κεφάλι της, αστοχώντας παρά τρίχα καθώς βούλιαζε στη ζοφερή μαυρίλα. Τύλιξε τα πόδια της γύρω από το στήθος του Ντέιβιντ καθώς εκείνος γλιστρούσε μέσα στο νερό δίπλα της. Η πέτρα της τραβήχτηκε στα μπράτσα της και η Λόρελ έσφιξε τα πόδια της γύρω από τον Ντέιβιντ. Έλπιζε μόνο να είχε καταφέρει να πάρει γερή ανάσα.

Μερικά δευτερόλεπτα πέρασαν μέχρι οι πέτρες τους να πιάσουν πάτο με έναν απόκοσμο γδούπο. Η Λόρελ κοίταξε ψηλά, αλλά δεν έβλεπε ούτε αχτίδα φωτός. Με το ζόρι διέκρινε το αδρό περίγραμμα που σχημάτιζε η λευκή επιδερμίδα του Ντέιβιντ μπροστά στα μάτια της και δεν μπορούσε να καταλάβει αν είχε ακόμη τις αισθήσεις του. Το στόμα της ψηλαφούσε μέσα στο σκοτάδι ψάχνοντας το δικό του. Την πλημμύρισε ένα αίσθημα ανακούφισης όταν ένιωσε και το δικό του πρόσωπο να κινείται. Τα στόματά τους συναντήθηκαν και η Λόρελ συγκεντρώθηκε στο να σφραγίσει τα χείλη της στα δικά του προτού φυσήξει απαλά στο στόμα του. Εκείνος κράτησε την ανάσα του για μερικά δευτερόλεπτα και φύσηξε λίγο αέρα στο δικό της στόμα. Ελπίζοντας να καταλάβει ο Ντέιβιντ τις κινήσεις της, η Λόρελ τράβηξε το στόμα της και βάλθηκε να στριφογυρίζει δοκιμάζοντας να λύσει τα δεσμά της.

Το νερό ήταν πάγος και η Λόρελ έπρεπε να κάνει γρήγορα. Πρώτα απ' όλα, έπρεπε να φέρει τα χέρια μπροστά της, αλλιώς δε θα έπιανε το σχέδιό της. Μπορεί να μην κατάφερνε να πλησιάσει αρκετά τον Ντέιβιντ για να του δώσει κι άλλη ανάσα αν δεν ήταν σε θέση να χρησιμοποιήσει τα χέρια της. Έσκυψε μπροστά και επιχείρησε να γλιστρήσει τα χέρια προς τα κάτω στην πλάτη της και κάτω από τα πόδια της, αλλά η πλάτη της δε λύγιζε τόσο πολύ. Ένιωσε το δέρμα στους καρπούς της να σκίζεται καθώς τραβούσε με μεγαλύτερη δύναμη, γνωρίζοντας ότι ο Ντέιβιντ δε θα μπορούσε να κρατήσει την ανάσα του για πολλή ώρα ακόμη. Η σπονδυλική της στήλη πονούσε, αλλά τελικά τα χέρια της πέρασαν κάτω από τα γόνατά της. Κλότσησε τα πόδια της για να ελευθερωθούν αναζητώντας σαν λυσσασμένη τον Ντέιβιντ. Πέρασε τα μπράτσα της σαν θηλιά γύρω από το λαιμό του και πίεσε το στόμα της και πάλι στο δικό του. Εισέπνευσαν και εξέπνευσαν κάμποσες φορές καθώς εκείνη προσπαθούσε να σκεφτεί τι να κάνει. Φύσηξε μια μεγάλη εκπνοή στα πνευμόνια του Ντέιβιντ και τον αποχωρίστηκε και πάλι. Τράβηξε το σκοινί που τη συνέδεε με την πέτρα της και όταν έφτασε στον πάτο, τα μουδιασμένα της δάχτυλα αναζήτησαν κάτι αιχμηρό.

Όμως το ποτάμι ήταν πολύ ορμητικό. Οτιδήποτε αιχμηρό κι αν υπήρχε κάποτε στο βυθό του είχε γίνει πλέον λείο από την τριβή. Άφησε τον εαυτό της να κολυμπήσει κοντά στον Ντέιβιντ για μερικές ακόμη ανάσες, προτού τραβηχτεί και πάλι κάτω ακολουθώντας το σκοινί του αυτή τη φορά. Τα δάχτυλά της έπαιζαν με τον κόμπο γύρω από την κοτρόνα και αργά άρχισε να απελευθερώνει μια πλεξίδα από το σκοινί.

Μετά από μερικές ακόμη απόπειρες, κολύμπησε πίσω για να δώσει μια ανάσα στον Ντέιβιντ. Πάλευε κι αυτός με τη σειρά του να φέρει τα μπράτσα του μπροστά, αλλά δεν ήταν τόσο ευλύγιστος και δεν είχε κάνει μεγάλη πρόοδο. Μετά από μια βαθιά ανάσα, ο Ντέιβιντ συνέχισε την προσπάθειά του να περάσει τα μπράτσα του από κάτω, αλλά δεν τα κατάφερνε. Η Λόρελ έσφιξε τα δόντια, θα έπρεπε να το κάνει μόνη της. Κατέβηκε και πάλι κάτω αργά με τη βοήθεια του σκοινιού για να λύσει τον κόμπο γύρω από την πέτρα.

Χρειάστηκαν άλλες τρεις αναπνοές μέχρι να λυθεί ο κόμπος στα χέρια της. Όμως, το σκοινί ήταν ακόμη παγιδευμένο κάτω από την τεράστια κοτρόνα. Στερεώνοντας τα πόδια της στο βυθό του ποταμού η Λόρελ ανασήκωσε την πέτρα πασχίζοντας να απελευθερώσει τον τελευταίο βρόχο. Τα πόδια της γλίστρησαν και κλότσησε το ένα διχαλωτό σανδάλι που είχε γλιτώσει από την παγωμένη βουτιά. Τα δάχτυλα των ποδιών της αναζήτησαν ρήγματα ανάμεσα στα βράχια εξασφαλίζοντας καλύτερο κράτημα, ενώ παράλληλα έσπρωξε με δύναμη την κοτρόνα προσπαθώντας να την κάνει να κυλήσει λίγα εκατοστά. Ένιωσε πως άρχισε να κινείται λιγάκι και έσπρωξε με περισσότερη δύναμη. Η κοτρόνα μετακινήθηκε απότομα και τα πόδια της Λόρελ γλίστρησαν μακριά. Το ρεύμα του ποταμού την παρέσυρε, ενώ τα χέρια της έφυγαν πίσω ανεξέλεγκτα καθώς το σκοινί τεντώθηκε εντελώς.

Η λευκή μορφή του Ντέιβιντ, παραδομένη στο ρεύμα και άπιαστη, την προσπέρασε με ορμή προτού μπορέσει καν η Λόρελ να επιχειρήσει να τον αρπάξει. Σε λιγότερο από ένα δευτερόλεπτο χάθηκε από τα μάτια της, αφήνοντας ένα μικροσκοπικό ίχνος από φυσαλίδες, το μοναδικό σημάδι της ύπαρξής του που έσβηνε.

Ο Ντέιβιντ είχε χαθεί και η Λόρελ ένιωθε πολύ ηλίθια. Έπρεπε να το είχε σχεδιάσει καλύτερα. Το μόνο που μπορούσε να σκεφτεί καθώς κοίταζε φουρκισμένη το σκοτάδι ήταν ότι είχε περάσει αρκετή ώρα από την τελευταία του ανάσα.

Ο πανικός την κυρίευσε και η κοπέλα πάσχιζε να μην παραδοθεί στο έλεός του. Είχε αρχίσει να νιώθει μια ενόχληση στο στήθος λόγω έλλειψης αέρα, αλλά η αίσθηση αυτή ήταν λιγότερο δυσάρεστη σε σύγκριση με τα συναισθήματά της εκείνη τη στιγμή. Τα πόδια της ήταν γδαρμένα επειδή έσπρωχνε την κοτρόνα του Ντέιβιντ και οι καρποί της πονούσαν εκεί που την έσφιγγαν τα σκοινιά, ενώ το ρεύμα την παρέσυρε αβοήθητη.

Έκλεισε τα μάτια και σκέφτηκε τους γονείς της για μερικά δευτερόλεπτα ανακτώντας μια υποψία ψυχραιμίας. Δε θα επέτρεπε η μητέρα της να χάσει ολόκληρη την οικογένειά της. Χρησιμοποιώντας το ένα χέρι μετά το άλλο, η Λόρελ τράβηξε αργά τον εαυτό της μέχρι την πέτρα με τη βοήθεια του σκοινιού της. Είχε πιάσει αυτό το κόλπο με τον Ντέιβιντ και πιθανότατα ήταν η μοναδική της ελπίδα. Από το κρύο τα δάχτυλά της είχαν γίνει ακόμη πιο αδέξια και ο Σημαδεμένος είχε κάνει καλύτερη δουλειά από το συνεργό του. Οι κόμποι χαλάρωναν πιο δύσκολα και μέχρι να τους λύσει, το στήθος της διαμαρτυρόταν για αέρα με τέτοιο αγωνιώδη τρόπο που ποτέ δεν είχε νιώσει μέχρι τώρα.

Και το δυσκολότερο κομμάτι ήταν ακόμη μπροστά της.

Βρήκε ένα σχετικά γερό κράτημα για τα δάχτυλά της και έσπρωξε την κοτρόνα της ικετεύοντάς τη να μετακινηθεί εύκολα.

Δεν κουνήθηκε ρούπι.

Έβρισε από μέσα της και ακόμη και μέσα στο νερό δάκρυα πλημμύρισαν τα μάτια της. Της πήρε μερικά πολύτιμα δευτερόλεπτα μέχρι να μετακινήσει κάποιες μικρότερες πέτρες μπροστά από αυτήν που εμπόδιζε το σκοινί της και στερέωσε τα πονεμένα, κατακρεουργημένα της πόδια ξανά. Έσπρωξε με όλη της τη δύναμη και καθώς το σκοτάδι άρχισε να πέφτει στις άκρες των βλεφάρων της, η κοτρόνα άρχισε να κυλάει. Η Λόρελ μετακίνησε τα χέρια της και έσπρωξε ξανά απελευθερώνοντας τον τελευταίο αέρα από το στόμα της και κάνοντας την πέτρα να κυλήσει δυο εκατοστά παραπέρα. Λίγο ακόμη, λίγο ακόμη, άλλη μία προσπάθεια.

Ξαφνικά το ρεύμα την παρέσυρε σαν πάνινη κούκλα. Δεν είχε την παραμικρή ιδέα προς ποια κατεύθυνση πήγαινε. Κλοτσούσε με λύσσα και μανία πασχίζοντας να βρει ένα σημείο να πιαστεί μέσα στο σκοτεινό νερό. Το δάχτυλο του ποδιού της χτύπησε σε μια πέτρα με απίστευτη δύναμη. Λύγισε τα πόδια της πάνω στην πέτρα και έδωσε ώθηση με όση δύναμη της είχε απομείνει. Τη στιγμή που νόμιζε πως δεν μπορούσε να αντέξει άλλο ούτε μισό δευτερόλεπτο, το πρόσωπό της έσκισε την επιφάνεια του νερού και τα πνευμόνια της γέμισαν αέρα.

Το ρεύμα την τραβούσε ακόμη και, παρόλο που κολυμπούσε προς την ακτή, το κορμί της είχε εξαντληθεί εντελώς. Πάτωνε και πάσχιζε να σταθεί όρθια, αλλά τα πόδια της δεν την υπάκουαν. Η δύναμη του νερού την έσπρωχνε, ενώ με χέρια και πόδια η Λόρελ γαντζωνόταν από τις πέτρες στην προσπάθειά της να ανακτήσει τον έλεγχο.

Τότε κάτι πέρασε πάνω από το κεφάλι της βυθίζοντάς τη για μερικά δευτερόλεπτα. Η Λόρελ κλαψούρισε νομίζοντας πως την ανακάλυψαν οι δύο αλήτες για να αποτελειώσουν τη δουλειά που είχαν αρχίσει. Όμως, όταν ο βαρύς βρόχος έφτασε μέχρι τη μέση της, την τράβηξε προς τα πάνω και μακριά από το νερό. Μακριά από τις ανελέητες κοτρόνες.

«Σ' έπιασα», φώναξε ο Ντέιβιντ στο αφτί της σκεπάζοντας τον ήχο του ρεύματος. Τα δεμένα μπράτσα του ήταν περασμένα γύρω από τη μέση της και περπατούσε με δυσκολία στα ρηχά προς την όχθη. Την έσυρε μερικά μέτρα έξω από τον ποταμό πάνω στην όχθη με τα διάσπαρτα καλάμια, προτού καταρρεύσει στο έδαφος. Η Λόρελ τον ένιωθε να τουρτουρίζει καθώς κείτονταν μαζί, πασχίζοντας να πάρουν αέρα.

«Σ' ευχαριστώ, Θεέ μου», αναστέναξε ο Ντέιβιντ και τα μπράτσα του γύρω από τη Λόρελ έμειναν ακίνητα.

Κεφάλαιο 20

ΠΕΡΑΣΑΝ ΚΑΜΠΟΣΑ ΛΕΠΤΑ μέχρι να μπορέσει να κουνηθεί κάποιος από τους δύο. Ο Ντέιβιντ έτρεμε σύγκορμος από το κρύο καθώς απομάκρυνε τα χέρια του από το κορμί της Λόρελ. «Νόμιζα πως δε θα σε ξανάβλεπα ποτέ», είπε. «Ήσουν κάτω από το νερό για σχεδόν δεκαπέντε λεπτά, *αφότου* πέρασα μπροστά τα χέρια μου και μπόρεσα να δω το ρολόι μου».

Δεκαπέντε λεπτά! Η Λόρελ ένιωσε αμέσως ευγνωμοσύνη που είχε αποδεσμεύσει πρώτα τον Ντέιβιντ. Εκείνος θα τα είχε κακαρώσει μετά από πέντε μόλις λεπτά. «Πώς έφτασες στην ξηρά;»

Ο Ντέιβιντ χαμογέλασε ξεψυχισμένα. «Επειδή είμαι πολύ, πολύ πεισματάρης. Δεν ήμουν πεπεισμένος πως θα τα κατάφερνα. Όμως κλοτσούσα τα πόδια μου συνεχώς κι έπαιρνα ανάσες όποτε μπορούσα, μέχρι που τελικά έφτασα στα ρηχά». Έγειρε πιο κοντά της μέχρι που αγγίζονταν οι ώμοι τους. «Δεν είχα ιδέα πού βρισκόσουν. Δε θα μπορούσα καν να βρω πού ήσουν δεμένη, γιατί το ποτάμι ήταν πολύ σκοτεινό. Συνέχισα να περπατώ πάνω κάτω στην ξηρά ψάχνοντας για κάποιο σημάδι σου».

«Κι αν την είχαν στημένη οι δύο ασχημομούρηδες;» τον κατσάδιασε η Λόρελ.

«Ήμουν διατεθειμένος να το διακινδυνεύσω», είπε γλυκά ο

Ντέιβιντ. Ένα δυνατό ρίγος διαπέρασε το κορμί του και η Λόρελ στηρίχτηκε αργά στα πόδια της.

«Πρέπει να σε ζεστάνουμε», είπε. «Μπορεί να πάθεις υποθερμία μετά από τόση ώρα στο νερό».

«Κι εσύ; Ήσουν μέσα περισσότερη ώρα».

Η Λόρελ κούνησε το κεφάλι. «Δεν είμαι θερμόαιμη, το ξέχασες; Έλα, πάμε να ψάξουμε κάτι κοφτερό για να κόψουμε αυτά τα σκοινιά». Έσκυψε και βάλθηκε να ψαχουλεύει το χώμα.

«Όχι», είπε ο Ντέιβιντ. «Πάμε πίσω στο αυτοκίνητό μου. Έχω ένα μαχαίρι εκεί. Θα μας πάρει πολύ λιγότερο χρόνο μακροπρόθεσμα».

«Πιστεύεις πως θα μπορέσεις να το βρεις;»

«Το εύχομαι, αλλιώς δε θα έχει καμία σημασία που επιζήσαμε από τον ποταμό».

Έσυραν εξουθενωμένοι τα βήματά τους προς τα πάνω για κάμποσα λεπτά μέχρι που το σκηνικό γύρω τους άρχισε να τους φαίνεται οικείο. «Εκεί», είπε η Λόρελ δείχνοντας στο χώμα. Διέκρινε το λευκό σανδάλι της πεταμένο στην όχθη, με το ρεύμα να του γλείφει την άκρη. «Πρέπει να το έχασα όταν ο Σημαδεμένος με σήκωσε ψηλά».

Ο Ντέιβιντ κοντοστάθηκε χαζεύοντας το παπούτσι. «Πώς το έκαναν, Λόρελ; Με σήκωσε με το ένα του χέρι!»

Η κοπέλα έγνεψε καταφατικά. «Κι εμένα». Και ούτε καν ανέφερε πόσο βαριές ήταν οι δύο κοτρόνες. «Το αυτοκίνητο πρέπει να είναι από δω», είπε κάνοντας ένα νεύμα με το κεφάλι της. Ήθελε να φύγει μακριά από τον ποταμό και να μην τον ξαναδεί ούτε ζωγραφιστό.

«Το θέλεις;» ρώτησε ο Ντέιβιντ σκύβοντας για να πιάσει το παπούτσι.

Το στομάχι της Λόρελ σφίχτηκε όταν είδε το γδαρμένο λευκό σανδάλι. Τα πόδια της υπέφεραν, αλλά δεν άντεχε καν τη σκέψη να ξαναφορέσει αυτό το παπούτσι. «Όχι», είπε γενναία. «Πέτα το μέσα».

Χωρίς φεγγάρι να τους καθοδηγεί, συνέχισαν το δρόμο τους αργά ακολουθώντας το μονοπάτι. Δύο φορές έκαναν πισωγύρισμα, αλλά μετά από μισή ώρα το πολύ ο Ντέιβιντ γονάτισε δίπλα στο αυτοκίνητό του ψάχνοντας το δεύτερο κλειδί στο τοίχωμα της ρόδας. «Έβριζα τη μάνα μου ότι ήταν χαζή η ιδέα της», είπε τουρτουρίζοντας. «Όμως, με διαβεβαίωσε πως μια μέρα θα την ευγνωμονούσα που το έβαλε εκεί». Πήρε το ασημένιο κλειδί και το κράτησε στα τρεμάμενα χέρια του. «Δε νομίζω πάντως ότι είχε κάτι τέτοιο στο μυαλό της». Έβαλε το κλειδί στην πόρτα του πορτ-μπαγκάζ. Όταν άνοιξε με ένα κλικ, αναστέναξαν ανακουφισμένοι και οι δυο τους. «Θα της αγοράσω ένα μπουκέτο λουλούδια μόλις πάω στο σπίτι», υποσχέθηκε. «Και σοκολατάκια».

Ο Ντέιβιντ ψαχούλεψε αδέξια μέσα στο κουτί πρώτων βοηθειών και έβγαλε ένα μικρό σουγιά. Του πήρε μερικά λεπτά να κόψει τα χοντρά σκοινιά, αλλά ήταν ένα εκατομμύριο φορές προτιμότερο από το να το έκανε με μια πέτρα. Έβαλε μπρος τη μηχανή και άναψε το καλοριφέρ στο φουλ όταν κάθισαν στα μπροστινά καθίσματα, έχοντας τα χέρια τους μπροστά από τις γρίλιες του εξαερισμού και προσπαθώντας να στεγνώσουν τα βρεγμένα τους ρούχα.

«Βγάλε την μπλούζα σου καλύτερα και φόρεσε το αντιανεμικό μου», είπε η Λόρελ. «Δεν είναι ζεστό, αλλά τουλάχιστον είναι στεγνό».

Ο Ντέιβιντ αρνήθηκε. «Δε γίνεται, το χρειάζεσαι».

«Το σώμα μου προσαρμόζεται πάντα ανάλογα με την εξωτερική θερμοκρασία. Εσύ πρέπει να ζεσταθείς». Παρατήρησε την όψη του Ντέιβιντ να αλλάζει καθώς μέσα του τα ιπποτικά του ιδεώδη αντιμάχονταν με την απεγνωσμένη του ανάγκη να ζεσταθεί.

Η Λόρελ στριφογύρισε τις κόρες των ματιών της και άρπαξε το αντιανεμικό από το πίσω κάθισμα. «Φόρα το», τον διέταξε.

Εκείνος δίστασε, αλλά μερικά δευτερόλεπτα αργότερα έβγαλε τη μουσκεμένη μπλούζα που είχε κολλήσει πάνω του και την αντικατέστησε με το μπουφάν της.

«Νομίζεις πως είσαι σε θέση να οδηγήσεις;»

Ο Ντέιβιντ ρούφηξε τη μύτη του. «Μπορώ να οδηγήσω μέχρι το αστυνομικό τμήμα. Μας κάνει αυτό;»

Η Λόρελ σταμάτησε το χέρι του πάνω στο λεβιέ των ταχυτήτων. «Δε γίνεται να πάμε στην αστυνομία».

«Γιατί όχι; Δύο άντρες προσπάθησαν να μας δολοφονήσουν! Πίστεψέ με, γι' αυτό έχουμε τους μπάτσους».

«Είναι κάτι πολύ παραπάνω από τους μπάτσους, Ντέιβιντ. Ξέχασες την Μπες; Ξέχασες πώς αυτοί οι δύο τύποι μάς πέταξαν στο ποτάμι, λες και ήμασταν πούπουλα; Τι νομίζεις πως θα τους κάνουν κάνα δυο μπάτσοι;»

Ο Ντέιβιντ χάζεψε το οδόμετρο, αλλά δεν έβγαλε άχνα.

«Δεν είναι άνθρωποι, Ντέιβιντ. Και όποιος είναι άνθρωπος θα πάθει μεγάλη ζημιά, έτσι κι επιχειρήσει να τους σταματήσει».

«Και τότε τι κάνουμε;» ρώτησε ο Ντέιβιντ με διαπεραστική φωνή. «Τους αγνοούμε; Τρυπώνουμε στα σπίτια μας με την ουρά στα σκέλια;»

«Όχι», είπε πολύ ήρεμα η Λόρελ. «Πάμε στον Ταμάνι».

Δάκρυα ανακούφισης ανέβηκαν στα μάτια της καθώς διέσχισε τη γραμμή των δέντρων και ένιωσε την παρήγορη οικειότητα του δάσους να την περιβάλλει. Παραμέρισε τα μπερδεμένα της μαλλιά από το πρόσωπό της και προσπάθησε μάταια να τα χτενίσει με τα δάχτυλα καθώς προχωρούσε κουτσαίνοντας στο αμυδρά φωτισμένο μονοπάτι που έβγαζε στο ρυάκι. Ήταν τόσο εξουθενωμένη, που με το ζόρι έδινε εντολή στα κατακρεουργημένα της πόδια να περπατήσουν. «Ταμάνι;» φώναξε ήρεμα. Η φωνή της ήχησε αφύσικα δυνατή μέσα στη μαύρη σιγαλιά. «Ταμάνι; Χρειάζομαι βοήθεια».

Εκείνος εμφανίστηκε μπροστά της τόσο αθόρυβα, που δεν τον πήρε είδηση μέχρι να της μιλήσει. «Να υποθέσω πως το αγόρι μέσα στο αυτοκίνητο είναι ο Ντέιβιντ;»

Σταμάτησε να περπατά και τον έφαγε με τα μάτια της. Δε φορούσε την πανοπλία του απόψε, αλλά μια μαύρη μπλούζα με μακριά μανίκια και κολλητό παντελόνι, που σχεδόν δεν ξεχώριζε μέσα στις σκιές. Η νύχτα ήταν πολύ σκοτεινή, κι έτσι διέκρινε μοναχά το περίγραμμα του προσώπου του, κάθε γωνία απαλή και θεϊκά όμορφη. Ήθελε να πέσει στην αγκαλιά του, αλλά κρατήθηκε. «Ναι, ο Ντέιβιντ είναι».

Τα μάτια του ήταν ευγενικά αλλά διερευνητικά. «Γιατί τον έφερες;»

«Δεν είχα επιλογή».

Ο Ταμάνι σήκωσε το ένα του φρύδι. «Πάλι καλά που του είπες να μείνει στο αυτοκίνητο».

«Προσπαθώ, Ταμάνι, αλλά δεν είχα άλλο τρόπο να έρθω εδώ απόψε».

Ο Ταμάνι αναστέναξε και κοίταξε πίσω του το μονοπάτι, όπου η Λόρελ είχε αφήσει τον Ντέιβιντ στο αυτοκίνητο. «Οφείλω να ομολογήσω... Βασικά χαίρομαι που είσαι εδώ, αλλά το δάσος είναι γεμάτο νεράιδους απόψε. Δεν είναι η καλύτερη στιγμή».

«Τι γυρεύουν εδώ;»

«Υπήρξε μεγάλη κινητικότητα του... εχθρού στην περιοχή τώρα τελευταία. Δεν ξέρουμε ακριβώς γιατί. Μόνο αυτό μπορώ να πω». Έριξε μια φευγαλέα ματιά πίσω στο μονοπάτι. «Πάμε πιο μέσα». Την πήρε από το χέρι και άρχισε να περπατά.

Στο πρώτο βήμα το πόδι της ξεράθηκε από τον πόνο όταν ένα ραβδί μπήχτηκε στη γδαρμένη της πατούσα. «Σταμάτα, σε παρακαλώ». Η φωνή της ήταν μια πνιχτή ικεσία, αλλά εκείνο το βράδυ το τελευταίο που την απασχολούσε ήταν μήπως ντροπιαστεί. Δάκρυα κυλούσαν στο πρόσωπό της όταν ο Ταμάνι σταμάτησε και κοίταξε πίσω του.

«Τι συμβαίνει;»

Τώρα όμως που είχαν ξεκινήσει τα δάκρυα, η Λόρελ δεν μπορούσε να τα σταματήσει. Ο πανικός και η τρομάρα της βραδιάς την κυρίευσαν τόσο χειροπιαστά όσο το ρεύμα του Τσέτκο. Πάσχιζε να πάρει ανάσα.

Τότε ο Ταμάνι την έκλεισε στην αγκαλιά του. Ένιωθε το στήθος του ζεστό παρά τον παγωμένο αέρα. Τα χέρια του χάιδευαν πάνω και κάτω την πλάτη της, μέχρι που άγγιξε την πληγή της και την άκουσε να βογκά. «Τι σου συνέβη;» ψιθύρισε ο Ταμάνι στο αφτί της, ενώ τα χέρια του μπλέκονταν στα μαλλιά της.

Τα δάχτυλα της Λόρελ γαντζώθηκαν στο πουκάμισό του, στην προσπάθειά της να κρατήσει την ισορροπία της. Ο νεράιδος χαμήλωσε και πέρασε τα μπράτσα του από κάτω της, σηκώνοντάς την ψηλά για να ξεκουράσει τα πονεμένα της πόδια και βάζοντάς τη να κουλουριαστεί πάνω του. Εκείνη σφάλισε τα μάτια υπνωτισμένη από το γεμάτο χάρη ρυθμό του βηματισμού του, που ήταν όπως πάντα αθόρυβος. Προχώρησε στο μονοπάτι για αρκετά λεπτά και την άφησε στο χώμα σε ένα μαλακό σημείο.

Μια φλόγα έλαμψε και ο Ταμάνι άναψε κάτι μου έμοιαζε με μπρούντζινη σφαίρα στο μέγεθος που έχει ένα μπαλάκι του τένις. Απαλό φως έλαμψε μέσα από εκατοντάδες μικροσκοπικές τρυπίτσες λούζοντας το μικρό ξέφωτο με μια ρομαντική λάμψη. Ο Ταμάνι ξεφόρτωσε το σάκο από τους ώμους του και γονάτισε δίπλα της. Χωρίς να πει κουβέντα, έβαλε το δάχτυλό του κάτω από το πιγούνι της και γύρισε το πρόσωπό της πρώτα από τη μία πλευρά και έπειτα από την άλλη. Συνέχισε να εξετάζει τα μπράτσα και τα πόδια της μουρμουρίζοντας σιγανά καθώς έβρισκε τις γρατσουνιές και τους μώλωπες. Απαλά, σήκωσε τα πόδια της στα γόνατά του, και η Λόρελ μύρισε τα γνώριμα αρώματα της λεβάντας και του ιλάνγκ-ιλάνγκ όση ώρα εκείνος έτριβε κάτι ζεστό στις γδαρμένες της πατούσες. Την έτσουξε και σχεδόν την έκαψε για ένα λεπτό, προτού τη δροσίσει καταπραΰνοντας τον οξύ πόνο.

«Χτύπησες πουθενά αλλού;» ρώτησε ο Ταμάνι αφού φρόντισε όλες τις πληγές που φαίνονταν.

«Στην πλάτη», είπε η Λόρελ γυρίζοντας στο πλευρό της και σηκώνοντας την μπλούζα της.

Ο Ταμάνι άφησε να του ξεφύγει ένα μικρό σφύριγμα. «Αυτό είναι αρκετά άσχημο. Θα πρέπει να το δέσω».

«Θα πονέσει;» είπε η Λόρελ αργά καθώς η ζεστασιά που ανέδιδε η μικρή σφαίρα έμοιαζε να αγκαλιάζει το κορμί της.

«Όχι, αλλά θα πρέπει να είσαι πολύ προσεκτική για μερικές μέρες μέχρι να θρέψει η πληγή».

Η Λόρελ κατένευσε και ακούμπησε το μάγουλό της στο μπράτσο της.

«Πώς τα απέκτησες αυτά, Λόρελ;» ρώτησε ενώ τα επιδέξια δάχτυλά του φρόντιζαν το βαθύ κόψιμο. «Οι νεράιδες δε φημίζονται για την αδεξιότητά τους».

Η Λόρελ ένιωσε έναν κόμπο στο λαιμό, λες και είχε καταπιεί τη γλώσσα της όταν επιχείρησε να του εξηγήσει. «Προσπάθησαν να μας σκοτώσουν: τον Ντέιβιντ κι εμένα».

«Ποιοι;» Η φωνή του ήταν απαλή, αλλά η Λόρελ διέκρινε την ταραχή πίσω από τις λέξεις.

«Δεν ξέρω. Κάτι άσχημοι, απάνθρωποι. Τύποι που έπεισαν τη μητέρα μου να πουλήσει τη γη».

«Άσχημοι;»

Η Λόρελ έγνεψε καταφατικά. Είχε κλειστά τα μάτια όση ώρα του έλεγε για τον πατέρα της και τον Τζερεμάια Μπαρνς μπερδεύοντας τα λόγια της.

«Μια τοξίνη;» Ο Ταμάνι την πίεσε, ενώ τα βλέφαρά της βάρυναν και η φωνή του ηχούσε όλο και πιο απόμακρη.

«Τα συμβόλαια είναι να υπογραφούν αύριο», είπε ξέπνοα η Λόρελ πιέζοντας τον εαυτό της να του μεταφέρει το πιο σημαντικό μήνυμα, ενώ το δέρμα της έτσουζε ελαφρά, λες και είχε κάνει ηλιοθεραπεία μέρα μεσημέρι.

Λίγα δευτερόλεπτα αργότερα, ένα χέρι την αγκάλιασε και η Λόρελ σφίχτηκε πάνω του, ενώ το μάγουλο του Ταμάνι ακούμπησε στα μαλλιά της. «Κοιμήσου», ψιθύρισε ο νεράιδος. «Δε θα αφήσω να σου συμβεί κανένα άλλο κακό».

«Ο Ντ-ντ-ντέιβιντ περιμένει...»

«Μην ανησυχείς», την καθησύχασε ο Ταμάνι χαϊδεύοντας το μπράτσο της. «Κι αυτός κοιμάται. Ο Σαρ θα φροντίσει για την ασφάλειά του. Κι οι δυο σας πρέπει να ξεκουραστείτε τώρα».

Το μόνο που μπόρεσε να κάνει ήταν να κουνήσει το κεφάλι καθώς κούρνιασε στο στήθος του Ταμάνι και άφησε τα πάντα να ξεγλιστρήσουν από τη σκέψη της.

Ανάλαφρα δάχτυλα χάιδεψαν τα μαλλιά της Λόρελ καθώς εκείνη τεντώθηκε και γύρισε ανάσκελα. Τα μάτια της πετάρισαν για να ανοίξουν και αντίκρισαν το βλέμμα του Ταμάνι.

«Καλημέρα», είπε με ένα γλυκό χαμόγελο και κάθισε δίπλα της.

Του χαμογέλασε και μετά τα μάτια της κοίταξαν ψηλά τον έναστρο ουρανό και τη μικρή λάμπα που κρεμόταν από τα κλαδιά πάνω από το κεφάλι της. «Ξημέρωσε;»

Ο Ταμάνι γέλασε. «Είναι πολύ νωρίς ακόμη φαντάζομαι, αλλά, ναι, ξημέρωσε».

«Κοιμήθηκες;»

Ο νεράιδος κούνησε το κεφάλι αρνητικά. «Είχα πολλά να κάνω».

«Μα...»

«Θα είμαι μια χαρά. Έχω κάνει χειρότερα». Το χαμόγελό του χάθηκε και το σαγόνι του επανήλθε στη θέση του. «Ώρα να φεύγουμε».

«Να πάμε πού;» ρώτησε εκείνη κι ανακάθισε.

«Να κανονίσουμε τα κακά ξωτικά, προτού σκοτώσουν τον πατέρα σου».

«Τα ξωτικά;» Κούνησε το κεφάλι της. Μάλλον θα παράκουσε. Είχε σηκωθεί πολύ γρήγορα, αυτό θα έφταιγε. «Τον πατέρα μου; Μπορείς να βοηθήσεις τον πατέρα μου;»

«Δεν ξέρω», παραδέχτηκε ο Ταμάνι, «όμως δεν έχει κανένα νόημα αν δεν κανονίσουμε πρώτα τα ξωτικά». Ο Ταμάνι έγειρε ελαφρά το κεφάλι στο πλάι. «Βγες έξω, Σαρ. Ξέρω ότι ακούς».

Ένας ακόμη νεαρός άντρας εμφανίστηκε αθόρυβα πίσω από ένα δέντρο, αν και η Λόρελ θα έβαζε και το χέρι της στη φωτιά πως ήταν πολύ μικρό για να κρυφτεί κάποιος από πίσω του. Εξέπεμπε την ίδια αυτοπεποίθηση με τον Ταμάνι και είχε τα ίδια πράσινα μάτια. Οι ρίζες των μαλλιών του ήταν επίσης πράσινες, αλλά τα υπόλοιπα μαλλιά του ήταν ξανθά και μακριά, τραβηγμένα προς τα πίσω. Ο Σαρ είχε την ίδια αψεγάδιαστη τελειότητα, την οποία η Λόρελ δεν είχε καν συνηθίσει στον Ταμάνι. Το πρόσωπό του ήταν πιο άγριο, γεμάτο γωνίες, σε αντίθεση με τα πιο ήπια χαρακτηριστικά του Ταμάνι. Ήταν πιο ψηλός από τον Ταμάνι –σχεδόν στο ύψος του Ντέιβιντ–, με μακριά, μυώδη άκρα, στιβαρά μπράτσα και στήθος.

«Λόρελ, ο Σαρ. Σαρ, η Λόρελ», είπε ο Ταμάνι χωρίς να γυρίσει καν να κοιτάξει τον άλλο νεράιδο.

Η Λόρελ έμεινε να χαζεύει με τα μάτια γουρλωμένα, αλλά ο Σαρ κούνησε ελαφρά το κεφάλι και σταύρωσε τα μπράτσα του μπροστά στο στήθος για να ακούσει ακουμπώντας πίσω στο δέντρο απ' όπου είχε ξεπεταχτεί.

«Έπρεπε να το είχα καταλάβει πως τα ξωτικά προσπαθούν να αγοράσουν αυτή τη γη. Τα πλάσματα που περιέγραψες δεν μπορεί να είναι τίποτ' άλλο. Πρέπει να τους κανονίσουμε προτού υπογραφούν τα συμβόλαια».

«Ξωτικά; Αληθινά ξωτικά; Σοβαρολογείτε; Γιατί... τα ξωτικά... ενδιαφέρονται να αγοράσουν τη γη μας; Μόνο και μόνο επειδή ζείτε εσείς εδώ;»

Ο Ταμάνι κοίταξε τον Σαρ πάνω από τον ώμο του, πριν γυρίσει να κοιτάξει και πάλι τη Λόρελ. «Όχι. Επειδή η είσοδος βρίσκεται εδώ».

«Η είσοδος;»

«Ταμάνι, το παρατραβάς», γρύλισε ο Σαρ.

Εκείνος στράφηκε και πάλι απότομα. «Γιατί; Δε νομίζεις πως εκείνη από όλες τις νεράιδες του νεραϊδόκοσμου έχει δικαίωμα να μάθει;»

«Δε θα το κρίνεις εσύ. Το παίρνεις πολύ προσωπικά».

«Είναι *προσωπικό*», είπε ο Ταμάνι με πικρία. «Ανέκαθεν ήταν προσωπική μου υπόθεση».

«Θα δράσουμε με βάση το σχέδιο», επέμεινε ο Σαρ.

«Ακολουθώ το σχέδιο δώδεκα χρόνια, Σαρ. Κι όμως, τα ξωτικά απέχουν ελάχιστα από το να οικειοποιηθούν αυτή τη γη και να ξεκάνουν ό,τι μοχθήσαμε για να πετύχουμε. Κι αυτό δεν ήταν στο σχέδιο». Έκανε μια παύση κοιτάζοντας έντονα το σύντροφό του. «Άλλαξαν τα πράγματα και οφείλει να ξέρει κι εκείνη τι διακυβεύεται».

«Η βασίλισσα δε θα χαρεί καθόλου».

«Η βασίλισσα δεν έχει άλλη έγνοια στη βασιλεία της από το να μου κάνει τη ζωή δύσκολη. Ίσως είναι καιρός να αντιστραφούν οι όροι».

«Σε εμπιστεύομαι, Ταμάνι, αλλά ξέρεις πως δεν μπορώ να το αποκρύψω αυτό».

Μεσολάβησε μια μακριά στιγμή, στη διάρκεια της οποίας οι δύο άντρες αλληλοκοιτάζονταν επίμονα. «Ας είναι», είπε ο Ταμάνι και γύρισε στη Λόρελ. «Σου είπα κάποτε πως φρουρούσα κάτι πολύ ξεχωριστό. Δεν είναι κάτι που μπορώ να πιάσω και να μεταφέρω. Γι' αυτό τούτη η γη έχει τόσο μεγάλη σημασία. Είναι η πύλη του βασιλείου. Το μοναδικό φρουρό για την είσοδο του Άβαλον».

«Άβαλον;» ψιθύρισε η Λόρελ.

Ο Ταμάνι έγνεψε καταφατικά. «Υπάρχουν τέσσερις είσοδοι σε ολόκληρο τον κόσμο που οδηγούν εκεί. Εκατοντάδες χρόνια πριν, οι είσοδοι ήταν ανοιχτές. Ήταν ακόμη μυστικές και τις φρουρούσαν όσοι γνώριζαν γι' αυτές, αλλά το θέμα είναι πως τελικά τις έμαθαν πολλοί. Από τις απαρχές του κόσμου τα κακά ξωτικά προσπαθούν να καταλάβουν το Άβαλον. Αυτό το κομμάτι γης είναι τόσο τέλειο. Δεν είναι μόνο ευλογημένο από τη φύση. Χρυσός και διαμάντια είναι τόσο συνηθισμένα, όπως τα κλαδιά και οι πέτρες. Για μας δεν έχουν καμία αξία πέρα από διακοσμητικά». Ο Ταμάνι χαμογέλασε. «Μας αρέσει ό,τι λάμπει, ξέρεις».

Η Λόρελ γέλασε όταν ο νους της πήγε στα γυάλινα πρίσματα που είχε κρεμάσει στο παράθυρο του υπνοδωματίου της πριν από χρόνια. «Νόμιζα πως ήταν απλώς μια προσωπική προτίμηση».

«Ποτέ δε συνάντησα νεράιδα ή νεράιδο που να μην τους αρέσουν», είπε χαμογελώντας ο Ταμάνι. «Όμως τα ξωτικά προσπαθούσαν διαρκώς να διεισδύσουν στον κόσμο των ανθρώπων δωροδοκώντας τους με χρήματα. Κάποια ξωτικά περνούν όλη τους τη ζωή κυνηγώντας θησαυρούς, και το Άβαλον είναι ένας τεράστιος θησαυρός που δύσκολα παραβλέπεις. Για αιώνες, εκεί επικρατούσαν ο θάνατος και ο όλεθρος καθώς τα ξωτικά προσπαθούσαν να μας επιβληθούν και να μας αφανίσουν και ο νεραϊδόκοσμος πάσχιζε απεγνωσμένα να προστατεύσει την πατρίδα του. Ωστόσο, κατά τη διακυβέρνηση του βασιλιά Αρθούρου, τα πάντα άλλαξαν».

«Του βασιλιά Αρθούρου; Του *γνωστού* βασιλιά Αρθούρου; Με δουλεύεις;»

«Καθόλου, αλλά όπως και σε όλα τα άλλα έτσι κι εδώ, τα παραμύθια δεν τα λένε σωστά. Ένα πράγμα θα σου πω: Αν θέλεις να κρατήσεις ένα μυστικό, μετάτρεψέ το σε ανθρώπινο παραμύθι. Θα το μπουρδουκλώσουν τόσο πολύ, που μετά από εκατό χρόνια δε θα μπορείς να ξεχωρίσεις την αλήθεια από το μύθο».

«Θα θιγόμουν, αλλά έχε χάρη που μέχρι τώρα έχω ανακαλύψει πως ισχύει απόλυτα ό,τι λες».

Ο Ταμάνι ανασήκωσε τους ώμους.

«Τι έκανε ο βασιλιάς Αρθούρος;»

«Βασικά, ο μάγος του ο Μέρλιν τα έκανε όλα. Ο Αρθούρος, ο Μέρλιν και ο Όμπερον...»

«Ο Όμπερον; Ο Όμπερον του Σαίξπηρ;»

«Ο Σαίξπηρ δεν ήταν ο μόνος που τον μνημόνευσε, αλλά ναι, αυτός ο βασιλιάς Όμπερον. Μαζί με τον Αρθούρο και τον Μέρλιν, ο Όμπερον κατασκεύασε ένα ξίφος που είχε τέτοιες μαγικές δυνάμεις, ώστε όποιος το κράδαινε στα χέρια του ήταν σίγουρο πως θα έβγαινε νικητής από μια μάχη».

«Το Εξκάλιμπερ», είπε ξέπνοα η Λόρελ.

«Ακριβώς. Ο Όμπερον, ο Αρθούρος και ο Μέρλιν ηγήθηκαν της μεγαλύτερης στρατιάς που είχε δει ποτέ το Άβαλον στη μάχη κατά των ξωτικών, με σκοπό να τα εξολοθρεύσουν μια για πάντα. Ο νεραϊδόκοσμος, ο Αρθούρος και οι ιππότες του, ο Μέρλιν και οι τρεις κυράδες του και ο ίδιος ο Όμπερον. Τα ξωτικά δεν είχαν καμία τύχη. Οι νεράιδες καθάρισαν το Άβαλον από τα ξωτικά και ο Όμπερον έχτισε τις πύλες για να τους προφυλάσσουν από την επιστροφή τους. Ακόμη και για μια νεράιδα του χειμώνα, ήταν πιο μαγικές απ' ό,τι μπορούσε να αντέξει οποιοδήποτε ζωντανό φυτό. Ο μεγαλύτερος βασιλιάς στην ιστορία του νεραϊδόκοσμου θυσιάστηκε για να χτίσει την πύλη που εγώ φρουρώ».

«Είναι απίστευτο», είπε η Λόρελ.

«Είναι η ιστορία σου», εξήγησε ο Ταμάνι. «Η κληρονομιά σου».

Ο Σαρ μούγκρισε πίσω του, αλλά ο Ταμάνι τον αγνόησε. «Γι' αυτό είναι τόσο σημαντικό αυτή η γη να μην πέσει στα χέρια των ξωτικών. Οι είσοδοι δεν μπορούν να καταστραφούν ποτέ, αλλά οι πύλες που τις φυλούν είναι ευάλωτες. Και αν καταστραφούν οι πύλες, το Άβαλον θα είναι ανοιχτό για όλους. Στην πατρίδα μας θα κυριαρχήσουν πάλι ο πόλεμος και ο όλεθρος. Έχουμε καταγράψει τη φοβερή εκδίκηση που πήραν τα ξωτικά στο Κάμελοτ και μπορούμε να φανταστούμε πως ίδια μοίρα περιμένει και το Άβαλον, αν καταφέρουν να εισβάλουν».

«Γιατί τώρα; Η μητέρα μου προσπαθεί να πουλήσει αυτή τη γη χρόνια τώρα. Θα μπορούσαν να την αγοράσουν εδώ και καιρό».

Ο Ταμάνι κούνησε το κεφάλι. «Δεν ξέρουμε. Ειλικρινά, φοβάμαι ακόμη και να μάθω το γιατί. Τα ξωτικά σιχαίνονται να χάνουν. Δεν κάνουν κίνηση εκτός αν είναι απόλυτα σίγουρα πως θα κερδίσουν. Ίσως σχημάτισαν μια πραγματικά πολυπληθή ομάδα. Ίσως... ίσως...» Αναστέναξε. «Δεν ξέρω. Προφανώς έχουν κάποιο μυστικό που πιστεύουν πως θα τους δώσει το πλεονέκτημα. Και αν δε βρούμε τι είναι αυτό, μάλλον δεν έχουμε ελπίδες». Ο Ταμάνι αναστέναξε. «Δεν πιστεύαμε καν ότι ήξεραν πού βρίσκεται αυτή η πύλη».

«Γιατί; Δεν έκαναν απόπειρες να εισβάλουν από τότε που χτίστηκαν οι πύλες;»

«Θα σου πω απλώς ότι ελάχιστα ξωτικά κατόρθωσαν να βγουν από το Άβαλον ζωντανά. Υποπτευόμαστε για πολλά πολλά χρόνια ότι οι επιζήσαντες ήξεραν περίπου πού ήταν –και ενδέχεται να διέδωσαν αυτή την πληροφορία–, αλλά μέχρι τώρα δεν κατάφεραν να εντοπίσουν την ακριβή θέση του».

«Και τι θα συμβεί αν την ανακαλύψουν;»

«Αν τη βρουν, θα τους σκοτώσουμε. Γι' αυτό είμαστε εμείς εδώ. Όμως δεν είναι αυτό το χειρότερο σενάριο. Αν καταφέρουν να αγοράσουν αυτή τη γη, μπορούν να στείλουν μια στρατιά ανθρώπων σε κάποιο φανταστικό κατασκευαστικό έργο για να γκρεμίσουν τα πάντα πιο γρήγορα απ' όσο μπορούμε εμείς να σκοτώσουμε τα ξωτικά χωρίς να τραβήξουμε την προσοχή των ανθρώπων. Οι πύλες είναι πολύ ισχυρές, αλλά δεν είναι απόρθητες. Μερικές μπουλντόζες και αρκετά εκρηκτικά *ίσως* καταφέρουν να τις κατεδαφίσουν. Στην καλύτερη περίπτωση θα άφηναν εκτεθειμένη την πύλη σε όποιον θέλει να τη βρει».

«Είπες πως έκαναν τον πατέρα μου να αρρωστήσει;» ψιθύρισε.

Ο Ταμάνι την κοίταξε πολλή ώρα, ενώ τα μάτια του έλαμπαν από το θυμό. «Έτσι πιστεύω. Πιστεύω επίσης πως εξαιτίας αυτής της *τοξίνης*...»

Ο Σαρ ξερόβηξε και απευθύνθηκε στη Λόρελ. «Του Ταμάνι του αρέσουν τα πολλά λόγια, αλλά είμαι βέβαιος πως θα συμφωνήσεις ότι δεν έχουμε χρόνο για χάσιμο».

Ο Ταμάνι έσφιξε τα χείλη και κοίταξε ψηλά τον ουρανό. «Έχασα *όντως* πολύ χρόνο», είπε. «Πρέπει να φύγουμε. Θέλουμε να τους πιάσουμε όσο ο ουρανός γίνεται τριανταφυλλής».

«Γιατί;»

«Τα κακά ξωτικά είναι πλάσματα της νύχτας. Προτιμούν να κοιμούνται όταν βγει ο ήλιος. Θα είναι κουρασμένα και εξασθενημένα αν τα πιάσουμε στο τέλος της δικής τους μέρας».

Η Λόρελ συμφώνησε. Τεντώθηκε ακόμη μια φορά και διστακτικά σηκώθηκε όρθια δοκιμάζοντας να πατήσει στα πόδια της με όλο της το βάρος. Προς μεγάλη της έκπληξη, τα ένιωθε σχεδόν φυσιολογικά. Δεν ήταν κουρασμένη ούτε σερνόταν και όλο της το κορμί είχε αναζωογονηθεί. «Πώς το έκανες αυτό;» ρώτησε η Λόρελ.

Ο Ταμάνι χαμογέλασε και έδειξε τη λάμπα. «Εσύ δεν είπες πως ήθελες να δεις λίγη μαγεία;»

Η Λόρελ κοίταξε τη μικρή μπρούντζινη λάμπα. «Τι έκανε;»

«Δρα σαν τεχνητό ηλιακό φως. Επιτρέπει στο σώμα σου να ξανανιώσει, λες και ήσουν έξω στον ήλιο. Δεν κάνει να τη χρησιμοποιείς πολύ συχνά γιατί τα κύτταρά σου θα καταλάβουν τη διαφορά, αλλά για ώρα ανάγκης είναι ό,τι πρέπει. Πάντως», είπε ψάχνοντας μέσα στο σάκο του για άλλη μια φορά, «μάλλον θα τα χρειαστείς αυτά». Της έδωσε ένα ζευγάρι μαλακά μοκασίνια, ασορτί με αυτά που φορούσε κι εκείνος.

Καθώς η Λόρελ έδενε τα κορδόνια, ο Σαρ έκανε ένα βήμα μπροστά και ακούμπησε το χέρι στον ώμο του Ταμάνι. «Καλή τύχη. Έχω ήδη καλέσει ενισχύσεις, θα καταφτάσουν λογικά σε μία ώρα το πολύ».

«Ας ελπίσουμε να μην τις χρειαστείς», απάντησε ο Ταμάνι.

«Αν είναι πράγματι ξωτικά και γνωρίζουν τόσα όσα υποψιάζεσαι, φαντάζομαι πως αυτό το ξέφωτο θα φιλοξενήσει πολλούς ακόμη φρουρούς».

«Κι αυτό είναι αλήθεια, αν αναλογιστούμε τις τελευταίες εβδομάδες», είπε σαρκαστικά ο Ταμάνι.

«Είσαι σίγουρος πως δε θέλεις να έρθει κάποιος μαζί σου;»

«Καλύτερα να είμαστε λίγοι». Ο Ταμάνι χαμογέλασε. «Εξάλλου, είναι μόνο τέσσερις και ο ένας από αυτούς είναι κατώτερο ξωτικό. Απλώς ζηλεύεις που δε σε αφήνω να έρθεις».

«Μπορεί λιγάκι να ζηλεύω, αλλά πραγματικά, Ταμ, ένας από αυτούς είναι ανώτερο ξωτικό. Μην τον υποτιμάς. Δε θέλω να έρθω να μαζεύω τα ζουμιά σου με το κουταλάκι».

«Δε θα χρειαστεί, σ' το υπόσχομαι».

Ο Σαρ απέμεινε σιωπηλός για μια στιγμή, μετά σήκωσε το πιγούνι του και έγνεψε. «Είθε το μάτι της Εκάτης να σε φυλάει».

«Και εσένα», είπε απαλά ο Ταμάνι κάνοντας μεταβολή.

Καθώς τράβηξαν γοργά το μονοπάτι προς τα κάτω, η Λόρελ έμεινε έκπληκτη από το πόσο καλά ένιωθε. Μετά τον αγώνα που έδωσε για να γλιτώσει τον Ντέιβιντ και τον εαυτό της από το ποτάμι, ήταν πιο κατάκοπη από ποτέ. Τώρα ένιωθε ξανανιωμένη και η απαλή πίεση που ασκούσε το χέρι του Ταμάνι στο δικό της την έκανε να θέλει να χοροπηδήσει.

Ωστόσο, κοίταξε το βλοσυρό ύφος του και αποφάσισε να αντισταθεί στην παράξενη παρόρμησή της.

Σε λίγα λεπτά είδαν από απόσταση το αυτοκίνητο. «Είσαι έτοιμος;» ρώτησε η Λόρελ.

«Να εξολοθρεύσω μια χούφτα ξωτικά; Ναι. Να γνωρίσω τον Ντέιβιντ; Σίγουρα όχι».

Κεφάλαιο 21

Ο ΝΤΕΪΒΙΝΤ ΧΕΙΡΙΣΤΗΚΕ ΤΗ ΣΥΝΑΝΤΗΣΗ αρκετά καλά και αυτό ήταν προς τιμήν του, ειδικά αν αναλογιστεί κανείς πως τον ξύπνησε ταρακουνώντας τον ένας άγνωστος άντρας, που το μόνο που έκανε ήταν να τον κοιτάζει άγρια όση ώρα η Λόρελ έκανε τις συστάσεις μασώντας τα λόγια της. Δέχτηκε την εκδοχή ότι οι τύποι ήταν κακά ξωτικά πολύ καλύτερα από τη Λόρελ, πράγμα που την έκανε να αναρωτηθεί αν είχε όντως ξυπνήσει ή μήπως απλώς είχε πάθει σοκ. Πάντως, ήταν διατεθειμένος να εκτελέσει χρέη οδηγού.

Ο Ταμάνι κάθισε στο πίσω κάθισμα και άφησε την πόρτα ανοιχτή προσκαλώντας με τα μάτια τη Λόρελ δίπλα του. Εκείνη έριξε μια ματιά στον Ντέιβιντ –τα ρούχα του ήταν τσαλακωμένα και βρόμικα από την απόδρασή του από το ποτάμι, ενώ μια μελανιά άρχιζε να σχηματίζεται στο μάγουλό του στο σημείο όπου τον είχε χαστουκίσει– και χαμογέλασε απολογητικά καθώς έκλεινε απαλά την πίσω πόρτα για να καθίσει στη θέση του συνοδηγού. Ο Ταμάνι δεν αποδέχτηκε την ήττα του έτσι εύκολα και, καθώς ο Ντέιβιντ οδηγούσε στον αυτοκινητόδρομο, έγειρε μπροστά και αγκάλιασε με το μπράτσο του το πάνω μέρος του καθίσματός της, έτσι ώστε το χέρι του να ακουμπά στον ώμο της.

Ακόμη κι αν ο Ντέιβιντ πρόσεξε την κίνηση στο αμυδρό φως, δεν τη σχολίασε.

Η Λόρελ κοίταξε το ρολόι. Σχεδόν τέσσερις. Αναστέναξε. «Η μητέρα μου θα έχει φρικάρει. Η δική σου;» ρώτησε τον Ντέιβιντ.

«Ελπίζω πως όχι. Της είπα ότι ίσως έμενα μαζί σου χθες το βράδυ και απάντησε πως δεν υπάρχει πρόβλημα αν χάσω και μία μέρα μάθημα. Θα την πάρω αργότερα για να της πω ότι είμαστε μαζί».

«Και πού να 'ξερε...» Η Λόρελ άφησε τη φράση της μισή.

«Ποιο είναι το σχέδιο;» ρώτησε ο Ντέιβιντ αλλάζοντας θέμα.

Απάντησε ο Ταμάνι. «Με πάτε στο σπίτι αυτό, κανονίζω τα ξωτικά, με φέρνετε πίσω. Απλούστατο».

«Πες μου κι άλλα γι' αυτά τα ξωτικά», είπε ο Ντέιβιντ. «Ήταν ό,τι πιο τρομακτικό έχω δει στη ζωή μου».

«Κι εύχομαι να μη σου ξανατύχει».

Ο Ντέιβιντ ανατρίχιασε. «Κι εγώ. Όταν μας πήγαν στο ποτάμι, αυτό το... αυτό το ξωτικό με σήκωσε λες και ήμουν πούπουλο. Δεν είμαι και *τόσο* μικρόσωμος».

«Πάντως, από μένα είσαι ψηλότερος, εδώ με νικάς». Ο Ταμάνι γύρισε προς το μέρος της Λόρελ και ο υποτιμητικός τόνος του κόπηκε μονομιάς. «Τα ξωτικά είναι κάτι σαν μια ανωμαλία της εξέλιξης. Είναι ζώα σαν κι εσένα, Ντέιβιντ, πρωτεύοντα μάλιστα. Αλλά δεν είναι ανθρώπινα όντα. Είναι δυνατότερα από ανθρώπους, όπως ανακάλυψες μόνος σου, και έχουν ταχύτερη ιαματική ικανότητα. Είναι λες και η εξέλιξη προσπάθησε να πλάσει έναν υπεράνθρωπο από όλα τα είδη, αλλά κάπου στράβωσε το πράγμα».

«Μόνο και μόνο εξαιτίας της ασχήμιας τους;» ρώτησε ο Ντέιβιντ.

«Η ασχήμια είναι απλώς μια παρενέργεια. Το πρόβλημα είναι πως δεν ταιριάζουν».

«Τι εννοείς δεν ταιριάζουν;» ρώτησε η Λόρελ.

«Δεν έχουν συμμετρία. Αυτό που διαφοροποιεί τις νεράιδες είναι επίσης η συμμετρία. Τα ανθρώπινα όντα είναι κατά βάση συμμετρικά, όσο μπορούν να είναι τα ζώα με τα χαοτικά τους κύτταρα. Δύο μάτια, δύο χέρια, δύο πόδια. Όλα έχουν λίγο πολύ το ίδιο μήκος και τις ίδιες διαστάσεις. Εντυπωσιακό αν το καλοσκεφτείς».

«Αν καλοσκεφτείς τι;» ρώτησε με έξαψη ο Ντέιβιντ.

«Αν καλοσκεφτείς ότι τα κύτταρά σας είναι τόσο ακανόνιστα. Αυτό δεν μπορείς να το αρνηθείς, αν είσαι τόσο έξυπνος όσο λέει η Λόρελ». Η παρατήρηση έγινε με μορφή πλάγιου υπαινιγμού, αλλά προφανώς ο Ντέιβιντ το πήρε σαν φιλοφρόνηση. «Η Λόρελ κι εγώ», της χάιδεψε το σβέρκο καθώς το έλεγε, «είμαστε απόλυτα συμμετρικοί. Αν μας δίπλωνες στα δύο, κάθε σημείο μας θα ταίριαζε επακριβώς με το αντίστοιχό του. Γι' αυτό η Λόρελ μοιάζει τόσο πολύ με τα μοντέλα της πασαρέλας. Συμμετρία, λοιπόν».

«Ενώ τα ξωτικά δεν είναι;» ρώτησε η κοπέλα πασχίζοντας απεγνωσμένα να μην αποτελεί το επίκεντρο της συζήτησης.

Ο Ταμάνι κούνησε αρνητικά το κεφάλι. «Ούτε κατά διάνοια. Θυμάσαι που μου είπες πως το ένα μάτι του Μπαρνς ήταν πιο κάτω από το άλλο και η μύτη του δεν ήταν στο κέντρο; Αυτή είναι σωματική ασυμμετρία. Παρόλο που πάνω του είναι ανεπαίσθητη. Δεν είναι έτσι συνήθως. Έχω δει ακόμη και μωρά ξωτικά που είναι τέτοια εκτρώματα, ώστε ούτε οι κακάσχημες μανάδες τους δε θέλουν να τα κρατήσουν. Πόδια φυτρώνουν από τα κεφάλια τους, οι λαιμοί βρίσκονται πλάγια από τους ώμους. Αποκρουστικό θέαμα. Πριν από πολλά πολλά χρόνια ο νεραϊδόκοσμος προσπάθησε να τους δεχτεί. Όμως, όταν σταματάς να εξελίσσεσαι, ο θάνατος είναι αναπόφευκτος. Και δε μιλώ μόνο για το σωματικό θάνατο. Όσο πιο χαζός είσαι, δηλαδή όσο πιο άσχημο παιχνίδι σού έχει παίξει η εξέλιξη, τόσο λιγότερο συμμετρικός είσαι».

«Και τότε τα ξωτικά γιατί δεν αφανίζονται;» ρώτησε ο Ντέιβιντ.

«Δυστυχώς, έχουν τα προτερήματα και τα μειονεκτήματά τους. Ξωτικά σαν τον Μπαρνς που μπορούν να συγχωνευθούν με τον ανθρώπινο κόσμο. Ορισμένα μάλιστα ασκούν ένα βαθμό ελέγχου πάνω στους ανθρώπους. Δεν ξέρουμε πόσα είναι αυτά τα ξωτικά, αλλά μπορεί να βρίσκονται παντού».

«Πώς μπορείς να τα ξεχωρίσεις από τους ανθρώπους;»

«Αυτό είναι το πρόβλημα, ότι δεν είναι εύκολο. Σχεδόν ανέφικτο κάποιες φορές, αλλά όχι όταν είσαι φρουρός. Τα ξωτικά απλώς δεν ανταποκρίνονται στα μάγια μας».

«Καθόλου;» ρώτησε η Λόρελ.

«Τουλάχιστον όχι στη μαγεία της άνοιξης. Κι είναι πολύ κρίμα. Θα ήταν πολύ πιο εύκολη η αποστολή μου σήμερα. Υπάρχουν κάποια σημάδια που ξεχωρίζουν τα ξωτικά από τους ανθρώπους, αλλά πολλά μπορούν να κρυφτούν».

«Τι είδους σημάδια;» ρώτησε η Λόρελ.

«Αρχικά, τα ξωτικά ζούσαν υπογείως, γιατί το φως του ήλιου τούς έκαιγε το δέρμα. Με τις σύγχρονες εφευρέσεις όπως τα αντηλιακά, είναι σε καλύτερη μοίρα αλλά και πάλι το δέρμα τους σπάνια είναι υγιές».

Η Λόρελ θυμήθηκε το σκασμένο και μαδημένο δέρμα της Μπες γύρω από το κολάρο της και σκοτείνιασε η όψη της.

«Πέρα από την ασυμμετρία, τα μάτια τους έχουν συχνά διαφορετικό χρώμα το ένα από το άλλο, αλλά οι φακοί επαφής μπορούν να το κρύψουν επίσης πολύ καλά. Ο μόνος τρόπος για να είναι κανείς σίγουρος είναι είτε να παρατηρήσει τη δύναμή τους είτε να τα τσακώσει την ώρα που καταβροχθίζουν ένα μεγάλο κομμάτι κρέας με τα αίματα να τρέχουν».

«Ο Μπαρνς εκστασιάστηκε με το αίμα στο μπράτσο μου», είπε η Λόρελ.

«Μα εσύ δε ματώνεις», είπε ο Ταμάνι.

«Δεν ήταν δικό μου το αίμα, ήταν του Ντέιβιντ».

«Στο δικό *σου* μπράτσο;»

Η Λόρελ έγνεψε καταφατικά. «Έκοψε το μπράτσο του όπως τον πέταξε μέσα από το παράθυρο. Την ίδια στιγμή τραυματίστηκα κι εγώ στην πλάτη μου».

«Πολύ αίμα;» ρώτησε ο Ταμάνι.

«Αρκετό ώστε να καλύψει την παλάμη του όπως με γράπωσε».

Ο Ταμάνι πλατάγισε τη γλώσσα του. «Έτσι εξηγείται το ότι σας έριξαν στο ποτάμι. Κανένα ξωτικό που έχει λίγο μυαλό στην κεφάλα του δεν επιχειρεί να πνίξει μια νεράιδα. Δεν κατάλαβε τι είσαι».

«Πώς να το καταλάβει άλλωστε;»

Ο Ταμάνι αναστέναξε. «Δυστυχώς, είναι πολύ εύκολο για τα ξωτικά να ξεχωρίζουν τους ανθρώπους από τις νεράιδες. Η όσφρηση των ξωτικών έλκεται από το αίμα, ενώ οι νεράιδες δε μυρίζουν αίμα. Τα ξωτικά μπορούν να σε μυρίσουν μόνο εάν είσαι ανθισμένη. Το να συναντήσουν ένα πλάσμα που μοιάζει με άνθρωπο αλλά δε μυρίζει αίμα θα τους πονήρευε αμέσως».

«Ο Ντέιβιντ όμως μάτωσε πάνω μου. Οπότε, μύρισε αρκετό αίμα, ώστε να μην υποψιαστεί τίποτα;»

«Είναι η μόνη λογική εξήγηση».

«Και στο νοσοκομείο;»

«Τα νοσοκομεία μυρίζουν ούτως ή άλλως αίμα για ένα ξωτικό. Ούτε καν η χλωρίνη δεν μπορεί να αμβλύνει τη μυρωδιά του αίματος. Σε ένα νοσοκομείο δε θα μπορούσε ούτε δέκα νεράιδες μαζεμένες να εντοπίσει».

«Και στο σπίτι σου», είπε ο Ντέιβιντ, «εγώ μύριζα κάπνα από τη φωτιά του μπιτς πάρτι».

«Ήρθε στο σπίτι σου;» ρώτησε ο Ταμάνι σφίγγοντας το χέρι του στον ώμο της Λόρελ. «Ξέχασες να μου το πεις αυτό».

«Πριν από καιρό. Δεν ήξερα τι ήταν».

Το χέρι του Ταμάνι έσφιξε τον ώμο της. «Στάθηκες πολύ, *πολύ* τυχερή. Έτσι και καταλάβαινε από πριν τι είσαι, θα ήσουν νεκρή τώρα».

Η Λόρελ ένιωσε μια ξαφνική ζαλάδα και έγειρε πίσω στο κάθισμα, ακριβώς πάνω στο μάγουλο του Ταμάνι. Δεν μπήκε στον κόπο να διορθώσει το λάθος της.

Πλησίαζαν στο Μπρούκινγκς και ο νεράιδος άρχισε να ανακρίνει τη Λόρελ για τη διαρρύθμιση του σπιτιού. «Θα ήταν πιο εύκολο αν ερχόμουν κι εγώ μαζί σου», διαμαρτυρήθηκε εκείνη αφού περιέγραψε το σπίτι σπιθαμή προς σπιθαμή όπως το θυμόταν. Πράγμα όχι και τόσο εύκολο, αφού ήταν πολύ σκοτεινά.

«Δεν υπάρχει περίπτωση. Δε θέλω να σε εκθέσω σε κίνδυνο, είσαι πολύ σημαντική».

«Δεν είμαι και τόσο σημαντική», μούγκρισε η Λόρελ βουλιάζοντας λίγο στη θέση της.

«Πρόκειται να κληρονομήσεις εσύ τη γη, Λόρελ. Μην το παίρνεις και τόσο ελαφρά».

«Θα μπορούσα να βοηθήσω, να έρθω για ενισχύσεις».

«Δε χρειάζομαι τη βοήθειά σου».

«Γιατί;» ρώτησε απότομα η Λόρελ. «Επειδή δεν είμαι ειδικά εκπαιδευμένος φρουρός;»

«Γιατί είναι πολύ επικίνδυνο», της ανταπάντησε στον ίδιο απότομο τόνο ο Ταμάνι υψώνοντας τη φωνή. Κάθισε πίσω στο κάθισμά του. «Μη με κάνεις να σε ξαναχάσω», ψιθύρισε.

Γονάτισε στο κάθισμά της και γύρισε πίσω για να τον κοιτάξει στα μάτια. Το πρόσωπό του μόλις που φαινόταν στο απαλό χάραμα. «Κι αν υποσχεθώ να παραμείνω αθέατη; Αν κάτι σου συμβεί, πρέπει να το ξέρουμε».

Η όψη του έμεινε ανέκφραστη.

«Δε θα προσπαθήσω να παλέψω», του υποσχέθηκε.

Ο Ταμάνι έκανε μια παύση και το ξανασκέφτηκε για μερικά δευτερόλεπτα. «Αν σου αρνηθώ, θα με ακολουθήσεις έτσι κι αλλιώς;»

«Εννοείται».

Αναστέναξε και στριφογύρισε τις κόρες των ματιών του. «Άκουσέ με». Έγειρε μπροστά, με τις μύτες τους σχεδόν να αγγίζονται όση ώρα μιλούσε ήρεμα, αλλά με μια ένταση που έκανε τη Λόρελ να εύχεται να μην το είχε θίξει εξαρχής αυτό το θέμα. «Αν προκύψει πρόβλημα, άσε με πίσω. Πήγαινε κατευθείαν στον Σαρ με το αυτοκίνητο και πες του τι συνέβη. Μου το υπόσχεσαι;»

Κούνησε το κεφάλι. «Δεν μπορώ να σε αφήσω».

«Θέλω το λόγο σου, Λόρελ».

«Δεν πρόκειται να γίνει τίποτα. Όπως είπες και στον Σαρ, δεν υπάρχει λόγος ανησυχίας».

«Μην προσπαθείς να αλλάξεις θέμα. Θέλω το λόγο σου».

Η Λόρελ δαγκώθηκε κι αναρωτήθηκε αν μπορούσε να ξεφύγει με κάποιο τρόπο. Όμως ο Ταμάνι δε θα την άφηνε σε χλωρό κλαρί. «Σύμφωνοι», είπε σκυθρωπή.

«Τότε μπορείς να έρθεις».

«Κι εγώ;» ρώτησε ο Ντέιβιντ.

«Αδύνατο».

«Γιατί;» ρώτησε ο Ντέιβιντ σφίγγοντας το τιμόνι. «Μεγαλύτερη βοήθεια θα προσφέρω εγώ από τη Λόρελ – χωρίς παρεξήγηση», πρόσθεσε χαμογελώντας.

«Τότε υποθέτω πως μπορείς να έρθεις», είπε ο Ταμάνι χαμογελώντας χαιρέκακα, «αν θέλεις να κάνεις το δόλωμα».

«Ταμάνι!» διαμαρτυρήθηκε η Λόρελ.

«Αλήθεια είναι. Όχι μόνο είναι άνθρωπος, έχει και ωραίες ανοιχτές πληγές, που ο κύριος Μπαρνς θα οσμιζόταν από χιλιόμετρα μακριά. Μπορεί και παραπάνω. Ή θα κάνει το δόλωμα ή δεν έρχεται». Ο Ταμάνι έγειρε και πάλι μπροστά και έδωσε απαλά μια γροθιά στον ώμο του Ντέιβιντ, με τρόπο που οποιοσδήποτε άλλος θα εκλάμβανε ως φιλική χειρονομία, αλλά δεν ξεγέλασε τη Λόρελ. «Πλάκα κάνω, φίλε. Προτείνω να οδηγήσεις το αυτοκίνητο της διαφυγής».

Ο Ντέιβιντ δεν είχε περιθώρια να διαφωνήσει. Εκτός αν ήθελε να επιμείνει για να κάνει το δόλωμα.

Βγήκαν από τον αυτοκινητόδρομο 101 προς το Άλντερ ακριβώς την ώρα που ο ουρανός γινόταν τριανταφυλλής. Καθώς έφταναν στο Μέιπλ και προσπαθούσαν να ξαναβρούν το δρόμο που η Λόρελ κι ο Ντέιβιντ είχαν διασχίσει την προηγούμενη νύχτα, εκείνη άρχισε να αγχώνεται όλο και περισσότερο. Το προηγούμενο βράδυ είχε τόση υπεροψία και αυτοπεποίθηση. Ήξερε πως είχε δίκιο και ήταν αποφασισμένη να βρει απαντήσεις. Τώρα ήξερε από πρώτο χέρι ποιον είχε να αντιμετωπίσει και η αυτοπεποίθησή της έκανε βουτιά.

«Ταμάνι, πώς ένα φυτό θα μπορέσει να νικήσει ένα πανίσχυρο ξωτικό;» ρώτησε, αν και ήξερε πως δεν ήταν η κατάλληλη στιγμή.

Για πρώτη φορά ο νεράιδος δε χαμογέλασε. Το πρόσωπό του ήταν πετρωμένο και το βλέμμα του ανέκφραστο. «Μυστικότητα», απάντησε σιγανά. «Μυστικότητα και ταχύτητα. Είναι το μοναδικό πλεονέκτημα που έχω».

Η Λόρελ δε χάρηκε και πολύ με την απάντηση.

Κεφάλαιο 22

Το CIVIC ΤΟΥ ΝΤΕΪΒΙΝΤ κύλησε αργά στο αδιέξοδο της οδού Σι Κλιφ. «Είναι το σπίτι στο τέρμα», είπε η Λόρελ δείχνοντας.

«Τότε ας σταματήσουμε εδώ», πρότεινε ο Ταμάνι.

Ο Ντέιβιντ πάρκαρε το αυτοκίνητο στο πεζοδρόμιο και οι τρεις τους απέμειναν να κοιτάζουν το μεγάλο σπίτι. Στο πρώτο φως της μέρας μπορούσαν να πουν με σιγουριά πως κάποτε ήταν γκρίζο. Η Λόρελ παρατήρησε τα ξεφλουδισμένα περίτεχνα σκαλίσματα στη μαρκίζα της σκεπής και τα διακοσμημένα κουφώματα των παραθύρων και προσπάθησε να φανταστεί πόσο όμορφο θα ήταν το σπίτι πριν από εκατό χρόνια. Για πόσο καιρό ανήκε στα ξωτικά άραγε; Ανατρίχιασε κι αναρωτήθηκε αν είχαν αγοράσει το σπίτι ή απλά έσφαξαν την οικογένεια και το οικειοποιήθηκαν. Εκείνη τη στιγμή, η τελευταία εκδοχή φάνταζε πιο πιθανή.

Ο Ταμάνι έβγαλε μια ζώνη από το σάκο του και τσέκαρε τις τρυπίτσες της. Της έδωσε μια δερμάτινη θήκη που είχε ένα μικρό μαχαίρι. «Για παν ενδεχόμενο», της είπε.

Το μαχαίρι τής φάνηκε βαρύ στο χέρι και για μερικά δευτερόλεπτα απέμεινε να το κοιτάζει.

«Την περνάς γύρω από τη μέση σου», την ενθάρρυνε ο Ταμάνι.

Η Λόρελ τού έριξε μια άγρια ματιά, αλλά πέρασε τη θήκη γύρω από τη μέση της και την έδεσε.

«Έτοιμη;» ρώτησε ο Ταμάνι. Η όψη του είχε σοβαρέψει τώρα. Οι αφέλειες που έπεφταν στο μέτωπό του έριχναν μακριές σκιές που έμοιαζαν με ρίγες στα μάτια του. Είχε σμίξει τα φρύδια προσπαθώντας να αυτοσυγκεντρωθεί και μια μικρή ρυτίδα φαινόταν στο μέτωπό του χαλώντας μια υποθετική διαφήμιση με ένα μουτρωμένο αντρικό μοντέλο.

«Έτοιμη», απάντησε εκείνη.

Ο Ταμάνι βγήκε από το πίσω κάθισμα και έκλεισε την πόρτα πολύ απαλά. Η Λόρελ έλυσε τη ζώνη ασφαλείας και ένιωσε το χέρι του Ντέιβιντ στον ώμο της. Το βλέμμα του στράφηκε γοργά στον Ταμάνι όταν εκείνη τον κοίταξε κατάματα. «Μην πας», ψιθύρισε αγέρωχα.

Του έσφιξε το χέρι. «Πρέπει. Δεν μπορώ να τον αφήσω μόνο του».

Ο Ντέιβιντ χαμήλωσε το πιγούνι και κούνησε το κεφάλι σκυθρωπός. «Να γυρίσεις πίσω», τη διέταξε.

Η Λόρελ δεν κατάφερε να ξεστομίσει τα λόγια που ήθελε παρά μόνο κούνησε το κεφάλι και έσπρωξε την πόρτα για να ανοίξει. Ο Ταμάνι έχωσε το κεφάλι του μέσα και κοίταξε τον Ντέιβιντ. «Σε δέκα λεπτά βάλε μπρος και πλησίασε λίγο. Αν κανείς στο σπίτι δεν ξέρει πως είμαστε εκεί μέχρι τότε, είναι επειδή θα έχουμε πεθάνει».

Ο Ντέιβιντ ξεροκατάπιε.

«Να είσαι σε επιφυλακή. Αν ένας από αυτούς έρθει να σε πιάσει στο αυτοκίνητο, βάλε μπρος και φύγε. Αν έρθουν σε σένα, για μας θα είναι ήδη πολύ αργά. Πήγαινε στο οικόπεδο και ειδοποίησε τον Σαρ».

Η Λόρελ δεν ξετρελάθηκε με αυτό το σενάριο.

Ο Ταμάνι δίστασε. «Λυπάμαι που δεν μπορώ να σε αφήσω να κάνεις κάτι παραπάνω», είπε με ειλικρίνεια στη φωνή. «Αλήθεια λυπάμαι». Έκλεισε την πόρτα, έπιασε τη Λόρελ από το χέρι και κατευθύνθηκε προς το σπίτι χωρίς να ρίξει ματιά πίσω του.

Η Λόρελ κοίταξε έντονα τον Ντέιβιντ για πολλή ώρα προτού γυρίσει ξανά μπροστά.

Έφτασαν στο τεράστιο σπίτι με τον ίδιο περίπου τρόπο που είχαν πλησιάσει την προηγούμενη νύχτα. Η Λόρελ ένιωσε ένα πλάκωμα στο στήθος καθώς επαναλάμβανε τα ίδια βήματα και πλησίαζε όλο και πιο κοντά στα πλάσματα που είχαν επιχειρήσει να τη σκοτώσουν. *Ποιος σκάβει το λάκκο του οικειοθελώς;* αναρωτήθηκε και κούνησε το κεφάλι. Όμως τα μάτια της ήταν καρφωμένα στην πλάτη του Ταμάνι. Η αυτοπεποίθηση που εξέπεμπε ακόμη και όταν τρύπωνε λαθραία κατά μήκος του τοίχου τής έδινε θάρρος. *Είμαι εδώ για χάρη του,* επαναλάμβανε ξανά και ξανά στο μυαλό της μέχρι που άρχισε να φαντάζει λογικό.

Καθώς πλησίαζαν στο σπασμένο παράθυρο, ο Ταμάνι τίναξε το χέρι του και την ακινητοποίησε πάνω στον ξεφλουδισμένο πλαϊνό τοίχο. Έριξε μια ματιά μέσα από το χαλασμένο κούφωμα του παραθύρου που τα ξωτικά δεν είχαν μπει καν στον κόπο να καλύψουν με μια σανίδα κι έψαξε ένα τσεπάκι της ζώνης του. Έβγαλε κάτι που έμοιαζε με καφέ καλαμάκι και έχωσε μέσα του κάτι μικρό. Στηρίχτηκε στο ένα γόνατο και όρμησε μακριά από τον τοίχο αφήνοντας για μια στιγμή τον εαυτό του εκτεθειμένο σε όποιον βρισκόταν μέσα στο δωμάτιο. Φύσηξε το καλαμάκι και η Λόρελ άκουσε κάτι να σφυρίζει στον αέρα.

Μετά ο Ταμάνι έπεσε μπρούμυτα έρποντας κάτω από το

ξεχαρβαλωμένο πρεβάζι και κατευθύνθηκε προς το πίσω μέρος του σπιτιού. Η Λόρελ τον ακολούθησε έρποντας κι αυτή. «Τι έκανες;» ψιθύρισε.

Όμως ο Ταμάνι έβαλε το δάχτυλο στα χείλη γνέφοντάς της να κάνει ησυχία και συνέχισε να έρπει. Σε μερικά δευτερόλεπτα ο νεράιδος σταμάτησε και επιθεώρησε ό,τι μπορούσε να δει πίσω από τη γωνία. Κοίταξε ψηλά ένα παμπάλαιο καφασωτό και ένα γελάκι σχηματίστηκε στα χείλη του. Γύρισε προς το μέρος της, έδειξε το έδαφος δίπλα του και είπε αθόρυβα: «Μείνε εδώ».

Η Λόρελ είχε αντίρρηση, αλλά καθώς πρόσεξε τις σχισμές και τα σπασίματα στο καφασωτό, αποφάσισε ότι το πρόσθετο βάρος του κορμιού της δε θα πρόσφερε καμία απολύτως βοήθεια. Ο Ταμάνι σκαρφάλωσε αθόρυβα –κάτι που η Λόρελ θεωρούσε ανέφικτο βλέποντας το ετοιμόρροπο ξύλινο πλέγμα– θυμίζοντας περισσότερο ευλύγιστη μαϊμού που ανεβαίνει σε ένα δέντρο παρά μια ανθρώπινη μορφή, έστω και με πολλή φαντασία.

Η Λόρελ κούρνιασε στη γωνία του σπιτιού και έριξε μια ματιά στο πλάι. Ο Σημαδεμένος και ο φίλος του είχαν αράξει σε ένα βρόμικο καναπέ στην εξίσου βρόμικη σκεπαστή βεράντα. Οι φωνές τους ήταν πολύ σιγανές για να καταλάβει η Λόρελ τι έλεγαν, αλλά φέρνοντας στο νου της την κουβέντα που είχαν πριν από λίγο στο αυτοκίνητο, καλύτερα να μην ήξερε.

Ο Σημαδεμένος χασμουρήθηκε και το άλλο ξωτικό έμοιαζε έτοιμο να κοιμηθεί. Η Λόρελ άκουσε ένα ανεπαίσθητο τρεχαλητό τη στιγμή που ο Ταμάνι διέσχιζε την οροφή, αλλά προφανώς τα δύο ξωτικά ήταν πολύ κουρασμένα ή αφηρημένα, γιατί κανένα δεν κοίταξε προς τα πάνω.

Παρόλο που ήταν προετοιμασμένη ψυχολογικά, αναγκάστηκε να καταπνίξει ένα επιφώνημα έκπληξης καθώς ο Ταμάνι πήρε φόρα, έπεσε από την οροφή και προσγειώθηκε με χάρη μπροστά από τα ξωτικά. Τα χέρια του τινάχτηκαν σαν δύο θολές μορφές και τσούγκρισαν τα κεφάλια τους με ένα βαρύ γδούπο. Τα ξωτικά σωριάστηκαν στα μαξιλάρια του καναπέ και δεν κουνήθηκαν.

Η Λόρελ έκανε ένα βήμα και πάτησε ένα ξερό φύλλο.

«Περίμενε», είπε σιγανά ο Ταμάνι. «Άσε με να τελειώσω πρώτα. Δε θέλεις να δεις τέτοιο θέαμα».

Ο πειρασμός ήταν πολύ μεγάλος. Ο νεράιδος δεν την κοίταζε, οπότε η Λόρελ δεν τραβήχτηκε πίσω από τη γωνία για να κρυφτεί, αλλά παρακολουθούσε ξαναμμένη κι αναρωτιόταν τι θα έκανε.

Ο Ταμάνι στερέωσε το γόνατό του στον ώμο του Σημαδεμένου και βάστηξε το πρόσωπό του με τα δυο του χέρια. Μέχρι η Λόρελ να καταλάβει τι θα συμβεί, ήταν πολύ αργά. Τα μάτια της αρνούνταν να κλείσουν καθώς ο νεράιδος με μια απότομη κίνηση έστριψε το κεφάλι του ξωτικού και ένα αρρωστημένο κρακ έφτασε απειλητικό στα αφτιά της. Ο Ταμάνι ακούμπησε τον Σημαδεμένο πίσω στο μαξιλάρι και καθώς προσηλώθηκε στο άλλο ξωτικό, εκείνη δεν μπόρεσε να μην κοιτάξει το λειψό πρόσωπό του, άψυχο και, για πρώτη φορά, χωρίς να χαμογελά περιφρονητικά.

Όταν ο Ταμάνι σήκωσε το γόνατό του για να πατήσει στον ώμο του άλλου ξωτικού, η Λόρελ τραβήχτηκε γοργά πίσω από τη γωνία και έκλεισε τα αφτιά της. Όχι ότι είχε διαφορά. Ο ανατριχιαστικός ήχος από το σπασμένο λαιμό του Κοκκινοτρίχη βρήκε το δρόμο του μέχρι τα αφτιά της και το μυαλό της πλημμύρισαν εικόνες που δεν μπορούσαν να δουν τα μάτια της. Το απαλό άγγιγμα του Ταμάνι στην πλάτη της την έκανε να πεταχτεί.

«Έλα, πρέπει να συνεχίσουμε». Ο Ταμάνι αγκάλιασε τη Λόρελ και την πήρε μακριά από τα νεκρά ξωτικά, αλλά εκείνη συνέχιζε να ρίχνει κλεφτές ματιές στις δύο μορφές που έμοιαζαν σαν να κοιμούνται.

«Έπρεπε να το κάνεις αυτό;» ψιθύρισε προσπαθώντας να υπενθυμίσει στον εαυτό της πως αυτοί οι τύποι είχαν αποπειραθεί να δολοφονήσουν εκείνη και τον Ντέιβιντ. Όμως έμοιαζαν άκακοι στο αμυδρό φως της μέρας, με τις παραμορφωμένες φάτσες τους χαλαρές και γαλήνιες.

«Ναι. Ένας από τους κανόνες των φρουρών είναι να μην αφήνουν ποτέ ένα εχθρικό ξωτικό ζωντανό. Έχω δώσει όρκο γι' αυτό. Σου είπα ότι δεν έπρεπε να έρθεις».

Κοντοστάθηκε μια στιγμή για να βγάλει κάτι από τη ζώνη του και ψέκασε τους μεντεσέδες της πίσω πόρτας. Όταν την άνοιξε με φόρα, η πόρτα κουνήθηκε αθόρυβα. Η Λόρελ θυμήθηκε το αλλόκοτο κατοικίδιο και ακολούθησε τον Ταμάνι πολύ διστακτική. Όμως εκείνο ήταν ξαπλωμένο στο πάτωμα χαλαρό. Ο Ταμάνι έσκυψε δίπλα και έβγαλε ένα βελάκι από το λαιμό της Μπες. Η Λόρελ θυμήθηκε το καφέ καλαμάκι και συνειδητοποίησε τι είχε κάνει.

«Πέθανε;» ψιθύρισε η κοπέλα.

Ο Ταμάνι κούνησε αρνητικά το κεφάλι. «Απλώς κοιμάται. Τα θανατηφόρα βελάκια είναι πολύ μεγαλύτερα και δε δρουν τόσο γρήγορα. Θα άρχιζε να γαβγίζει για λίγο και θα τα κατέστρεφε όλα». Έβαλε και πάλι το χέρι στη ζώνη. Αναστέναξε καθώς ξεβίδωνε ένα μπουκαλάκι. «Αυτά είναι τα μόνα για τα οποία μετανιώνω. Αυτά που είναι πολύ χαζά για να ξέρουν τι κάνουν. Δεν είναι περισσότερο ένοχα από ένα λιοντάρι ή μια τίγρη που παραμονεύει τη λεία του, τουλάχιστον στην αρχή. Όμως, όταν μάθουν να μισούν θανάσιμα τις νεράιδες και να υπακούνε σε κάθε διαταγή του αφέντη τους, δεν παύουν ποτέ να είναι επικίνδυνα». Τράβηξε προς τα κάτω ένα από τα βλέφαρα του πλάσματος και έριξε μέσα δύο σταγόνες από ένα κίτρινο υγρό. «Θα πεθάνει σε λίγα λεπτά», είπε ξαναβάζοντας το μπουκαλάκι στο σάκο του.

Γύρισε προς το μέρος της Λόρελ και την πλησίασε για να της ψιθυρίσει στο αφτί. «Δεν ξέρω πού είναι ο άλλος. Αν τον βρούμε και τον πιάσουμε εξ απίνης, θα είναι εύκολα τα πράγματα. Γι' αυτό ακολούθησέ με, αλλά τσιμουδιά από δω και πέρα. Σύμφωνοι;»

Η Λόρελ έγνεψε καταφατικά και ευχήθηκε να μπορούσε να περπατά το ίδιο αθόρυβα με εκείνον. Ποτέ στη ζωή της δεν είχε αισθανθεί αδέξια –είχε πάντοτε πολύ περισσότερη χάρη από τους συνομήλικούς της–, αλλά σε σύγκριση με τον Ταμάνι υστερούσε κατά πολύ. Παρατηρώντας τα πόδια του νεράιδου και πατώντας ακριβώς στα βήματά του, κατάφερε να ανέβει τα σκαλιά λίγο πολύ αθόρυβα.

Πέρασαν μέσα από τρεις πόρτες όπου δε βρήκαν τίποτα πέρα από έπιπλα κουκουλωμένα με σεντόνια και στροβιλιζόμενους κόκκους σκόνης. Ο Ταμάνι έριξε μια ματιά μέσα από την τέταρτη πόρτα και έπιασε αμέσως τη ζώνη του. Η Λόρελ διέκρινε τη σκιά του Μπαρνς να απλώνεται στο πάτωμα στο φως του ήλιου που έμπαινε από το ανατολικό παράθυρο. Για κάποιο μυστήριο λόγο, ακόμη και το προφίλ της σκιάς του ήταν χαρακτηριστικό. Ο Ταμάνι έβγαλε και πάλι το μακρύ καλαμάκι και στηρίχτηκε στο ένα γόνατο. Πήρε ανάσα και στόχευσε με προσοχή. Με ένα μικρό πουφ το βελάκι πέταξε.

Η Λόρελ είχε τα μάτια της καρφωμένα στη σκιά. Είδε ένα μικρό τίναγμα και άκουσε ένα ανεπαίσθητο γρύλισμα. Αφότου πέρασαν μερικά δευτερόλεπτα που φάνταζαν αιωνιότητα, το κεφάλι της σκιάς σωριάστηκε σαν κούτσουρο πάνω στο γραφείο. Ο Ταμάνι έδειξε το πάτωμα, στην άκρη του οποίου η Λόρελ είχε κουλουριαστεί, και της ψιθύρισε πάλι να μείνει εκεί.

Αυτή τη φορά τον υπάκουσε.

Ο Ταμάνι τρύπωσε μπροστά και συσπειρώθηκε πίσω από το ακίνητο ξωτικό για μερικά δευτερόλεπτα. Εκείνη παρακολουθούσε τις σκιές καθώς τα χέρια του σηκώθηκαν στα πλάγια του κεφαλιού του ξωτικού. Γνωρίζοντας τη συνέχεια, σφάλισε τα μάτια της ερμητικά και έκλεισε με τις παλάμες της τα αφτιά της. Ο επόμενος ήχος που άκουσε δεν ήταν ένα κρακ, αλλά ένας βαρύς γδούπος που έκανε τον τοίχο πίσω από την πλάτη της να σειστεί.

«Πίστεψες πως τα νεραϊδοκολπάκια σου θα έπιαναν σε μένα;»

Η Λόρελ άνοιξε διάπλατα τα μάτια και όρμησε στο σημείο από όπου είχε μετακινηθεί ο Ταμάνι λίγα δευτερόλεπτα πριν. Δεν μπορούσε να δει τον Μπαρνς, αλλά ο νεράιδος ήταν πεσμένος κατάχαμα, στραπατσαρισμένος και κουνούσε το κεφάλι του πάνω στον τοίχο καθώς κοίταζε άγρια τον Μπαρνς. Είδε τη μακριά σκιά να χιμάει στον Ταμάνι και άνοιξε το στόμα της για να ουρλιάξει προειδοποιητικά, αλλά ο νεράιδος είχε εξαφανιστεί, με αποτέλεσμα ο Μπαρνς να προσκρούσει στον τοίχο, κάνοντας μια ρωγμή στο γύψο. Ο Ταμάνι χοροπηδούσε γύρω γύρω στο δωμάτιο, ενώ η Λόρελ προσπαθούσε να πιέζει όλο και περισσότερο τον τοίχο. Τώρα όλο το σπίτι σειόταν καθώς ο Μπαρνς χιμούσε στον Ταμάνι ξανά και ξανά και εκείνος του ξέφευγε συνεχώς με χοροπηδητά. Η κοπέλα έβλεπε τις σκιές τους να χορεύουν με κομμένη την ανάσα, από το φόβο της μήπως την προδώσει η παραμικρή κίνηση, ο παραμικρός ήχος.

Με μια κραυγή και απλώνοντας με δύναμη τα μακριά του μπράτσα, ο Μπαρνς τσάκωσε τον Ταμάνι από το στήθος και τον πέταξε πάνω στο νότιο τοίχο, ακριβώς απέναντι από την πόρτα όπου κρυβόταν η Λόρελ. Ρωγμές εξαπλώθηκαν σαν ιστοί αράχνης πάνω στο γύψο στο σημείο όπου ο Ταμάνι έπεσε πάνω στον τοίχο και γλίστρησε στο πάτωμα. Η Λόρελ ευχήθηκε από μέσα της να καταφέρει ο νεράιδος να δώσει άλλο ένα σάλτο και να σηκωθεί, αλλά το κεφάλι του Ταμάνι έγειρε στο πλάι και η ανάσα του ακουγόταν βαριά.

«Καλύτερα έτσι», είπε ο Μπαρνς.

Η Λόρελ ξεπρόβαλε το κεφάλι της από τη γωνία, αλλά δεν είχε σημασία. Ο Μπαρνς τής είχε γυρισμένη την πλάτη καθώς στεκόταν πάνω από τον Ταμάνι στα μισά του δωματίου. Έσκυψε μπροστά και εξέτασε το νεράιδο, προτού ξεσπάσει σε τρανταχτά γέλια. «Για δες. Είσαι ένα αγοράκι. Ένα νιάνιαρο. Είσαι εσύ σε ηλικία να γίνεις φρουρός;»

«Είμαι αρκετά μεγάλος», ανταπάντησε με δυσκολία ο Ταμάνι κοιτάζοντας αγριεμένος το ξωτικό με σκληρά, σχεδόν μαύρα μάτια.

«Κι έστειλαν εσένα να με κανονίσεις; Εσείς οι νεράιδοι είστε τόσο αφελείς».

Ο Ταμάνι τίναξε το πόδι του, αλλά αυτή τη φορά ήταν πολύ αργός. Ο Μπαρνς τον έπιασε από το μηρό και του τον έστριψε σηκώνοντάς τον από το πάτωμα και στριφογυρίζοντάς τον προτού τον εκτοξεύσει με φόρα πάνω στον τοίχο προξενώντας κι άλλες ρωγμές.

«Εσύ ήθελες να κάνεις τη ζωή σου δύσκολη», είπε ο Μπαρνς. «Για να λέμε την αλήθεια, κι εγώ προτιμώ τα δύσκολα».

Τα μάτια της Λόρελ γούρλωσαν καθώς ο Μπαρνς έβγαλε ένα περίστροφο από τη ζώνη του, σημάδεψε τον Ταμάνι και πάτησε τη σκανδάλη.

Κεφάλαιο 23

Μια διαπεραστικη, εκκωφαντική κραυγή αντήχησε μέσα στο κεφάλι της Λόρελ καθώς το δωμάτιο γέμισε με τον κρότο του πυροβολισμού, αλλά για κάποιο λόγο, μόνο ένα μικρό κλαψούρισμα της ξέφυγε από τα χείλη. Ενώ η μυρωδιά του μπαρουτιού έτσουζε τα ρουθούνια της, ένα πνιχτό ουρλιαχτό εισέβαλε βίαια στη συνείδησή της. Τα μάτια της Λόρελ άνοιξαν διάπλατα και καρφώθηκαν στον Ταμάνι. Το πρόσωπό του ήταν παραμορφωμένο από τον πόνο και ένα μουγκρητό συνέχιζε να διαπερνά τα σφιγμένα του δόντια. Έσφιξε το πόδι του και τα δάχτυλά του μούσκεψαν από το χυμό του καθώς κοίταζε το ξωτικό από πάνω του.

Ο Μπαρνς σημάδεψε και πάλι με το όπλο του, και αυτή τη φορά ο Ταμάνι δεν μπόρεσε να συγκρατήσει μια αγωνιώδη κραυγή τη στιγμή που η σφαίρα ξέσκισε τη σάρκα του άλλου του μηρού. Η Λόρελ έτρεμε σύγκορμη καθώς η κραυγή του νεράιδου έμοιαζε να εισβάλλει σε κάθε τακτοποιημένο, συμμετρικό κύτταρο του οργανισμού της σπέρνοντας μέσα του το χάος. Σύρθηκε ένα βήμα πιο μπροστά και ο Ταμάνι της έριξε ένα βλέμμα που τη διέταζε να μην το κουνήσει ρούπι. Με το που συναντήθηκαν οι ματιές τους, η δική του επέστρεψε ακαριαία στον Μπαρνς. Ο ιδρώτας γυάλιζε στο μέτωπο του Ταμάνι. Ο Μπαρνς άφησε το όπλο στο γραφείο με μια δυνατή κλαγγή και προχώρησε.

«Μη φύγεις, εντάξει;»

Τα μάτια του Ταμάνι κοίταξαν με άσβεστο μίσος το τεράστιο σουλούπι του.

«Έρχεσαι εδώ τη μέρα που πρόκειται να υπογράψω τα συμβόλαια για τη γη που φιλοξενεί την πολύτιμη πύλη σου. Δεν είμαι τόσο ηλίθιος για να το αποδώσω σε σύμπτωση. Πώς το ήξερες;»

Ο Ταμάνι σφάλισε τα χείλη και δεν είπε κουβέντα.

Ο Μπαρνς κλότσησε το πόδι του νεράιδου κάνοντάς τον να αφήσει ένα υπόκωφο γρύλισμα. «Πώς!» ούρλιαξε ξανά.

Ο Ταμάνι εξακολουθούσε να μη βγάζει άχνα και η Λόρελ αναρωτήθηκε για πόση ώρα θα άντεχε αυτό το θέαμα. Τα μάτια του ήταν ερμητικά κλειστά και, όταν τα άνοιξε, την κοίταξε για μια στιγμή.

Η Λόρελ ήξερε τι ζητούσε από εκείνη. Ήθελε να κρατήσει την υπόσχεσή της. Στην ουσία, ήθελε να του γυρίσει την πλάτη, να κατέβει μόνη της τη σκάλα και να επιστρέψει στη γη για να φέρει τον Σαρ.

Του είχε δώσει το λόγο της.

Όμως, ήξερε πως δεν μπορούσε να το κάνει. Δεν μπορούσε να τον αφήσει αβοήθητο. Σε μια στιγμή αναλαμπής συνειδητοποίησε πως προτιμούσε να πεθάνει στο πλευρό του παρά να τον αφήσει να πεθάνει μόνος του.

Εκείνη τη στιγμή της παράδοσης η ματιά της έπεσε στο όπλο.

Ο Μπαρνς το είχε αφήσει πάνω στο γραφείο και δεν του

έδινε καμία σημασία. Πίσω από τα βαριά του βλέφαρα ο Ταμάνι ακολούθησε το βλέμμα της. Την κοίταξε πάλι και κούνησε το κεφάλι αρνητικά με μια ανεπαίσθητη κίνηση. Μετά μόρφασε και βόγκηξε όταν ο Μπαρνς τού κλότσησε και πάλι το πόδι.

«Πώς!»

Ο Μπαρνς γονάτισε δίπλα στον Ταμάνι. Η Λόρελ ήξερε πως αυτή ήταν η καλύτερη ευκαιρία που θα είχε ποτέ. Σύρθηκε μπροστά προσπαθώντας να μιμηθεί τους σβέλτους διασκελισμούς του Ταμάνι που παρακολουθούσε όλο το πρωί.

«Σε δέκα δευτερόλεπτα θα πιάσω το πόδι σου και θα το σπάσω σε χίλια κομμάτια».

Τα χέρια της γαντζώθηκαν γύρω από το ψυχρό ατσάλι και προσπάθησε να θυμηθεί ό,τι της είχε μάθει ο πατέρας της για τα όπλα πριν από μερικά χρόνια. Αυτό ήταν ένα βαρύ, τετραγωνισμένο πιστόλι, σαν αυτά που έμοιαζαν με μαύρα νεροπίστολα. Έψαξε να βρει την ασφάλεια ή τον επικρουστήρα, αλλά δεν κατάφερε τίποτα. Έκλεισε τα μάτια για ένα δευτερόλεπτο ευχόμενη ολόψυχα να είναι ένα από τα όπλα με τα οποία απλώς σημαδεύεις και πατάς τη σκανδάλη.

«Έχεις άλλη μία ευκαιρία για να μου δώσεις την απάντηση που θέλω, νεράιδε. Ένα, δύο...»

«Τρία», αποτελείωσε για εκείνον η Λόρελ σημαδεύοντας το κεφάλι του με το όπλο.

Ο Μπαρνς πάγωσε.

«Σήκω», διέταξε η κοπέλα διατηρώντας μια απόσταση ασφαλείας.

Αργά, ο Μπαρνς σηκώθηκε και γύρισε ελαφρά προς το μέρος της.

«Στον τοίχο», είπε. «Φύγε μακριά του».

Ο Μπαρνς γέλασε. «Αλήθεια, πιστεύεις ότι θα με πυροβολήσεις; Ένα τόσο δα πλασματάκι σαν και του λόγου σου;»

Η Λόρελ έκανε πίσω πατώντας τη σκανδάλη και βγάζοντας σχεδόν μια κραυγή ανακούφισης, επειδή κατάφερε να φυτέψει μια σφαίρα στον τοίχο. Σημάδεψε και πάλι τον Μπαρνς.

«Εντάξει», είπε αυτός και υποχώρησε μερικά βήματα κάνοντας μια ολόκληρη στροφή για να την αντικρίσει. Τα μάτια του άνοιξαν διάπλατα όταν αναγνώρισε το πρόσωπό της. «Νόμιζα πως σε είχα σκοτώσει».

«Την επόμενη φορά να το οργανώσεις καλύτερα», είπε η Λόρελ περήφανη που η φωνή της δεν έτρεμε τόσο όσο τα πόδια της.

«Ξέχασαν οι άντρες μου να... Όχι, στάσου». Οσμίστηκε τον αέρα καχύποπτος. «Εσύ... Εγώ δεν...» Η φωνή του έσβησε, γύρισε προς το μέρος του Ταμάνι και κάγχασε χαιρέκακα. «Τώρα το έπιασα. Ο νεραϊδόκοσμος έχει καταφύγει στο να τοποθετεί νεραϊδομωρά στον κόσμο των ανθρώπων. Μωρά!» Κοίταξε τον Ταμάνι από κάτω του και είπε με αδιάφορο τόνο. «Πότε θα καταλάβετε επιτέλους ότι εμείς τα ξωτικά σκαρφιζόμαστε τις καλύτερες ιδέες;»

Η Λόρελ πυροβόλησε άλλη μια φορά στον τοίχο και έκανε τον Μπαρνς να πηδήξει. «Τέρμα τα λόγια», είπε.

Οι δυο τους στέκονταν εκεί μαζί σε μια αδιέξοδη κατάσταση. Ο Μπαρνς έμοιαζε να είναι σχεδόν σίγουρος πως δε θα τον πυροβολούσε και η Λόρελ ήταν το ίδιο σίγουρη πως δε θα το έκανε. Όμως, δεν άφηνε τον Μπαρνς να το καταλάβει.

Δυστυχώς, ο μόνος τρόπος για να διαλύσει τις αμφιβολίες του ήταν να τον πυροβολήσει πραγματικά. Ένιωθε τα δάχτυλά της ιδρωμένα καθώς σήκωσε το όπλο μέχρι η θαλάμη να καλύπτει το πρόσωπό του κρύβοντάς το από το οπτικό της πεδίο.

Μέχρι εκεί μπορούσε να φτάσει.

«Θυμήσου τι σου είπα, Λόρελ», είπε πολύ ήρεμα ο Ταμάνι. «Έδωσε εντολή να σε σκοτώσουν, δηλητηρίασε τον πατέρα σου, εξαπάτησε τη μητέρα σου. Θα το ξανακάνει αν τον αφήσεις να ξεφύγει».

«Σταμάτα, αλήθεια, με κολακεύεις», είπε ο Μπαρνς με ένα περιπαικτικό χαμόγελο.

Βαριές, ακανόνιστες ανάσες ξεχύνονταν σφυρίζοντας από το στόμα της Λόρελ στην προσπάθειά της να πείσει τα δάχτυλά της να κλείσουν. Όμως, τα χέρια της χαμήλωσαν μερικά εκατοστά και ένα χαμόγελο στράβωσε το στόμα του Μπαρνς.

«Ήμουν σίγουρος πως δεν είσαι άξια να το κάνεις», κάγχασε υποτιμητικά. Έκανε ένα βαθύ κάθισμα και όρμησε καταπάνω της.

Το μόνο που πρόλαβε να δει η Λόρελ ήταν κατακόκκινα, δολοφονικά μάτια και χέρια να απλώνονται σαν τα νύχια αρπακτικού και όχι σαν δάχτυλα. Δεν ένιωθε καν το όπλο στο χέρι της τη στιγμή που τα δάχτυλά της σφίχτηκαν και ο κρότος του πυροβολισμού βούιξε στα αφτιά της. Το κορμί του Μπαρνς τινάχτηκε πίσω καθώς η σφαίρα διαπέρασε τον ώμο του. Η Λόρελ τσίριξε και έριξε κάτω το όπλο.

Με ένα μουγκρητό ο Ταμάνι σύρθηκε μπροστά και τα χέρια του γράπωσαν το πιστόλι. Ο Μπαρνς βογκούσε από τον πόνο, αλλά τα μάτια του κοίταξαν και πάλι τη Λόρελ.

«Παράτα την ήσυχη, Μπαρνς!» φώναξε ο Ταμάνι σημαδεύοντάς τον τώρα με το πιστόλι.

Ο Μπαρνς δεν πρόλαβε καν να εστιάσει τη ματιά του στο πιστόλι που τον σημάδευε στο κεφάλι. Τη στιγμή που ο Ταμάνι πάτησε τη σκανδάλη, το ξωτικό πήδηξε προς το παράθυρο και πέρασε μέσα από το τζάμι πέφτοντας στο έδαφος από κάτω. Η σφαίρα του Ταμάνι φυτεύτηκε στον τοίχο χωρίς να προκαλέσει κακό. Η Λόρελ έτρεξε προς το σπασμένο πρεβάζι και είδε τον Μπαρνς για τελευταία φορά να το σκάει προς το ποτάμι, προτού η ματωμένη του μορφή εξαφανιστεί πάνω σε ένα λόφο.

Ο Ταμάνι άφησε το βαρύ όπλο να πέσει με θόρυβο στο πάτωμα. Η Λόρελ γονάτισε γοργά κι έπεσε στην αγκαλιά του. Εκείνος μούγκρισε στο αφτί της, αλλά όταν η κοπέλα προσπάθησε να τραβηχτεί, την έσφιξε στο στήθος του. «Μην τολμήσεις να μου ξαναδώσεις τέτοια λαχτάρα ποτέ, *ποτέ* ξανά».

«Εγώ;» διαμαρτυρήθηκε η Λόρελ. «Εγώ δεν έφαγα καμία σφαίρα!» Τα χέρια της τυλίχτηκαν γύρω από το λαιμό του και το κορμί της έτρεμε ολόκληρο.

Το κεφάλι της τινάχτηκε πίσω όταν άκουσε βήματα να αντηχούν στα σκαλιά. Ο Ταμάνι τη μετακίνησε λίγο στο πλάι και άρπαξε το όπλο σημαδεύοντας την είσοδο.

Ο Ντέιβιντ εμφανίστηκε κάτωχρος στην κορυφή της σκάλας. Ο νεράιδος αναστέναξε και άφησε το όπλο να ξαναπέσει στο πάτωμα, με τα μπράτσα του χαλαρωμένα.

«Άκουσα πυροβολισμούς και είδα τον Μπαρνς να το βάζει στα πόδια», είπε με τρεμάμενη φωνή ο Ντέιβιντ. «Είστε κι οι δύο καλά;»

«Μα το μάτι της Εκάτης, κανείς από τους δυο σας δεν έχει μάθει να ακολουθεί οδηγίες!» γκρίνιαξε ο Ταμάνι.

«Προφανώς όχι», είπε ξερά η Λόρελ.

«Τι έγινε εδώ;» ρώτησε ο Ντέιβιντ κοιτάζοντας με γουρλωμένα μάτια το χαμό που επικρατούσε στο δωμάτιο γύρω του.

«Θα τα πούμε στο αυτοκίνητο. Βιάσου, Ντέιβιντ, ο Ταμάνι χρειάζεται βοήθεια». Έσκυψαν κι οι δύο, ο ένας από τη μία πλευρά κι ο άλλος από την άλλη, και κατάφεραν να σηκώσουν το νεράιδο από το πάτωμα. Ο Ταμάνι πάσχιζε να φανεί γενναίος, αλλά η Λόρελ μόρφαζε κάθε φορά που ένα υπόκωφο βογκητό ξέφευγε από τα χείλη του. Τον μισοέσυραν προς την είσοδο όταν η Λόρελ σταμάτησε. «Περίμενε», είπε αφήνοντας όλο το βάρος του Ταμάνι στον Ντέιβιντ. Έτρεξε βιαστικά στο γραφείο και κοίταξε τα χαρτιά. Το πάνω πάνω στρώμα ήταν ελάχιστα πιτσιλισμένο με αίμα. *Αίμα ξωτικού*, σκέφτηκε η Λόρελ κι έκανε ένα μορφασμό αηδίας. Ωστόσο, πήρε βαθιά ανάσα και πίεσε τον εαυτό της να τα μελετήσει. Ό,τι ανέφερε τη μητέρα της ή τη διεύθυνση του οικοπέδου το μάζεψε για να το πάρει μαζί της. Ευτυχώς, δεν ήταν και πολλά.

«Πάμε», είπε σκύβοντας κάτω από το μπράτσο του Ταμάνι.

Ήταν αμίλητοι όταν προσπέρασαν τα πτώματα των νεκρών ξωτικών. Τώρα ο ήλιος είχε ανατείλει και η Λόρελ έλπιζε να μην τους έβλεπε κανείς να σέρνουν μέχρι το αυτοκίνητό τους ένα ολοφάνερα τραυματισμένο άτομο. Με καθυστέρηση, αναρωτήθηκε αν είχε ακούσει κανείς άλλος τους πυροβολισμούς πέρα από τον Ντέιβιντ. Κοιτάζοντας πάνω κάτω στο δρόμο τα άλλα ετοιμόρροπα και ξεχαρβαλωμένα κτίρια, δεν ήταν και πολύ σίγουρη ότι την ένοιαζε τελικά. Έμοιαζε σαν γειτονιά που ήταν συνηθισμένη σε πιστολίδια.

Ο Ντέιβιντ άφησε τον Ταμάνι στο πίσω κάθισμα και προσπάθησε να τον βολέψει κάπως, αλλά ο νεράιδος έσπρωξε πέρα τα χέρια του. «Πήγαινέ με απλώς πίσω στον Σαρ. Γρήγορα».

Ο Ντέιβιντ κράτησε ανοιχτή την μπροστινή πόρτα για τη Λόρελ, αλλά εκείνη κούνησε αρνητικά το κεφάλι και χωρίς να τον κοιτάξει στα μάτια κάθισε στο πίσω κάθισμα μαζί με τον Ταμάνι.

Η Λόρελ ακούμπησε το στήθος και το κεφάλι του νεράιδου στα γόνατά της και εκείνος παρέμεινε γαντζωμένος πάνω της σαν μικρό παιδάκι μουγκρίζοντας κάθε φορά που ο Ντέιβιντ έπεφτε σε λακκούβα. Η όψη του ήταν χλομή και τα μαύρα του μαλλιά κολλημένα από τον ιδρώτα. Προσπάθησε να τον κάνει να ανοίξει τα μάτια του, αλλά εκείνος αρνιόταν. Όταν η αναπνοή του άρχισε να γίνεται όλο και πιο ακανόνιστη, η Λόρελ σήκωσε τα μάτια κι είδε τον Ντέιβιντ που την παρακολουθούσε από το μεσαίο καθρέφτη. «Δε γίνεται να πάμε πιο γρήγορα;» τον ικέτευσε.

Εκείνος σούφρωσε τα χείλη και κούνησε το κεφάλι. «Δεν μπορώ να υπερβώ το όριο ταχύτητας, Λόρελ. Είναι πολύ επικίνδυνο. Τι νομίζεις πως θα πει ο μπάτσος αν μας σταματήσει και δει τον Ταμάνι;» Τα βλέμματά τους συναντήθηκαν στο μεσαίο καθρέφτη. «Πάω όσο πιο γρήγορα τολμώ, σ' το ορκίζομαι».

Δάκρυα πλημμύρισαν τα μάτια της Λόρελ, αλλά έγνεψε καταφατικά προσπαθώντας να μη δίνει σημασία στο γεγονός ότι η λαβή του Ταμάνι είχε αρχίσει να χαλαρώνει.

Ο δρόμος ήταν σχεδόν άδειος, όμως η Λόρελ κρατούσε την ανάσα της σε όλη τη διαδρομή μέσα από το Κρέσεντ Σίτι και μετά στο Κλάμαθ, κάθε φορά που περνούσαν δίπλα από άλλα αμάξια. Ένας άντρας την κοίταξε από το απέναντι ρεύμα κι αμέσως η Λόρελ αναρωτήθηκε μήπως πίσω από τα μαύρα του γυαλιά κρύβονταν αταίριαστα μάτια. Πάνω που είχε πειστεί πως ήταν ένα ξωτικό που είχαν στείλει για να τους αποτελειώσει, εκείνος κοίταξε από την άλλη και έστριψε σε έναν πλαϊνό δρόμο.

Επιτέλους, φάνηκε ο αυτοκινητόδρομος και ο Ντέιβιντ έστριψε. Ο παράδρομος δεν ήταν ασφαλτοστρωμένος, αλλά ο Ταμάνι δεν παραπονιόταν όση ώρα το αυτοκίνητο χοροπηδούσε στις λακκούβες. Η Λόρελ ένιωσε την ανάσα της να κόβεται όταν ο Ντέιβιντ έφτασε μέχρι το τέρμα του παράδρομου και τράβηξε χειρόφρενο.

«Σε παρακαλώ, βιάσου, Ντέιβιντ», τον παρακάλεσε ξεψυχισμένα.

Ο Ντέιβιντ έκανε το γύρο του αυτοκινήτου τρέχοντας και τη βοήθησε να βγάλει τον Ταμάνι με προσοχή. Προσπέρασαν το σπίτι και πήραν το γνώριμο πλέον μονοπάτι κουβαλώντας τον στους ώμους. Με το που πέρασαν τη γραμμή των δέντρων, η Λόρελ βάλθηκε να φωνάζει κλαίγοντας με λυγμούς: «Σαρ! Σαρ! Χρειαζόμαστε βοήθεια».

Ο Σαρ εμφανίστηκε στο μονοπάτι ξεπροβάλλοντας πίσω από ένα δέντρο σχεδόν ακαριαία. Μπορεί να ήταν σοκαρισμένος, αλλά η όψη του δε μαρτυρούσε το παραμικρό. «Θα τον πάρω εγώ», είπε ήρεμα. Άρπαξε τον Ταμάνι από τον Ντέιβιντ και τη Λόρελ και τον πέρασε απαλά πάνω στους ώμους του. «Δε γίνεται να πλησιάσεις άλλο», είπε στον Ντέιβιντ. «Όχι σήμερα».

Το αγόρι έσμιξε τα φρύδια και κοίταξε τη Λόρελ. Εκείνη όρμησε και τον αγκάλιασε. «Λυπάμαι», ψιθύρισε και πήρε το μονοπάτι.

Ο Ντέιβιντ της έπιασε το χέρι. «Θα γυρίσεις, ε;» ρώτησε.

Η Λόρελ έγνεψε καταφατικά. «Σ' το υπόσχομαι». Μετά τράβηξε το χέρι της και έτρεξε στο μονοπάτι ακολουθώντας την ταλαιπωρημένη φιγούρα του Ταμάνι.

Όταν πια δε φαινόταν ο Ντέιβιντ, εμφανίστηκαν κι άλλοι νεράιδοι στο μονοπάτι για να βοηθήσουν στη μεταφορά του Ταμάνι. Απίστευτα όμορφοι άντρες, πολλοί ντυμένοι με πανοπλίες παραλλαγής, παρέλασαν μπροστά στα μάτια της. Κάθε νεράιδος που ξεπρόβαλλε έκανε τη Λόρελ να νιώθει ακόμη καλύτερα. Τώρα ο Ταμάνι δεν ήταν μόνος – οι νεράιδοι θα έβρισκαν τρόπο να τα διορθώσουν όλα. Έπρεπε να το πιστέψει. Την οδήγησαν σε ένα στριφογυριστό μονοπάτι που έμοιαζε παράξενα άγνωστο και σταμάτησαν μπροστά από ένα αιωνόβιο δέντρο που παρά τον ψυχρό φθινοπωρινό αέρα δεν είχε αλλάξει χρώμα.

Πολλοί νεράιδοι έβαλαν με τη σειρά τις παλάμες τους σε μια χαμηλή κουφάλα στον κορμό του δέντρου. Τέλος, ο Σαρ σήκωσε το άτονο μπράτσο του Ταμάνι και ακούμπησε την παλάμη του στο δέντρο. Για μερικά δευτερόλεπτα κανείς δεν κουνήθηκε και τίποτα δε συνέβη. Αμέσως μετά το δέντρο άρχισε να κλυδωνίζεται και η Λόρελ έμεινε με το στόμα ανοιχτό όταν μια σχισμή εμφανίστηκε στη βάση του. Μεγάλωσε σε μήκος και πλάτος πετώντας τον κορμό και σχηματίζοντας μια καμάρα μέσα του. Ο αέρας λαμπύριζε και άστραφτε μέχρι που το θέαμα έγινε εκτυφλωτικό. Έπειτα, άστραψε μια έντονη λάμψη και αναγκαστικά η Λόρελ ανοιγόκλεισε τα μάτια. Στο κλάσμα του δευτερολέπτου που μεσολάβησε ανάμεσα στο κλείσιμο και στο άνοιγμα των ματιών της, ο λαμπερός αέρας είχε μετατραπεί σε μια χρυσή πύλη διακοσμημένη με αστραφτερά λευκά άνθη και εκατομμύρια εκτυφλωτικά πετράδια.

«Αυτή είναι η πύλη για το Άβαλον;» ρώτησε ξεψυχισμένα η Λόρελ τον Σαρ.

Εκείνος δεν της έριξε ούτε ματιά. «Κλείστε της το δρόμο, περνάει ο Τζάμισον».

Λόγχες διασταυρώθηκαν μπροστά της και η Λόρελ συνειδητοποίησε πως είχε προχωρήσει πολύ μπροστά. Παραλίγο να παρασυρθεί από την έντονη παρόρμηση να σπρώξει τις λόγχες με δύναμη και να τρέξει στις λαμπερές πύλες, αλλά έδωσε εντολή στα πόδια της να μείνουν ασάλευτα. Τώρα η πύλη κουνιόταν αργά προς τα έξω σχηματίζοντας ένα τόξο, ενώ όλοι οι νεράιδοι πισωβάδισαν για να κάνουν χώρο. Η Λόρελ δεν μπορούσε να διακρίνει και πολλά έτσι περιορισμένη όπως ήταν από τις λόγχες, αλλά το βλέμμα της έπεσε σε ένα σμαραγδένιο πράσινο δέντρο, σε ένα κομμάτι του βαθυγάλανου ουρανού, στις ηλιαχτίδες που λαμπύριζαν σαν διαμάντια. Η έντονη μυρωδιά από φρέσκο χώμα την κατέκλυσε μαζί με ένα βαρύ, μεθυστικό άρωμα που δεν μπορούσε να προσδιορίσει. Ένας ασπρομάλλης άντρας με μακρύ, αιθέριο ασημί χιτώνα περίμενε στην άλλη πλευρά της αστραφτερής πύλης. Η Λόρελ δεν μπορούσε να μην τον κοιτάζει έντονα καθώς πήγαινε προς το μέρος του Ταμάνι. Άγγιξε με το δάχτυλό του το πρόσωπο του νεράιδου και κοίταξε πίσω του κάμποσους άλλους νεράιδους που κουβαλούσαν ένα φορείο.

«Πάρτε τον αμέσως», είπε γνέφοντάς τους μπροστά. «Σβήνει».

Ο Ταμάνι μεταφέρθηκε σε ένα απαλό, λευκό φορείο και η Λόρελ παρακολουθούσε αβοήθητη καθώς τον σήκωσαν ψηλά στο λαμπερό φως που ξεχυνόταν από την πύλη. Έπρεπε να πιστέψει πως θα γινόταν καλά τώρα, πως θα τον ξανάβλεπε.

Σίγουρα, όποιος διάβαινε έναν τέτοιο θαυμαστό κόσμο δε γινόταν να μη θεραπευτεί.

Όταν σήκωσε τα μάτια της, το βλέμμα του γηραιότερου νεράιδου ήταν καρφωμένο πάνω της. «Υποθέτω πως αυτή είναι», είπε. Η φωνή του ήταν μειλίχια, εξώκοσμα μελωδική. Προχώρησε προς το μέρος της σαν να αιωρούνταν και το πρόσωπο που αντίκρισε η Λόρελ ήταν τόσο όμορφο, λες και ακτινοβολούσε. Τα μάτια του ήταν βελούδινα και γαλανά, πλαισιωμένα από ρυτίδες που δεν έμοιαζαν με τις ακανόνιστες αυλακώσεις που έβλεπε στο πρόσωπο της Μάντι, αλλά ήταν ακριβείς, ομοιόμορφες πτυχώσεις σαν άψογα κρεμασμένες κουρτίνες. Της χαμογέλασε γλυκά και ο πόνος του τελευταίου εικοσιτετράωρου πέταξε μακριά.

«Φέρθηκες πολύ γενναία», είπε ο Τζάμισον με τη μειλίχια, αγγελική φωνή του. «Δεν πιστεύαμε πως θα σε χρειαζόμαστε τόσο σύντομα. Όμως τα πράγματα δεν έρχονται πάντα έτσι όπως τα έχουμε σχεδιάσει, σωστά;»

Εκείνη κατένευσε και κοίταξε πίσω μέσα από την πύλη, όπου διέκρινε με το ζόρι την κορυφή του κεφαλιού του Ταμάνι. «Θα... θα γίνει καλά;»

«Μην ανησυχείς. Ο Ταμάνι ήταν πάντοτε πιο δυνατός απ' ό,τι θα περίμενε κανείς. Ειδικά για χάρη σου. Θα τον φροντίσουμε εμείς». Έβαλε το χέρι στον ώμο της και της έκανε νόημα να τον ακολουθήσει στο άγνωστο μονοπάτι. «Πάμε μια βόλτα;»

Τα μάτια της ήταν καρφωμένα στην πύλη του Άβαλον, αλλά απάντησε ενστικτωδώς. «Φυσικά».

Περπάτησαν σιωπηλοί για μερικά λεπτά μέχρι που ο Τζάμισον κοντοστάθηκε και την προσκάλεσε να καθίσει σε ένα πεσμένο κούτσουρο. Τη μιμήθηκε και κάθισε κοντά της με τους ώμους τους σχεδόν να αγγίζονται. «Πες μου για τα ξωτικά», είπε. «Προφανώς έμπλεξες σε μπελάδες».

Η Λόρελ έγνεψε καταφατικά και του είπε πόσο προσεκτικός και θαρραλέος ήταν ο Ταμάνι. Τα μάτια του Τζάμισον γυάλισαν από σεβασμό καθώς του περιέγραφε πώς ο νεράιδος αρνήθηκε να πει λέξη στο ξωτικό ακόμη και μετά τον τραυματισμό του. Αν και δεν περίμενε πως θα του μιλούσε για τον εαυτό της, άρχισε να του αφηγείται τη στιγμή που έπιασε το όπλο και δεν μπορούσε να πείσει τον εαυτό της να πυροβολήσει το κτήνος μέχρι που απειλήθηκε η ζωή της. Ακόμη και τότε ήταν μάλλον ατύχημα.

«Δηλαδή ξέφυγε;» Η φωνή του δεν είχε ίχνος επίκρισης.

Η Λόρελ έγνεψε καταφατικά.

«Δε φταις εσύ, να το ξέρεις. Ο Ταμάνι είναι εκπαιδευμένος φρουρός και παίρνει πολύ σοβαρά τη δουλειά του. Όμως εσύ είσαι πλασμένη για να θεραπεύεις, όχι για να σκοτώνεις. Νομίζω πως θα απογοητευόμουν αν ήσουν ικανή να σκοτώσεις κάποιον, έστω κι ένα κακό ξωτικό».

«Ναι, αλλά τώρα ξέρει. Ξέρει ποια είμαι».

Ο Τζάμισον κούνησε το κεφάλι. «Και ξέρει πού μένεις. Πρέπει να είσαι σε επιφυλακή. Για το καλό των γονιών σου, αλλά και για το δικό σου. Σε χρίζω προστάτη τους. Μόνο εσύ γνωρίζεις τα μυστικά που θα τους κρατήσουν στη ζωή».

Ο νους της Λόρελ ταξίδεψε στον πατέρα της που ήταν ξαπλωμένος στο κρεβάτι του νοσοκομείου, ίσως παίρνοντας τις τελευταίες του ανάσες αυτή τη στιγμή. «Ο πατέρας μου πεθαίνει σε λίγες μέρες και θα απομείνουμε μόνο η μητέρα μου κι εγώ», εξομολογήθηκε με τρεμάμενη φωνή. Έκρυψε το πρόσωπό της στα χέρια της και την κυρίευσε η απόγνωση.

Τα μπράτσα του γέρου νεράιδου την αγκάλιασαν αμέσως σφίγγοντάς τη στο χιτώνα του, που άγγιξε το πρόσωπό της απαλός σαν πούπουλο. «Πρέπει να θυμάσαι πως είσαι μία από εμάς», της ψιθύρισε στο αφτί. «Είμαστε εδώ για να σε βοηθήσουμε με όποιο τρόπο μπορούμε. Η αρωγή μας είναι δικαίωμά σου, κληρονομιά σου». Ο Τζάμισον έβαλε το χέρι μέσα από τον πλούσιο χιτώνα του και έβγαλε ένα μικρό, αστραφτερό μπουκαλάκι, γεμάτο με ένα σκούρο μπλε υγρό. «Για τις δύσκολες στιγμές», είπε. «Είναι ένα σπάνιο ελιξίριο που έφτιαξε μια φθινοπωρινή νεράιδα μας πριν από πολλά χρόνια. Παρασκευάζουμε ελάχιστα φίλτρα που μπορούν να βοηθήσουν τους ανθρώπους στις μέρες μας, αλλά τώρα το έχεις ανάγκη και μπορεί να το χρειαστείς στο μέλλον. Δύο σταγόνες από το στόμα είναι αρκετές».

Τα χέρια της Λόρελ έτρεμαν καθώς έκανε να πιάσει το μπουκαλάκι. Ο Τζάμισον της το έβαλε στο χέρι και έκλεισε την παλάμη του πάνω από τη δική της. «Να το φυλάς σαν κόρη οφθαλμού», προειδοποίησε. «Αμφιβάλλω αν έχουμε άλλη φθινοπωρινή νεράιδα τόσο ισχυρή που να φτιάχνει ελιξίρια σαν κι αυτό. Τουλάχιστον όχι ακόμη».

Η Λόρελ κούνησε το κεφάλι.

«Επίσης, θα θέλαμε να σε βοηθήσουμε με έναν ακόμη τρόπο. Αλλά», είπε σηκώνοντας το μακρύ του δάχτυλο στον αέρα, «είναι μια προσφορά υπό όρους».

«Ό,τι θέλετε», είπε σοβαρά η Λόρελ. «Θα το κάνω».

«Δεν είναι όρος για σένα. Ορίστε», είπε ανοίγοντας την παλάμη του και φανερώνοντας κάτι που έμοιαζε με ένα κομμάτι ακατέργαστο κρύσταλλο, μεγάλο σαν μπαλάκι του γκολφ. «Θα ήθελα να προσφέρω αυτό στη μητέρα σου». Έβαλε το πετράδι στο χέρι της Λόρελ και εκείνη χάζεψε τον πολύτιμο λίθο με το στόμα ανοιχτό.

«Διαμάντι είναι;»

«Ναι, παιδί μου. Και το μέγεθός του θα πρέπει να είναι ικανό για να καλύψει όλες τις ανάγκες σας. Η προσφορά μας είναι η εξής. Ξέρεις ότι τοποθετήθηκες σε αυτή την οικογένεια με μοναδικό σκοπό να αποκτήσεις τη γη μετά το θάνατό τους». Όταν η Λόρελ κούνησε το κεφάλι, ο γέρος νεράιδος συνέχισε. «Οι πρόσφατες εξελίξεις κατέστησαν το σκοπό σου ακόμη πιο σημαντικό και πρέπει να φροντίσουμε να μεταβιβαστεί νωρίτερα ο τίτλος ιδιοκτησίας για τη γη. Το πετράδι αυτό είναι για τους γονείς σου σε περίπτωση που δεχτούν να βάλουν τη γη σε καταπίστευμα στο όνομά σου όταν με το καλό γίνει καλά ο πατέρας σου. Πώς και τι θα τους πεις είναι αποκλειστικά δική σου απόφαση». Η φωνή του έγινε πολύ σταθερή. «Όμως, *πρέπει* να εξασφαλίσεις την ιδιοκτησία αυτής της γης, Λόρελ. Και είμαστε σαφέστατα διατεθειμένοι να πληρώσουμε ένα δίκαιο τίμημα για να συμβεί κάτι τέτοιο».

Η Λόρελ κούνησε το κεφάλι και έχωσε το πετράδι στην τσέπη της. «Είμαι σίγουρη ότι θα συμφωνήσουν».

«Νομίζω πως έχεις δίκιο», είπε ο Τζάμισον. «Πρέπει να βιαστείς, Λόρελ. Τώρα πια ο πατέρας σου μετράει τις τελευταίες του ώρες, όχι μέρες».

«Ευχαριστώ», ψιθύρισε η Λόρελ κι έκανε να φύγει.

«Α, ναι, και κάτι άλλο, Λόρελ».

«Μάλιστα».

«Ελπίζω να σε ξαναδώ σύντομα. Πολύ σύντομα», πρόσθεσε. Τα μάτια του έλαμψαν, ενώ τα γέρικα χείλη του σχημάτισαν ένα ευγενικό, γνωστικό χαμόγελο.

Κεφάλαιο 24

ΦΑΝΤΑΖΕ ΑΔΥΝΑΤΟ το ότι η διαδρομή μεταξύ Μπρούκινγκς και Όρικ της φάνηκε ακόμη πιο μεγάλη απ' ό,τι όταν είχε τον Ταμάνι να σβήνει στην αγκαλιά της. Μόνη με τον Ντέιβιντ –και τις τσέπες της γεμάτες με δύο από τους πολυτιμότερους θησαυρούς που μπορούσε να φανταστεί– τα χιλιόμετρα περνούσαν πιο αργά από ποτέ. Τα λόγια του γέρου νεράιδου αντηχούσαν στο κεφάλι της. *Τώρα πια ο πατέρας σου μετράει τις τελευταίες του ώρες, όχι μέρες*. Είχε πει ώρες, στον πληθυντικό, αλλά τι να σήμαινε αυτό; Και πόσο κοντά στο τέλος ήταν πολύ αργά; Η Λόρελ έβγαζε συνεχώς το μπουκαλάκι και το κρατούσε με προσοχή στις χούφτες της, μετά το έχωνε ξανά στην τσέπη της μη γνωρίζοντας ποια ήταν η ασφαλέστερη επιλογή. Τελικά το άφησε στην τσέπη της – όχι τίποτ' άλλο, αλλά για να αποφύγει τις ερωτήσεις του Ντέιβιντ για τις οποίες δε γνώριζε καν την απάντηση.

Εκείνος δεν την είχε ρωτήσει τίποτα μέχρι στιγμής. Αφού την αγκάλιασε με το που ξεπρόβαλε από το δάσος, της άνοιξε αμίλητος την πόρτα και ρώτησε: «Νοσοκομείο;». Έκτοτε δεν είχε βγάλει άχνα. Του ήταν ευγνώμων για τη σιωπή του. Δεν είχε αποφασίσει ακόμη τι μπορούσε να του πει και τι όχι. Πριν από κάποιες εβδομάδες, του είχε υποσχεθεί ότι θα του έλεγε όλα όσα της μετέφερε ο Ταμάνι, εκτός αν ήταν νεραϊδομυστικά. Όμως, ούτε που είχε φανταστεί πως θα της εμπιστεύονταν ποτέ τέτοιες λεπτομέρειες.

Τώρα όμως τις γνώριζε. Ήξερε τη θέση μιας εισόδου. Τα ξωτικά θα σκότωναν την ίδια και τα αγαπημένα της πρόσωπα για να αποκτήσουν πρόσβαση εκεί. Ίσως αν το έλεγε στον Ντέιβιντ, θα τον έθετε σε μεγαλύτερο κίνδυνο.

Άρα, προς το παρόν ήταν καλύτερο να κρατήσει το στόμα της κλειστό.

Τελικά ο Ντέιβιντ έστριψε στο πάρκινγκ του νοσοκομείου και κοίταξε το ψηλό, γκρίζο κτίριο. «Θέλεις να έρθω μαζί σου;»

Η Λόρελ κούνησε αρνητικά το κεφάλι. «Είμαστε κι οι δύο χάλια. Τουλάχιστον αν είμαι μόνη μου, μπορεί να μην τραβήξω τόσο πολύ την προσοχή». *Απίθανο*, πρόσθεσε νοερά.

«Τότε θα μείνω εδώ έξω για να τηλεφωνήσω στη μητέρα μου». Δίστασε και μετά έβαλε το χέρι του πάνω στο δικό της. «Θα πρέπει να γυρίσω στο Κρέσεντ Σίτι σε μερικές ώρες. Η μητέρα μου θα μου τα ψάλει όταν την πάρω. Μου έχει αφήσει γύρω στα είκοσι μηνύματα. Αν χρειαστείς οτιδήποτε...» Η φωνή του έσβησε και ανασήκωσε τους ώμους. «Ξέρεις πού θα με βρεις».

«Θα κατέβω σε λίγο να σε αποχαιρετίσω. Όμως τώρα πρέπει να πάω να δω τον πατέρα μου».

«Σου έδωσαν κάτι για να τον σώσεις, σωστά;»

Δάκρυα πλημμύρισαν τα μάτια της Λόρελ. «Αρκεί να μην είναι πολύ αργά».

«Τότε πήγαινε και θα σε περιμένω».

Η Λόρελ έσκυψε για να τον αγκαλιάσει, προτού ανοίξει την

πόρτα του αυτοκινήτου, και έτρεξε στην είσοδο του νοσοκομείου.

Προσπάθησε να περνά όσο πιο απαρατήρητη μπορούσε. Το τιραντάκι της ήταν λεκιασμένο με λάσπες από την όχθη του ποταμού Τσέτκο και είχε ξεχάσει να πάρει το αντιανεμικό της από τον Ντέιβιντ για να το καλύψει. Πέρα απ' αυτό, ήταν αναμαλλιασμένη, το τζιν της ήταν σκισμένο στο δεξί γόνατο και φορούσε ακόμη τα παλιομοδίτικα μοκασίνια.

Πάλι καλά που ο ποταμός είχε ξεπλύνει τα αίματα του Ντέιβιντ από την μπλούζα της. Και το πρόσωπό της δεν ήταν γεμάτο μώλωπες σαν το δικό του. *Τουλάχιστον δε φαίνονται*, σκέφτηκε πιάνοντας ένα πολύ ευαίσθητο σημείο στο μάγουλό της.

Κατάφερε να φτάσει στο δωμάτιο του πατέρα της χωρίς να την πλησιάσει κανείς, αν και εισέπραξε κάμποσες διερευνητικές ματιές. Πήρε βαθιά ανάσα πριν χτυπήσει την πόρτα και την ανοίξει.

Ξεπρόβαλε το κεφάλι της από την κουρτίνα και είδε τη μητέρα της να κοιμάται με το κεφάλι ακουμπισμένο στο μηρό του πατέρα της. Το δωμάτιο ήταν γεμάτο γνώριμους ήχους: οι παλμοί της καρδιάς του Μαρκ, το οξυγόνο που διοχετευόταν απαλά μέσα από τα σωληνάκια της μύτης του, το πιεσόμετρο που φούσκωνε στο μπράτσο του. Όμως, αντί να τη φοβίσουν, όπως τις τελευταίες τρεις εβδομάδες, οι ήχοι την έκαναν να ανακουφιστεί αμέσως. Ο πατέρας της ήταν ζωντανός, έστω και με το ζόρι.

Τα μάτια της μητέρας της άνοιξαν. «Λόρελ; Λόρελ!» Σηκώθηκε τρεκλίζοντας και έτρεξε στην κόρη της σφίγγοντάς τη στην αγκαλιά της. «Πού ήσουν; Κόντεψα να πεθάνω από το φόβο μου όταν δε γύρισες χθες τη νύχτα. Νόμιζα πως... Ούτε που ξέρω τι σκέψεις έκανα. Ένα εκατομμύριο φρικιαστικές σκέψεις μαζί». Ταρακούνησε ελαφρά τη Λόρελ από τους ώμους. «Έτσι και δε χαιρόμουν τόσο πολύ που σε βλέπω, θα έτρωγες τιμωρία για ένα μήνα». Η Σάρα έκανε ένα βήμα πίσω και κοίταξε τη Λόρελ. «Τι σου συνέβη; Είσαι χάλια».

Η κοπέλα χώθηκε στην αγκαλιά της μητέρας της, την αγκαλιά που ήταν σίγουρη πως δε θα ξανάνιωθε όταν ήταν παγιδευμένη κάτω από τα σκοτεινά νερά του Τσέτκο. «Είχα μια δύσκολη νύχτα», είπε με τρεμάμενη φωνή και βουρκωμένα μάτια.

Η μητέρα της την έσφιξε, ενώ η Λόρελ κοίταξε πάνω από τον ώμο της και παρατήρησε τον πατέρα της. Κειτόταν σε τούτο το νοσοκομειακό κρεβάτι τόσο καιρό, που σχεδόν την ξένιζε η ιδέα να τον φαντάζεται να ξυπνά και να σηκώνεται. Η Λόρελ απομακρύνθηκε από τη μητέρα της. «Έχω κάτι για τον πατέρα». Γέλασε. «Και για σένα έχω κάτι. Δεν πάμε ποτέ ταξιδάκι χωρίς να φέρουμε πίσω δωράκια, σωστά;» Η μητέρα της την κοίταξε παραξενεμένη, ενώ η Λόρελ συνέχιζε να χασκογελά μόνη της.

Πήγε από την άλλη πλευρά του κρεβατιού του Μαρκ και πλησίασε ένα σκαμπό με ροδάκια κοντά στο κεφάλι του. «Μην αφήσεις κανέναν να μπει μέσα», είπε στη Σάρα βγάζοντας το μπουκαλάκι από την τσέπη της.

«Λόρελ, τι είναι...»

«Είναι εντάξει, μητέρα. Θα τον κάνει να νιώσει καλύτερα». Ξεβίδωσε το καπάκι και έβγαλε λίγο από το πολύτιμο υγρό με το σταγονόμετρο. Με μεγάλη προσοχή, έσκυψε πάνω από τον πατέρα της και πίεσε δύο αστραφτερές μπλε σταγόνες από το ελιξίριο στο στόμα του. Μετά, κοιτάζοντας το χλομό του πρόσωπο, άφησε να στάξει άλλη μια σταγόνα. Για να είναι καλυμμένοι. Κοίταξε τη μητέρα της. «Θα γίνει καλά τώρα».

Η Σάρα τη χάζευε με το στόμα ανοιχτό. «Πού το βρήκες αυτό;»

Η Λόρελ κοίταξε τη μητέρα της με ένα κουρασμένο χαμόγελο. «Δε με ρώτησες για το δώρο σου», είπε υπεκφεύγοντας την ερώτηση.

Η Σάρα βυθίστηκε στην πολυθρόνα δίπλα από το κρεβάτι και η Λόρελ έσπρωξε το σκαμπό γύρω γύρω για να καθίσει δίπλα της. Κόμπιασε για μερικά δευτερόλεπτα μην ξέροντας από πού να ξεκινήσει. Από πού να πιάσει μια τόσο μεγάλη ιστορία; Έριξε μια ματιά στο ρολόι και καθάρισε το λαιμό της. «Ο κύριος Μπαρνς δε θα έρθει σήμερα το πρωί». Η μητέρα της ετοιμάστηκε να πει κάτι, αλλά η Λόρελ συνέχισε καλύπτοντάς τη με τη φωνή της. «Δεν πρόκειται να έρθει ποτέ, μητέρα. Ελπίζω να μην τον ξαναδείς ποτέ. Δεν είναι αυτός που νομίζεις ότι είναι».

Η όψη της γυναίκας χλόμιασε. «Μα... μα η γη, τα χρήματα, δεν ξέρω πώς...» Η φωνή της έσβησε και δάκρυα άρχισαν να κυλούν στα μάγουλά της.

Η Λόρελ άπλωσε το χέρι της και την άγγιξε στον ώμο. «Όλα θα πάνε καλά, μαμά. Όλα θα πάνε περίφημα».

«Μα, Λόρελ, το συζητήσαμε αυτό το θέμα. Δεν υπάρχει άλλος τρόπος».

Η κοπέλα έβγαλε το διαμάντι από την άλλη τσέπη της και το κράτησε στη χούφτα της. «Υπάρχει άλλος τρόπος».

Τα μάτια της μητέρας της κοίταξαν φοβισμένα μια το διαμάντι, μια το πρόσωπο της Λόρελ και ξανά πίσω. «Πού το βρήκες αυτό, παιδί μου;» ρώτησε αυστηρά με το βλέμμα καρφωμένο στο λαμπερό ακατέργαστο πετράδι.

«Μου ζητήθηκε να μεταφέρω μια πρόταση».

«Λόρελ, με τρομάζεις», είπε η Σάρα με κάπως τρεμάμενη φωνή.

«Όχι, όχι. Μη φοβάσαι. Όλα είναι εντάξει. Υπάρχουν», δίστασε, «κάποιοι... που θέλουν αυτή η γη να παραμείνει στην οικογένειά μας. Και συγκεκριμένα, στη δική μου κατοχή. Είναι διατεθειμένοι να σου δώσουν αυτό το διαμάντι, με αντάλλαγμα να υπογράψεις ένα καταπίστευμα για τη γη στο όνομά μου».

Η μητέρα της την κοίταζε βουβή για πολλή ώρα. «Στο όνομά σου;»

Η Λόρελ έγνεψε καταφατικά.

«Σε αντάλλαγμα γι' αυτό;» είπε δείχνοντας το πετράδι.

«Ακριβώς».

«Και για να σωθεί ο πατέρας σου;»

«Ναι».

«Δεν καταλαβαίνω».

Η Λόρελ κοίταξε το διαμάντι. Σε όλη τη διάρκεια της διαδρομής από το Όρικ μέχρι το Μπρούκινγκς δεν είχε καταφέρει να αποφασίσει τι να πει στη μητέρα της. Και τώρα είχε έρθει η στιγμή, και ακόμη δεν ήταν σίγουρη. «Μαμά, εγώ... εγώ δεν είμαι σαν εσένα».

«Τι εννοείς σαν εμένα;»

Η Λόρελ σηκώθηκε και διέσχισε το δωμάτιο μέχρι την πόρτα. Την έκλεισε και ευχήθηκε να μπορούσε να την κλειδώσει κιόλας. Γύρισε με αργά βήματα στη μητέρα της. «Δεν αναρωτήθηκες ποτέ γιατί είμαι τόσο διαφορετική;»

«Δεν είσαι διαφορετική. Είσαι υπέροχη, είσαι όμορφη. Δεν καταλαβαίνω γιατί ξαφνικά το αμφισβητείς».

«Τρέφομαι παράξενα».

«Όμως πάντα ήσουν υγιής. Και...»

«Δεν έχω σφυγμό».

«Παρακαλώ;»

«Δε ματώνω».

«Λόρελ, αυτά είναι γελ...»

«Όχι, δεν είναι. Πότε ήταν η τελευταία φορά που κόπηκα; Πότε ήταν η τελευταία φορά που με είδες να ματώνω;» ρώτησε η Λόρελ υψώνοντας τη φωνή της.

«Δε... Δε...» η Σάρα κοίταξε γύρω της μπερδεμένη ξαφνικά. «Δε θυμάμαι», είπε ξέπνοα.

Και τότε τα πάντα, *όλα* στη ζωή της άρχισαν ξαφνικά να βγάζουν νόημα. «Δε θυμάσαι», είπε απαλά η Λόρελ. «Φυσικά και δε θυμάσαι». Αποκλείεται να άφηναν τη μητέρα της να θυμάται τις δεκάδες φορές που θα υποψιαζόταν πως κάτι δεν πάει καλά. Τις εκατοντάδες φορές που κάτι ήταν λίγο παράξενο. Ξαφνικά η Λόρελ ένιωσε μια αδυναμία. «Ω, μαμά μου, σου ζητώ συγγνώμη».

«Λόρελ, δεν έχω καταλάβει λέξη από όσα μου λες από την ώρα που μπήκες σε αυτό το δωμάτιο».

«Σάρα;» Μια ασθενική φωνή έκανε και τις δύο να γυρίσουν.

«Μαρκ! Μαρκ, ξύπνησες!» φώναξε η Σάρα ξεχνώντας τη σύγχυσή της. Στάθηκαν η μία από τη μια πλευρά του κρεβατιού κι η άλλη από την άλλη κρατώντας τα χέρια του, ενώ εκείνος ανοιγόκλεισε τα μάτια του αργά.

Σιγά σιγά άρχισε να εστιάζει και κοίταξε ολόγυρα το δωμάτιο εξετάζοντας τα μυριάδες εξαρτήματα του ιατρικού εξοπλισμού που βούιζαν και σφύριζαν γύρω του. «Πού στο διάολο είμαι;» ρώτησε με βραχνή φωνή.

Όταν η Λόρελ βγήκε έξω στο πάρκινγκ φορώντας μια καθαρή μπλούζα της μητέρας της, ο Ντέιβιντ καθόταν στο καπό του αυτοκινήτου του περιμένοντας καρτερικά. «Όλα καλά;» ρώτησε ήρεμα.

Η Λόρελ χαμογέλασε. «Ναι. Ή θα γίνουν».

«Συνήλθε ο πατέρας σου;»

Η Λόρελ χαμογέλασε γλυκά και έγνεψε καταφατικά. «Είναι ακόμη λίγο στον κόσμο του εξαιτίας όλης αυτής της μορφίνης και των ηρεμιστικών που του δίνουν, αλλά με το που θα περάσει η επίδρασή τους, θα είναι σε θέση να φύγει». Σκαρφάλωσε δίπλα του στο πορτμπαγκάζ και τον αγκάλιασε. Άφησε το κεφάλι της να γείρει στον ώμο του. «Πώς το πήρε η μητέρα σου;» τον ρώτησε.

Ο Ντέιβιντ γέλασε. «Αρκετά καλά, αν σκεφτεί κανείς ότι τη φλόμωσα στο ψέμα. Της είπα ότι ξέχασα όλη νύχτα το κινητό μου στο αυτοκίνητο και ότι κοιμηθήκαμε στο δωμάτιο του πατέρα σου». Κοίταξε το τηλέφωνο στα χέρια του. «Πάντως είπα τη μισή αλήθεια».

Η Λόρελ στριφογύρισε τις κόρες των ματιών της.

«Μου έκανε κήρυγμα για λίγο και με αποκάλεσε ανεύθυνο, αλλά δε με τιμώρησε ούτε μου απαγόρευσε να παίρνω το αυτοκίνητο. Μάλλον χάρη σε σένα. Ξέρει ότι σου συμπαραστέκομαι».

«Ναι», είπε η Λόρελ αναστενάζοντας. Η μητέρα του Ντέιβιντ δεν ήξερε ούτε τα μισά.

«Δεν ξέρω τι θα κάνει όταν δει αυτό όμως», συνέχισε ο Ντέιβιντ δείχνοντας τον τεράστιο μώλωπα στο πρόσωπό του. «Κι αυτό», πρόσθεσε κοιτάζοντας το κόψιμο στο μπράτσο του. «Βασικά, μια και δεν έχω ιδέα τι έχει μέσα το ποτάμι, μάλλον θα έπρεπε να μπω να μου κάνουν αντιτετανικό ορό. Ή ράμματα». Γέλασε μακάβρια. «Μάλλον θα πρέπει να σκεφτώ κι άλλο ψέμα για να τα δικαιολογήσω».

Η Λόρελ κοίταξε το βαθύ, κόκκινο κόψιμο για κάμποσα δευτερόλεπτα, προτού πάρει την απόφασή της. Αν δεν το άξιζε ο Ντέιβιντ, τότε ποιος το άξιζε; Έβγαλε το μπουκαλάκι με το ελιξίριο από την τσέπη της και το ξεβίδωσε προσεκτικά.

«Τι κάνεις;» ρώτησε το αγόρι.

«Σσς, σιωπή», ψιθύρισε η Λόρελ στρίβοντάς του το κεφάλι για να φτάνει το μάγουλό του. Έσταξε μια σταγόνα από το υγρό στο δάχτυλό της και το έτριψε στη μελανιά. «Μπορεί να βρομάει», τον προειδοποίησε καθώς άφησε άλλη μια σταγόνα να στάξει στο κόψιμό του.

Μέχρι να κρύψει το μπουκαλάκι πίσω στην τσέπη της, η μελανιά είχε σχεδόν εξαφανιστεί και ο Ντέιβιντ χάζευε με το στόμα ορθάνοιχτο καθώς το κόψιμο ξεθώριαζε από θυμωμένο κόκκινο σε απαλό ροζ μπροστά στα μάτια του. Σε μερικά λεπτά δε θα υπήρχε καν ουλή.

«Αυτό έδωσες και στον πατέρα σου;» ρώτησε χαζεύοντας ακόμη αποσβολωμένος το κόψιμό του που εξαφανιζόταν.

Η Λόρελ έγνεψε καταφατικά.

Ο Ντέιβιντ χαμογέλασε. «Θα γίνει περδίκι σε ανύποπτο χρόνο, κάτι που είναι πολύ θετικό», είπε παριστάνοντας τον θιγμένο. «Έχω αρχίσει να κουράζομαι, έτσι όπως με εκμεταλλεύεσαι σαν τον είλωτα στο βιβλιοπωλείο. Έχω κι εγώ δικαιώματα, ξέρεις», πρόσθεσε γελώντας, ενώ η Λόρελ τού έριξε μια στον ώμο. Την άρπαξε από τους καρπούς μέχρι που εκείνη παραδόθηκε, κι έπειτα βυθίστηκαν κι οι δύο σε μια παρατεταμένη σιωπή.

«Πότε θα γυρίσεις;» ρώτησε ο Ντέιβιντ.

Η Λόρελ ανασήκωσε τους ώμους ανήξερη. «Δε νομίζω πως ο πατέρας θα μείνει εδώ για πολύ. Μπορεί να του δώσουν εξιτήριο αυτό το Σαββατοκύριακο».

«Είσαι σίγουρη πως αυτό το πράγμα θεραπεύει τα πάντα;»

«Είμαι σίγουρη».

Ο Ντέιβιντ χαμογέλασε κοιτάζοντας το μπράτσο του. «Κι εγώ είμαι πολύ σίγουρος». Έκανε μια παύση για μερικά δευτερόλεπτα. «Τι είπες στη μητέρα σου;»

Η Λόρελ αναστέναξε. «Ξεκίνησα να της λέω την αλήθεια, αλλά τότε ξύπνησε ο πατέρας μου. Κάτι πρέπει να της πω, όμως δεν ξέρω τι».

«Νομίζω πως η αλήθεια είναι η καλύτερη λύση. Καλά, όχι για όλα. Μπορείς να παραλείψεις τα ξωτικά και το ότι οι γονείς σου υποδέχτηκαν ένα δολοφονικό τέρας στο σπίτι τους».

Η Λόρελ κούνησε το κεφάλι.

«Πρέπει όμως να μάθουν την αλήθεια για σένα. Δεν είναι σωστό να κρύβεσαι μέσα στο ίδιο σου το σπίτι».

Έπλεξαν τα δάχτυλά τους και ο Ντέιβιντ της έσφιξε το χέρι. «Νεράιδες, ξωτικά, τι άλλο υπάρχει που δε θα πίστευα ποτέ στη ζωή μου; Μαγική ιατρική, φαντάζομαι. Σ' ευχαριστώ πάντως».

«Είναι σωστό και δίκαιο», απάντησε η Λόρελ. «Σε έβαλα σε μεγάλους μπελάδες. Και δεν εννοώ μόνο το φιάσκο με το ξωτικό».

«Ήξερα πού πήγαινα να μπλέξω όταν προσφέρθηκα να έρθω οικειοθελώς». Ανασήκωσε τους ώμους. «Καλά, μάλλον δεν τα ήξερα και όλα, αλλά κατάλαβα πως ήσουν διαφορετική. Από την πρώτη στιγμή που σε είδα κατάλαβα πως είχες κάτι... κάτι το ξεχωριστό». Της χάιδεψε το μάγουλο με το δάχτυλο. «Και είχα δίκιο».

«Ξεχωριστό;» κάγχασε η Λόρελ. «Έτσι το αποκαλείς εσύ;»

«Ναι», επέμεινε ο Ντέιβιντ. «Έτσι το αποκαλώ». Έκανε μια παύση και έπιασε το χέρι της, το γύρισε από την ανάποδη και το κράτησε μέσα στα δικά του. Την κοίταξε αμίλητος για λίγο, μετά πλησίασε το χέρι στο μάγουλό της και την έφερε πιο κοντά του. Δεν του αντιστάθηκε καθώς τα χείλη του άγγιξαν απαλά τα δικά της σαν το φιλί μιας αύρας. Έκανε πίσω και την κοίταξε στα μάτια.

Εκείνη ούτε μιλούσε ούτε έσκυψε προς το μέρος του. Αν σκόπευε να εμπλακεί στη ζωή της έτσι όπως είχε εξελιχθεί, έπρεπε να είναι καθαρά δική του επιλογή. Εκείνη ήξερε τι ήθελε, όμως δεν είχε πια να κάνει μόνο με την ίδια.

Μετά από ένα σύντομο δισταγμό, ο Ντέιβιντ την έσφιξε στο στήθος του και τη φίλησε ξανά και για περισσότερη ώρα αυτή τη φορά. Η Λόρελ μόνο που δεν αναστέναξε από ανακούφιση, ενώ τα μπράτσα της τυλίχτηκαν γύρω από τη μέση του. Τα χείλη του ήταν απαλά, ζεστά και ευγενικά.

Όταν πήρε τέλος το φιλί τους, σηκώθηκε όρθιος μπροστά της κρατώντας τα χέρια της μέσα στα δικά του. Κανείς τους δε μιλούσε. Τα λόγια ήταν περιττά. Η Λόρελ χαμογέλασε, χάιδεψε απαλά το πλάι του προσώπου του και έπειτα κατέβηκε γλιστρώντας από το προτμπαγκάζ του αυτοκινήτου.

Ο Ντέιβιντ βολεύτηκε στη θέση του οδηγού με το βλέμμα

καρφωμένο πάνω της. Εκείνη του κουνούσε το χέρι παρακολουθώντας το αυτοκίνητό του να βγαίνει με όπισθεν από τη θέση όπου ήταν παρκαρισμένο και να κινείται ήρεμα στο δρόμο, να παίρνει τον αυτοκινητόδρομο 101 και να πορεύεται ξανά προς την κανονική ζωή.

Κεφάλαιο 25

«Εισαι σιγουρη πως δε θέλεις να έρθω μαζί σου;» ρώτησε η μητέρα της Λόρελ μπαίνοντας στο μακρύ, κακοτράχαλο παράδρομο.

«Μπορεί να μην εμφανιστούν αν έρθεις», απάντησε εκείνη. «Θα είμαι ασφαλής». Χαμογέλασε στα πυκνά δέντρα. «Δε νομίζω πως υπάρχει ασφαλέστερο μέρος στη γη για μένα». Είχε περάσει τις τελευταίες τρεις μέρες προσπαθώντας να πείσει τους γονείς της ότι ήταν νεράιδα και το μεγαλύτερο μέρος του πρωινού αυτού διαβεβαιώνοντάς τους πως ήταν προς το συμφέρον τους να δεχτούν την πρόταση του νεραϊδόκοσμου. Και μολονότι οι γονείς της ήταν επιφυλακτικοί, οι αντιρρήσεις τους για το διακανονισμό φάνταζαν ανούσιες σε σύγκριση με το ότι ο νεραϊδόκοσμος είχε σώσει τη ζωή του πατέρα της. Και αυτό σε συνδυασμό με μια πρόχειρη εκτίμηση του ακατέργαστου διαμαντιού, που η αξία του ανερχόταν σε κάτι λιγότερο από οχτακόσιες χιλιάδες δολάρια.

Η Λόρελ έσκυψε και αγκάλιασε τη μητέρα της. «Θα γυρίσεις, ε;» ρώτησε η Σάρα.

Η Λόρελ θυμήθηκε ότι και ο Ντέιβιντ της είχε κάνει την ίδια ερώτηση και χαμογέλασε. «Ναι, μαμά, θα γυρίσω».

Βγήκε από το αυτοκίνητο έξω στον παγωμένο, τσουχτερό αέρα. Ο ουρανός ήταν μουντός με πυκνά γκρίζα σύννεφα να απειλούν με βροχή, αλλά η Λόρελ αρνιόταν να το εκλάβει σαν οιωνό. «Είναι απλώς ο χειμωνιάτικος αέρας», μουρμούρισε μέσα από τα δόντια της. Κι όμως, έσφιξε στο στήθος της την τσάντα που είχε τα μαλακά μοκασίνια, λες και θα την προστάτευε από τα δυσάρεστα μαντάτα που μπορεί να την περίμεναν στην καρδιά του δάσους.

Όμως, *αποκλείεται* να ήταν άσχημα τα μαντάτα. Αποκλείεται! Χώθηκε στη σκιά των δέντρων και πήρε το μονοπάτι για το ποτάμι. Ήξερε πως ήταν περικυκλωμένη από νεραϊδοφρουρούς, αλλά δεν μπήκε καν στον κόπο να φωνάξει. Δεν ήταν καν σίγουρη πως θα της έβγαινε φωνή, ακόμη κι αν το ήθελε.

Όταν έφτασε στο ορμητικό ρυάκι, άφησε την τσάντα στο βραχάκι όπου είχε καθίσει την πρώτη φορά που γνώρισε τον Ταμάνι. Κάθισε και τώρα περιμένοντας. Καρτερικά.

«Γεια σου, Λόρελ».

Θα αναγνώριζε αυτή τη φωνή οπουδήποτε στον κόσμο, αφού στοίχειωνε τα όνειρά της τις τελευταίες τέσσερις μέρες. Όχι, ψέματα. Τους τελευταίους δύο μήνες. Γύρισε και έπεσε στην αγκαλιά του Ταμάνι με κύματα ανακούφισης να την πλημμυρίζουν, ενώ τα δάκρυά της μούσκευαν το πουκάμισό του.

«Θα βάζω να με πυροβολούν πιο συχνά», είπε σφίγγοντάς τη στην αγκαλιά του.

«Μην τυχόν και σε πυροβολήσουν ξανά», πρόσταξε η Λόρελ με το μάγουλό της κολλημένο στο στήθος του Ταμάνι. Τα ρούχα του ήταν πάντα τόσο απαλά. Εκείνη τη στιγμή δεν ήθελε να πάρει ποτέ το πρόσωπό της από το απαλό ύφασμα. Τα χέρια του χάιδευαν τα μαλλιά της, άγγιζαν τον ώμο της, σκούπιζαν ένα δάκρυ από τον κρόταφό της – ήταν ταυτόχρονα παντού. Όλη την ώρα ένα γλυκό μουρμουρητό που δεν καταλάβαινε ξεχυνόταν από τα χείλη του καθησυχάζοντάς την τόσο αποτελεσματικά σαν μαγικό ξόρκι. Δεν την ένοιαζε που ο Ταμάνι έκανε αδύναμα μάγια. Ήταν ο ίδιος μαγικός.

Όταν επιτέλους τον άφησε ελεύθερο, γέλασε και σκούπισε τα δάκρυά της. «Πολύ χαίρομαι που σε βλέπω, ειλικρινά. Είσαι καλά; Πέρασαν μόνο τέσσερις μέρες».

Ο Ταμάνι ανασήκωσε τους ώμους. «Πονάω λιγάκι και θεωρητικά είμαι εδώ για ανάρρωση, όχι για δουλειά. Όμως, το ήξερα πως θα έρθεις. Και ήθελα να είμαι εδώ όταν θα ερχόσουν». Έγειρε μπροστά και έβαλε μια τούφα από τα μαλλιά της πίσω από το αφτί.

«Σου... σου... σου έφερα πίσω αυτά», ψέλλισε η Λόρελ βαστώντας ψηλά την τσάντα με τα μοκασίνια. Πάντοτε ανατρίχιαζε όταν βρισκόταν κοντά του.

Ο Ταμάνι κούνησε το κεφάλι. «Τα έφτιαξα για σένα».

«Κάτι ακόμη για να σε θυμάμαι;» ρώτησε η Λόρελ αγγίζοντας το μικροσκοπικό δαχτυλίδι γύρω από το λαιμό της.

«Τα αναμνηστικά δεν είναι ποτέ αρκετά». Τα μάτια του Ταμάνι κοίταξαν ολόγυρα το μικρό ξέφωτο. Ξερόβηξε. «Κατ' αρχάς, μου ανέθεσαν να σε ρωτήσω αν έγινε δεκτή η πρότασή μας».

«Η αντίδραση ήταν πολύ θετική», απάντησε η Λόρελ με τον ίδιο δήθεν διοικητικό τόνο. «Τα συμβόλαια θα ετοιμαστούν το συντομότερο δυνατό». Στριφογύρισε τις κόρες των ματιών της. «Νομίζω πως μου το φυλάνε για χριστουγεννιάτικο δώρο».

Ο Ταμάνι γέλασε και έπειτα την τράβηξε κοντά του. «Πάμε να φύγουμε από δω», είπε. «Και τα δέντρα έχουν μάτια».

«Δε νομίζω πως είναι τα δέντρα», είπε σαρδόνια η Λόρελ.

Ο Ταμάνι χαχάνισε. «Μπορεί και όχι. Από δω».

Την έπιασε από το χέρι και την οδήγησε σε ένα μονοπάτι που στριφογύριζε σαν φίδι μπρος και πίσω, αλλά δεν έμοιαζε να οδηγεί πουθενά.

«Είναι καλά ο πατέρας σου;» ρώτησε ο Ταμάνι σφίγγοντάς της το χέρι.

Η Λόρελ χαμογέλασε. «Του δίνουν εξιτήριο σήμερα το απόγευμα. Σκοπεύει να επιστρέψει στη δουλειά νωρίς νωρίς αύριο το πρωί». Σοβάρεψε. «Γι' αυτό είμαι εδώ. Θα πάμε όλοι μαζί στο Κρέσεντ Σίτι σε μερικές ώρες. Εγώ...» Έσκυψε το βλέμμα. «Δεν ξέρω πότε θα ξανάρθω».

Ο Ταμάνι γύρισε και την κοίταξε, τα μάτια του ένα βαθύ πηγάδι γεμάτο κάτι που η Λόρελ δεν μπορούσε να προσδιορίσει. «Ήρθες να μου πεις αντίο;»

Η ερώτησή του ακούστηκε τόσο σκληρή. «Για τώρα», απάντησε εκείνη.

Ο Ταμάνι κλοτσούσε μαραμένα φύλλα στο χώμα με το γυμνό του πόδι. «Τι πάει να πει αυτό; Διαλέγεις τον Ντέιβιντ αντί για μένα;»

Η Λόρελ δεν είχε έρθει για να μιλήσουν για τον Ντέιβιντ. «Μακάρι να ήταν αλλιώς τα πράγματα, Ταμάνι. Όμως, αυτή τη στιγμή δεν μπορώ να ζήσω στον κόσμο σου. Πρέπει να ζήσω στον δικό μου. Τι να κάνω, να ζητάω από τη μητέρα μου ή τον Ντέιβιντ να με φέρνουν εδώ κάθε λίγο και λιγάκι για να βλέπω τον αγαπημένο μου;»

Ο Ταμάνι έκανε μεταβολή και προχώρησε λίγο παρακάτω, αλλά η Λόρελ τον ακολούθησε.

«Να σου γράφω γράμματα ή να σε παίρνω τηλέφωνο; Δεν έχω καμία επιλογή».

«Θα μπορούσες να μείνεις», είπε τόσο χαμηλόφωνα που με το ζόρι τον άκουσε.

«Να μείνω;»

«Θα μπορούσες να μείνεις εδώ... μαζί μου». Συνέχισε προτού η κοπέλα προλάβει να διαφωνήσει. «Σύντομα η γη θα σου ανήκει. Και υπάρχει σπίτι. Θα μπορούσες να μείνεις!»

Ένδοξες στιγμές από τη ζωή της με τον Ταμάνι στροβιλίζονταν στο κεφάλι της Λόρελ, αλλά τις έδιωξε με βία. «Όχι, Ταμ. Δε γίνεται».

«Ζούσες εδώ και πριν. Και όλα ήταν μια χαρά».

«Μια χαρά; Πώς ήταν μια χαρά τα πράγματα; Με κατασκοπεύατε συνεχώς και ποτίζατε τους γονείς μου με ελιξίρια μνήμης λες και ήταν νερό!»

Ο Ταμάνι εστίασε το βλέμμα του στο χώμα. «Το κατάλαβες ε;»

«Ήταν η μόνη λογική εξήγηση».

«Ούτε εμένα μου άρεσε, αν σε παρηγορεί».

Η Λόρελ πήρε βαθιά ανάσα. «Εμένα... *εμένα* με έκαναν ποτέ να ξεχάσω; Αφότου ήρθα εδώ, εννοώ».

Δεν τόλμησε να την κοιτάξει κατάματα. «Κάποιες φορές».

«Εσύ το έκανες ποτέ;» ρώτησε καχύποπτη.

Την κοίταξε με τα μάτια διάπλατα και μετά κούνησε αρνητικά το κεφάλι. «Δεν μπορούσα». Έγειρε πιο κοντά της και της ψιθύρισε: «Θα έπρεπε, μια φορά. Όμως δε μου πήγαινε η καρδιά να το κάνω».

«Τι είχε συμβεί;»

Έξυσε το λαιμό του. «Το σιχαίνομαι που δε θυμάσαι».

«Συγγνώμη».

Ανασήκωσε τους ώμους. «Ήσουν πολύ μικρή. Ήμουν νέος

φρουρός –μπορεί και μιας βδομάδας– και ήμουν απρόσεκτος και με είδες».

«Σε είδα;»

«Ναι, ήσουν γύρω στα δέκα σε ανθρώπινη ηλικία. Έβαλα απλώς τα δάχτυλά μου στα χείλη μου για να σωπάσεις και κρύφτηκα πίσω από ένα δέντρο. Με κοίταξες για κάνα δυο λεπτά, αλλά σε μια ώρα ήταν λες και με είχες ξεχάσει».

Η Λόρελ στάθηκε αμίλητη για πολλή ώρα. «Το... το θυμάμαι. Αμυδρά. Εσύ ήσουν;»

Χαρά έλαμψε στα μάτια του Ταμάνι. «Το θυμάσαι;»

Η Λόρελ απέφυγε να τον κοιτάξει κατάματα. «Λιγάκι», είπε χαμηλόφωνα. Ξερόβηξε. «Και τους γονείς μου; Τους νάρκωσες ποτέ;»

Ο Ταμάνι αναστέναξε. «Κάνα δυο φορές. Αναγκάστηκα», πρόσθεσε προτού του τα ψάλει η Λόρελ. «Ήταν η δουλειά μου. Όμως, μόνο δύο ή τρεις φορές. Όταν πλέον ήρθα εδώ, ήσουν πιο προσεκτική. Δε χρειαζόταν να σε ντοπάρουμε μια φορά την εβδομάδα. Και τις φορές που οι γονείς σου έρχονταν πολύ κοντά, προσπαθούσα να το αναθέτω σε κάποιον άλλο». Ανασήκωσε τους ώμους. «Από την αρχή θεωρούσα πως ήταν κακό το σχέδιο αυτό».

Η Λόρελ απέμεινε βουβή για μια στιγμή. «Τότε σ' ευχαριστώ».

«Μη θυμώνεις. Δε θα είμαι έτσι αν μείνεις τώρα εδώ. Τα ξέρεις όλα. Ακόμη και οι γονείς σου ξέρουν. Δε θα χρειάζεται να κάνουμε πια τα ίδια».

Κούνησε αρνητικά το κεφάλι της. «Πρέπει να μείνω με τους γονείς μου. Κινδυνεύουν περισσότερο από ποτέ. Είμαι υπεύθυνη για την ασφάλειά τους. Δεν μπορώ να τους γυρίσω την πλάτη. Είναι άνθρωποι – όσο κι αν αυτό σου φαίνεται κατώτερο. Όμως τους αγαπώ και δε θα αφήσω να τους πετσοκόψει το πρώτο ξωτικό που θα τους μυριστεί. Δε θα το επιτρέψω!»

«Τότε γιατί είσαι εδώ;» ρώτησε πικρόχολα.

Κόμπιασε για μερικά δευτερόλεπτα προσπαθώντας να δαμάσει τα συναισθήματά της. «Δεν έχεις καταλάβει πόσο πολύ εύχομαι να μπορούσα να μείνω; Λατρεύω το δάσος, λατρεύω...» Δίστασε. «Λατρεύω να είμαι μαζί σου. Να ακούω για το Άβαλον, να νιώθω τη μαγεία στα δέντρα. Κάθε φορά που φεύγω αναρωτιέμαι γιατί».

«Τότε γιατί φεύγεις;» Η φωνή του ήταν πιο δυνατή τώρα, απαιτητική. «Μείνε», είπε αρπάζοντας το χέρι της μέσα στο δικό του. «Μείνε μαζί μου. Θα σε πάρω στο Άβαλον. Στο *Άβαλον*, Λόρελ. Μπορείς να πας εκεί. Μπορούμε να πάμε μαζί».

«Σταμάτα! Ταμάνι, δεν μπορώ. Δεν μπορώ να γίνω μέρος του κόσμου σου τώρα».

«Του δικού σου κόσμου».

Η Λόρελ κούνησε ελαφρά το κεφάλι. «Του κόσμου μου», παραδέχτηκε. «Η οικογένειά μου εξαρτάται από μένα για πάρα πολλά πράγματα. Πρέπει να ζήσω την ανθρώπινη ζωή μου».

«Με τον Ντέιβιντ», είπε ο Ταμάνι.

Η Λόρελ κούνησε το κεφάλι εκνευρισμένη. «Ναι, αν θέλεις να ξέρεις. Ο Ντέιβιντ μου είναι πολύ σημαντικός. Όμως σου είπα, δε σημαίνει ότι διαλέγω μεταξύ εσένα και του Ντέιβιντ. Δεν προσπαθώ να αποφασίσω ποιος είναι ο μεγάλος μου έρωτας. Δεν είναι αυτό».

«Ίσως όχι για σένα».

Η φωνή του ήταν σιγανή –σχεδόν ξέπνοη–, αλλά η έντασή της την έπληξε σαν γροθιά.

«Τι πρέπει να κάνω, Λόρελ; Έχω κάνει ό,τι μπορούσα να σκεφτώ. Με *πυροβόλησαν* στην προσπάθειά μου να σε προστατεύσω. Πες μου τι άλλο να κάνω και θα το κάνω. Ό,τι χρειάζεται, αρκεί να μείνεις».

Πίεσε τον εαυτό της να τον αντικρίσει κατάματα. Τα μάτια του βαθιές δεξαμενές γεμάτες με ένα αίσθημα που δεν μπορούσε να ανιχνεύσει. Ξεράθηκε το στόμα της κι έχασε τη λαλιά της. «Γιατί με αγαπάς τόσο πολύ, Ταμάνι;» Ήταν μια ερώτηση που λαχταρούσε να του κάνει εδώ και εβδομάδες. «Ούτε καν με ξέρεις καλά καλά».

Πάνω από τα κεφάλια τους ο ουρανός βρόντηξε. «Κι αν... Κι αν δεν είναι αλήθεια αυτό;»

Βρίσκονταν στην άκρη ενός γκρεμού, το ένιωθε. Και δεν ήταν σίγουρη πως είχε το σθένος να πηδήξει. «Πώς είναι δυνατό να μην είναι αλήθεια;» ψιθύρισε.

Αυτά τα φλογερά μάτια την έκαιγαν σαν φωτιά. «Κι αν σου έλεγα πως οι ζωές μας ήταν αλληλένδετες πριν από πολύ καιρό;» Έπλεξε τα δάχτυλά του στα δικά της σηκώνοντας ψηλά τις ενωμένες τους γροθιές.

Η Λόρελ κοίταξε τα χέρια τους. «Δεν καταλαβαίνω».

«Σου είπα πως ήσουν εφτά ετών όταν ήρθες να ζήσεις με τους ανθρώπους. Όμως στο νεραϊδόκοσμο ήσουν πιο μεγάλη, το θυμάσαι; Είχες μια ζωή, Λόρελ. Είχες φίλους». Έκανε μια παύση και η κοπέλα καταλάβαινε πως πάσχιζε να ελέγξει τα συναισθήματά του. «Είχες εμένα». Η φωνή του Ταμάνι ήταν κάτι παραπάνω από ένας ψίθυρος. «Σε γνώριζα, Λόρελ, και με γνώριζες. Ήμαστε απλοί φίλοι, αλλά τόσο καλοί φίλοι. Σου... σου ζήτησα να μην πας, αλλά μου είπες πως ήταν το καθήκον σου. Από *σένα* έμαθα τι σημαίνει καθήκον και υπευθυνότητα».

Κοίταξε κάτω και σήκωσε τα χέρια της στο στήθος του. «Είπες πως θα προσπαθούσες να μη με ξεχάσεις, αλλά σε έκαναν να λησμονήσεις. Νόμισα πως θα πέθαινα την πρώτη φορά που με κοίταξες και δε με αναγνώρισες».

Τα μάτια της Λόρελ γέμισαν δάκρυα.

«Είπα ψέματα – για το δαχτυλίδι εννοώ», είπε ο Ταμάνι με απαλή και σοβαρή φωνή. «Δεν σου έδωσα ένα τυχαίο δαχτυλίδι. Ήταν το δικό σου. Μου το έδωσες να το κρατήσω μέχρι να έρθει ο καιρός να σου το επιστρέψω. Νόμιζες –έλπιζες– πως ίσως θα σε βοηθούσε να θυμηθείς τη ζωή σου πριν έρθεις εδώ». Ανασήκωσε τους ώμους. «Προφανώς, δεν έπιασε, αλλά σου υποσχέθηκα πως θα το προσπαθήσω».

Η παγωμένη βροχή έσταζε στα μπράτσα της Λόρελ καθώς στεκόταν εκεί αμίλητη.

«Ποτέ δε σε εγκατέλειψα, Λόρελ. Ορκίστηκα πως θα έβρισκα τον τρόπο να ξαναμπώ στη ζωή σου. Έγινα φρουρός σε όσο μικρότερη ηλικία μού επέτρεψαν και υποχρεώθηκα παντού για να με τοποθετήσουν σε αυτή την πύλη. Ο Τζάμισον με βοήθησε. Του χρωστώ πολύ περισσότερα από όσα θα μπορούσα ποτέ να του ξεπληρώσω». Έφερε τα χέρια της στο πρόσωπό του και της έδωσε ένα απαλό φιλί στους κόμπους των δαχτύλων. «Σε παρακολουθούσα χρόνια. Σε έβλεπα να μεγαλώνεις και να γίνεσαι ενήλικη νεράιδα από μικρό κοριτσάκι. Ήμαστε τόσο κολλητοί φίλοι από μικρά και είμαι μαζί σου σχεδόν κάθε μέρα τα τελευταία πέντε χρόνια. Είναι τόσο παράλογο που σε ερωτεύτηκα;»

Ήταν σιωπηλή, δεν είχε τι να πει.

Γέλασε σιγανά. «Ερχόσουν εδώ έξω και καθόσουν στο ρυάκι, έπαιζες την κιθάρα σου και τραγουδούσες. Κι εγώ καθόμουν σκαρφαλωμένος σε ένα δέντρο και απλώς σε άκουγα. Ήταν η αγαπημένη μου ασχολία. Τραγουδάς τόσο όμορφα».

Οι αφέλειές του ήταν τώρα σαν μαλακές, νωπές έλικες που κρέμονταν στο μέτωπό του. Η Λόρελ άφησε τα μάτια της να ταξιδέψουν σε όλο του το κορμί, στο μαλακό, μαύρο παντελόνι του που έδενε στα γόνατα, στο κολλητό πράσινο πουκάμισο που αγκάλιαζε το στήθος του και στο συμμετρικό πρόσωπο που ήταν πιο αψεγάδιαστο απ' ό,τι θα μπορούσε να ευχηθεί οποιοδήποτε αγοράκι. «Με περίμενες όλο αυτό τον καιρό;» ρώτησε ψιθυριστά.

Ο Ταμάνι έγνεψε καταφατικά. «Και θα σε περιμένω κι άλλο. Κάποια μέρα θα γυρίσεις στο Άβαλον και όταν έρθει ο καιρός, θα σου δείξω τι έχω να σου προσφέρω στον κόσμο μου, στον κόσμο *μας*. Θα διαλέξεις εμένα. Θα γυρίσεις *σπίτι* μαζί μου». Κρατούσε το πρόσωπό της μέσα στα χέρια του.

Δάκρυα κέντρισαν τα μάτια της Λόρελ. «Δεν το ξέρεις αυτό, Ταμάνι».

Έγλειψε τα χείλη του νευρικά για ένα δευτερόλεπτο προτού ένα βεβιασμένο χαμόγελο σχηματιστεί στο πρόσωπό του. «Όχι», είπε τραχιά. «Δεν το ξέρω». Τα χέρια του στο πρόσωπό της, παγωμένα πριν από ένα δευτερόλεπτο, τώρα έμοιαζαν να ζεσταίνονται με τη θέρμη των ματιών του καθώς οι αντίχειρές του ψηλαφούσαν τα ζυγωματικά της. «Όμως πρέπει να το πιστέψω, πρέπει να ελπίζω».

Η Λόρελ ήθελε να του πει να είναι ρεαλιστής, να μην ελπίζει σε κάτι που μπορεί να μη συνέβαινε. Όμως οι λέξεις δεν έβγαιναν από το λαρύγγι της. Ακόμη και στο μυαλό της ηχούσαν λάθος.

«Και θα περιμένω, Λόρελ. Θα περιμένω όσο χρειαστεί. *Πο-*

τέ δε σε εγκατέλειψα». Πίεσε τα χείλη του στο μέτωπό της. «Κι ούτε πρόκειται».

Την τράβηξε κοντά του και την κράτησε, ενώ κανείς τους δε μιλούσε. Για μια τέλεια μοναδική στιγμή, κανείς άλλος στον κόσμο δεν υπήρχε εκτός από τους δυο τους σε αυτό το μικροσκοπικό σημείο σε ένα δασώδες μονοπάτι. «Έλα», είπε ο Ταμάνι σφίγγοντάς τη μια ακόμη φορά. «Η μητέρα σου θα ανησυχεί».

Περπάτησαν χέρι χέρι παρακάτω στο στριφογυριστό μονοπάτι, μέχρι που η Λόρελ άρχισε να αναγνωρίζει πού βρισκόταν. «Θα σε αφήσω εδώ», είπε περίπου πεντακόσια μέτρα από τη γραμμή των δέντρων.

Η Λόρελ κούνησε το κεφάλι. «Δεν είναι για πάντα», του υποσχέθηκε.

«Το ξέρω».

Σήκωσε το λεπτό, ασημένιο αλυσιδάκι όπου κρεμόταν το δαχτυλίδι του βλασταριού και το περιεργάστηκε. Η σημασία του ήταν πολύ πιο μεγάλη τώρα. «Θα σε σκέφτομαι, όπως σου υποσχέθηκα».

«Και εγώ θα σε σκέφτομαι όπως κάθε μέρα μέχρι σήμερα», είπε ο Ταμάνι. «Αντίο, Λόρελ».

Έκανε μεταβολή και προχώρησε πίσω στο στριφογυριστό μονοπάτι, ενώ η κοπέλα τον παρακολουθούσε. Κάθε βήμα που έκανε ήταν σαν να αφαιρούσε μαζί του κι ένα κομμάτι από την καρδιά της. Το πράσινο πουκάμισό του θα χανόταν πίσω από ένα δέντρο και η Λόρελ έκλεισε σφιχτά τα μάτια.

Όταν τα άνοιξε, είχε φύγει.

Και ήταν λες και μαζί του έφυγε και όλη η μαγεία του δάσους. Η ζωή που ένιωθε γύρω της, η μαγεία που ξετρύπωνε από την είσοδο της πύλης. Τα δέντρα γύρω της ήταν σαν άψυχα και άδεια χωρίς τη μαγεία.

«Περίμενε», ψιθύρισε. Έκανε ένα βήμα ξοπίσω του και τα πόδια της άρχισαν να τρέχουν. «Όχι, μη!» Η κραυγή βγήκε από το λαρύγγι της καθώς παραμέριζε κλαδιά στο διάβα της. «Ταμάνι, στάσου!» Έστριψε σε μια γωνία και τα μάτια της τον αναζήτησαν. «Ταμάνι, σε παρακαλώ!» Απτόητη συνέχισε την πορεία της, απεγνωσμένη να δει έστω και φευγαλέα αυτό το καταπράσινο πουκάμισο.

Και τότε βρέθηκε εκεί, μισογυρισμένος προς την πλευρά της, με μια συγκρατημένη έκφραση χαραγμένη στο πρόσωπό του. Εκείνη δε σταμάτησε ούτε επιβράδυνε το βήμα της. Όταν τον έφτασε, τον άρπαξε από το πουκάμισο και με τα δύο χέρια, τραβώντας τον κοντά της, πιέζοντας το στόμα της στο δικό του. Ένιωσε να φουντώνει μέσα της μια φλόγα καθώς τράβηξε το πρόσωπό του πιο κοντά, πιο σφιχτά. Τα μπράτσα του τυλίχτηκαν γύρω της και τα κορμιά τους ενώθηκαν με ένα τόσο ταιριαστό τρόπο, που δεν μπήκε καν στον κόπο να αμφισβητήσει. Τα χείλη της γέμισαν με τη γλύκα του στόματός του και ο Ταμάνι την έσφιξε στην αγκαλιά του σαν να ήθελε να τη ρουφήξει μέσα του, να την κάνει κομμάτι του εαυτού του.

Και για μια στιγμή ένιωσε να είναι κομμάτι του εαυτού του. Λες και το φιλί τους γεφύρωνε το χάσμα μεταξύ των δύο κόσμων, έστω και γι' αυτή τη μία και μοναδική σύντομη, εκρηκτική στιγμή.

Ένας αναστεναγμός που έκλεινε μέσα του το βάρος όλων αυτών των χρόνων ξέφυγε από το στήθος του Ταμάνι όταν χώρισαν τα πρόσωπά τους. «Σ' ευχαριστώ», της ψιθύρισε ξεψυχισμένα.

«Εγώ...» Η Λόρελ σκέφτηκε τον Ντέιβιντ που την περίμενε στο σπίτι του να γυρίσει. Γιατί όταν ήταν με τον ένα, σκεφτόταν πάντα τον άλλο; Δεν ήταν δίκαιο, ήταν τρομερά ψυχοφθόρο. Ούτε για εκείνη ούτε για τον Ντέιβιντ ούτε για τον Ταμάνι. Σήκωσε το βλέμμα πιέζοντας τον εαυτό της να τον κοιτάξει κατάματα. «Δεν ξέρω τι θα συμβεί. Όμως οι γονείς μου κινδυνεύουν. Με χρειάζονται, Ταμ». Η Λόρελ ένιωσε ένα δάκρυ να κυλά στο μάγουλό της. «Πρέπει να τους προστατεύσω».

«Το ξέρω. Δεν έπρεπε να σε είχα ρωτήσει».

«Αν δεν ήταν αυτοί, θα...» *Θα τι;* είπε από μέσα της.

Δεν ήξερε τι να απαντήσει.

«Τη νεραϊδούλα που σου χάρισε το δαχτυλίδι της δεν τη θυμάμαι, Ταμ. Ούτε εσένα θυμάμαι. Αλλά κάτι... ένα κομμάτι του εαυτού μου θυμάται. Κάτι μέσα μου νοιάζεται για σένα από το μακρινό παρελθόν». Έσκυψε το κεφάλι. «Και πιο πολύ νοιάζομαι για σένα τώρα».

Ο Ταμάνι χαμογέλασε με ένα παράξενο, μελαγχολικό χαμόγελο. «Σ' ευχαριστώ γι' αυτό το ψήγμα ελπίδας που μου δίνεις, έστω κι αν είναι μάταιη».

«Η ελπίδα ποτέ δεν πεθαίνει, Ταμάνι».

«Τώρα αναστήθηκε».

Η Λόρελ κατένευσε, έδωσε εντολή στα δάχτυλά της να αφήσουν το πουκάμισο του Ταμάνι και τράβηξε το δρόμο του γυρισμού.